Sarah MacLean

Après avoir obtenu un diplôme de lettres et travaillé dans une agence littéraire, elle décide de se lancer dans l'écriture. Elle est autrice de romances, ainsi que de livres pour jeunes adultes devenus des best-sellers. Son talent lui a permis d'être classée à de nombreuses reprises sur la liste des meilleures ventes de *USA Today* et du *New York Times*.

L'amour en 10 leçons

DE LA MÊME AUTRICE AUX ÉDITIONS J'AI LU

La famille St. John

1 – *L'amour en 9 défis*

Les diaboliques

1 – *Belle de nuit*

2 – *Le temps d'un battement de cœur*

3 – *L'explosive lady Imogène*

Le cercle des canailles

1 – *Le flambeur*

2 – *La curiosité est un vilain défaut*

3 – *Le paria*

4 – *Discrétion assurée*

Les mauvais garçons

1 – *Par une nuit sans lune*

2 – *L'amazone aux yeux verts*

3 – *La reine de la nuit*

Les sœurs Talbot

1 – *L'inoubliable voyage de Sophie*

2 – *Le colosse venu d'Écosse*

3 – *Le retour de Seraphina*

SARAH

MACLEAN

LA FAMILLE ST. JOHN – 2

L'amour en 10 leçons

Traduit de l'anglais (États-Unis)
par Léonie Speer

J'AI LU

Titre original
TEN WAYS TO BE ADORED WHEN LANDING A LORD

Éditeur original
Avon Books, an imprint of HarperCollins Publishers

À Chiara, qui est partie à l'université
et ne m'en a pas voulu de lui voler ses livres.
Et son chat.

Prologue

On ne peut nier qu'une véritable épidémie se répand parmi les jeunes filles de Londres – réalité tragique qui, hélas, ne peut mener qu'à la pire des conclusions.

Nous faisons allusion, bien sûr, à l'état de vieille fille.

Nombreuses sont les demoiselles de notre belle cité à ne pas recevoir les rayons du soleil de la félicité conjugale. N'est-il pas criminel que tant de boutons prometteurs risquent de ne jamais éclore et s'épanouir ?

Aussi, chère lectrice, est-ce dans l'intérêt de toutes que nous avons établi une liste de moyens séculaires et éprouvés pour vous rendre plus aisée cette tâche redoutable : trouver un époux.

Le moment est venu de vous présenter : « Comment conquérir un lord en dix leçons. »

Pearls and Pelisses, *juin 1823*

Townsend Park
Dunscroft, Yorkshire

Debout au milieu du salon chichement meublé de la maison familiale, lady Isabel Townsend attendait que le sang cesse de vrombir dans ses oreilles. Les yeux plissés, elle observa l'individu pâle et fluet qui se tenait devant elle.

— C'est mon père qui vous envoie...

— Précisément.

— Pourriez-vous répéter votre dernière phrase ?

Elle avait sûrement mal compris les paroles prononcées par ce visiteur importun.

Il sourit, mais son expression resta vide et peu engageante. L'estomac d'Isabel se contracta.

— Bien sûr, répondit-il d'un ton onctueux. Nous sommes fiancés.

— Et par « nous », vous voulez dire...

— Vous et moi. Nous allons nous marier.

Isabel secoua la tête.

— Pardonnez-moi, mais vous êtes monsieur...

— Asperton, répondit-il avec un temps de retard, manifestement froissé par son manque d'attention. Lionel Asperton.

L'homme ne paraissait pas briller par son intelligence. Mais Isabel savait, depuis longtemps, que c'était le plus souvent le cas, avec les relations de son père.

— Et comment se fait-il que nous soyons fiancés, monsieur Asperton ?

— Je vous ai gagnée.

Isabel ferma un instant les yeux en s'exhortant à conserver son sang-froid et à dissimuler la colère et le chagrin que ces mots ne manquaient jamais de susciter en elle.

— Vous m'avez « gagnée »...

— Oui, répondit-il sans avoir la délicatesse de feindre le plus léger embarras. Vous étiez l'enjeu du pari engagé par votre père.

— Évidemment. Contre quoi ?

— Cent livres.

— C'est plus que d'habitude.

Asperton balaya ce commentaire sibyllin d'un geste de la main avant de se rapprocher d'elle, un sourire suffisant sur les lèvres.

— J'ai gagné. Vous êtes à moi. En toute légalité.

Il leva la main pour effleurer sa joue tandis que sa voix se faisait susurrante :

— Pour notre satisfaction à tous les deux, j'en suis certain.

Ce ne fut qu'au prix d'un effort surhumain qu'Isabel parvint à rester immobile.

— Je n'en suis pas si sûre, répliqua-t-elle.

Quand il s'inclina, Isabel fut fascinée par ces lèvres rouges et mouillées qui se rapprochaient d'elle.

— Dans ce cas, j'aurai à user de persuasion.

D'une torsion du buste, elle s'écarta et, déterminée à le tenir à distance, plaça une chaise au cannage défoncé entre eux. Une lueur s'alluma dans les yeux de l'homme quand il contourna celle-ci. Il prenait plaisir à la chasse !

Jugeant qu'il était temps d'en finir, Isabel soutint son regard avec fermeté.

— Je crains que vous n'ayez effectué ce long trajet pour rien, monsieur Asperton. Voyez-vous, je suis majeure depuis longtemps. Mon père aurait été bien inspiré de ne pas m'engager dans son pari. Ça n'a jamais marché. Et ça ne marchera certainement pas aujourd'hui.

L'homme s'arrêta net, les yeux écarquillés.

— Il l'a déjà fait ?

— À vous entendre, parier une fois sa fille unique est acceptable, mais le faire plusieurs fois est choquant ?

— Évidemment !

— Pourquoi ?

— Parce qu'il savait pertinemment que le gagnant serait Gros-Jean comme devant !

Oui, à n'en pas douter, cet homme était une relation digne de son père.

— Et c'est ce qui rend son attitude indéfendable, ironisa Isabel, qui pivota brusquement pour aller ouvrir en grand la porte du salon.

— J'ai le regret de vous informer, monsieur Asperton, que vous êtes le septième à venir me réclamer comme épouse. Et que vous serez aussi le septième à quitter Townsend Park célibataire, ajouta-t-elle, sans pouvoir réprimer un sourire devant sa surprise.

Quand il ouvrit la bouche et la referma, ses lèvres molles évoquèrent un poisson hors de l'eau. Isabel commença à compter. En général, l'explosion se produisait avant qu'elle soit parvenue à cinq.

— C'est intolérable ! On m'a promis une femme ! La fille d'un comte !

Elle croisa les bras tout en lui adressant son regard le plus compatissant.

— Je suppose que mon père a fait allusion à une dot confortable ?

M. Asperton parut enfin comprendre, et ses yeux se plissèrent.

— En effet.

Isabel se sentit presque désolée pour lui. *Presque.*

— Eh bien, je crains qu'il n'y ait pas de dot non plus. Puis-je vous offrir du thé ?

Elle l'observa tandis que les rouages de son cerveau accomplissaient laborieusement leur travail.

— Non ! finit-il par s'écrier. Je n'ai pas envie de thé ! Je suis venu pour une femme et, bon sang, je repartirai avec une femme ! Avec vous !

Avec un calme qu'elle n'éprouvait pas vraiment, Isabel soupira.

— J'avais espéré que nous n'en viendrions pas là...

— Je le sais bien, dit-il, se méprenant sur ses paroles. Mais je ne quitterai pas cette maison sans la femme qu'on m'a promise ! Vous êtes à moi ! En toute légalité !

Il s'élança alors sur elle, comme ils le faisaient tous. Isabel s'écarta vivement sur le côté, et il plongea par la porte ouverte dans le vestibule.

Là, les femmes l'attendaient. Trois femmes, droites comme des soldats bien entraînés, qui formaient un mur défensif entre lui et la porte d'entrée.

M. Asperton regarda tour à tour la cuisinière, la responsable de l'écurie et la majordome. Évidemment, il ne pouvait pas savoir qu'il avait affaire à des femmes. Les hommes, Isabel l'avait souvent constaté, ne voyaient que ce qu'ils voulaient voir.

— Qu'est-ce que cela signifie ? demanda-t-il en se tournant vers elle.

La responsable de l'écurie fit alors claquer son fouet contre sa botte, et il tressaillit.

— Il ne nous plaît guère que vous éleviez la voix contre une dame, monsieur.

— Je... je suis... balbutia-t-il.

— Une chose que vous n'êtes pas, en tout cas, c'est un gentleman, à en juger par la manière dont vous avez jailli de cette pièce, déclara la cuisinière en indiquant le salon de son lourd rouleau à pâtisserie.

De nouveau, il se tourna vers Isabel, qui se contenta de hausser délicatement une épaule.

— Ce n'est pas après lady Isabel que vous en aviez, sans doute, intervint à son tour la majordome, tout en testant d'un doigt léger le fil du sabre qu'elle tenait.

Non sans mal, Isabel s'abstint de porter les yeux vers l'endroit où était accroché d'ordinaire le sabre – peu affûté, en tout état de cause.

Ses compagnes avaient décidément le goût des mises en scène théâtrales.

— Je... Non !

Il y eut un long moment de silence, pendant lequel Isabel observa la sueur qui perlait peu à peu au front de M. Asperton. Ce ne fut que lorsque sa respiration s'accéléra de manière visible qu'elle décida d'intervenir.

— M. Asperton s'apprêtait à partir, dit-elle d'un ton encourageant.

Il opina avec nervosité, les yeux fixés sur le fouet que continuait d'agiter Kate.

— Je ne pense pas qu'il reviendra. N'est-ce pas, monsieur ?

Comme il gardait un silence prolongé, Kate abattit les lanières de son fouet sur le sol. Le bruit sembla le tirer de sa transe, et il secoua la tête avec véhémence.

— Non... Je ne crois pas.

Jane posa la pointe de son sabre sur le sol de marbre, ce qui éveilla un écho métallique dans le haut vestibule.

— J'aurais cru, murmura Isabel, que vous en seriez certain.

— Oui, bien sûr, se hâta-t-il de dire. Je veux dire... non. Je ne reviendrai pas.

Isabel le gratifia alors d'un large sourire amical.

— Très bien. Je vous dis donc adieu. J'imagine que vous trouverez la sortie tout seul ? ajouta-t-elle en désignant la porte, à présent flanquée des trois femmes. Bon voyage.

Une fois revenue au salon, dont elle referma soigneusement la porte, Isabel s'approcha de la fenêtre. Elle l'atteignit à temps pour voir l'individu dévaler les marches du perron et sauter à cheval comme s'il avait le diable aux trousses.

Après avoir soufflé longuement, elle autorisa enfin ses larmes à couler.

Son père s'était servi d'elle. Une fois de plus ! On aurait pu penser qu'elle se serait habituée à être traitée de la sorte, mais la surprise et le choc étaient toujours aussi vifs.

Comme si, un jour, son père allait renoncer à être le scandaleux comte de Townsend... L'homme qui avait tenu sa femme et ses enfants enfermés à la campagne pour mener une vie de débauche à Londres ; l'homme qui ne s'était jamais soucié d'eux, même pas quand son épouse était morte, ni lorsque les domestiques, lassés de ne plus toucher leurs gages, étaient tous partis ; l'homme qui n'avait pas donné signe de vie lorsque Isabel lui avait demandé, lettre après lettre, de revenir à Townsend Park et de rendre à leur demeure un peu de son lustre passé – si ce n'était pour sa fille, du moins pour son héritier.

La seule fois où il était revenu...

Non, elle ne voulait pas y penser.

À cause de lui, sa mère avait perdu l'esprit, son frère avait été privé de père, et elle-même avait dû assumer la responsabilité du domaine. Elle avait relevé ce défi, faisant de son mieux pour que la maison reste debout et qu'il y ait toujours de la nourriture sur la table. Mais, alors que les maigres revenus de Townsend Park suffisaient à peine à pourvoir aux besoins de ses habitants et de ses métayers, son père dilapidait jusqu'au dernier penny tiré de ses terres.

L'affreuse réputation du comte avait au moins eu l'avantage de tenir éloignés de Townsend Park les membres de la haute société, ce qui avait permis à Isabel de peupler la maison et ses dépendances à sa guise.

Ce qui ne l'empêchait pas de regretter que le cours des choses n'ait pas été différent.

Elle aurait tant aimé avoir la vie de n'importe quelle fille de comte : être éduquée sans avoir un seul souci au monde, ne pas douter un instant que, le jour venu, elle brillerait comme les autres et serait courtisée par un homme qui l'aurait choisie, et non réclamée tel un trophée gagné au jeu.

Si seulement elle ne s'était pas retrouvée aussi seule... C'était cela, le pire de tout.

Quand elle entendit la porte s'ouvrir derrière elle, elle s'essuya les joues. Puis, avec un petit rire ironique, elle pivota et croisa le regard grave et compatissant de Jane.

— Tu n'aurais pas dû le menacer.

— Il le méritait, rétorqua la majordome.

Isabel acquiesça d'un signe de tête. Au cours de ces quelques minutes, Asperton s'était montré aussi odieux que son père. De nouveau, des larmes lui brûlèrent les yeux.

— Je le hais, chuchota-t-elle.

— Je sais, répondit la majordome, toujours immobile sur le seuil de la pièce.

— S'il était ici, je le tuerais avec plaisir.

— Eh bien... je crois que ce ne sera pas nécessaire. Isabel, poursuivit Jane en levant la main pour lui montrer une feuille de papier. Le comte est mort...

1

Et que vaudraient ces leçons, chère lectrice, sans un lord potentiel à conquérir ? Sans le gentleman pour lequel vous aurez étudié avec toute la diligence requise ? La réponse est, bien sûr, qu'elles seraient à peu près inutiles.

Dans ce cas, ne sommes-nous pas les femmes les plus gâtées par la fortune, puisque notre belle ville regorge de célibataires plus séduisants, plus intelligents, plus charmants et charmeurs les uns que les autres ? Une véritable mine d'hommes riches qui arpentent nos rues, et auxquels ne manque qu'une épouse !

Dénicher le gentleman idéal est une tâche écrasante, certes, mais restez confiante, chère lectrice, car nous nous en sommes chargés pour vous.

Si vous le voulez bien, nous soumettons à votre attention l'homme qui figure en tête de notre liste des lords les plus désirables...

Pearls and Pelisses, *juin 1823*

Lorsque la blonde debout à côté de la porte lui adressa un clin d'œil, ce fut la goutte d'eau qui fit déborder le vase.

Jurant entre ses dents, lord Nicholas St. John se rencogna sur sa chaise. Qui aurait imaginé qu'un superlatif forgé par une stupide gazette féminine transformerait les jeunes – et les moins jeunes – Londoniennes en une meute déchaînée ?

Tout d'abord, Nick s'en était amusé. Puis les invitations avaient commencé à pleuvoir. Et, à 14 heures à peine, lady Ponsonby s'était présentée en personne à sa maison de St. James, affirmant avoir besoin d'un avis sur une statue qu'elle venait d'acquérir en Italie. Nick n'avait pas été dupe. Si une vipère comme lady Ponsonby se présentait au domicile d'un célibataire, c'était pour une seule et unique raison – que lord Ponsonby n'aurait pas trouvée du tout raisonnable.

Nick s'était alors enfui, trouvant refuge dans la bibliothèque de la Royal Society of Antiquities, où personne n'avait jamais entendu parler de gazettes féminines. Malheureusement, le journaliste ayant bien fait son travail, une heure ne s'était pas écoulée qu'un valet de pied était venu annoncer l'arrivée de quatre femmes, d'âges et de conditions différents. Toutes sollicitaient un avis urgent sur leurs statues de marbre, et seul celui de lord Nicholas était requis.

Leurs statues de marbre, vraiment !

Après avoir grassement soudoyé le valet de pied pour acheter son silence, Nick avait fui de nouveau. Au mépris de sa dignité, il s'était faufilé par la porte de service, puis, le visage dissimulé par le bord de son chapeau, il avait gagné le sanctuaire du Dog and Dove. Il venait de passer les dernières heures tapi dans un coin sombre de la taverne.

D'ordinaire, quand une servante voluptueuse lui faisait de l'œil, il était plus que disposé à admirer ses appas. Mais cette femme était la quatorzième aujourd'hui à lui faire ouvertement des avances, et il en avait assez. Il lui adressa un regard courroucé, puis reporta ce même regard sur son verre de bière, qu'il considéra avec une irritation croissante.

— Il faut que je quitte cette maudite ville.

Le rire profond qui accueillit sa déclaration ne fit rien pour améliorer son humeur.

— N'oublie pas, Rock, que je pourrais te mettre sur le premier bateau en partance pour la Turquie, grommela-t-il.

— J'espère que tu n'en feras rien. Je détesterais manquer la conclusion de cette plaisante comédie.

Le compagnon de Nick, Durukhan, se retourna pour caresser de ses yeux noirs l'accorte jeune femme.

— Dommage... Elle ne me regarde même pas.

— C'est une fille sensée.

— À mon avis, c'est plutôt qu'elle croit tout ce qu'elle lit dans les journaux. Allons, Nick, dit-il en riant quand celui-ci se renfrogna de plus belle, ce n'est tout de même pas si terrible. La population féminine de Londres a été publiquement informée que tu étais un bon... parti, c'est tout.

En repensant à la pile d'invitations qui attendaient une réponse de sa part – il en avait reçu de toutes les familles comptant une fille célibataire –, Nick but une longue gorgée de bière.

— Pas si terrible ? grommela-t-il.

— À ta place, j'en profiterais. À présent, tu peux avoir toutes les femmes que tu veux.

— Je me débrouillais parfaitement bien sans cette maudite gazette, merci.

Pour toute réponse, Rock se contenta d'un grognement et, se retournant de nouveau, il fit signe à la servante. Celle-ci se précipita vers leur table et s'inclina profondément vers Nick pour lui offrir une vue imprenable sur son généreux décolleté.

— Monsieur ? murmura-t-elle. Vous avez besoin... de moi ?

— Nous avons besoin de vous, effectivement, dit Rock.

La fille effrontée s'assit sur les genoux de Nick.

— Je ferai c'que vous voudrez, mon cœur, susurra-t-elle en pressant ses seins contre son torse. Tout c'que vous voudrez.

Tout en cherchant une couronne dans sa poche, Nick dénoua le bras qu'elle avait passé autour de son cou.

— C'est une offre tentante, dit-il en remettant la fille sur ses pieds, après lui avoir glissé la pièce dans la main, mais j'ai bien peur de ne vouloir rien d'autre qu'un peu plus de bière. Mieux vaudrait que vous vous cherchiez un autre compagnon pour ce soir.

Le dépit de la fille fut de courte durée. Elle se tourna vers Rock et observa d'un œil approbateur son torse puissant, sa peau brune et ses bras costauds.

— Ça vous dit ? Y a des filles qui aiment pas les basanés, mais j'pense qu'on s'entendrait bien.

Si Rock ne bougea pas, Nick remarqua la crispation de ses épaules, provoquée par cette allusion à ses origines.

— Pas ce soir, se contenta-t-il de dire, sans plus lui prêter attention.

Vexée par cette double rebuffade, la fille tourna les talons – pour aller chercher de la bière, espéra Nick. Tandis qu'il la suivait des yeux, il perçut l'attention aiguë dont il était l'objet de la part des autres femmes présentes dans la salle.

— Ce sont des prédatrices. Toutes autant qu'elles sont.

— Si tu veux mon avis, ce n'est que justice que le *bulan* sache enfin ce que c'est que d'être chassé.

Nick fit la grimace à l'évocation de ce surnom turc et de la longue histoire qui s'y attachait. Il y avait des années que personne ne l'avait appelé le *bulan* – le pisteur. Ce nom ne signifiait plus rien, à présent. C'était un vestige de sa vie en Orient, au cœur de l'Empire ottoman, quand il était un autre, sans identité mais avec un talent qui avait fini par causer sa perte.

L'ironie de la situation ne lui échappa nullement. Son séjour en Turquie s'était achevé brutalement, quand une femme avait jeté son dévolu sur lui et qu'il avait commis l'erreur de se laisser prendre, au sens littéral.

Il avait passé vingt-deux jours dans une prison turque avant d'être sauvé par Rock et de se retrouver en Grèce, où il s'était juré de mettre un terme à la carrière du *bulan*.

La plupart du temps, il était heureux de cette décision. Il jouissait d'une existence paisible à Londres, entre la gestion de ses biens et sa passion pour les œuvres d'art de l'Antiquité. Il y avait cependant des jours où la vie du *bulan* lui manquait.

Il préférait, et de loin, être le chasseur plutôt que le chassé.

— Les femmes sont toujours comme ça avec toi, fit remarquer Rock, le tirant de ses réflexions. Tu y es simplement plus sensible aujourd'hui. Non que j'aie jamais compris leur intérêt pour toi. Tu es plutôt du genre sale indiv...

— C'est une correction que tu cherches ?

— Te battre avec moi dans un endroit public ne serait pas digne du gentleman idéal, répliqua Rock avec un sourire jusqu'aux oreilles.

— Je prendrais le risque de perdre mon titre pour le plaisir d'effacer ce sourire de ton visage.

— Si tu crois pouvoir me vaincre, c'est que toute cette attention féminine t'a brouillé l'esprit, riposta Rock qui, s'accoudant à la table, fit jouer sciemment les muscles puissants de ses bras. Où est ton sens de l'humour ? Tu trouverais ça follement divertissant, si c'était à moi que ça arrivait. Ou à ton frère.

— Peu importe. C'est à moi que ça arrive.

Levant les yeux vers la porte qui s'ouvrait, Nick poussa un grognement en voyant l'homme grand et brun qui entrait. Quand ce dernier l'aperçut, il haussa un sourcil amusé et fendit la foule pour le rejoindre.

— Tu cherches vraiment à être renvoyé en Turquie, maugréa Nick en lançant à son ami un regard accusateur.

— Ç'aurait été ingrat de ma part de ne pas l'inviter à s'amuser lui aussi.

— Quel coup de chance ! fit la voix de Gabriel St. John, marquis de Ralston et frère jumeau de Nick. Franchement, si on m'avait dit que je pourrais approcher le lord le plus convoité de Londres !

Rock se leva et, après avoir accueilli Gabriel d'une claque dans le dos, lui fit signe de se joindre à eux. Une fois assis, Gabriel continua :

— Encore que j'aurais dû m'attendre à te trouver ici… en train de te cacher. Espèce de lâche !

Comme Nick fronçait les sourcils, Rock éclata de rire.

— Je soulignais justement le fait que si c'était toi qui avais été désigné comme le lord à conquérir, Nick ne se serait pas privé d'en faire des gorges chaudes.

— Je n'en doute pas, acquiesça Gabriel. Et pourtant, mon frère, tu n'as pas l'air très joyeux. Que se passe-t-il ?

— Je suppose que tu es ici pour jouir de mon infortune, répondit Nick. Mais tu n'as pas autre chose à faire ? Tu as bien une femme toute neuve à divertir, non ?

— Effectivement, admit Gabriel, dont le sourire se fit plus tendre. Mais, pour être honnête, elle m'a quasiment mis dehors, tant elle avait hâte que je te retrouve. Elle donne un dîner jeudi et vous réserve deux places. Elle ne veut pas que lord Nicholas erre tristement dans les rues de la ville ce soir-là, en quête d'une épouse.

— Callie lit cette maudite publication ?

Il avait espéré que sa belle-sœur était au-dessus de ça. Si elle avait lu l'article, plus aucune fuite n'était possible.

— Le numéro de cette semaine ? Nous l'avons tous lu, déclara Gabriel. Grâce à toi, le nom de St. John est enfin devenu respectable. Bien joué, Nick.

La servante revint, chargée de plusieurs chopes. Son regard exprima d'abord de la surprise, puis du plaisir lorsqu'il se posa tour à tour sur Nick et Gabriel. Il n'était pas courant de voir des jumeaux ; les frères St. John attiraient donc l'attention lorsqu'ils sortaient ensemble. Mais Nick n'avait aucune patience, ce soir. Aussi détourna-t-il la tête tandis que Gabriel payait généreusement la fille, tout en poursuivant :

— Évidemment, toutes les femmes qui me convoitaient doivent être ravies d'avoir une seconde chance avec toi. Il te manque le titre, certes, mais tu possèdes quand même mon physique avantageux. En un peu plus jeune et moins spectaculaire, c'est sûr…

Après avoir foudroyé du regard son frère et son ami, qui s'esclaffaient comme deux idiots, Nick leva sa chope de bière.

— Puissiez-vous tous les deux rôtir en enfer !

— Ça en vaudrait la peine rien que pour te voir cette mine chagrine, dit Gabriel en levant sa chope à son tour. Tu sais, il y a pire que d'être désigné comme un bon parti. Je peux témoigner du fait que le mariage n'est pas la prison que j'imaginais. Crois-moi, c'est même plutôt agréable.

— Callie t'a transformé. Tu ne te rappelles pas comme c'était pénible, ces mères de famille harcelantes et leurs filles toujours en train de minauder, qui se démenaient pour attirer ton attention ?

— Pas du tout.

— Alors, c'est parce que Callie était la seule femme à bien vouloir de toi malgré ta sale réputation. La mienne n'est pas aussi noire que la tienne l'était... Je suis une prise bien plus précieuse. Que le Ciel me vienne en aide !

— Le mariage pourrait te réussir, tu sais.

Nick garda si longtemps les yeux fixés sur sa bière que ses compagnons crurent qu'il ne répondrait pas.

— Nous savons tous les trois que le mariage n'est pas pour moi... finit-il par dire.

— Je pourrais te rappeler que c'était valable pour moi aussi, fit observer Gabriel. Toutes les femmes ne sont pas comme cette garce qui a failli te faire tuer.

— Elle n'était qu'une femme parmi de nombreuses autres, répliqua Nick, avant de boire une longue gorgée de bière. Je te remercie mais j'ai appris qu'avec les femmes, les meilleures relations étaient brèves et non sentimentales.

— À ta place, je ne me vanterais pas de ma brièveté, intervint Rock. Le problème, ce ne sont pas les femmes qui te choisissent, mais celles que tu choisis. Si tu n'étais pas aussi facilement ensorcelé par celles qui jouent les victimes, tu aurais peut-être plus de chances avec le beau sexe.

Rock ne faisait que souligner ce que Nick savait déjà. Depuis sa jeunesse, il avait un faible pour les femmes en détresse. Il avait conscience que cela lui avait le plus souvent nui, sans pour autant être capable de se corriger.

Aussi s'attachait-il à garder toujours ses distances. Les règles étaient claires : pas de maîtresses, pas de rendez-vous réguliers et, surtout, pas d'épouse.

— Quoi qu'il en soit, je vais avoir bien du plaisir à te voir relever le défi de cet impressionnant superlatif, dit Gabriel pour rendre un peu de légèreté à la conversation.

Nick but une nouvelle gorgée, puis, s'adossant à sa chaise, posa ses mains à plat sur la table.

— J'ai bien peur de vous décevoir. Je n'ai pas du tout l'intention de relever le défi.

— Vraiment ? Comment espères-tu échapper aux femmes de Londres ? Ce sont des chasseresses hors pair.

— Elles ne pourront pas chasser si leur proie a disparu.

— Tu vas partir ? s'exclama Gabriel, l'air déçu. Où ça ?

Nick haussa les épaules.

— Il est manifeste que je suis resté trop longtemps à Londres. Je ne sais pas... Sur le continent... en Orient... aux Amériques... Rock, il y a des mois que tu rêves d'aventure. Où aimerais-tu aller ?

— Pas en Orient, répondit son ami après un instant de réflexion. Après ce qui s'est passé la dernière fois, ça ne me tente pas.

— Tu n'as pas tort, concéda Nick. Les Amériques, dans ce cas.

Mais Gabriel secoua la tête.

— Tu resterais absent au moins un an. Oublies-tu que notre sœur vient de faire son entrée officielle dans le monde et qu'il faut lui trouver un époux ? Tu ne vas pas me laisser m'y colleter seul – ce serait un désastre – uniquement parce que tu redoutes les attentions d'une poignée de femmes ?

— Une poignée ? protesta Nick. Un essaim, tu veux dire ! En fait, peu m'importe où je vais, continua-t-il après un silence. À partir du moment où il n'y a pas de femmes.

— Aucune ? s'écria Rock, l'air effaré.

Nick éclata de rire pour la première fois de la soirée.

— Pas « aucune », évidemment. Mais serait-ce trop demander qu'il n'y ait pas de lectrices de cette gazette stupide ?

— À mon avis, oui, répondit Gabriel.

— St. John...

Les trois hommes levèrent la tête. Le duc de Leighton venait de rejoindre leur table. Avec sa haute stature, ses épaules carrées, sa chevelure blonde et son visage sculptural, Leighton aurait fait un Viking parfait s'il n'avait été duc. Il souriait rarement mais, aujourd'hui, ses traits étaient particulièrement fermés.

— Leighton ! Joins-toi à nous, lui dit Nick en attirant une chaise libre avec son pied. Sauve-moi de ces deux-là.

— J'ai bien peur de ne pas pouvoir rester. Je te cherchais.

— Vous, et toute la population féminine de Londres, dit Gabriel avec un léger rire.

Sans lui prêter attention, le duc plia son grand corps sur la chaise et posa ses gants sur la table.

— J'ai quelque chose à te demander, annonça-t-il, s'adressant exclusivement à Nick, et ça ne va pas te plaire.

D'un signe, Nick commanda à la serveuse un verre de whisky. Son ami paraissait désespéré.

— Est-ce que cela implique de le marier ? demanda Gabriel, ironique.

Leighton eut l'air surpris.

— Non.

— Dans ce cas, Nick accueillera favorablement votre requête.

— Je n'en suis pas si sûr, dit le duc. En fait, ce n'est pas Nick que je viens trouver, mais le *bulan*.

Un long silence s'abattit. Après s'être raidis, Rock et Gabriel se contentèrent de regarder Nick avec circonspection. Ce dernier finit par s'incliner, les avant-bras sur la table, les bouts des doigts joints.

— Je ne pratique plus depuis longtemps, déclara-t-il lentement, les yeux rivés sur Leighton.

— Je le sais. Et je ne te le demanderais pas si je n'avais pas besoin de toi.

— De qui s'agit-il ?

— De ma sœur. Elle est partie.

— Je ne poursuis pas les fugueurs, Leighton. Tu devrais avoir recours à Bow Street.

— Pour l'amour du Ciel, St. John, tu sais bien que je ne peux pas prévenir la police. Ce serait dans les journaux dès demain. C'est du *bulan* que j'ai besoin.

— Le *bulan*, c'est fini.

— Je te paierai ce que tu demanderas.

Gabriel pouffa, ce qui lui valut un regard noir de leur interlocuteur.

— Qu'y a-t-il de si drôle ?

— La simple idée que mon frère réclame un paiement. Je ne pense pas que vous puissiez défendre votre cause avec un argument comme celui-là, Leighton.

— Vous n'avez jamais été mon jumeau préféré, Ralston, grommela le duc.

— Vous n'êtes pas le seul de cet avis. Je vous assure que l'idée ne me tracasse pas plus que ça. En toute sincérité, je suis surpris que vous daigniez nous parler, vu notre « lignée douteuse ». N'est-ce pas ainsi que vous la qualifiez ?

— Gabriel, ça suffit, intervint Nick, qui ne souhaitait pas que son frère ravive les querelles du passé.

Leighton eut la bonne grâce de paraître gêné.

Pendant de nombreuses années, les jumeaux St. John, bien qu'appartenant à l'aristocratie, avaient été en butte au mépris du jeune Leighton. Le scandale qui s'était abattu sur la maison de Ralston – la mère des jumeaux était partie en abandonnant mari et enfants – avait fait d'eux une proie idéale pour les familles les plus conformistes de la haute société. Leighton, durant leur scolarité commune à Eton, ne manquait pas une occasion d'évoquer le comportement déshonorant de leur mère.

Jusqu'au jour où il était allé trop loin et où Nick l'avait envoyé valser dans un mur.

À Eton, frapper un duc n'était pas quelque chose que l'on pardonnait au second fils d'un marquis ; Nick aurait certainement été renvoyé s'il n'avait eu un jumeau et si Gabriel n'avait endossé la responsabilité de l'incident. Le futur marquis de Ralston avait simplement été renvoyé chez lui un peu avant la fin officielle du semestre, tandis que Leighton et Nick observaient une trêve forcée.

La trêve s'était transformée en amitié durant leurs dernières années à Eton. Lorsque Nick était parti sur le continent, Leighton avait déjà accédé au duché, et sa fortune avait largement contribué à financer les expéditions de Nick et de Rock au fin fond de l'Orient. C'était en grande partie à Leighton que Nick devait d'être devenu le *bulan*.

— Que sais-tu ?

— Nick... intervint Rock, prenant la parole pour la première fois depuis l'arrivée du duc.

Mais Nick leva la main.

— Simple curiosité.

— Je sais qu'elle est partie, répondit Leighton. Qu'elle a pris de l'argent et une poignée de choses qu'elle considère comme précieuses.

— Pourquoi est-elle partie ?

— Je ne sais pas.

— Il y a toujours une raison.

— Sans doute... mais j'ignore laquelle.

— Quand ?

— Il y a deux semaines.

— Et tu ne viens me trouver que maintenant ?

— Elle était censée rendre visite à une cousine, à Bath. Il s'est écoulé dix jours avant que je comprenne qu'elle m'avait menti.

— Sa femme de chambre ?

— Je l'ai tellement tourmentée qu'elle a fini par avouer que Georgiana était partie vers le nord. Elle ne sait rien d'autre. Ma sœur a mis beaucoup de soin à effacer ses traces.

Nick s'adossa de nouveau à sa chaise, l'esprit en alerte, le corps fourmillant d'une énergie soudaine. Quelqu'un avait aidé cette fille. Et l'aidait encore, certainement, puisqu'elle n'avait pas renoncé et n'était pas rentrée chez elle. Cela faisait des années qu'il n'avait pas pisté quelqu'un, et il avait oublié le plaisir que procurait une nouvelle recherche.

Mais cette période de sa vie était révolue, se répéta-t-il, tandis que le duc fixait sur lui son regard anxieux.

— C'est ma sœur, Nick... Tu dois bien savoir que je ne te ferais pas cette demande si j'avais le choix.

Ces mots lui allèrent droit au cœur. Il avait une sœur, lui aussi. Et il aurait été prêt à tout pour s'assurer qu'elle était saine et sauve...

— Lord St. John ? fit timidement une voix féminine.

Nick tourna la tête. Deux jeunes femmes se tenaient non loin de leur table et le dévisageaient avec insistance.

— Oui ? dit-il, méfiant.

— Nous... commença l'une d'elles, avant de s'interrompre.

Sa compagne la poussa du coude.

— Oui ? répéta Nick.

— Nous sommes des admiratrices.

— Des admiratrices de qui ?

— De vous.

— De moi...

— Et comment ! s'écria la seconde fille avec un large sourire, tout en brandissant ce qui ressemblait méchamment à...

Nick jura entre ses dents.

— Vous voulez bien signer notre gazette ?

— Ce serait avec plaisir, jeunes filles, mais vous vous trompez de frère, prétendit Nick, avant de désigner Gabriel. Voilà lord Nicholas.

Rock pouffa quand les deux admiratrices se tournèrent vers le marquis de Ralston – copie éblouissante de leur proie – et gloussèrent d'excitation.

Endossant aussitôt son rôle, Gabriel leur adressa un sourire éclatant.

— Je serai heureux de signer votre gazette, assura-t-il en saisissant le journal et le crayon qu'elles lui présentaient. Vous me croirez si vous voulez, mais c'est la première fois que j'attire l'attention des dames alors que je suis en compagnie de mon frère. Ralston a toujours été considéré comme le plus séduisant de nous deux.

— Non ! protestèrent les filles tandis que Nick levait les yeux au ciel.

— Mais si. Vous pouvez interroger n'importe qui, on vous dira que le marquis est le plus beau des jumeaux St. John. D'ailleurs, vous l'avez sûrement entendu dire. Vous pouvez l'avouer, vous savez... Je ne serai pas vexé.

Gabriel éleva la gazette pour en montrer la couverture, qui proclamait : « À l'intérieur : les lords londoniens à conquérir ! »

— Oui, cela va faire des merveilles pour ma réputation, commenta-t-il. Je suis tellement heureux que le Tout-Londres sache que je suis en quête d'une épouse !

Les deux filles étaient sur le point de s'évanouir de ravissement. Goûtant peu la plaisanterie, Nick se tourna vers Leighton.

— Vers le nord, as-tu dit ?

— Oui.

— Le « nord », c'est vaste, fit remarquer Rock. Il nous faudrait des semaines pour parvenir à la retrouver.

Après avoir jeté un coup d'œil vers les deux filles qui couvaient Gabriel du regard, Nick reporta son attention sur ses amis.

— Finalement, je me sens prêt à prendre la route.

2

Townsend Park
Dunscroft, Yorkshire

Isabel observa la jeune fille pâle, à l'air exténué, assise devant elle sur l'étroit lit de camp. Elle avait à peine l'âge de sortir seule, et encore moins celui d'accomplir un voyage de quatre jours en malle-poste, pour arriver dans une maison inconnue au cœur de la nuit.

Les yeux écarquillés par la frayeur, la jeune fille se leva, serrant contre elle un petit sac de voyage.

— Vous êtes Georgiana... dit Isabel en lui souriant.

Comme la nouvelle venue ne réagissait pas, elle précisa :

— Je suis Isabel.

— Lady Isabel ? Je croyais... Je...

Le sourire d'Isabel s'accentua.

— Laissez-moi deviner. Vous pensiez que je serais vieille ? Racornie ?

À son tour, la jeune fille esquissa un sourire. Timide, mais c'était un bon début.

— Peut-être.

— Dans ce cas, je considère votre surprise comme un compliment.

La fille posa son sac pour la saluer d'une révérence.

— Oh non, s'il vous plaît, protesta Isabel. Voilà qui me ferait me sentir vieille et racornie. Asseyez-vous, ajouta-t-elle en se perchant elle-même sur un petit tabouret de bois. Nous ne faisons pas de cérémonies, ici. Et, dans le cas contraire, ce serait à moi de vous marquer ma déférence. Après tout, je ne suis que la fille d'un comte, alors que vous...

Georgiana secoua la tête, le visage empreint de tristesse.

— Plus maintenant.

Cette fille regrettait son foyer, devina Isabel. Ce qui n'était pas le cas de la plupart des femmes qui échouaient à Townsend Park.

— Comment nous avez-vous trouvées ?

— C'est ma... une amie. Elle m'a dit que vous recueilliez des femmes. Que vous pourriez m'aider...

Comme Isabel hochait la tête pour l'encourager, elle ajouta, d'une voix près de se briser :

— Mon frère... Je ne pouvais pas lui dire...

Isabel se pencha pour prendre ses mains, glacées et tremblantes, dans les siennes.

— Vous n'avez pas besoin de me le dire à moi non plus. Seulement quand vous serez prête.

Georgiana releva la tête, les yeux brillants de larmes.

— Mon amie... Elle a dit que vous prendriez soin de nous.

— Et nous le ferons, assura Isabel. Vous avez fait un long voyage. Puis-je vous suggérer de dormir un peu ? Nous nous retrouverons pour le petit déjeuner, et vous pourrez me parler de votre situation si vous le souhaitez.

Quelques minutes plus tard, Georgiana se glissait entre les draps raides du lit de camp – un lit plus modeste, et de loin, certainement, que tous ceux dans lesquels la sœur du duc de Leighton avait pu dormir. Après avoir attendu un long moment pour s'assurer que la jeune fille était bien endormie, Isabel se glissa hors de la pièce.

Un groupe de curieuses s'était rassemblé sur le palier.

— Elle dort ? chuchota Lara, la cousine et meilleure amie d'Isabel.

— Pourquoi ce palier n'est-il pas correctement éclairé ? demanda cette dernière, après avoir acquiescé d'un signe de tête.

— Parce que nous ne pouvons pas nous offrir assez de bougies.

Isabel se mordit la lèvre. Évidemment.

— La sœur d'un duc ? murmura Jane avec désapprobation.

— Ça devrait pas compter, qui elle est, protesta Gwen, la cuisinière. Elle a besoin de nous, et on recueille les filles qui ont besoin de nous.

— Elle ne peut pas rester, déclara à son tour Kate qui, du regard, quêta le soutien des autres.

— Allons poursuivre cette conversation loin de cette pauvre fille, chuchota Isabel, qui fit signe au groupe de lui emboîter le pas.

— Elle ne peut pas rester ! affirma de nouveau Kate.

— Oui, je crois que tu t'es montrée claire sur le sujet, répliqua Isabel, ironique.

— C'est un risque énorme, insista Jane, comme si Isabel n'y avait pas songé elle-même.

En vérité, la crainte lui tordait le cœur. On ne recueillait pas la sœur d'un duc, l'un des hommes les plus puissants d'Angleterre, sans qu'il en ait connaissance. Et cela pourrait être fatal à James.

Le frère d'Isabel n'avait que dix ans, le titre de comte de Reddich venait de lui échoir, et il aurait à se battre pour se débarrasser de la réputation catastrophique de son père. Si le duc de Leighton découvrait que sa sœur vivait ici, sous sa protection, James ne se remettrait pas du scandale.

Les autres avaient raison : le sens des responsabilités imposait à Isabel de renvoyer cette fille.

Elle regarda les femmes tour à tour. Chacune d'elles était arrivée à Townsend Park dans des circonstances similaires à celles de Georgiana. Elle aurait pu refuser de les accueillir. Mais elle ne l'avait pas fait.

— Lara ? interrogea-t-elle après avoir arrêté son regard sur sa cousine.

— Je connais les règles, Isabel, répondit Lara après un instant de réflexion. Je sais quels sont nos principes. Mais... un duc... Cela va attirer l'attention sur nous toutes. Elle... Que se passera-t-il si quelqu'un vient à sa recherche ? Si nous sommes découvertes ?

— Pour moi, la question est plutôt : que se passera-t-il *quand* quelqu'un viendra à sa recherche ? Parce qu'on ne laisse pas disparaître comme ça la sœur d'un duc. Elle est enceinte, ajouta-t-elle après un instant.

Jane siffla entre ses dents.

— Elle vous l'a dit ? demanda Gwen.

— Indirectement.

— Eh bien, dans ce cas, nous ne pouvons évidemment pas la renvoyer.

Mais Kate n'était pas d'accord.

— Ce n'est pas une fille de commerçants ni une femme de patron d'auberge. Elle appartient à l'aristocratie, que diable ! Et aussi le bébé qu'elle porte, peut-être ! Nous devrions rendre cette fille à sa famille.

— Avoir une famille noble, ce n'est pas toujours la panacée, Kate. Je suis bien placée pour le savoir.

En pensée, Isabel revit la jeune fille gracile, les cernes profonds qui marquaient ses yeux, ses joues creuses. La pauvre était seule et perdue.

— Je n'ai jamais refusé d'accueillir une fille, déclara-t-elle, sentant bien que sa décision était prise. Je ne vais pas commencer maintenant. Elle aura sa place ici tant qu'elle en aura besoin. Nous lui donnerons du travail. James a besoin d'une nouvelle gouvernante, et je suis certaine qu'elle pourrait s'acquitter correctement de cette tâche.

— Vous l'avez vue ? lança Kate. Je parie qu'elle n'a jamais effectué une journée de travail dans sa vie.

— Toi non plus, tu n'avais jamais travaillé lorsque tu es arrivée ici, lui rappela Isabel avec un sourire. Et maintenant, tu es la meilleure responsable d'écurie qui soit.

Kate détourna les yeux, tout en s'essuyant la main sur sa culotte d'équitation.

— Il n'empêche... La sœur d'un duc, murmura-t-elle.

Isabel fit courir son regard sur le cercle de ses compagnes. Jane, sa majordome, dirigeait la maison avec l'aisance de n'importe quel domestique masculin ayant été formé pendant des années ; Gwen, la cuisinière, aurait pu avoir appris son art dans les meilleures cuisines londoniennes, à en juger par la fierté avec laquelle elle effectuait sa tâche ; quant à Kate, son adresse avec les chevaux rivalisait avec celle des jockeys d'Ascot.

Toutes s'étaient vu offrir le gîte, la sécurité et un avenir. Et toutes jugeaient Isabel capable d'affronter n'importe quelle épreuve.

Si elles savaient qu'elle était tout aussi effrayée, tout aussi peu sûre qu'elles !

Après avoir pris une longue inspiration, elle s'efforça d'insuffler dans sa voix conviction et assurance.

— Elle a besoin de Minerva House. Et Minerva House relèvera ce défi.

Isabel ouvrit les yeux et, d'un geste brusque, se redressa dans son fauteuil.

Lara se tenait de l'autre côté du grand bureau.

— Bonjour.

Après avoir tourné la tête vers la fenêtre et plissé les paupières, éblouie par l'éclat du ciel bleu, Isabel comprit que la matinée était déjà bien avancée.

— Je me suis endormie...

— Oui, c'est ce que je constate, répondit Lara. Pourquoi n'as-tu pas tenté de le faire dans ton lit ?

Isabel fit bouger sa tête d'avant en arrière pour dérouiller ses muscles endoloris et grimaça.

— J'avais trop à faire.

Lara posa une tasse de thé sur le bureau, puis s'assit en face d'Isabel.

— Qu'est-ce que tu peux bien avoir à faire qui exige que tu renonces à dormir ?

Puis, distraite, elle ajouta :

— Tu as de l'encre sur la joue gauche.

Tout en s'essuyant la figure, Isabel baissa les yeux sur le papier posé devant elle. C'était la liste qu'elle avait rédigée le soir précédent. La liste immense de toutes les choses qu'elle s'était promis de faire cette nuit, après une courte sieste.

Son estomac se contracta sous l'assaut de la culpabilité. Elle aurait dû réfléchir à un plan pour assurer la sécurité des filles, rédiger une lettre à l'avoué de son père pour qu'il lui confirme qu'il n'y avait aucune somme d'argent mise de côté pour l'éducation de James, écrire à l'agent immobilier de Dunscroft afin qu'il commence à chercher une nouvelle maison, entamer la lecture du livre sur la réparation des toits – la mise en application de ce texte devenait d'une urgence criante.

Elle n'avait rien fait de tout cela. Elle avait dormi.

— Tu as besoin de repos.

— J'ai eu tout le repos nécessaire, répliqua Isabel.

Alors qu'elle entreprenait de trier les papiers sur son bureau, une pile d'enveloppes non décachetées attira son attention.

— D'où viennent-elles ?

Quand elle souleva le paquet de lettres, un périodique féminin apparut. Le temps de lire le titre : « À l'intérieur : les lords londoniens à conquérir ! », elle reposa les enveloppes en levant les yeux au ciel.

— C'est le courrier de ce matin. Avant que tu ne l'ouvres...

— Oui ? fit Isabel, qui venait de saisir le coupe-papier.

— Il faut que nous parlions de James.

— Qu'y a-t-il encore ?

— Il s'est caché pour échapper à ses leçons.

— Je n'en suis pas surprise. Je lui parlerai. A-t-il au moins fait la connaissance de la nouvelle gouvernante ?

— Pas exactement...

— C'est-à-dire ?

— Eh bien, Kate l'a surpris en train de la regarder dans son bain.

— Tu n'es pas en train de me dire, je suppose, qu'il regardait Kate dans son bain ?

Lara éclata de rire.

— Tu imagines comment ça se serait terminé ? Elle l'aurait écorché vif.

— Je vais peut-être bien l'écorcher vif de mes propres mains ! Il est comte, à présent, et il doit être digne de son titre. Franchement, reluquer cette fille dans son bain... Quelle mouche l'a piqué ?

— Il est peut-être comte, mais c'est avant tout un garçon, Isabel. Tu crois peut-être qu'il n'est pas curieux ?

— Il a grandi dans une maison pleine de femmes. Effectivement, j'aurais pensé que ça ne l'intéressait pas du tout.

— Eh bien, tu te trompes. À mon avis, ça l'intéresse même beaucoup. Il a besoin de quelqu'un avec qui en discuter.

— Il peut en discuter avec moi, non ?

— Isabel… murmura Lara en la considérant avec incrédulité.

— Quoi ?

— Tu es une sœur merveilleuse. Mais il ne peut pas aborder ce genre de sujet avec toi.

Dans le silence qui suivit, Isabel dut s'avouer que sa cousine avait raison. À dix ans, James aurait eu besoin qu'un homme lui ouvre les portes de l'univers masculin qui serait le sien plus tard.

— Je dois trouver un moyen de l'envoyer au collège, dit-elle après un soupir. J'ai l'intention d'écrire à l'avoué de mon père aujourd'hui même. Non pas que nous disposions du moindre penny… Mais on ne sait jamais, ajouta-t-elle après un silence. Peut-être que le tuteur de James arrivera porteur de nouvelles que seuls les gens de son espèce connaissent.

Depuis qu'elles avaient appris la mort du comte, elles attendaient que se manifeste Oliver, lord Densmore, le tuteur mystérieux que le comte avait désigné dans son testament. Cela faisait une semaine, à présent, et à chaque jour qui s'écoulait sans apporter de nouvelles, Isabel respirait un peu plus librement. L'ombre de cet homme continuait néanmoins à planer. Car s'il avait été désigné par le défunt comte, on pouvait redouter que lord Densmore ne fût précisément le genre de tuteur qu'elle préférait ne pas connaître.

— Il y a autre chose…

— Au sujet de James ? s'enquit Isabel, incapable de réprimer une grimace.

— Non. À propos de toi. Je sais pourquoi tu t'es endormie ici au lieu d'aller te coucher dans ton lit. Tu es inquiète. Inquiète pour notre avenir, pour nos finances, pour James, pour Minerva House… Ne me fais pas l'injure de feindre l'ignorance, continua Lara quand Isabel se mit à secouer la tête. Je te connais depuis toujours, et je vis avec toi depuis six ans. Je sais que tu es préoccupée.

Isabel s'apprêta à protester, puis elle y renonça. Lara avait raison, bien sûr. « Préoccupée » était d'ailleurs un mot faible pour décrire son anxiété face aux problèmes qui l'assaillaient. Et si James ne pouvait pas aller au collège ni restaurer l'honneur de son titre ? Et si son tuteur ne se manifestait jamais ? Pire, s'il ne venait que pour fermer Minerva House et renvoyer les femmes pour lesquelles Isabel s'était si durement battue ?

Le toit de la maison fuyait ; cette semaine, elle avait perdu sept moutons à cause du mauvais état d'une clôture ; et elle ne possédait pas un sou alors qu'elle avait deux douzaines de bouches à nourrir.

— Je suppose que le comte n'a pas laissé le moindre argent ? reprit doucement Lara.

C'était la première fois qu'une des résidentes de Townsend Park évoquait leur situation financière.

Isabel secoua la tête sans parvenir à dissimuler son amertume.

— Tout a disparu.

Feu le comte de Reddich ne s'était pas soucié d'assurer la subsistance de ses enfants, pas même celle de son héritier. Il avait fallu une demi-heure à Isabel pour convaincre l'avoué de son père, arrivé le lendemain de l'annonce du décès, qu'elle était capable de comprendre la situation financière du domaine. Comme s'il était difficile de comprendre qu'on était ruiné !

Son père avait joué tout ce qui pouvait l'être : la maison de Londres, les voitures, les meubles, les chevaux… jusqu'à sa fille ! Il ne restait rien hormis les biens inaliénables, attachés au titre, qui revenaient à James, ainsi que ce qu'Isabel possédait en propre. Et qu'elle pouvait vendre, songea-t-elle avec un douloureux serrement au cœur.

Une vague de panique menaça de la submerger. Si seulement elle ne s'était pas endormie, elle aurait peut-être déjà conçu un plan pour sauver le domaine et ses habitants !

Elle avait juste besoin d'un peu de temps...

Fermant les yeux, elle inspira profondément, à plusieurs reprises, pour se reprendre.

— Ce n'est pas ton problème, Lara, déclara-t-elle avec une assurance feinte. Je veillerai à ce que tout le monde s'en sorte.

— Bien sûr. Personne n'en a jamais douté une seconde.

Non, personne ne doutait jamais de la force d'Isabel. Pas même lorsque les choses ne tenaient plus ensemble que par un fil ténu.

Elle se leva pour s'approcher de la fenêtre, qui donnait sur les terres autrefois grasses et fertiles de Townsend Park. À présent, les champs étaient envahis par les broussailles, et le bétail était réduit à une peau de chagrin.

— Est-ce que les filles sont inquiètes ?

— Non, répondit Lara. À mon avis, il ne leur est pas venu à l'idée qu'elles puissent être jetées à la rue.

— Elles ne seront pas jetées à la rue ! Ne redis jamais une chose pareille.

— Je sais bien que cela n'arrivera pas, affirma Lara en la rejoignant.

Isabel pivota vers elle et agita l'index sous le nez de sa cousine.

— Je vais réfléchir. Nous trouverons de l'argent, et je transférerai les filles dans une autre maison. Ce n'est pas comme si nous tenions à celle-ci.

— Une Minerva House *bis* ?

— Précisément.

— Quelle idée fabuleuse ! déclara Lara d'un ton qui irrita Isabel.

— Tu n'as pas besoin de m'approuver uniquement pour m'apaiser.

— C'est juste. As-tu un coffre plein d'argent caché quelque part ? Parce que, d'après ce que j'ai entendu dire, les maisons susceptibles d'accueillir deux douzaines de femmes ont un coût.

— Eh bien... c'est la partie du plan que je n'ai pas encore vraiment attaquée.

Isabel traversa la pièce jusqu'à la porte, puis elle fit demi-tour et vint reprendre sa place derrière le bureau. Pendant un long moment, elle observa les papiers qui jonchaient l'immense table, sur laquelle s'étaient penchées trois générations de comtes de Reddich.

— Il n'y a qu'une manière de nous procurer les fonds nécessaires pour survivre, finit-elle par dire.

— Laquelle ?

— Je vais vendre les statues de marbre.

Le bourdonnement dans ses oreilles était presque assourdissant, étouffant sa propre voix. C'était comme si, en n'entendant pas les mots, elle pouvait croire qu'ils n'avaient pas été prononcés.

— Isabel... Non.

— C'est idiot de les garder, argua-t-elle en hâte, de peur de n'avoir pas la force de s'opposer à sa cousine. Personne n'en profite.

— Toi, tu en profites.

— C'est un luxe que je ne peux plus me permettre.

— C'est le seul luxe que tu aies jamais eu, répliqua Lara, comme si Isabel elle-même n'en avait pas cruellement conscience.

— As-tu une meilleure solution à proposer ?

— Peut-être... Tu pourrais penser... à te marier, avança Lara d'un ton hésitant.

— Suggères-tu que j'aurais dû accepter l'un de ces imbéciles qui se sont présentés ici après m'avoir gagnée à un jeu de hasard ?

— Mon Dieu, non ! s'écria Lara, l'air effaré. Aucun d'eux, jamais ! Ni aucune connaissance de ton père, d'ailleurs. Je pensais à quelqu'un d'autre... quelqu'un de gentil. Et s'il était riche, ce serait la cerise sur le gâteau.

Isabel saisit le périodique qu'elle avait entraperçu un peu plus tôt.

— Tu voudrais peut-être que je m'essaie à conquérir un lord ?

Lara rougit brusquement.

— Une union avantageuse ne serait pas la pire chose qui pourrait t'arriver. Tu oserais le nier ?

Isabel secoua la tête. Le mariage n'était certainement pas la solution. Elle voulait bien avaler une pilule amère ou deux pour sauver cette maison et les femmes qui y vivaient, mais elle n'était pas disposée à sacrifier sa liberté ou sa santé mentale pour elles.

Égoïste !

Le qualificatif résonna dans sa tête, aussi blessant que s'il venait d'être prononcé. Elle savait que, si elle fermait les yeux, elle reverrait le visage de sa mère, accusateur et déformé par l'angoisse.

Tu aurais dû épouser l'homme qu'il te proposait, espèce de brute égoïste. Il serait resté si tu avais accepté, et toi, tu serais partie...

Sa gorge s'était nouée, et elle dut s'éclaircir la voix.

— Le mariage n'est pas la solution, Lara. Crois-tu vraiment que quelqu'un ayant les moyens de nous aider envisagerait d'épouser une fille de vingt-quatre ans, qui n'a jamais mis les pieds dans une salle de bal londonienne, et dont le père était un bon à rien notoire ?

— Mais bien sûr !

— Non, certainement pas. Je n'ai ni talents, ni éducation, ni dot. Je n'ai rien d'autre qu'une maison pleine de femmes dont la plupart se cachent, et dont une poignée d'entre elles vivent dans l'illégalité. Comment proposes-tu d'expliquer la chose à un prétendant potentiel ?

Lara ouvrit la bouche, mais Isabel ne lui laissa pas le loisir de l'interrompre.

— C'est impossible, crois-moi. Aucun homme doué de bon sens ne m'épouserait ni ne se chargerait de mon fardeau. Et, en toute sincérité, je m'en satisfais. Non... il nous faut trouver une tactique différente.

— Il t'épouserait si tu lui disais la vérité, Isabel. Si tu expliquais tout.

Un silence s'installa, durant lequel Isabel s'autorisa à songer, fugitivement, à ce que ce serait que d'avoir quelqu'un avec qui partager tous ses secrets. Quelqu'un qui l'aiderait à protéger les filles... et à élever James.

Mais elle repoussa aussitôt cette idée. Partager la charge de Minerva House, cela signifierait faire suffisamment confiance à quelqu'un pour lui en révéler les secrets.

— Dois-je te rappeler quelles créatures horribles Minerva House nous a dévoilées ? Les maris qui usent de leurs poings ? Les frères et les oncles ignobles ? Les hommes si abrutis par l'alcool qu'ils sont incapables de rapporter à manger à leurs petits ? Et n'oublions pas mon propre père – prêt à vendre ses enfants pour avoir de quoi passer une autre nuit en ville, incapable d'entretenir son domaine, se moquant absolument de ne laisser à son héritier qu'un titre entaché de déshonneur...

Après avoir de nouveau secoué la tête avec force, Isabel conclut :

— Si j'ai appris une chose dans la vie, Lara, c'est que la plupart des hommes ne sont pas bons. Et ceux qui le sont n'écument pas la campagne du Yorkshire à la recherche de vieilles filles comme moi.

— Ils ne peuvent pas être tous mauvais, protesta Lara. Tu dois admettre que les filles qui viennent à Minerva House... Eh bien... elles ont été confrontées à ce qu'il y a de pire en la matière. Peut-être que des hommes comme ceux qui figurent là-dedans sont différents, ajouta-t-elle en désignant la gazette.

— Je t'accorde le bénéfice du doute, même si je reste sceptique. Mais soyons au moins honnêtes avec nous-mêmes : je ne suis pas vraiment le type de femme susceptible de conquérir un lord. Encore moins un lord doté de qualités si exceptionnelles qu'elles sont vantées dans un journal.

— Ne dis pas de bêtises. Tu es jolie et intelligente, tu es incroyablement compétente dans différents domaines, et n'oublions pas que tu es la sœur d'un comte – mieux encore, d'un comte qui n'a pas encore déshonoré son nom ! Je suis convaincue que les lords célibataires de Londres tomberaient sous ton charme.

— Certes. Je vis aussi à deux cents miles au nord de Londres. J'imagine que ces lords si recherchés ont déjà été décrochés par un escadron de jeunes filles chanceuses, dont les abonnements ne voyagent pas par la malle-poste.

— Peut-être pas ces lords-là, admit Lara dans un soupir. Peut-être que la gazette est juste un signe.

— Un signe ? Tu considères que... *Pearls and Pelisses* est un signe ? demanda Isabel après s'être interrompue un instant pour regarder le nom du journal. Au passage, pourquoi recevons-nous ce torchon ?

— Les filles l'apprécient. Et, en effet, je le considère comme un signe que tu devrais envisager le mariage. Avec un homme bon. Et fortuné.

— Lara, reprit Isabel d'un ton radouci, le mariage ne ferait qu'ajouter à nos problèmes. Et même dans le cas contraire, penses-tu vraiment que les hommes bons et fortunés font la queue à Dunscroft en attendant que je daigne paraître en ville ?

Ayant ouvert la gazette, Isabel parcourut rapidement la description de lord Nicholas St. John, le premier des lords à conquérir.

— Franchement… Cet homme est le frère jumeau d'un des pairs les plus riches d'Angleterre ; il possède sa propre fortune, c'est un cavalier exceptionnel, un épéiste imbattable et, apparemment, il est assez beau pour que les dames de la haute société se précipitent sur leur flacon de sels.

Elle s'interrompit pour jeter un regard malicieux à Lara.

— On se demande comment la population féminine de Londres peut rester consciente, quand lui et son jumeau paraissent ensemble en public.

Lara pouffa.

— Peut-être qu'ils ont la gentillesse de se tenir à une certaine distance l'un de l'autre, pour la sécurité et la vertu de la bonne société.

— En tout cas, ce serait la chose convenable à faire, pour cette « incarnation de la virilité ».

— Incarnation de la virilité ?

— « Lord Nicholas est une véritable incarnation de la virilité, lut Isabel à voix haute. Beau, charmant, enveloppé d'un air de mystère qui fait battre les cils et les éventails. Et des yeux, chère lectrice ! Si bleus ! » Tu veux bien me répéter, Lara, pourquoi cette gazette est si suprêmement édifiante ?

— Pas à cause de cet article, c'est sûr. Que dit-il d'autre ? demanda Lara en se tordant le cou pour lire.

— « Mais ce lord est davantage qu'un beau parti, chère lectrice ! Car ses voyages légendaires, non seulement en Europe mais aussi au cœur de l'Orient, ont à la fois hâlé sa peau et développé son esprit… Pas de demoiselles qui minaudent pour lord Nicholas, mesdames. C'est une compagne avec laquelle il puisse converser qu'il lui faut ! Là ! »

— Ce n'est pas marqué « Là ! », protesta Lara, incrédule, en tendant la main vers le journal.

— Mais si, assura Isabel, tout en maintenant le journal hors de sa portée. « Là ! Ne prétendions-nous pas avoir sélectionné la crème des gentlemen à votre intention ? »

— Je suppose que si cet homme est à ce point incroyable, « Là ! » est une exclamation aussi appropriée qu'une autre.

— Mmm... fit Isabel, qui continuait à présent sa lecture en silence.

Au moment où Lara s'inclinait pour voir ce qui retenait ainsi son attention, Isabel releva brusquement la tête.

— Lara, tu as raison.

— Vraiment ?

— Cette publication idiote est bel et bien un signe !

— Ah bon ?

— Parfaitement ! dit Isabel qui, cessant de lire, tendit la main pour prendre une feuille de papier vierge sur laquelle écrire sa lettre.

— Mais je croyais...

— Moi aussi. J'ai changé d'avis.

— Mais... Et les deux cents miles entre ici et Londres ?

Isabel resta silencieuse un moment. Puis elle déclara :

— Il faudra que mes arguments soient très convaincants, voilà tout.

3

Leçon numéro un

Ne tentez pas de produire d'emblée une trop forte impression.

Pour conquérir votre lord, veillez à être vue, mais à peine entendue. Ne poussez pas la conversation trop loin dès le début – vous ne voudriez quand même pas l'écraser sous le poids de vos pensées ! Cela peut sembler difficile, mais ne vous tracassez pas, chère lectrice. Votre grâce silencieuse sera plus que suffisante pour conquérir votre lord.

Pearls and Pelisses, *juin 1823*

Ayant beaucoup voyagé, Nick se targuait d'être capable de trouver de l'intérêt à l'endroit le plus insignifiant. Durant ses années de vagabondage sur le continent, ce n'était pas à Vienne, à Prague, à Paris ou à Rome qu'il avait séjourné, mais dans des villages méconnus. Lorsqu'il s'était ensuite dirigé vers l'est, il avait découvert des merveilles dans des bazars turcs miteux et apprécié l'accueil des minuscules communautés de l'Orient le plus reculé.

Lors de son pénible périple avec Rock pour quitter la Turquie en franchissant les cols des montagnes grecques, sans rien d'autre que les vêtements qu'ils avaient sur le dos, Nick avait passé des semaines sans un repas chaud, sans un lit, dans le dépouillement le plus total ; c'était à ce moment-là, cependant, qu'il s'était découvert une passion pour les objets d'art antiques. Il n'avait jamais visité d'endroit, si quelconque fût-il, sans y distinguer un trait particulier ou deux qui le rachetaient.

Mais il était prêt à déclarer forfait en ce qui concernait le village de Dunscroft, qui paraissait dénué de la moindre caractéristique.

Debout au milieu de la cour de l'auberge, Nick et Rock attendaient depuis près d'une demi-heure qu'on amène leurs chevaux. L'animation matinale du village avait cédé la place à l'engourdissement silencieux du milieu de matinée. Au moment où Nick passait d'un pied sur l'autre, la porte de la boucherie s'ouvrit, livrant passage à un garçon dégingandé chargé d'une pile instable de paquets. L'un d'eux tomba presque aussitôt sur le sol poussiéreux et, lorsque le garçon se pencha pour le ramasser, tout le reste tangua dangereusement.

C'était l'événement le plus palpitant qui se fût produit depuis leur arrivée dans ce petit village du Yorkshire, deux jours auparavant.

— Je te parie une couronne qu'il en laisse tomber un autre avant d'atteindre la mercerie, dit Nick.

— Un souverain que non, répliqua Rock.

Le gamin dépassa la boutique sans encombre.

— Tu es disposé à retourner à Londres ? s'enquit Rock en empochant son gain.

— Non.

— Envisages-tu au moins de quitter le Yorkshire ?

— Pas tant que nous n'aurons pas de raisons de croire qu'elle a quitté la région.

Rock soupira, puis il s'abîma dans un silence prolongé.

— En fait, finit-il par dire, c'est toi qui t'es engagé à retrouver cette fille. Rien ne me retient ici, pour ma part. Ankara était plus accueillante que cette ville.

— Ankara ? répéta Nick en haussant les sourcils. C'est un peu extrême, vu nos conditions de logement lors de notre dernier séjour en Turquie.

— Ça aussi, c'était de ta faute, grommela Rock. On pourrait au moins aller à York. Cette auberge – si on peut appeler ça une auberge – est infâme.

Nick ne put réprimer un sourire.

— Tu sais que, pour un Turc, tu es devenu sacrément dandy.

— Elle s'appelle La Tête de Cochon, que diable !

— Tu crois que nous trouverions un établissement mieux nommé à York ?

— Peut-être que nous pourrions trouver un établissement *convenable*, là-bas.

— Peut-être. Mais, aux dernières nouvelles, c'était ici qu'elle se rendait. Où est passé ton goût de l'aventure ?

Rock émit un grognement irrité tout en se tournant vers les écuries.

— Perdu, tout comme nos chevaux. Tu crois qu'ils les ont logés où ? À Bath ? La seule excuse pour mettre aussi longtemps à aller chercher un cheval, c'est la mort.

— La mort du cheval ?

— Je pensais plutôt à la mort du palefrenier, rétorqua Rock, qui partit en direction des écuries.

Nick reporta alors son attention sur le village de Dunscroft.

Ils brûlaient !

Sur les traces de lady Georgiana, ils avaient traversé l'Angleterre en direction du Yorkshire. Durant leur chevauchée vers le nord, ils avaient questionné tous ceux qui auraient pu remarquer une jeune femme voyageant seule. Ils n'avaient rien trouvé au-delà de

Dunscroft, où un jeune employé de la poste se souvenait d'avoir vu « une dame comme un ange » descendre de la malle-poste. Il ne se rappelait pas ce qui était arrivé à l'ange en question, mais la conviction de Nick était faite : la sœur du duc se trouvait à Dunscroft, ou tout près.

Du regard, il suivit l'unique rue du village, où se dressaient l'église, l'auberge et quelques boutiques. En face de l'auberge s'étendait le pré communal – un simple rectangle de pelouse où se dressait encore le mât dénudé autour duquel s'étaient déroulées les festivités du 1er Mai. Sans doute la nuit la plus excitante de l'année à Dunscroft.

L'attention de Nick fut alors attirée par la silhouette d'une femme, qui traversait justement le pré communal.

Elle lisait tout en marchant, absorbée par la liasse de papiers qu'elle tenait. La première chose qui frappa Nick fut sa capacité à conserver une trajectoire rectiligne malgré son indifférence totale à ce qui l'entourait.

À en juger par sa robe noire simple, de coupe classique quoiqu'un peu démodée – ce qui n'avait rien d'étonnant, vu l'endroit où ils se trouvaient –, elle était en deuil. Sans doute était-ce la fille d'un gentilhomme campagnard. En tout cas, ses gestes étaient assez naturels pour suggérer qu'elle n'appartenait pas à la haute société.

Nick l'observa avec une attention accrue. Elle était d'une taille inhabituelle – il était à peu près certain de n'avoir jamais rencontré de femme aussi grande qu'elle –, et elle marchait à longues enjambées décidées, qui n'avaient rien à voir avec le trottinement censé être gracieux qu'on enseignait aux demoiselles bien nées. Malgré lui, ses yeux se rivèrent sur sa jupe, qui soulignait le dessin de ses jambes élancées à chaque pas. En se relevant, l'étoffe dévoilait des bottines de marche solides, plus pratiques qu'au goût du jour.

Entre le bord de son chapeau noir, abaissé sur son front, et les feuilles que la jeune femme tenait à la hauteur de son visage, il ne distinguait rien de plus que le bout d'un nez qui semblait très droit et un peu impertinent. Dommage, il ne voyait pas la couleur de ses yeux...

Sans avoir une seule fois regardé autour d'elle, elle atteignait à présent la route. Elle tourna une feuille, sans ralentir l'allure, absorbée par sa lecture. Une telle concentration était fascinante. Nick aurait été curieux de savoir si elle faisait tout de manière aussi intense.

À cette pensée, il détourna les yeux. N'était-ce pas le signe qu'il était resté trop longtemps chaste, s'il commençait à rêvasser à une inconnue aux traits indistincts qui traversait son champ de vision ?

C'est alors qu'un fracas épouvantable retentit. Il devenait plus assourdissant d'instant en instant, mêlant hurlements d'hommes, hennissements de chevaux, et chocs sourds que Nick n'identifia pas immédiatement. Il se tourna en direction du bruit, mais ne vit rien car la route faisait un coude.

Puis, sous ses yeux horrifiés, apparut un attelage d'énormes chevaux de trait lancés à toute allure. Ils traînaient un tombereau qui, ayant perdu deux roues, penchait dangereusement et larguait dans sa course folle son chargement de dalles. Le fracas des pierres qui tombaient affolait davantage les chevaux, dont les énormes sabots pilonnaient la terre durcie.

Il n'y avait plus personne pour diriger l'attelage, les chevaux paniqués fonçaient droit devant eux... et la jeune femme s'apprêtait à croiser leur chemin.

Nick eut beau l'interpeller, elle continuait à lire. Aussi, quand elle esquissa un premier pas sur la route, il sut qu'il n'avait d'autre choix que de se précipiter à son secours.

Il s'élança à travers la cour de l'auberge. D'un coup d'œil, il eut la confirmation qu'il avait à peine le temps d'arriver jusqu'à elle.

Tandis qu'il traversait la route, il perçut sous la semelle de ses bottes la vibration de la terre. Les énormes bêtes fonçaient droit sur eux.

Soudain, alarmée par la cacophonie qui l'environnait ou par une perception inconsciente du danger, elle leva les yeux.

Lesquels étaient bruns...

Elle s'arrêta net, bouche bée, les yeux écarquillés, figée sur place par la surprise et l'indécision. Pourvu qu'elle n'ait pas l'idée de bouger ! songea Nick.

D'un bond, il se jeta sur elle, refermant les bras autour de son corps et, sous l'effet du choc, ils quittèrent le sol. Instinctivement, il s'arrangea pour la protéger de l'impact de la chute, et ce fut lui qui se mordit la lèvre en sentant un vif élancement dans le bras, avant qu'ils ne roulent dans l'herbe épaisse.

Tandis que les chevaux passaient en trombe, il resta immobile, malgré la douleur qui traversait son épaule gauche et son genou droit, mais dont il savait, par expérience, qu'elle n'était guère inquiétante.

Il prit alors conscience qu'il tenait enlacé le corps chaud de la jeune femme, ayant protégé inconsciemment sa tête et son cou de ses mains. Il percevait son souffle saccadé contre sa poitrine. Quand il releva la tête avec précaution, elle avait les yeux clos, et ses lèvres pressées formaient une ligne fine et ferme. Au cours de la chute, elle avait perdu son chapeau, et une épaisse boucle auburn lui barrait le visage. Nick dégagea sa main pour repousser ses cheveux sur le côté, d'un geste presque machinal.

À ce contact, elle ouvrit les yeux et battit des paupières.

Ses yeux n'étaient pas simplement bruns. Leur couleur riche, où se mêlaient le miel, l'or et l'acajou, était encore intensifiée par l'éclat des larmes dues à la peur, à la surprise et au soulagement.

Il y avait quelque chose de doux et d'attirant en elle... Du moins fut-ce ce que Nick pensa jusqu'au moment où elle commença à se débattre.

— Monsieur ! Cessez de m'écraser ! s'écria-t-elle en lui martelant le torse et les bras de ses poings. Immédiatement !

L'un de ses coups porta sur le bras endolori de Nick, qui grimaça. Il s'était trompé. Il n'y avait aucune douceur chez cette femme. C'était une harpie.

— Arrêtez !

Elle cessa de gesticuler et se raidit. De nouveau, il eut une conscience aiguë de la pression de ses seins contre sa poitrine, alors qu'elle s'efforçait de maîtriser sa respiration, et de sa propre jambe reposant entre les siennes dans le fouillis de ses jupes. Soudain, les parties les plus sensibles de son corps ne furent plus son genou ni son épaule.

Dès qu'il s'aperçut de son trouble, Nick s'obligea à se redresser.

— J'espère que vos papiers valaient la peine qu'on se fasse presque tuer tous les deux, dit-il, un peu haletant sous l'effet de la douleur.

Elle écarquilla les yeux.

— Vous ne me reprochez quand même pas notre situation ? Vous m'avez attaquée !

Plaquant ses mains sur le torse de Nick, elle le repoussa avec force. Et elle n'en manquait pas, constata-t-il avec surprise.

Après avoir haussé les sourcils, il se releva et affecta de remettre de l'ordre dans sa toilette. Ayant observé la manche de sa redingote, largement déchirée au niveau du coude, il en empoigna la partie inférieure et, d'un geste ferme, l'arracha complètement.

La jeune femme était à présent assise par terre, droite comme un I, et elle parut hypnotisée par la vision de son ample manche de chemise qui flottait à présent dans la brise.

— Ce n'est pas comme si on avait pu la recoudre pour rendre ce vêtement de nouveau portable, dit-il, avant de tendre l'autre bras dans sa direction.

Elle s'inclina légèrement en arrière, comme si elle s'interrogeait sur ses motifs.

— Un homme plus susceptible serait offensé, vous savez, ajouta-t-il. Le fait que je vous ai sauvé la vie devrait prouver ma bonne foi.

Elle cilla et, l'espace d'un instant, une étincelle s'alluma dans son regard. De l'amusement, peut-être ? Levant le bras, elle saisit la main qu'il lui présentait et se remit sur ses pieds.

— Vous ne m'avez pas sauvé la vie. Je me portais parfaitement bien jusqu'au moment où…

Elle tressaillit quand son poids porta sur son pied gauche. Nick ne l'aurait sans doute pas remarqué s'il n'avait pas été aussi fasciné.

— Doucement, dit-il en glissant son bras dans son dos pour la soutenir. Vous avez quand même fait une belle culbute. Vous vous sentez bien ? Puis-je vous raccompagner chez vous ?

Comme leurs visages n'étaient plus qu'à quelques centimètres l'un de l'autre, il avait baissé la voix. Quand elle leva les yeux vers lui, il surprit dans son regard une chaleur nouvelle. Mais ce fut si fugitif qu'il n'eut pas le loisir d'y réfléchir. Elle s'écarta aussitôt de lui, et la rougeur qui lui monta au visage, alors qu'une de ses pommettes était maculée de terre, parut incongrue.

— Non, ce ne sera pas nécessaire, monsieur. Je n'ai pas besoin de votre aide, et il est inutile que je vous dérange davantage.

— Vous ne me dérangez aucunement, mademoiselle, assura-t-il, pris au dépourvu. J'ai été heureux de jouer les chevaliers tirant une demoiselle en détresse d'un mauvais pas.

— Je comprends que vous ayez pu me croire en danger, répliqua-t-elle, à présent sur la défensive. Mais je vous assure que j'étais tout à fait consciente de ce qui se passait autour de moi.

— Vraiment ?

— Tout à fait, répéta-t-elle.

— Et quand entendiez-vous vous écarter de la trajectoire de ces chevaux qui fonçaient droit sur vous ?

Elle ouvrit la bouche, puis la referma. Après avoir reculé d'un pas, elle pivota pour ramasser les feuilles de papier éparpillées dans l'herbe. Elle était embarrassée, et Nick regretta aussitôt sa question. Il l'observa un instant avant de lui venir en aide, allant chercher les feuilles qui avaient volé plus loin. Subrepticement, il jeta un coup d'œil à ces écrits dont la lecture l'avait tant absorbée et constata avec surprise qu'il s'agissait de factures. Pourquoi une jeune femme avenante se préoccupait-elle de problèmes financiers ?

Revenu vers elle, il s'inclina en lui présentant les papiers. Quand elle fit mine de les prendre, il referma ses doigts sur les siens et se redressa.

— Mademoiselle, veuillez accepter mes excuses. Permettez-moi de me présenter : je suis lord Nicholas St. John.

À ces mots, elle se raidit. Puis elle scruta son visage, au point qu'il se retint de rectifier le nœud de sa cravate.

— Avez-vous dit « St. John » ? demanda-t-elle en dégageant sa main.

Connaissait-elle donc son nom ? Après une hésitation, il répondit :

— Oui.

— Lord *Nicholas* St. John ?

Elle le connaissait bel et bien. Maudite gazette !

— Oui, acquiesça-t-il de nouveau, non sans appréhension.

Elle en voulait à sa personne, tout comme les autres. Sauf que, bien sûr, les autres femmes n'avaient pas mis sa vie en danger. Et elles n'étaient pas aussi belles.

Il secoua la tête pour chasser cette pensée. Belle ou pas, cette femme était une vipère, et il regarda par-dessus son épaule, en quête de l'échappatoire la plus immédiate.

— Lord Nicholas St. John... Le spécialiste de l'art antique ?

Nicholas ne put dissimuler sa surprise. Quelle question inattendue ! Il s'était préparé à entendre : « Nicholas St. John, le frère du marquis de Ralston ? », ou encore : « Nicholas St. John, le lord à conquérir ? », ou même : « Nicholas St. John, le meilleur parti de Londres ? »

Mais être identifié comme l'expert en antiquités ? À croire qu'il avait trouvé la seule femme d'Angleterre à ne pas lire *Pearls and Pelisses* !

— En personne.

Elle se mit alors à rire, et sa beauté s'accrut encore. Il ne put s'empêcher de lui sourire.

— Je n'arrive pas à y croire, reprit-elle. Vous êtes très loin de chez vous, monsieur... Je l'avoue, je vous imaginais... différent, poursuivit-elle avec un nouveau rire. Non pas que j'aie beaucoup pensé à vous. Mais vous voilà ici, à Dunscroft ! Quelle chance extraordinaire !

— Je crains de ne pas bien comprendre, répliqua Nick, interloqué.

— Évidemment ! Mais vous allez comprendre ! Qu'est-ce qui vous amène à Dunscroft ?

Il ouvrit la bouche, mais elle ne lui laissa pas le temps de placer un mot.

— Peu importe. Ce qui compte, c'est que vous soyez là !

— Je vous demande pardon ?
— Vous êtes un signe.
— Un signe ?
— Oui, exactement. Mais pas le signe que Lara croyait.
— Ah non ?
Nick en venait à se demander si elle n'avait pas reçu un coup à la tête lors de leur chute.
— Non, confirma-t-elle. Vous êtes le signe que je dois vendre les marbres.
— Les marbres...
— Lord Nicholas, vous vous sentez bien ? s'enquit-elle en l'observant, la tête inclinée sur le côté.
— Euh... oui. Je crois.
— Parce que vous répétez davantage mes paroles que vous ne me répondez. Êtes-vous certain d'être lord Nicholas St. John ? L'archéologue ?
C'était l'une des rares choses dont il était certain face à cette femme déconcertante.
— Sûr et certain.
— Eh bien, reprit-elle après l'avoir observé un long moment, j'espère que vous ferez l'affaire.
— Je vous demande pardon ?
— Veuillez m'excuser, mais vous ne semblez pas être le plus... vif des érudits.
— Mademoiselle, répliqua-t-il, pour le coup offensé, je vous assure que... si vous avez besoin d'un archéologue, vous ne pouviez pas mieux tomber.
— Inutile d'avoir l'air aussi vexé. Ce n'est pas comme si j'avais une pléthore d'archéologues entre lesquels choisir.
De nouveau, elle lui sourit et, de nouveau, il resta ébloui. Qui donc était cette femme ?
Comme si elle avait lu dans ses pensées, elle déclara :
— Je suis lady Isabel Townsend. Et je dois vous remercier de me faciliter ainsi la tâche.

— Je vous demande pardon ? répéta-t-il.

Au lieu de répondre, elle se détourna, examinant le sol autour d'eux, jusqu'au moment où, avec un cri de triomphe, elle alla en boitillant ramasser un réticule plutôt élimé. Sous les yeux de Nick, elle fouilla à l'intérieur et finit par en extraire un petit carré de papier qu'elle lui tendit aussitôt.

— Qu'est-ce que c'est ?

— C'est pour vous, se contenta-t-elle de répondre, comme si cela tombait sous le sens.

— Pour moi ?

— C'est-à-dire pour la Royal Society of Antiquities. Mais, ajouta-t-elle en souriant devant sa perplexité, puisque vous êtes déjà ici... je pense que vous conviendrez très bien.

Ce n'était pas tous les jours qu'Isabel était catapultée dans les airs sur le passage de chevaux lancés au galop. Mais puisque cela lui avait permis de rencontrer l'un des membres de la Royal Society of Antiquities, elle acceptait sans rechigner les hématomes que lui avait valus sa chute.

Oui, lord Nicholas St. John était définitivement un signe.

Non seulement il était archéologue, expert en histoire de l'Antiquité, mais c'était un spécialiste des statues grecques. Or, il se trouvait justement qu'elle avait une collection de statues en marbre à faire évaluer. Et à vendre, aussi vite que possible.

Elle étouffa le pincement douloureux qu'elle éprouvait chaque fois qu'elle y pensait. C'était la seule solution. Elle avait besoin d'argent, et vite.

Avec un soupir de soulagement, elle se félicita de la tournure prise par les événements. Son père lui aurait laissé dix mille livres qu'elle n'aurait pas été plus heureuse. Enfin... si, peut-être.

Mais les statues avaient de la valeur. Elle en tirerait suffisamment d'argent pour louer une nouvelle maison et mettre les filles en sécurité. Avec un peu de chance, une Minerva House *bis* serait prête à les accueillir d'ici à une semaine.

Isabel n'aurait jamais cru le dire un jour, mais cette gazette avait été un don du Ciel.

Elle observa lord Nicholas pendant qu'il lisait la lettre qu'elle avait rédigée le matin même. Quoi d'étonnant à ce qu'il ait été désigné comme « le lord à conquérir » ? C'était effectivement un remarquable spécimen de virilité. Grand, large d'épaules – Isabel était bien placée pour savoir que, sous sa redingote déchirée, il cachait un torse musclé qui n'avait que peu d'égal dans le Yorkshire, voire dans toute l'Angleterre.

Mais son atout principal n'était pas sa stature. C'était son visage, beau et mince. Ses lèvres, qui formaient à cet instant une ligne ferme, paraissaient promptes à sourire, et ses yeux étaient d'un bleu admirable qui contrastait avec sa chevelure noire et sa peau bronzée. Jamais elle n'avait vu des yeux aussi bleus. Ils étaient si étonnants qu'on en oubliait presque la balafre.

Car il y avait aussi la balafre. Longue de plusieurs pouces, elle prenait naissance au-dessus de son sourcil droit pour descendre en diagonale sur sa pommette. Avec le temps, la cicatrice avait formé une fine ligne blanche. Mais Isabel pouvait imaginer la douleur que cette blessure avait dû lui infliger. Elle passait dangereusement près du coin de l'œil, et lord St. John avait eu de la chance de ne pas perdre celui-ci.

Elle aurait dû être effrayée et voir dans cette balafre un avertissement, un signe que cet homme était inquiétant. Mais elle n'éprouvait pas de frayeur en la regardant – plutôt une curiosité dévorante. Où avait-il reçu cette blessure ? Comment ? Quand ?

— Lady Isabel...

Elle fut tirée de sa songerie lorsqu'il prononça son nom. Depuis combien de temps attendait-il qu'elle réponde ?

— Monsieur ? dit-elle en s'efforçant de ne pas rougir.

— Vous êtes la fille du comte de Reddich ?

— Je suis la sœur du comte actuel.

— Je ne savais pas que votre père était décédé. Je vous prie d'accepter mes condoléances.

— Le connaissiez-vous ? s'enquit Isabel avec circonspection.

Il secoua la tête.

— Nous ne fréquentions pas les mêmes cercles, je le crains.

— Non, je suppose, répliqua-t-elle en respirant plus librement.

S'il saisit l'allusion, il n'en laissa rien paraître.

— Dois-je comprendre que vous possédez une collection d'antiquités ? reprit-il.

— Il n'existe pas de plus belle collection, réponditelle, incapable de ne pas laisser transparaître sa fierté. Enfin, précisa-t-elle en rougissant quand il haussa un sourcil narquois, pas de plus belle collection privée.

— Je n'en ai jamais entendu parler, répliqua-t-il avec un bref sourire.

— Elle appartenait à ma mère, se hâta de dire Isabel, comme si cela expliquait tout. Je vous assure qu'elle mérite le déplacement et que vous ne regretterez pas votre temps.

— Dans ce cas, mademoiselle, j'accepte votre offre d'y jeter un coup d'œil. J'ai quelque chose à faire cet après-midi, mais peut-être puis-je venir demain.

— Demain ? répéta Isabel, affolée.

Elle ne s'était pas attendue à accueillir un expert avant au moins une semaine. Qui aurait pu imaginer que l'un d'entre eux se promenait à Dunscroft ?

La maison n'était pas en état d'accueillir la visite d'un homme, surtout d'un Londonien. Il faudrait préparer les filles à son arrivée, qu'elles se conduisent de la manière la plus convenable et la plus discrète possible. Vingt-quatre heures, cela ne laissait pas beaucoup de temps.

— Demain... reprit-elle, cherchant désespérément un moyen de retarder sa visite.

— Avec plaisir. En fait, mon compagnon est allé chercher nos chevaux. Suivant la vitesse à laquelle nous réglerons nos affaires, nous pourrons peut-être même venir cet après-midi.

— Votre compagnon ?

Elle suivit son regard, tourné vers l'auberge, et aperçut un homme gigantesque qui s'approchait, tenant les rênes d'un cheval gris et d'un autre noir. Elle écarquilla les yeux devant sa taille, bien plus imposante encore que celle du forgeron du village, ce qui n'était pas peu dire.

Il lui fallait impérativement retourner à la maison afin de mettre les filles en garde.

— Monsieur... dit-elle en reportant son regard sur St. John, je suis certaine que vous avez bien mieux à faire cet après-midi que de venir voir mes statues. Il est évident que vous aviez des projets avant que je ne...

— Avant que vous ne manquiez de nous faire tuer, termina-t-il à sa place. Eh bien, vous avez de la chance, nous n'avons rien d'autre à faire. Nous aurions sans doute passé l'après-midi à la recherche d'un peu de distraction, mais puisque vous m'en avez déjà amplement fourni ce matin, je serai très heureux de venir voir vos statues.

Percevant sans doute son appréhension, il ajouta :

— Vous n'avez pas peur de M. Durukhan, n'est-ce pas ? C'est un agneau.

— Certainement pas, répliqua Isabel, un peu trop rapidement. Je ne doute pas que M. Durukhan soit un parfait gentleman.

— Dans ce cas, c'est décidé.

— Qu'est-ce qui est décidé ?

— Nous nous rendrons à Townsend Park cet après-midi – demain au plus tard. Franchement, je répugne à ne pas vous raccompagner. J'aimerais être sûr qu'en cas de distraction de votre part, quelqu'un sera là pour vous éviter d'être piétinée par des chevaux emballés.

Quand elle comprit qu'il la taquinait, Isabel rougit de nouveau.

— Vous exagérez, monsieur. Je n'aurais pas eu de problème.

— Non, lady Isabel, je n'exagère pas, rétorqua-t-il, soudain plus sérieux. Vous vous seriez fait tuer.

— Ne dites pas de sottises.

Il l'observa, les yeux plissés.

— Je constate que vous n'êtes pas du genre conciliant…

— Pas du tout ! Je ne suis pas moins conciliante que la plupart des femmes.

— J'apprécie votre honnêteté. Néanmoins, la plupart des femmes m'auraient à présent remercié de leur avoir sauvé la vie.

— Je…

Isabel hésita. N'était-il pas encore en train de la taquiner ?

— Non, non, coupa-t-il, ne dites rien pour le moment. Ce serait comme si je vous forçais à exprimer votre gratitude.

Oui, le doute n'était plus permis, il la taquinait.

— Vous pourrez me remercier une autre fois, ajouta-t-il d'un ton plus bas en s'inclinant vers elle.

Isabel n'aima pas le petit frisson qui lui chatouilla l'estomac. Avant qu'elle trouve quelque chose à répondre, lord St. John se tourna vers son ami et saisit les rênes du grand cheval gris. Puis il reporta son attention sur elle.

— Lady Isabel, puis-je vous présenter mon ami et compagnon, Rock Durukhan ?

Vu de près, l'homme paraissait encore plus gigantesque – il était presque aussi grand que son étalon noir. Quand Isabel lui présenta sa main, il s'inclina en un salut parfait.

— Monsieur Durukhan, c'est un plaisir de faire votre connaissance.

— Tout le plaisir est pour moi, répondit-il en l'observant avec curiosité.

Sous son regard sombre, Isabel se sentit obligée de s'expliquer.

— Lord Nicholas... a eu la bonté de me pousser... hors de la trajectoire de... de chevaux, dit-elle, avec un geste de la main en direction du tombereau depuis longtemps disparu.

— Vraiment ?

Les deux hommes échangèrent un coup d'œil qu'elle ne sut comment interpréter. St. John changea aussitôt de sujet.

— Rock, lady Isabel nous invite à aller voir sa collection d'antiquités.

— Nous y allons tout de suite ?

Le cœur d'Isabel s'emballa quand elle imagina ces deux hommes arrivant inopinément sur le perron de Minerva House.

— Non ! s'écria-t-elle.

Comme les deux hommes, après un nouvel échange de regards, paraissaient perplexes, elle laissa échapper un rire nerveux.

— J'ai beaucoup de choses à faire en ville. Et beaucoup à faire à la maison aussi. La collection n'est pas prête à être montrée. Après tout, lord St. John, je ne m'attendais pas à vous trouver ici. Vous êtes un signe, vous vous souvenez ?

Isabel s'adjura alors de se taire. Elle allait décidément passer pour une nigaude !

— Et vous n'êtes pas prête à recevoir un signe, répliqua St. John avec un léger sourire.

— Exactement ! Je... je suis certaine que vous comprenez.

— Certes. Vous avez beaucoup à faire...

— C'est cela même.

Isabel tapota ses cheveux d'une main fébrile, avant de chercher des yeux son chapeau. Il avait roulé à quelques pas lors de leur collision. Elle s'en approcha à grandes enjambées – dans la mesure où sa cheville endolorie le lui permettait. Quand elle revint vers les deux hommes, ils avaient toujours les yeux fixés sur elle et, si elle n'avait été aussi embarrassée, elle se serait amusée de leur mine dubitative.

— Ainsi, voyez-vous, lord Nicholas, je ne peux pas vous montrer ma collection maintenant... Mais demain conviendrait... Dans l'après-midi ? Vers 15 heures ?

— Demain, donc, répondit-il en inclinant la tête en guise d'assentiment.

— Demain après-midi, insista-t-elle.

— Très bien.

— Je... je serai heureuse de votre visite.

Avec un sourire trop éclatant et un hochement de tête trop empressé, Isabel tourna les talons et quitta en hâte les deux hommes.

Après un long moment, Rock se tourna vers Nick, qui la suivait toujours des yeux.

— Nous n'allons pas attendre demain, n'est-ce pas ?

— Non.

— Elle cache quelque chose.

— Et pas très bien, renchérit Nick après avoir opiné.

Lady Isabel s'éloigna en boitillant légèrement, puis s'engouffra dans un petit bâtiment.

— Il y a des années que je ne l'avais pas vu…
— Vu quoi ? demanda Nick.
— Le visage du *bulan*.
De nouveau, un moment s'écoula. Ce fut Nick, cette fois, qui s'adressa à Rock.
— Je te parie que nous l'avons retrouvée.
— Ce n'est pas un pari que je relèverai.

4

Quelques heures plus tard, Nick et Rock se tenaient dans la large allée circulaire de Townsend Park. La demeure campagnarde du comte de Reddich était une bâtisse imposante, haute de deux étages, avec de grandes fenêtres cintrées, et une façade qui prouvait que le comté avait connu des jours meilleurs.

Il régnait dans les lieux un calme et un silence que Nick trouva étonnants. C'était soit la tranquillité d'un manoir assoupi, soit le signe de quelque chose d'infiniment plus intéressant. Étant donné ce qu'il avait vu de la maîtresse de Townsend Park, Nick optait pour la seconde hypothèse. S'il ne se trompait pas, il était sur le point de trouver les deux femmes qu'il cherchait.

Dans la mesure, bien sûr, où il parvenait à pénétrer dans la maison.

Il y avait déjà plusieurs minutes que Rock et lui attendaient au pied du perron, les rênes à la main, qu'un garçon d'écurie ou un valet de pied se présente pour les accueillir.

Mais personne ne se montrait.

— Tu te rends compte, je suppose, que nous avons l'air de deux idiots, déclara Rock, ironique.

— Nous ne pouvons pas avoir l'air idiot si aucun témoin n'est là pour le remarquer. Lady Isabel ne voulait pas de nous aujourd'hui. Elle n'a donc pas averti son personnel.

Rock plongea son regard dans le sien.

— Je vois que ta propension à voler au secours de jeunes personnes tout à fait capables de prendre soin d'elles reste intacte.

Dédaignant de répondre, Nick lui jeta les rênes de son cheval et commença à gravir les marches du perron deux à deux.

— Qu'as-tu l'intention de faire ? s'enquit Rock, incapable de réprimer sa curiosité.

Nick tourna le dos à la grande porte de chêne pour lui adresser un sourire ironique.

— Eh bien, ce que tout gentleman ferait dans cette situation : frapper.

Rock croisa les bras.

— Voilà qui promet d'être divertissant, à défaut d'autre chose.

Nick souleva le lourd heurtoir, qui retomba avec un écho métallique sinistre. Alors qu'il tentait de se rappeler la dernière fois qu'il avait utilisé un heurtoir, la porte s'ouvrit. Durant une fraction de seconde, il crut qu'elle s'était ouverte toute seule, jusqu'au moment où, baissant la tête, il découvrit un jeune garçon aux yeux bruns familiers. Le contour de sa bouche était maculé de ce qui ressemblait beaucoup à de la confiture de fraises.

Nick ignorait comment se comporter en de telles circonstances ; cependant, l'enfant ne lui laissa pas le temps de dire quoi que ce soit.

Le panneau de bois se referma aussi vite qu'il s'était ouvert.

— Y a un homme à la porte !

Ce hurlement fut assez puissant pour traverser l'épaisseur du chêne, et Nick, interloqué, se tourna vers Rock, comme pour avoir confirmation de ce qui venait de se passer.

La grande carcasse de son ami était secouée par le rire.

— Je vois que je peux compter sur ton aide...

Après un dernier hoquet, Rock leva la main en signe de solidarité.

— Je t'assure qu'une fois que tu auras percé les défenses du château, je me précipiterai pour joindre mes forces aux tiennes.

Nick pivota de nouveau vers la porte. Après un moment de réflexion, il colla son oreille au panneau, comme s'il pouvait entendre ce qui se passait de l'autre côté, ce qui provoqua un nouvel accès de rire chez Rock. Levant la main, Nick lui intima le silence, car il était presque certain d'entendre des chuchotements précipités à l'intérieur.

Alors qu'il se redressait, décidé à frapper de nouveau, une voix résonna derrière lui.

— Messieurs ?

Un jeune homme grand et très mince, vêtu de culottes de laine, d'une chemise blanche et d'un gilet vert plutôt crasseux, venait de tourner le coin de la maison. Il était coiffé d'une casquette tirée bas sur son front et, l'espace d'un instant, Nick se demanda pourquoi ce domestique ne se découvrait pas. Mais, après tout, dans ce domaine, l'incongruité semblait la règle.

— Nous sommes ici à l'invitation de lady Isabel.

Le jeune homme, à présent au pied des marches, s'arrêta.

— N'étiez-vous pas censés venir demain ?

Refusant de prêter attention à son attitude insolente – lui était-il déjà arrivé d'être questionné par un domestique ? –, Nick répliqua :

— Nous sommes là maintenant.

— Vous ne la trouverez pas à l'intérieur.

— Elle n'est pas chez elle ?

— Elle est chez elle... mais pas à l'intérieur.

— Jeune homme, je n'ai pas envie de jouer, déclara Nick, qui sentait l'énervement le gagner. Votre maîtresse est-elle là ou pas ?

Le sourire que lui adressa le domestique était si large qu'il semblait impudent.

— Elle est là, mais pas dedans. Dehors. Ou plutôt, en haut, dit-il en désignant le ciel. Elle est sur le toit.

— Elle est sur le toit ? répéta Nick, persuadé d'avoir mal entendu.

— Exactement. Faut-il que je l'appelle ?

La question était si étrange qu'il fallut quelques secondes à Nick pour réagir. Mais pas à Rock qui, avec un sourire jusqu'aux oreilles, intervint :

— Oui, s'il vous plaît. Nous aimerions beaucoup que vous l'appeliez.

Après avoir reculé de l'autre côté de l'allée, le garçon mit ses mains autour de sa bouche.

— Lady Isabel ! Vous avez de la visite !

Après avoir redescendu les marches du perron, Nick s'écarta à son tour de la maison. Rock en fit autant, accompagné des chevaux.

Nick leva les yeux vers le toit sans savoir à quoi s'attendre. Comment imaginer que la demoiselle qu'il avait rencontrée un peu plus tôt pût avoir une raison de se trouver sur le toit de la demeure familiale, deux étages au-dessus du sol ?

Tout en haut, une tête apparut.

Apparemment, lady Isabel était bel et bien sur le toit.

Bonté divine, cette femme cherchait donc à mourir ?

— Vous n'étiez pas censés venir avant demain, lança-t-elle depuis son perchoir. Je ne reçois pas.

Rock ricana doucement.

— On dirait que tu as fini par tomber sur une femme qui ne te trouve pas si irrésistible que ça...

Après l'avoir foudroyé du regard, Nick cria vers le ciel :

— Je crois, lady Isabel, que c'est une bonne chose que je sois venu aujourd'hui. Selon toute vraisemblance, vous allez de nouveau avoir besoin qu'on se porte à votre secours.

Le sourire qu'elle lui adressa était angélique – et d'une fausseté totale.

— J'ai survécu vingt-quatre ans sans garde du corps, monsieur. Je n'ai pas l'intention d'en embaucher un aujourd'hui.

Nick fut saisi de l'envie brutale de faire redescendre cette femme exaspérante et de lui montrer précisément en quoi elle avait besoin d'un garde du corps. À peine cette idée l'avait-elle effleuré qu'elle fut remplacée par la vision de cette femme douce et belle entre ses bras, entièrement à sa merci. Il s'autorisa même à l'imaginer sensuelle, nue et soumise à ses désirs.

Mais il repoussa cette image : rien, dans cette femme, ne pouvait exciter ses désirs.

— Vu que vous avez failli être piétinée ce matin, répliqua-t-il, et que maintenant, vous êtes dangereusement près de tomber de ce toit, vous ne m'en voudrez pas de ne pas partager votre conviction.

— Je n'étais absolument pas près du bord avant votre arrivée, lord Nicholas. Si je tombais, ce serait votre faute.

Sur ce, elle disparut, et le domestique pouffa de rire. Le regard hautain que lui adressa Nick ne sembla pas l'intimider le moins du monde.

Rock rit à son tour, tout en jetant au jeune homme les rênes des chevaux.

— Autant que vous les emmeniez. Je crois que nous sommes là pour un moment.

Mais le domestique était trop fasciné par la scène qui se déroulait pour bouger.

— Cette femme ferait perdre patience à un saint ! gronda Nick. Aurait-elle oublié que c'est *elle* qui m'a invité dans cette fichue maison ?

La tête de la femme en question réapparut au bord du toit.

— Vous feriez bien de vous souvenir que le son monte, monsieur. Surveillez votre langage, s'il vous plaît.

— Toutes mes excuses, rétorqua Nick avec un salut exagéré. Je n'ai pas l'habitude de converser avec une dame perchée sur un toit. Les règles de l'étiquette dans ces circonstances m'échappent.

— Même à deux étages au-dessus de vous, je peux percevoir le sarcasme dans votre ton.

— Daignerez-vous nous dire pourquoi vous vous trouvez sur le toit ?

— J'apprends, répondit-elle sur le ton de l'évidence.

— Vous apprenez à frôler la mort de nouveau ?

— Combien de fois faudra-t-il que je vous répète que je n'ai pas frôlé la mort ?

— Me voilà corrigé. Une fois de plus. Qu'apprenez-vous ?

— Les bases de la réparation des toits. C'est fascinant, vraiment.

Le sourire qu'elle esquissa était, cette fois, parfaitement sincère, et Nick en eut presque le souffle coupé.

— Je vous demande pardon, finit-il par dire. Vous voulez dire que vous réparez le toit ?

— Eh bien, il ne va pas se réparer tout seul, je pense.

Adorable ou pas, elle était folle. Il n'y avait pas d'autre explication.

Comme il se tournait vers Rock, qui souriait comme un imbécile, celui-ci déclara :

— Elle n'a pas tort, Nick.

Sa folie était-elle contagieuse ?

— Lady Isabel, je dois insister pour que vous descendiez.

Elle l'observa un long moment, comme si elle soupesait ses chances de le voir quitter le domaine si elle restait sur le toit.

— J'aimerais beaucoup voir vos marbres, poursuivit-il, et je serais heureux de les évaluer. Pourriez-vous considérer mon offre comme suffisamment généreuse pour l'accepter ?

Elle regarda tour à tour Rock et le garçon d'écurie, avant de pousser un énorme soupir.

— Très bien. Je descends.

Nick ne parvint pas à juguler la vague de triomphe qui déferla en lui à ces mots. Grâce à lui, ce petit coin d'Angleterre avait recouvré un semblant de normalité.

Mais pour combien de temps ?

— Lara !

Le pantalon couvert de poussière, une mèche de cheveux lui barrant le visage, Isabel se glissa par la lucarne. Après s'être débarrassée du manuel qu'elle avait utilisé, elle se précipita vers l'échelle de meunier qui reliait le grenier à l'étage des domestiques, Jane sur ses talons.

— Jane, tu dois...

— Tout sera prêt le temps que vous-même le soyez, coupa la majordome tandis qu'elles s'élançaient dans le long couloir sombre menant à l'escalier principal.

Sur le palier, elles furent rejointes par Lara, hors d'haleine. Pendant que Jane dégringolait l'escalier, Isabel se dirigea en courant vers sa chambre, où elle ouvrit à la volée les portes du placard pour décrocher une robe.

— J'avais dit à cet homme exaspérant de ne pas venir avant demain ! s'écria-t-elle, la tête dans le placard, en supposant que Lara l'avait suivie.

— Apparemment, il n'a pas écouté.

— Non ! Il n'a pas écouté ! As-tu vu son air offensé ? Comme si je n'avais rien d'autre à faire que de la broderie en attendant son arrivée !

Elle sortit une robe jaune qu'elle avait toujours trouvée seyante. Non qu'elle se préoccupât, bien sûr, d'offrir une apparence flatteuse à lord Nicholas...

— Je ne l'ai pas vu, répliqua Lara, qui ajouta : Tu es en deuil, Isabel.

Tout en grommelant, Isabel enfonça de nouveau la tête dans son armoire.

— Ce n'est pas l'envie de descendre comme je suis qui me manque ! Ce serait bien fait pour lui – et pour sa délicatesse de gentleman ! Évidemment, ce ne serait pas possible puisque je suis en deuil, ajouta-t-elle en arrachant de son cintre une robe de promenade grise. Comme tu prends un malin plaisir à me le rappeler.

— Tu as raison, acquiesça Lara avec un sourire narquois. Si tu descendais en pantalon, ce serait, effectivement, ce non-respect des règles du deuil qui choquerait lord Nicholas.

— Tu n'es pas drôle, rétorqua Isabel en agitant un index sale sous le nez de sa cousine.

— Je suis plus drôle que tu n'es propre, riposta celle-ci.

S'approchant de la table de toilette, elle versa de l'eau dans la cuvette.

— Tu devrais renvoyer cet homme. Nous trouverons un autre moyen d'avoir de l'argent.

— Non. C'est toi qui as commencé avec cette histoire de signe, et il doit être le signe le plus flagrant que j'aie jamais eu. Je vais vendre les statues.

Après avoir jeté la robe sur le lit, Isabel se pencha au-dessus de la cuvette.

Dire que lord Nicholas St. John était leur seul espoir et qu'il l'avait trouvée sur le toit ! Les demoiselles comme il faut ne se promenaient pas sur les toits des maisons. Et, bien sûr, les gentlemen ne fréquentaient pas les maisons sur les toits desquels gambadaient des jeunes femmes.

— Ce sera un miracle s'il n'a pas découvert tous nos secrets, à l'heure qu'il est. Kate était dehors, en train de leur faire la conversation. Je suis sûre que lui et son ami le géant se sont déjà aperçus qu'elle n'était pas...

— Ne dis pas de bêtises, répliqua Lara quand Isabel plongea son visage dans la cuvette. Si tu m'as appris une chose, durant ces dernières années, c'est que les gens ne voient que ce qu'ils veulent voir. Le plus important, c'est que lord Nicholas voie une dame comme il faut en toi – ce qui n'est pas gagné, pour le moment.

— Comment le convaincre de rester ? demanda Isabel en interrompant ses ablutions.

— Peut-être qu'il n'est pas exclu qu'il te trouve fascinante...

Isabel observa sa cousine, le visage dégoulinant.

— Il n'est pas du tout exclu, tu veux dire, qu'il me trouve toquée.

— Ce serait justifié, c'est vrai.

— Lara ! Tu es censée me rassurer, pas le contraire.

Isabel saisit une serviette de lin et commença à s'essuyer la figure. Mais elle interrompit soudain son geste.

— Les filles... Leur livrée...

— Jane s'occupe de tout, déclara Lara qui, saisissant la robe, la jeta par-dessus la tête d'Isabel. Tu n'as pas le temps de mettre un corset.

Après lui avoir tourné le dos pour lui permettre d'attacher son corsage, Isabel releva sa jupe pour se débarrasser de son pantalon. Puis elle traversa la chambre, entraînant sa cousine avec elle, pour aller s'asseoir à sa coiffeuse. À grands coups de brosse, elle tenta de discipliner ses boucles, mais Lara lui prit la brosse des mains.

— Tu as besoin d'une femme de chambre.

— Non. J'aurais très bien pu m'habiller sans ton aide. Ç'aurait été moins rapide, c'est tout.

— C'est précisément la raison pour laquelle tu as besoin d'une femme de chambre. Tu as plein de filles à ta disposition. Pourquoi ne pas en choisir une pour s'occuper de toi ?

Isabel suivait les gestes de sa cousine dans le miroir.

— Pas de coiffure compliquée, lui recommanda-t-elle, nous n'avons pas le temps... Pour répondre à ta question, ce n'est pas possible. Les filles participent au fonctionnement de la maison. Elles font la cuisine, le ménage ; elles s'occupent de James. Elles sentent qu'elles font partie de quelque chose de plus vaste... d'une communauté. Un sentiment que la plupart d'entre elles n'ont pas connu avant Minerva House. Si l'une d'entre elles devait devenir ma femme de chambre... Eh bien, ça ne semblerait pas juste.

— C'est tout à fait ridicule. Tu es fille de comte. Personne ne te reprocherait d'avoir une domestique ou deux.

— J'ai des domestiques. Je n'ai pas de femme de chambre, c'est tout. Et je n'en ai pas besoin. À quand remonte la dernière fois où j'ai dû me dépêcher de me préparer pour recevoir un séduisant gentleman ?

— Parce qu'il est séduisant ?

— Non, pas du tout, mentit Isabel. Et c'est un homme qui, apparemment, n'a aucune considération pour les dates et les invitations ! Ça ira, ajouta-t-elle quand Lara enfonça une épingle supplémentaire dans son chignon. Je ne peux pas m'attarder plus longtemps.

Elle se releva et se tourna vers sa cousine tout en lissant sa jupe du plat de la main.

— Comment suis-je ?

— Assez convenable. Tu n'as pas du tout l'air d'une dame qui réparait le toit il y a quelques instants.

Isabel prit une profonde inspiration.

— Très bien.

Tu n'es pas obligée de le faire, tu sais.

— Que veux-tu dire ?

— Tu n'es pas obligée de vendre les marbres, précisa Lara avec un petit soupir. Nous pouvons trouver un autre moyen.

— Nous n'avons pas besoin de ces statues, répliqua Isabel en détournant les yeux. Elles ne servent à rien ici.

— Elles ne serviront à rien nulle part. Mais elles t'appartiennent.

Refusant de s'appesantir sur sa décision, Isabel s'obligea à sourire.

— C'est notre dernier espoir. Le dernier espoir de Minerva House. Par conséquent, je les vends.

Elle carra les épaules et quitta la chambre. Sur le palier, James, Jane et Gwen l'attendaient.

— Isabel ! s'exclama James en s'élançant vers elle. Il y avait un homme à la porte !

— Oui, c'est ce que j'ai vu, dit-elle, sans pouvoir s'empêcher de sourire devant la surprise qu'exprimait le visage de son petit frère.

— Il est très grand !

La remarque de James lui serra le cœur. Rares étaient les hommes à se présenter à Minerva House. Le petit garçon avait dû dévorer des yeux ce visiteur inattendu.

— Oui, c'est un homme très grand, confirma-t-elle en ébouriffant ses cheveux blonds. D'une taille peu commune. Comme son ami.

James en resta un instant bouche bée, de même que Gwen.

— Parce qu'il y en a deux ? s'exclama-t-il. Qu'est-ce qu'ils font ici ?

— C'est moi qui les ai invités, répondit Isabel tout en se dirigeant vers l'escalier.

— Pourquoi ?

— L'un d'eux s'y connaît très bien en statues grecques. J'ai pensé qu'il pourrait nous être utile.

— Ah oui ! dit James, alors qu'Isabel doutait qu'il ait compris quoi que ce soit. Alors, ils ne sont pas là pour t'emmener ?

Isabel s'arrêta. Lord Nicholas pouvait attendre une minute de plus.

— Sapristi, non ! Personne ne va m'emmener nulle part.

— Tu n'as pas besoin que j'intervienne ? demanda-t-il avec un sérieux qui la fit sourire sous cape.

— Non. Je ne risque rien.

— Et les autres ?

— Personne n'est en danger aujourd'hui, mon petit chat, assura Isabel.

— Mais nous sommes toutes très contentes de vous avoir pour nous protéger, déclara Gwen en lui souriant. Vous êtes un excellent protecteur.

— Oui, nous avons de la chance de vivre avec vous, monsieur, confirma Jane.

James se rengorgea, l'air si fier qu'Isabel faillit se mettre à rire. Mais la perspective de rencontrer son visiteur coupa net son envie.

— Je dois y aller, maintenant, et convaincre l'homme qui était à la porte que, malgré les apparences, cette maison n'est pas un asile d'aliénés.

— Louable entreprise, acquiesça Lara.

— Oui, je le pense aussi.

Au moment de descendre la première marche, Isabel s'arrêta et se retourna vers le groupe.

— Georgiana… Où est-elle ?

— Dans la bibliothèque. On ne la verra pas, répondit Jane.

— Très bien.

— Mais le visiteur ? intervint alors Gwen. Est-ce que quelqu'un l'a fait entrer ? Je veux dire, après que James lui a claqué la porte au nez ?

Isabel pâlit.

— Oh non... murmura-t-elle avant de les dévisager tour à tour. Oh non !

Elle commença à dévaler l'escalier sans se soucier de sa cheville douloureuse. La petite troupe lui emboîta le pas.

Seigneur, il allait être fou ! Du moins, s'il était encore là...

Mais il le fallait. C'était son seul espoir.

— Elle a dit qu'il était séduisant, entendit-elle Lara chuchoter très fort.

— Pas du tout !

— C'est vrai ? demanda Jane.

— Je faisais allusion aux hommes séduisants au sens le plus large, affirma Isabel.

— C'est plausible, rétorqua Jane, ironique, vu les légions d'hommes séduisants qui se présentent tous les jours ici, au milieu de nulle part.

Lara éclata de rire. Isabel envisagea un instant de les pousser toutes les deux dans l'escalier.

— Dommage que tout espoir de tirer parti de la leçon numéro un soit perdu, déplora Gwen.

Isabel, qui venait de poser le pied dans le vestibule, se retourna.

— Que veux-tu dire ?

— Rien de spécial. Simplement que, dans le dernier numéro de *Pearls and Pelisses*, il y a des conseils pour cette situation précise...

Jane renifla avec incrédulité.

— Tais-toi, Gwen, dit Isabel. Je n'ai pas de temps pour ça.

— Mais ils disent...

— Non. Je dois trouver un moyen de réparer les dégâts que j'ai faits et obtenir de lord Nicholas qu'il jette un coup d'œil à ces statues.

Isabel pivota vers la porte d'entrée, et Regina, l'un de ses valets de pied, posa la main sur la poignée.

— Il est toujours là ? s'enquit-elle après avoir pris une profonde inspiration. Vas-y, ouvre... Non, attends !

Elle se tourna alors vers Gwen.

— J'ai réfléchi. N'importe quelle aide est la bienvenue, au point où j'en suis... Que dit cette leçon ridicule ?

De mémoire, Gwen récita :

— « Leçon numéro un : Ne tentez pas de produire d'emblée une trop forte impression. »

Isabel revit en esprit sa première rencontre avec lord Nicholas, puis la deuxième.

— Bon... Pour la leçon numéro un, c'est bel et bien raté.

Puis, comme Regina entrouvrait la porte, elle chassa tout le monde d'un geste de la main.

— Cachez-vous !

5

La dernière fois qu'une femme l'avait fait attendre, Nick s'était retrouvé dans une prison turque. Il doutait que le Yorkshire lui réserve un sort similaire ; néanmoins, il aurait préféré ne pas être obligé d'attendre une folle, si adorable fût-elle.

Le garçon d'écurie dégingandé avait disparu avec les chevaux. Nick et Rock se retrouvaient livrés à eux-mêmes, sur le seuil du manoir, depuis plus longtemps qu'il n'était admissible. Certes, Nick ne cultivait plus la moindre illusion sur le respect des convenances à Townsend Park. Apparemment, pendant que le comte multipliait les scandales à Londres, sa famille avait été laissée en jachère à la campagne.

À la longue, renonçant à toute bonne manière, Nick et Rock s'étaient tout bonnement assis sur les marches de pierre.

Nick fulminait alors qu'au contraire, Rock devenait de plus en plus guilleret.

— Je révise mon jugement sur le Yorkshire, déclara-t-il en s'adossant au mur, un brin d'herbe entre les doigts. Les choses ont plutôt bien tourné, non ?

— Tu aimerais peut-être vivre ici ? Dans ce coin perdu plein d'originaux ? rétorqua Nick, d'un ton grincheux qui fit rire son compagnon.

— Malheureusement, le Yorkshire semble t'avoir privé de ta bonne humeur.

— Il faut dire qu'être assis dehors pendant un demi-siècle à attendre une femme qui, très probablement, a rêvé qu'elle possédait une fantastique collection de marbres, ça n'aide pas. J'ai bien envie de partir.

— Je te parie cinq livres que la collection existe.

— Tu peux aller jusqu'à dix.

— Dix livres que nous restons ici pour faire l'inventaire.

C'est alors que la porte s'ouvrit, livrant passage à une lady Isabel au visage un peu rouge. Hormis ce détail, elle portait une stricte robe de mousseline grise, ses cheveux étaient parfaitement lissés en arrière, et de toute sa personne se dégageaient un calme et une distinction dignes de son rang.

Dès qu'il leva les yeux vers elle, Nick fut frappé par sa silhouette souple et élancée. Cette femme était d'une beauté si étonnante qu'il en oublia presque son séjour prolongé sur les marches de pierre.

Il se releva, imité par Rock, tandis qu'un jeune valet de pied en livrée ouvrait plus grand la porte.

— Messieurs, dit lady Isabel avec un sourire accueillant, veuillez me pardonner de vous avoir fait attendre.

Elle s'exprimait avec aisance, et rien, dans son ton pas plus que dans son attitude, ne trahissait le fait que, lors de leur précédente conversation, elle était perchée sur un toit.

Nick ne vit pas trace du petit garçon. En revanche, au pied du grand escalier qui partait du vestibule, se tenait une femme également en deuil. Blonde, svelte, elle avait un sourire serein, mais elle gardait les yeux baissés. Elle ne ressemblait pas à lady Isabel, mais peut-être était-ce sa sœur, néanmoins...

— Lara, dit justement la maîtresse des lieux, puis-je te présenter lord Nicholas St. John et M. Durukhan ? Lord Nicholas, monsieur Durukhan, voici ma cousine, Mlle Lara Caldwell.

Nick s'inclina devant la jeune femme, puis Rock s'avança. Devant ce géant, Mlle Caldwell écarquilla les yeux. Mais, avec un sourire chaleureux, Rock prit sa main dans la sienne.

— Mademoiselle Caldwell, c'est un plaisir de faire votre connaissance.

Il laissa son regard s'attarder sur le visage de Lara, tandis que Nick reportait son attention sur Isabel.

— Où est le petit garçon ?

— Pardon ?

— Le jeune garçon. Celui qui a répondu quand j'ai frappé.

— Vous voulez parler de James... mon jeune frère. Le comte... lord Reddich. Je devrais commencer à l'appeler ainsi, je suppose, balbutia-t-elle en rougissant de plus en plus. Il est... avec sa gouvernante. De nouveau, je vous présente mes excuses pour la manière peu orthodoxe dont vous avez été traités. Voyez-vous, la maison n'attendait pas d'invités – il en vient rarement –, et James a été surpris...

Nick croisa le regard de Rock. Il était manifeste, vu les explications embarrassées de lady Isabel, que leur présence dans la maison la gênait.

— ... et plusieurs domestiques ont leur après-midi, et... ils sont sortis, acheva-t-elle précipitamment.

— Pendant que vous, vous apprenez à réparer les toits ?

— Précisément, dit-elle avec un sourire circonspect.

Une fois de plus, il fut surpris par l'éclat que lui donnait son sourire. Mais, quand il lui adressa un sourire en retour, le sien s'évanouit aussi vite qu'il était apparu.

— Puis-je vous montrer la collection, monsieur ? suggéra-t-elle. Je ne voudrais pas vous retenir ici trop longtemps. Vous avez sans doute prévu de quitter le Yorkshire très bientôt...

— Pas du tout, répondit Nick. À vrai dire, Rock me faisait justement remarquer à quel point la région était agréable. Il se peut que nous restions un moment. Nous avons donc tout notre temps, cet après-midi.

— Oh...

Son désappointement était flagrant. Pourquoi ne voulait-elle pas qu'il s'attarde ? Voilà qui devenait de plus en plus déroutant...

Du coin de l'œil, il remarqua alors une porte à peine entrouverte, gardée par deux valets de pied en livrée, l'un grand et mince, l'autre petit et rond. Un regard plus appuyé dans l'entrebâillement lui permit de découvrir, à un peu plus d'un mètre du sol, un petit visage aux yeux écarquillés rivés sur lui. C'était le jeune garçon.

Incapable de s'en empêcher, Nick lui adressa un clin d'œil et fut récompensé par une exclamation assourdie. Brusquement tiré en arrière, le gamin disparut avec un cri de protestation, et la porte claqua.

Sans paraître avoir remarqué l'incident, lady Isabel pivota pour les entraîner vers l'escalier.

— Si vous voulez bien me suivre... Je serai heureuse de vous montrer les statues.

Tous quatre grimpèrent les marches en silence. Bien que dotée d'une majesté incontestable, la maison n'avait pas dû être rafraîchie depuis au moins une dizaine d'années. L'éclairage était chiche, aucun domestique ne vaquait à l'étage, et presque toutes les portes étaient fermées, signe que les pièces qu'elles desservaient étaient rarement utilisées.

Alors qu'ils suivaient la jeune femme dans un long corridor, Nick demanda :

— Lady Isabel, pourquoi étiez-vous en train de réparer le toit ?

Comme elle marchait devant lui, elle tourna légèrement la tête. Mais elle ne répondit à sa question qu'après un instant.

— Il fuit.

Cette femme était décidément insupportable ! Nick attendit qu'elle donne des détails... en vain.

— Je suppose que c'est la raison la plus courante qui oblige à réparer un toit, finit-il par dire.

À côté de lui, Rock émit une espèce de rire étranglé, auquel Nick refusa de prêter attention.

Alors qu'ils atteignaient l'extrémité de la maison, une odeur de renfermé familière, pas déplaisante, vint lui chatouiller les narines. Elle était associée depuis longtemps, dans son esprit, à ses plus belles découvertes.

Lorsque, au bout du couloir, lady Isabel ouvrit une porte et leur fit signe d'entrer, Nick fut surpris par la lumière dorée qui éclaboussait la pièce. Celle-ci était vaste, parfaitement symétrique, avec un alignement de hautes fenêtres par lesquelles le soleil entrait à flots, éclairant des dizaines de statues, toutes de tailles et de formes différentes, et couvertes de draps poussiéreux.

À cette vue, une vague d'excitation le parcourut. Les doigts le démangeaient d'arracher ces linceuls pour découvrir les trésors qu'ils dissimulaient.

— Vous n'exagériez pas, reconnut-il en se tournant vers lady Isabel.

Elle esquissa un sourire et, quand elle lui répondit, ce fut avec une fierté manifeste.

— Il y a une autre salle, identique à celle-ci, de l'autre côté du couloir. Vous voudrez la voir également, je pense.

Nick ne chercha pas à dissimuler sa surprise.

— Peut-être que Mlle Caldwell pourrait montrer cette salle à Rock pendant que vous m'en dites davantage sur ces statues...

Après un instant d'hésitation, Isabel adressa un signe de tête à sa cousine, et celle-ci sortit avec Rock, laissant la porte grande ouverte. Puis Isabel s'approcha de la statue la plus proche et, sous les yeux avides de Nick, tira sur le drap, révélant un grand nu en marbre.

Il s'approcha de la statue, l'observa pendant un long moment, puis suivit de la main la courbe de son bras.

— Elle est stupéfiante, murmura-t-il avec révérence.

— Oui, n'est-ce pas ? dit Isabel qui, la tête inclinée sur le côté, contemplait le nu.

Le ton de sa voix tira Nick de son extase. Il remarqua alors son expression, entre regret et tristesse.

— Plus important encore, dit-il, elle est réelle.

— Vous en doutiez ? demanda-t-elle en se tournant brusquement vers lui.

— Ce n'est pas tous les jours que je tombe sur une femme qui peut se vanter d'avoir une collection de marbres comme celle-ci. Je peux ? ajouta-t-il en désignant la statue suivante.

Quand elle eut opiné, Nick tira sur le drap. Cette fois, ce fut un guerrier qui apparut, une lance à la main, prêt à frapper.

Il secoua la tête.

— Peut-être même que cela n'arrive qu'une fois dans une vie, ajouta-t-il. Et pas dans toutes les vies.

Elle sourit tout en dévoilant un chérubin.

— Je suis heureuse que notre rencontre ait eu pour résultat de vous procurer une telle excitation.

— Même sans une collection aussi prodigieuse, lady Isabel, répliqua-t-il en plongeant son regard dans le sien, il me serait difficile d'oublier une telle rencontre.

Une vague de plaisir le parcourut lorsqu'il la vit rougir.

— Je suppose que je dois reconnaître ma défaite, monsieur. Vous m'avez bel et bien sauvé la vie. Et je n'ai malheureusement pas de moyen de vous prouver ma gratitude.

Nick fit courir ses doigts sur un buste de Dionysos, d'une finesse exquise, s'attardant sur le dessin compliqué des feuilles de vigne qui ceignaient la tête de la statue.

— Me donner accès à une telle collection est un excellent début. C'est un scandale qu'elle reste ainsi cachée.

Lady Isabel demeura silencieuse un long moment.

— Grâce à vous, il y sera bientôt remédié, finit-elle par dire d'une voix contrainte, avec un petit sourire mélancolique. Une fois que vous les aurez identifiées, ces statues seront vendues.

— Vous ne pouvez pas les vendre ! protesta-t-il aussitôt.

— Mais si, dit-elle en s'employant à dégager une grande statue, dont l'état de conservation était exceptionnel. Comme vous pouvez le constater, elles ne servent pas à grand-chose ici, sinon à prendre la poussière. Elles doivent être vendues.

— Elles ont plus d'importance pour vous que leur simple valeur marchande, objecta-t-il.

Il vit ses épaules se raidir. Quand elle pivota vers lui, ses yeux brillaient de larmes. Elle prit une profonde inspiration.

— Je vous assure, lord Nicholas, que je ne les vendrais pas si... si j'avais l'impression qu'elles étaient mises en valeur ici. Combien de temps cela prendra-t-il ? ajouta-t-elle en suivant du doigt le contour du pied de la statue.

Si la tâche avait demandé moins d'une semaine, Nick lui aurait menti pour lui laisser le temps de revenir sur sa décision. En l'occurrence, aucun mensonge n'était nécessaire.

— Certaines statues seront plus faciles à identifier que d'autres, commença-t-il avec circonspection. Il me faudra au moins deux semaines. Peut-être plus.

— Deux semaines ! s'écria-t-elle, les yeux agrandis par la déception.

— Je vois que vous préféreriez être débarrassée de moi plus vite.

Elle le regarda, et le sourire de Nick sembla la rasséréner un peu.

— Ce n'est pas cela... J'avais espéré qu'elles seraient identifiées et vendues en moins de deux semaines.

— C'est impossible. Même le meilleur archéologue ne pourrait y parvenir.

— Je vous demande pardon, monsieur, mais j'avais l'impression que c'était vous, le meilleur archéologue...

Cette provocation inattendue le laissa sans voix. Puis il sourit, à la fois étonné et ravi d'être taquiné par cette femme qui paraissait porter sur ses épaules un fardeau mystérieux.

— Et il faudra au moins un mois pour en obtenir un prix raisonnable, ajouta-t-il. Voire six semaines.

— C'est impossible, dit-elle d'un air désolé.

La situation devenait de plus en plus curieuse. Cette collection à elle seule aurait décidé Nick à rester dans le Yorkshire. Mais il prit conscience, en voyant l'inquiétude qui assombrissait le regard de lady Isabel, qu'il voulait connaître tous ses secrets. Et elle lui offrait l'occasion idéale de les découvrir.

Alors qu'ils étaient déjà proches l'un de l'autre, il s'avança délibérément vers elle et eut le plaisir de voir ses yeux s'écarquiller sous l'effet de la surprise.

— Deux semaines, murmura-t-il. Et quand j'aurai fini, je vous aiderai à vendre les statues.

— Je vous remercie, dit-elle avec un soulagement manifeste. Je regrette simplement d'abuser ainsi de vos services sans pouvoir vous offrir de contrepartie.

— Je suis certain que nous pourrions trouver une compensation, répliqua-t-il d'une voix volontairement sourde.

Aux yeux de Nick, il ne s'agissait que d'une plaisanterie. Aussi fut-il déconcerté de la voir se raidir aussitôt.

— C'est-à-dire ?

Quelqu'un lui avait fait du mal, à n'en pas douter. Qui ? Et comment ? Jugeant préférable de ne pas approfondir la question pour le moment, il adopta délibérément un ton plus léger.

— Puis-je vous proposer un jeu ?

— Un jeu ?

— Pour chaque statue que j'identifierai, vous me raconterez quelque chose sur Townsend Park. Et sur votre vie ici.

Isabel parut réfléchir. Mais elle garda le silence si longtemps que Nick finit par douter qu'elle lui réponde. Quand il l'entendit prendre une profonde inspiration, il reporta son regard sur elle. Ses yeux sombres, opaques, ne révélaient que son incertitude. Pourtant, il avait la certitude qu'elle cachait des secrets, et le *bulan* ne tolérait pas qu'un mystère reste non résolu.

Que faudrait-il faire pour accéder à ces secrets ? Pour voir lady Isabel baisser sa garde ?

Une image fulgurante lui traversa l'esprit. Étendue sur un lit, la tête rejetée en arrière par la passion, elle lui offrait son corps souple et élancé… Cette vision fut d'une telle force qu'il s'écarta, préférant mettre entre eux une distance plus prudente. Puis il désigna un buste tout proche.

— Il s'agit de Méduse.

Elle eut un bref éclat de rire.

— Évidemment. Même moi, j'aurais pu l'identifier. Vous ne pouvez quand même pas revendiquer mes secrets pour *ça* !

— Je n'ai jamais parlé de secrets, fit-il remarquer. Mais si vous m'offrez des informations aussi précieuses, je vous dirai en échange que ce buste de Méduse, en marbre noir, vient probablement de Livadiá. Plus important, qu'il représente Méduse après sa décapitation par Persée, mais avant que sa tête n'ait été sertie au centre du bouclier d'Athéna.

— Comment le savez-vous ?

Nick lui fit signe de s'approcher de la statue. Désignant un creux dans lequel un serpent mordait la queue d'un autre, il dit :

— Regardez bien. Que voyez-vous là ?

— Une plume ! dit-elle après avoir plissé les yeux.

— Il ne s'agit pas de n'importe quelle plume, mais d'une plume provenant des ailes de Pégase, lequel est né du sang de Méduse gouttant de l'épée de Persée.

Quand elle tourna vers lui des yeux écarquillés, Nick se retint pour ne pas se rengorger.

— J'ai regardé cette statue des dizaines de fois, et je ne l'avais jamais vue. Vous êtes vraiment le meilleur !

— En tant que tel, répliqua-t-il avec un salut exagéré, je mérite une compensation.

Après s'être mordillé la lèvre, elle acquiesça.

— D'accord, je vais vous parler de la collection.

— Excellent début.

Elle resta néanmoins silencieuse un long moment, au point qu'il se demanda si elle avait changé d'avis. Quand elle finit par reprendre la parole, en promenant son regard d'une statue à l'autre, ce fut comme si les mots venaient de loin.

— Mon père a gagné ses statues au jeu. Elles appartenaient à un contrebandier français…

Elle s'interrompit, l'air songeur. Mais des années d'expérience avaient appris à Nick à contenir son impatience.

— C'était aux premiers jours de la guerre, reprit-elle. Mon père était un joueur invétéré. Il pariait tout et n'importe quoi : de l'argent, des domestiques, des maisons… Nous pouvions passer des semaines sans nouvelles de lui, et puis, un jour, il surgissait dans un nouveau cabriolet, ou avec un panier plein de chiots de race. Il a offert ces statues à ma mère trois jours après l'anniversaire de mes sept ans.

— Et elle vous les a ensuite données...

— Oui, acquiesça-t-elle après avoir pincé les lèvres. Elles sont à moi.

— Vous ne voulez pas les vendre, observa-t-il, comme s'il s'agissait d'une évidence.

Il s'écoula un moment avant qu'elle ne réponde tout simplement :

— Non.

— Dans ce cas... pourquoi ?

— Quelquefois, monsieur, on est obligé de faire des choses même si on n'en a pas envie, répliqua-t-elle avec un petit rire sans joie.

Elle soupira, ce qui attira l'attention de Nick sur sa poitrine. Il détourna aussitôt les yeux, honteux de se laisser troubler ainsi. Son regard tomba sur une grande statue proche de lui et, quand il la reconnut, il laissa échapper un rire étranglé.

— Qu'est-ce qui vous amuse ?

— Cette statue. Savez-vous qui elle représente ?

Lady Isabel pivota vers la silhouette féminine, une main sur la poitrine comme pour dissimuler l'embarras que lui causait la nudité de la statue. Après avoir observé son dos à la courbe gracieuse, son visage empreint d'un plaisir serein, la guirlande de roses qui grimpait le long d'une de ses jambes, elle secoua la tête.

— Non.

— C'est Volupté. Fille de Psyché et de Cupidon.

— Comment le savez-vous ? Elle ressemble à toutes les autres statues féminines qui se trouvent ici.

— Je le sais parce que je suis le meilleur, répliqua-t-il en la regardant dans les yeux.

Elle eut un sourire amusé, ce qui procura à Nick une intense satisfaction. Lorsqu'elle ne se méfiait pas de lui, cette femme était exquise.

Cependant, l'atmosphère entre eux sembla se tendre, devenir plus pesante. À l'odeur de pierre poussiéreuse se mêlait à présent un parfum doux, mélange de fleur d'oranger et d'une fragrance plus fraîche qu'il ne reconnut pas.

Il remarqua la légère rougeur de sa peau et le creux délicat à la base de son cou, et un désir aigu, d'une intensité qu'il n'avait pas éprouvée depuis longtemps, s'empara de lui. Au même instant, leurs regards se croisèrent de nouveau, et il perçut chez elle une émotion identique. Ils étaient seuls, proches à se toucher, sans autre témoin que les statues.

Mû par le désir, il leva la main et faillit lui effleurer la joue, mais il se retint juste à temps. Ce serait sans doute une erreur de la toucher. Ses grands yeux bruns brillaient d'un mélange enivrant de curiosité, d'excitation et de crainte qui illuminait son visage, faisant d'elle une sirène innocente, de chair et d'os, entourée de ses sœurs marmoréennes.

Quand elle ferma les yeux, il observa ses traits ravissants – les pommettes hautes, la bouche sensuelle, le front lisse de toute inquiétude. Elle relâcha alors le souffle qu'elle retenait en une expiration tremblante, et ses lèvres roses s'entrouvrirent.

Aucun homme sur terre n'aurait pu résister à ce soupir.

Nick s'inclina, tout en sachant qu'il avait tort. Rien de bon ne pouvait advenir d'un baiser avec cette demoiselle de la campagne.

Ses lèvres n'étaient plus qu'à un cheveu des siennes lorsqu'un bruit se fit entendre à l'extérieur de la salle. Il se redressa aussitôt avec un juron étouffé, puis il recula d'un pas, se maudissant de s'être approché de cette femme qui semblait avoir un effet inexplicablement néfaste sur son bon sens.

Elle rouvrit brusquement les yeux. Devant les émotions variées qui s'y livraient bataille, Nick fut saisi de l'envie de la prendre dans ses bras et d'oublier tout le reste. Mais, en voyant arriver Mlle Caldwell et Rock, il recula encore tandis qu'Isabel, s'écartant dans l'autre sens, se pressait contre la statue de Volupté. Il craignit même, l'espace d'un instant, qu'elle ne la fasse basculer de son piédestal.

— Qu'as-tu trouvé ? demanda-t-il à son ami, espérant dissiper ainsi le trouble qui demeurait entre eux.

Rock les regarda tour à tour, puis s'attarda sur Nick et haussa l'un de ses sourcils noirs. Nick l'imita, le mettant au défi de faire le moindre commentaire.

— Je n'ai jamais rien vu de pareil hors de la Grèce, finit-il par répondre.

Tandis que Rock lui décrivait les marbres qu'abritait la seconde salle, Nick, du coin de l'œil, vit que lady Isabel accueillait sa cousine avec un sourire trop éclatant – un sourire révélateur.

Elle aussi, elle l'avait désiré !

Mais il refusa de s'appesantir sur cette pensée. Il aurait dû se féliciter qu'on les ait dérangés au moment où il s'apprêtait à commettre l'immense erreur de l'embrasser. Cette fille représentait tout ce qu'il redoutait. Elle était innocente, seule, et appartenait au genre de femmes qu'il évitait – celles qui exigeaient de lui plus qu'il n'était capable de donner. Il aurait parié qu'elle n'avait jamais été embrassée, ou mal, dans cette campagne reculée.

Néanmoins, il devait s'avouer qu'il aurait beaucoup aimé lui faire découvrir le plaisir qu'on pouvait retirer d'un baiser.

— Tu me dois dix livres.

La voix de Rock le ramena à l'instant présent. La collection de marbres existait bel et bien. Et sa propriétaire constituait un mystère.

Deux raisons de rester.

Ignorant le sourire narquois de son ami, Nick reporta son attention sur lady Isabel, qui les regardait avec curiosité. Elle rougit alors et porta la main à ses cheveux.

— Lady Isabel, dit-il en savourant le plaisir de prononcer son prénom, si cela vous convient, nous commencerons à répertorier vos marbres demain matin.

Une lueur d'incertitude s'alluma dans son regard, mais elle dut sentir qu'elle était allée trop loin pour se dédire.

Elle tripota une mèche de cheveux, geste qui trahissait sa nervosité.

— Très bien. Demain… demain conviendra parfaitement. Et… Lara va vous raccompagner, continua-t-elle en contournant leur petit groupe pour se diriger vers la porte. Je suis… Je dois…

Nick attendit, un demi-sourire aux lèvres, qu'elle achève sa phrase.

— Je dois m'en aller.

La jupe de sa stricte robe grise fut la dernière chose que vit Nick lorsqu'elle s'élança hors de la salle.

6

Leçon numéro deux

Faites tout ce qui est en votre pouvoir pour rester dans l'esprit de votre lord. Et sous ses yeux.

L'absence peut, certes, exacerber les sentiments. Mais rappelez-vous qu'au moment où votre lord prendra conscience qu'il désire une épouse, il faudra qu'il se souvienne de votre existence ! Faites de votre mieux pour investir son champ de vision : passez près de lui lors des bals, renseignez-vous sur ses promenades favorites au parc, encouragez vos domestiques à se lier avec les siens. Connaître son emploi du temps est l'outil le plus précieux pour prendre au piège un vrai gentleman.

Pearls and Pelisses, *juin 1823*

Même si, selon Wellington, le plus dur pour un soldat était de battre en retraite, il fut bien plus facile à Isabel de prendre ce parti que de rester dans la salle des statues en compagnie de lord Nicholas St. John.

À vrai dire, seules les convenances l'avaient empêchée de prendre ses jambes à son cou.

Elle avait souhaité qu'il l'embrasse, et même désespérément. Quelle erreur ç'aurait été ! Si Lara et M. Durukhan n'étaient pas revenus, Dieu seul sait ce qui aurait pu arriver...

Et tandis qu'elle parcourait à vive allure les couloirs tortueux qui menaient à la cuisine de Townsend Park, elle avait bien conscience d'avoir fait preuve, cet après-midi-là, d'une lâcheté inhabituelle. Mais avait-elle eu le choix ? Il lui fallait quitter cette salle, reprendre ses esprits et... se morigéner.

Où donc avait-elle eu la tête ?

Inviter un étranger à Minerva House était une chose – une chose risquée et peu intelligente –, mais considérer cet homme autrement que comme le moyen d'atteindre son but, c'était inacceptable.

Elle avait besoin de Nicholas St. John pour évaluer sa collection de statues et pour les vendre. Rien de plus.

De toutes ces années passées avec des femmes que des hommes avaient maltraitées, Isabel avait retenu au moins une leçon : on ne plaisantait pas avec eux. Elle avait vu suffisamment de femmes esclaves de leur corps ou de leur cœur ; suffisamment de femmes, y compris sa propre mère, victimes de sourires charmeurs et de caresses ensorcelantes, pour se jurer que cela ne lui arriverait jamais.

Elle ne devait pas laisser un Londonien ruiner ses principes – même si certaines considéraient le Londonien en question comme l'un des plus beaux partis d'Angleterre.

Elle allait devoir s'imposer de ne pas tenir compte de la présence de lord Nicholas dans sa maison. La difficulté n'était certainement pas insurmontable. D'une part, cet homme était archéologue et ne s'intéresserait vraisemblablement qu'aux statues. D'autre part, n'avait-elle pas, de son côté, à nourrir toute une maisonnée, à acquérir une demeure et à prendre soin de deux douzaines de personnes ?

— Vous pouvez pas m'obliger à aller à l'école ! Je suis le comte, maintenant. Et il n'y a personne qui commande aux comtes.

À ces mots, Isabel s'arrêta net, juste avant de franchir le seuil de la cuisine. Glissant un coup d'œil dans celle-ci, elle vit James se pencher sur la table de bois patiné pour prendre un biscuit, qu'il plongea aussitôt dans sa tasse de thé sans se soucier du liquide qui débordait. La moue boudeuse, il ne releva les yeux qu'au bout d'un moment et les riva sur Georgiana, assise en face de lui.

Isabel resta tapie dans l'ombre. Elle avait demandé à Georgiana de commencer à évoquer le collège avec James, dans l'espoir que celui-ci s'habituerait à cette idée.

La partie semblait loin d'être gagnée.

— Malheureusement, James, il y a toujours quelqu'un qui peut nous dire ce que nous devons faire. Même lorsqu'on est comte.

— Je déteste quand on me dit ce que je dois faire.

— Eh bien, j'avoue que cela ne me plaît pas beaucoup non plus.

— J'suis intelligent, argua le jeune garçon.

Georgiana lui adressa un léger sourire, tout en prenant à son tour un biscuit.

— Vous êtes très intelligent. Je n'ai jamais dit le contraire.

— Je sais lire. Je connais mes tables de multiplication. Et puis, je saurai bientôt le latin. C'est vous qui m'apprenez.

— Oui, bien sûr. Vos progrès sont impressionnants. Mais les jeunes gens... les jeunes *comtes*... vont au collège.

— Qu'est-ce qu'ils m'apprendront là-bas que vous pouvez pas m'apprendre ?

— Toutes sortes de choses. Des choses réservées aux comtes.

— Vous devriez le tremper dans le thé, conseilla-t-il à Georgiana, qui contemplait son biscuit. C'est bien meilleur.

Isabel ne put s'empêcher de sourire. Elle aurait parié que, de toute sa vie, Georgiana n'avait jamais trempé un biscuit dans son thé.

— Comme ça, ajouta James.

Joignant le geste à la parole, il plongea un deuxième biscuit dans sa tasse avant de repêcher le premier. Les doigts dégoulinants de thé, il n'eut que le temps de brandir son gâteau avant que celui-ci ne se brise et qu'une moitié n'en retombe dans le liquide, éclaboussant la table tout autour. Georgiana affecta de grimacer de dégoût, et James éclata de rire.

Les bras refermés autour de son buste, Isabel s'adossa au mur. Comte ou pas, elle redoutait le départ de James de la maison.

— Vous croyez que les hommes de tout à l'heure, ils sont allés à l'école ? demanda James avec un vif intérêt.

— Oh, j'en suis certaine. Ils ont l'air de vrais gentlemen. Et les vrais gentlemen ont fréquenté l'école.

James garda un silence songeur. Ce fut Georgiana qui le rompit.

— Vous savez, j'ai un frère...

Isabel tendit l'oreille. Depuis trois semaines qu'elle était ici, la jeune fille n'avait jamais fait allusion à la vie qu'elle menait à Londres.

— C'est vrai ? Il va à l'école ?

— Il y est allé. D'ailleurs, c'est grâce à cela qu'il est si brillant. C'est même l'un des hommes les plus brillants d'Angleterre.

« Et l'un des plus puissants », ajouta Isabel *in petto*.

— Il a dû vous apprendre des trucs, alors. Sinon, comment une fille saurait le latin ?

— Je vous demande pardon, lord Reddich, riposta Georgiana. Les filles, comme vous dites, connaissent beaucoup de choses... pas seulement le latin.

Isabel ne put s'empêcher de jeter un nouveau coup d'œil dans la cuisine. James fronçait le nez, visiblement sceptique.

— Vous êtes la fille la plus intelligente que je connaisse, déclara-t-il alors, avec une vénération qui fit hausser les sourcils à Isabel.

En raison du béguin manifeste qu'il avait pour sa gouvernante – la plus jolie, incontestablement, de toutes celles qu'il avait eues –, Isabel préféra ignorer l'offense faite à sa propre intelligence. Mais elle jugea le moment venu de mettre un terme à cette charmante conversation.

Après avoir plaqué un sourire radieux sur son visage, elle franchit le seuil de la cuisine.

— C'est déjà l'heure du thé ? demanda-t-elle avec entrain.

— Isabel ! s'exclama James. Ils sont où, les monsieurs ? Il y en a un qui était très fort ! Tu as vu ?

Et il y en avait un qui était très beau. D'ailleurs, elle avait bien failli se conduire comme une idiote...

— *Messieurs*. Oui, j'ai vu, acquiesça-t-elle en se versant une tasse de thé.

— Ils sont où ? Ils vont rester ici ?

— Ils sont encore là-haut. Ils examinent les statues.

— Je peux aller les voir ? demanda James avec un enthousiasme auquel il était presque impossible de résister.

— Non, tu ne peux pas.

— Pourquoi ? Je suis le comte, maintenant ! Et je dois veiller à la sécurité des habitantes de Townsend Park. Moi, je crois que je devrais les rencontrer.

L'allusion de James à la sécurité de leurs protégées surprit Isabel. Elle s'était toujours efforcée de le maintenir dans l'ignorance des difficultés rencontrées par les filles et des dangers qu'elles couraient. Mais, en grandissant, il devenait plus perspicace, et Isabel sentit que cette conversation exigeait qu'elle prenne plus de précautions qu'à l'ordinaire.

— C'est tout à ton honneur de te soucier du bien-être des femmes qui résident sous ton toit, assura-t-elle. Mais ces messieurs seront très occupés lorsqu'ils se trouveront ici, et nous ne devons pas les distraire. Nous pourrions cependant les inviter à dîner un soir. Qu'en penses-tu ?

— Je crois que ce serait poli de notre part, acquiesça James, solennel, après avoir mûrement réfléchi.

— Je suis vraiment contente que tu approuves ma proposition, répondit Isabel avec un clin d'œil à l'intention de Georgiana, qui dissimula son sourire derrière sa tasse de thé. Et maintenant, file.

Après les avoir regardées tour à tour, James décida manifestement que des aventures plus intéressantes l'attendaient hors de la cuisine. Il sauta de sa chaise, non sans chiper un autre biscuit au passage, puis disparut dans le corridor sombre par lequel était arrivée Isabel.

Celle-ci s'assit à sa place, prit un gâteau à son tour, puis soupira.

— Je vous remercie de lui avoir parlé du collège, dit-elle à Georgiana.

— J'ai été heureuse de le faire. Un comte doit recevoir une éducation convenable, lady Isabel.

— Vous savez que vous pouvez vous dispenser de ces formalités.

— Au contraire, je suis votre servante, répondit la jeune fille avec un sourire.

— Ne dites pas de sottises, répliqua Isabel en s'esclaffant. Nous savons toutes les deux que vous êtes d'un rang supérieur au mien. S'il vous plaît... Je me sentirais mieux si vous m'appeliez Isabel.

Un voile de tristesse assombrit fugitivement le regard de la jeune fille.

— Mon rang est désormais celui de gouvernante. Et je considère que c'est une chance pour moi d'occuper une place aussi enviable.

Renonçant à insister, Isabel changea de sujet.

— Connaissez-vous les hommes qui sont venus aujourd'hui ?

Georgiana secoua la tête.

— Je préparais les leçons de James, et je n'ai entendu parler de leur arrivée qu'une fois qu'ils ont été dans les salles des statues.

— Ce sont des Londoniens.

— Des aristocrates ? s'enquit Georgiana avec une pointe de nervosité.

— L'un d'eux, oui. Lord Nicholas St. John est le frère du marquis de Ralston. C'est un archéologue...

Isabel s'interrompit quand Georgiana ouvrit des yeux grands comme des soucoupes.

— Qu'y a-t-il ?

— Lord Nicholas et mon frère... Ils se connaissent...

La voix de Georgiana ne fut plus qu'un chuchotement lorsqu'elle ajouta :

— Je ne le fréquente pas personnellement, mais...

— Georgiana, tout ira bien, assura Isabel. Lorsque je vous ai accueillie, je vous ai dit que Minerva House prendrait soin de vous, non ?

La jeune femme déglutit avec peine, puis elle prit une profonde inspiration.

— Si.

— Vous resterez cachée, c'est tout, enchaîna Isabel avec calme. La maison est grande. Vous êtes la gouvernante de James, et il n'y a pas de raisons qu'un invité vous rencontre.

— Que fait-il ici, dans le Yorkshire ?

— Je l'ignore. J'ai cru comprendre qu'il s'agissait d'un voyage d'été... Vous êtes en sécurité, sous la protection du comte de Reddich, insista-t-elle en constatant que la crainte de la jeune fille restait vive.

Même si une petite voix lui soufflait que ce n'était pas aussi sûr, elle refusa de l'entendre.

Georgiana demeura un instant silencieuse. Puis elle inclina la tête.

— Bien...

Isabel remplit de nouveau les tasses de thé, avec l'espoir de renforcer le calme de la jeune fille. Puis elle reprit :

— Quand vous serez disposée à parler des raisons qui vous ont amenée ici, vous pourrez vous confier à moi. Vous le savez, n'est-ce pas ?

— Oui, répondit Georgiana en hochant de nouveau la tête. Mais je... je ne suis pas... Et si...

— Ce sera *si*, et *quand* vous le voulez. Je veux juste que vous sachiez que je serai là.

Après des années d'expérience, Isabel savait que lorsqu'il s'agissait d'exorciser leur peur, les jeunes femmes – sœur d'un duc ou serveuse de taverne – n'étaient guère différentes. Ni vraiment différentes d'elle-même.

Si elle avait eu le choix, jamais elle n'aurait introduit lord Nicholas St. John dans la maison. Mais l'autre terme de l'alternative – renvoyer Georgiana et les autres sans rien d'autre que les vêtements qu'elles avaient sur le dos – était inenvisageable. Aussi Isabel était-elle obligée de prendre un risque calculé.

L'ironie de la situation ne lui échappait nullement : elle plaçait l'avenir d'une bonne vingtaine de femmes entre les mains de l'homme le plus dangereusement séduisant qu'elle eût jamais rencontré.

Mais quand elle regarda Georgiana, si frêle, si anxieuse, les mains serrées sur sa tasse et les yeux fixés sur son thé, Isabel ne douta pas d'avoir pris la bonne décision.

Il leur faudrait simplement veiller à confiner lord Nicholas dans les salles des statues.

Cela ne devrait pas être difficile.

L'après-midi suivant, Isabel se sentait très fière d'elle. Toutes ses inquiétudes au sujet de lord Nicholas s'étaient révélées vaines, et sa présence ne posait aucun problème.

En vérité, depuis l'arrivée des deux hommes, qu'elle avait cantonnés avec les statues en précisant bien à tout le monde qu'on ne devait pas les déranger, elle avait réussi à les éviter.

Ou à se cacher d'eux ? lui souffla une petite voix, qu'elle s'empressa de faire taire.

Elle se trouvait donc de nouveau sur le toit, qui fuyait toujours. Et, vu les nuages qui s'amoncelaient à l'est, les réparations allaient être particulièrement bienvenues ce soir.

En pantalon et manches de chemise, Jane et elle, agenouillées, appliquaient avec soin une mixture particulièrement malodorante censée recoller les tuiles en terre cuite. Sept ans auparavant, les premiers domestiques avaient quitté Townsend Park, et parmi eux les artisans qui entretenaient le domaine. Sans doute Isabel devait-elle s'estimer heureuse que, durant toutes ces années, aucune réparation d'importance n'ait été nécessaire.

Dieu merci, la bibliothèque du manoir comptait de nombreux ouvrages sur l'architecture et l'entretien des bâtiments. Certes, l'art de réparer les toitures ne figurait pas, en général, parmi les lectures préférées des jeunes femmes, mais Isabel serait heureuse, les jours de pluie, de pouvoir se dispenser du vase de nuit posé à l'extrémité de son lit.

— Pourriez-vous me dire ce qui s'est passé hier pour que vous vous cachiez de lord Nicholas ? demanda soudain Jane, qui n'avait jamais été du genre à tourner autour du pot.

Isabel plongea sa brosse dans le seau de goudron avant de répondre :

— Il ne s'est rien passé.

— Rien du tout ?

— Non. Il a accepté d'identifier et d'évaluer la collection. Si tout va bien, Minerva House sera dans ses nouveaux murs dans un mois, déclara Isabel, s'efforçant de conserver une voix légère et confiante.

Jane garda le silence, le temps de reposer les tuiles nouvellement enduites à leur place.

— Et lord Nicholas ? dit-elle ensuite.

— Qu'y a-t-il avec lord Nicholas ?

— C'est précisément ce que je me demande.

— J'aurais préféré qu'il n'ait pas à intervenir, répliqua Isabel, éludant délibérément la question.

Une brusque rafale de vent gonfla les manches de sa chemise. Tout en se raidissant contre l'air froid, elle choisit ses mots avec soin.

— Mais je pense que nous n'avons pas le choix.

— Il y a des alternatives, Isabel.

— Je n'en vois pas.

Jane plaça plusieurs tuiles en silence avant de relever les yeux.

— Vous vous occupez de nous depuis longtemps. Minerva House est devenue une espèce de légende parmi les filles de Londres. Celles qui arrivent ici ont du mal à en croire leurs yeux. Tout cela, c'est votre œuvre. Mais vous ne pouvez pas permettre à la légende de vous dépasser.

À son tour, Isabel cessa d'enduire le dessous des tuiles de goudron.

— Pour moi, ce n'est pas une légende, Jane. Minerva House est bien réelle.

— Mais vous pourriez vivre autrement. Vous êtes fille de comte.

— Un comte dont la moralité était pour le moins douteuse.

— Dans ce cas, disons la sœur du nouveau comte. Vous pourriez vous marier. Mener la vie à laquelle vous étiez destinée.

La vie à laquelle elle était destinée ? Les mots paraissaient si simples – comme si cette existence était clairement définie. Certes, les autres filles de la noblesse ne semblaient pas avoir de difficultés à suivre ce chemin tout tracé... mais elles n'avaient pas eu son père. Ni sa mère.

— Non, répondit-elle en secouant la tête. C'est celle-ci, la vie que j'étais destinée à mener. Ni un mariage avantageux, ni les thés en compagnie des dames de la bonne société, ni les saisons londoniennes n'y auraient changé quoi que ce soit. Et regarde où cela m'a conduite. Vois la différence que cela a faite pour toi. Et pour les autres.

— Mais vous ne devriez pas vous sacrifier pour nous. Est-ce que ce ne serait pas en contradiction avec l'esprit de cette maison ? Vous nous avez enseigné que notre bonheur, notre existence avaient infiniment plus d'importance que les sacrifices que nous avons faits avant d'arriver ici. Je me trompe ?

Jane s'exprimait sans la moindre véhémence, mais ses paroles n'en portèrent pas moins. Isabel observa longuement sa majordome. Le vent de plus en plus fort lui rougissait les joues, et des mèches brunes commençaient à s'échapper de sa casquette. Jane avait été la première à venir à elle. Alors qu'elle était ouvrière à Londres, elle avait failli périr sous les coups d'un client soûl. Elle avait alors trouvé le courage de partir pour l'Écosse, où elle espérait commencer une nouvelle vie. Avec une poignée de pièces volées – pas assez pour vivre, mais assez pour l'envoyer en prison jusqu'à la fin de ses jours –, elle avait réussi à atteindre le Yorkshire. Mais lorsqu'elle n'avait plus eu d'argent, elle avait été purement et simplement abandonnée au bord de la route, avec pour seuls biens les vêtements qu'elle portait. Isabel l'avait trouvée endormie dans une stalle inutilisée de l'écurie, le jour où les derniers domestiques avaient déserté leur poste.

Isabel venait d'avoir dix-sept ans et se retrouvait seule pour s'occuper de James, âgé de trois ans, et de leur mère qui se mourait. En voyant cette fille trop épuisée pour se sauver, trop brisée pour se battre, elle avait aussitôt pris la mesure du désespoir qui l'avait poussée à courir les plus grands risques.

Ce n'était pas la bonté qui avait incité Isabel à recueillir Jane, mais la panique. Sa mère dépérissait chaque jour un peu plus, folle de tristesse et de ressentiment, les domestiques avaient fui, James demandait de l'amour et des soins, et Isabel n'avait rien. En offrant du travail à Jane, elle s'était acquis la plus loyale des servantes et la plus fidèle des amies.

Jane avait été l'unique témoin des derniers jours de la comtesse, lorsque celle-ci s'emportait contre Isabel, contre le petit James, contre Dieu et contre l'Angleterre, tous coupables de sa solitude et de son malheur.

À la mort de sa mère, alors que tout s'effondrait autour d'Isabel, aider Jane lui avait permis de ne pas perdre pied.

Quelques semaines plus tard, elle avait pris la décision d'accueillir d'autres femmes à Townsend Park. Elle n'avait peut-être pas été une bonne fille, mais elle ferait en sorte de procurer à ces malheureuses un endroit où vivre et s'épanouir. Quelques lettres judicieusement adressées avaient amené Gwen et Kate. Ensuite, le bouche-à-oreille avait fonctionné. Les filles en difficulté savaient que si elles parvenaient à atteindre Townsend Park, rebaptisé Minerva House, elles y seraient en sécurité.

Ces femmes avaient fourni non seulement un but à Isabel, mais aussi un moyen de prouver qu'elle valait mieux que ce que l'on disait d'elle.

Toutes ne restaient pas. Durant ces sept années, Jane et elle avaient vu des dizaines de filles arriver, puis repartir au beau milieu de la nuit, incapables de résister à l'appel de leur ancienne existence. Plus nombreuses, heureusement, étaient celles qui repartaient pour se forger une nouvelle vie. Chaque fois qu'elle le pouvait, Isabel les aidait à réaliser leur rêve. Certaines étaient devenues couturières, d'autres aubergistes. L'une d'elles avait même épousé un pasteur.

Elles étaient la preuve qu'Isabel n'était pas uniquement l'enfant non désirée d'un débauché notoire, ou la fille égoïste que sa mère l'avait accusée d'être durant son agonie.

Quand elle pensait à Minerva House et à ses protégées, les choses qu'elle n'avait pas eu la chance de connaître – tout ce qui lui serait revenu de droit, si elle avait été la fille d'un autre comte – ne lui effleuraient jamais l'esprit.

— Ce n'est pas un sacrifice de poursuivre l'œuvre de Minerva House, finit-elle par déclarer. Je serais prête à réparer cent toits pour m'assurer que les filles en gardent un au-dessus de leur tête.

— Dois-je vous rappeler que vous n'êtes pas seule en haut de cette maison ? répliqua Jane avec un sourire en coin. Je ne vais jamais pouvoir me débarrasser de l'odeur de cette saleté.

— Eh bien, nous empesterons ensemble, dit Isabel en riant.

— Votre lord n'appréciera pas.

Cette fois, Isabel ne feignit pas de ne pas comprendre.

— Ce n'est pas « mon » lord.

— Gwen et Lara seraient d'un avis différent.

— Gwen et Lara ont de la bouillie entre les oreilles. Je ne me laisserai pas pousser dans ses bras. Tu peux le leur dire.

— Parce que vous croyez que j'ai plus d'influence que cette gazette ridicule ? demanda Jane avec un éclat de rire.

— Si seulement ! répondit Isabel, qui soupira. Il n'est là que pour deux semaines. Il faut simplement que je veille à maintenir les filles éloignées de la collection.

— Et en ce qui vous concerne, mademoiselle Ce-n'est-pas-mon-lord ?

La brusque vision du visage de lord Nicholas empêcha Isabel de répondre à la taquinerie de son amie. Elle revoyait l'éclat de ses dents blanches dans son visage hâlé, sa bouche généreuse, son sourire impudent, plein de promesses, et ses yeux bleus qui appelaient les confidences...

Cet homme était très dangereux, effectivement.

— Je ferai comme elles, répliqua-t-elle. Ça ne devrait pas être si difficile. Après tout, j'ai un toit à réparer.

À peine eut-elle prononcé ces mots qu'une voix masculine, déjà familière, résonna derrière elle.

— J'aurais dû parier que je vous trouverais ici...

Le cœur d'Isabel fit un bond. Affolée, elle regarda Jane, qui baissa aussitôt la tête, comme tout domestique qui se respecte, et fit mine de se concentrer sur sa tâche.

Isabel allait devoir se débrouiller seule. Au moment où elle se retournait, lord Nicholas émergeait de la lucarne. Qui donc l'avait laissé monter ici ?

Comme il posait avec précaution ses lourdes bottes sur les tuiles, Isabel s'écria :

— Attendez !

S'il n'y prenait garde, il risquait d'endommager davantage la toiture. Elle dut reconnaître, à son crédit, qu'il s'immobilisa sur-le-champ.

— Je... C'est moi qui vais venir vers vous, monsieur ! ajouta-t-elle.

Elle se releva et traversa le toit avec précaution. Arrivée devant lui, elle lui adressa un grand sourire, auquel il ne répondit pas.

— Qu'est-ce qui vous amène sur le toit ? Vous avez besoin de quelque chose ?

— Non...

Cette syllabe unique s'étira tandis qu'il l'examinait de la tête aux pieds. Seigneur, elle était habillée en homme !

Sauter du toit n'étant pas une solution envisageable, Isabel s'ordonna de faire face. Elle croisa les bras sur ses seins en s'efforçant d'ignorer la brûlure soudaine de ses joues.

— Je ne m'attendais pas que vous me rejoigniez ici, lord Nicholas, déclara-t-elle avec fermeté.

— C'est ce que je vois. Néanmoins, j'admets être surpris que vous vous montriez dans ce genre de tenue devant vos domestiques.

Du regard, il désignait Jane qui, la tête toujours baissée, replaçait une tuile.

— Oh... Eh bien... Jan... Janney vit avec nous depuis longtemps. *Il* a l'habitude de mes... de mes excentricités.

Elle conclut cette explication d'un rire trop bruyant, qui sonna faux à ses propres oreilles.

— Je vois, fit-il d'un ton qui disait le contraire.

— Si nous rentrions ? Vous désirez peut-être un peu de thé ?

Elle parlait trop vite, comme si cela pouvait suffire à le chasser du toit, de la maison, et même du Yorkshire.

— Non, merci. J'aimerais plutôt voir ce toit qui accapare tellement votre attention.

— Je... Oh...

Se trompait-elle ou prenait-il un malin plaisir à la mettre dans l'embarras ?

— Voulez-vous bien me faire faire la visite du chantier, mademoiselle ?

Le doute n'était plus permis, il la taquinait. Quel homme insupportable !

— Mais certainement, murmura-t-elle avant de se tourner vers Jane, qu'il lui fallait impérativement renvoyer. Nous en avons fini pour aujourd'hui, Janney. Vous pouvez rentrer.

Sans demander son reste, Jane se releva pour se diriger vers la lucarne. Mais quand elle passa devant eux, lord Nicholas l'arrêta d'un geste.

— Vous devriez vous montrer plus protecteur envers votre maîtresse, jeune homme.

Jane s'arrêta, la tête baissée, et opina.

— Je vois que vous comprenez ce que je veux dire.

Isabel retint son souffle pendant un long moment, s'attendant qu'il poursuive. Mais comme il n'en faisait rien, elle reprit :

— Ce sera tout, Janney.

Tandis que Jane se faufilait dans le grenier par la lucarne, Isabel essaya de se tracer une ligne de conduite. Même si elle n'avait reçu aucune éducation formelle en matière de convenances, elle devinait qu'une toiture n'était pas le lieu approprié pour une discussion entre deux personnes de sexes opposés.

— Cela ne me plaît pas que vous soyez sur le toit.

Ces mots, prononcés d'une voix impérieuse, comme si Isabel n'était sur terre que pour satisfaire ses caprices, prirent la jeune femme au dépourvu. Le regardant droit dans les yeux, elle ne dissimula pas son irritation.

— Eh bien, puisqu'il s'agit à la fois de *mon* toit et de *ma* personne... je ne vois pas en quoi cela peut le moins du monde vous affecter.

— Si vous tombiez...

— J'ai le pied sûr, affirma-t-elle en levant une jambe pour lui montrer son soulier.

Des yeux, il suivit la courbe de sa jambe. Comme cet examen la rendait nerveuse, elle reposa brusquement son pied, ce qui fit sonner les tuiles en terre cuite. D'un geste machinal, elle tripota ses cheveux, rassemblés en un chignon strict.

— Je crois que nous devrions rentrer.

Mais il alla s'asseoir sur le faîte du toit et, après avoir observé le travail accompli avec l'aide de Jane, il demanda :

— Pourquoi avez-vous quitté la salle des statues, hier ?

Ce n'était pas la question à laquelle elle s'attendait.

— Je vous demande pardon ?

— Et quand je dis « quitté », ce n'est pas tout à fait pertinent. « Fui » serait plus correct.

— Je me suis échappée, en fait.

Elle fut la première surprise de cet aveu, mais, tout en rougissant, poursuivit :

— Je n'avais pas le temps de flâner avec vous au milieu des statues. J'ai beaucoup trop de choses à faire.

— Dois-je vous rappeler que c'est vous qui m'avez demandé de venir voir votre collection ?

Isabel sentit ses joues s'empourprer de plus belle. Il l'accusait d'impolitesse, et il n'avait pas tout à fait tort.

— C'est inutile. Je vous suis très reconnaissante de m'apporter votre aide, monsieur.

— Je suis heureux de vous l'offrir, répliqua-t-il, les yeux plissés. Mais vous devez admettre que ce moment passé ensemble a été assez peu... orthodoxe.

Isabel ne put réprimer un sourire en coin.

— Je suppose que notre situation présente n'arrange pas les choses.

— Pas plus que votre tenue, lady Isabel, rétorqua-t-il en souriant à son tour. Alors, pourquoi avez-vous fui la salle des statues ?

— Je... je n'avais pas le choix.

Il n'insista pas, contrairement à ce qu'elle avait craint. Quelque chose, dans son ton, avait dû l'en dissuader. Après un long silence, il changea de sujet.

— Vous devriez me dire, je pense, pourquoi vous réparez ce toit.

— Mais je vous l'ai déjà dit, répondit-elle avec un haussement d'épaules. Il fuit, ce qui est très déplaisant lorsqu'il pleut. Et comme nous sommes en Angleterre, il pleut beaucoup.

Il prit le temps de refermer son bras autour de son genou relevé avant de répondre, les yeux rivés au loin :

— Vous faites exprès de ne pas comprendre. Je suis donc obligé de recourir à la seule monnaie d'échange que je possède...

Après avoir soupiré, il déclara :

— Volupté, fille de Cupidon et de Psyché, est en marbre de Mergozzo. Un endroit situé dans les Alpes et renommé pour ses marbres roses.

— Cette statue n'est pas rose. Et elle n'est pas italienne.

Lorsqu'il la dévisagea, Isabel se perdit un instant dans le bleu étincelant de ses yeux, avant de remarquer le petit muscle qui tressaillait sur sa joue. Qu'est-ce que cela trahissait ?

— Cette statue est en marbre rose de Mergozzo, répéta-t-il lentement, comme si elle était simple d'esprit. Le marbre rose n'est pas toujours rose. Et ce chef-d'œuvre n'est pas italien, mais romain. C'est une déesse romaine.

Isabel comprenait sa manœuvre : il l'obligeait à répondre à sa question relative au toit en lui fournissant des renseignements sur la statue. S'il avait raison, elle ne pourrait plus se dérober.

— Vous devez faire erreur, répliqua-t-elle.

— Je vous assure que non. Volupté est presque toujours représentée enveloppée de roses. Et si cela ne suffisait pas, son visage confirme son identité.

— Vous ne pouvez pas prétendre reconnaître une déesse à son visage sculpté dans le marbre !

— Mais si, bien sûr. Il s'agit de Volupté.

— Je n'ai jamais entendu parler de cette déesse, et vous, vous savez à quoi elle ressemble ?

— C'est la déesse du plaisir sensuel.

Après être restée un instant bouche bée, Isabel ne put qu'émettre un faible :

— Oh...

— Et son visage reflète le plaisir, la félicité, la passion, l'exta...

— Oui, j'ai compris, coupa Isabel. Ça vous amuse, n'est-ce pas ?

— Beaucoup, répondit-il avec un sourire auquel elle eut le plus grand mal à ne pas répondre.

Elle essaya de le foudroyer du regard, mais il éclata d'un rire communicatif.

— Allons, lady Isabel, venez vous asseoir à côté de moi et racontez-moi l'histoire de la toiture du manoir qui avait besoin d'être réparée.

Incapable de résister à sa demande, elle s'exécuta. Cependant, au lieu de la regarder, il contempla le jardin, en direction de la route, pendant un long moment.

— Pourquoi est-ce vous qui réparez ce toit ? finit-il par reprendre. Pourquoi n'y a-t-il personne d'autre que votre majordome pour vous aider ?

Isabel inspira profondément. Les bourrasques et l'humidité qui imprégnait l'air annonçaient un orage imminent. Mais les nuages n'étaient pas encore sur eux, ce qui lui aurait fourni un excellent prétexte pour se soustraire à sa question.

— Je n'ai pas les moyens d'engager un couvreur, avoua-t-elle alors sans détour, les yeux baissés sur une tuile dont elle affecta de dépoussiérer la surface. Je n'ai pas d'homme sur qui compter hormis... Janney.

— Et les valets ?

— Ils ont leurs propres activités, répondit-elle en réprimant un haussement d'épaules. Je peux apprendre l'art de réparer un toit aussi bien que quiconque.

Il resta silencieux si longtemps qu'elle finit par relever la tête pour le regarder. Ce fut de la compassion qu'elle lut dans ses yeux couleur d'un ciel d'été. Ce périodique idiot avait raison. Ils étaient d'un bleu magnifique.

— La plupart des demoiselles de votre condition n'apprennent cependant pas l'art de réparer les toits.

— C'est vrai, acquiesça-t-elle avec un mince sourire. Mais la plupart des demoiselles de ma condition ne font pas beaucoup des choses que je fais, moi.

Était-ce de l'admiration qu'elle crut percevoir dans son regard ?

— Cela, je veux bien le croire, dit-il avant de secouer la tête. Il n'y a certainement pas, dans tout le royaume, d'autre fille de comte aussi intrépide que vous.

Isabel détourna les yeux. Il ne s'agissait pas d'intrépidité de sa part, mais de désespoir.

— À mon avis, s'il y avait un autre comte comme mon père, il y aurait une autre fille de comte comme moi. Vous pouvez remercier le dieu que vous voulez, dans ma collection, d'avoir cassé le moule d'un tel scélérat.

— J'en déduis que vous aviez connaissance des frasques de votre pèrc ?

— Pas dans les détails. Mais, même recluse dans le Yorkshire, une enfant entend des choses.

— Je suis désolé.

— C'est inutile. Il est parti il y a sept ans. James l'a à peine connu, et je ne l'ai pas revu depuis.

— J'en suis encore plus désolé. Je sais ce que c'est quc de perdre un parent lorsque ce n'est pas la mort qui l'emporte.

Leurs yeux se croisèrent et, comprenant qu'il disait la vérité, elle ne put s'empêcher de s'interroger brièvement : quelle histoire cette réflexion cachait-elle ?

— La mort de mon père n'a pas été du tout une perte, reprit-elle. Nous n'avions certainement pas besoin de son exemple ici.

Il la dévisagea si longuement que, embarrassée, elle finit par reporter son attention sur le ciel, qui s'assombrissait rapidement.

— Je ne nierai pas qu'un shilling ou deux auraient été appréciés...

— Il ne vous a rien laissé ?

Isabel ne répondit pas. Elle voulait bien admettre ses difficultés financières, mais pas en discuter. Elle n'accepterait pas sa pitié. C'était le genre d'homme, sans doute, à tenter d'en savoir davantage et à proposer son aide.

Mais elle ne pouvait se permettre de s'ouvrir à lui.

Du bout du doigt, elle dessina le contour d'une tuile. Après un bref répit, l'inquiétude pesait de nouveau sur ses épaules. Partager son fardeau avait allégé son poids pendant un instant, mais Isabel ne pouvait se confier davantage.

Ce fardeau, c'était le sien depuis le départ de son père, lorsque la responsabilité du domaine et de ses habitants lui était revenue. Elle avait dû se débrouiller seule, sans que personne l'aide malgré ses sollicitations. Elle avait donc retenu la leçon : les messieurs de l'aristocratie, surtout riches et prospères, ne voulaient rien avoir à faire avec un domaine négligé et ses malheureux occupants.

— Votre collection de marbres vaut beaucoup d'argent, lady Isabel.

Elle était si plongée dans ses réflexions qu'elle mit quelques secondes à comprendre.

— Vraiment ?

— Sans aucun doute.

— Assez pour...

Elle s'interrompit. Il y avait tant de manières de terminer sa phrase... Assez pour acheter une maison ? Pour prendre soin des filles ? Pour envoyer James à Eton ? Pour redonner un peu de lustre au nom de Townsend ?

Elle ne pouvait rien dire de tout cela, bien sûr, sous peine de révéler ses secrets.

— Assez pour réparer ce toit, et bien davantage.

— Le Ciel soit loué, murmura-t-elle avec un soulagement si intense qu'il en était presque douloureux.

C'est alors qu'un violent coup de tonnerre la fit sursauter. Par réflexe, elle se rapprocha de lord Nicholas. Quand elle leva la tête vers lui, consciente de la chaleur de son corps, elle vit dans ses yeux un enivrant mélange de curiosité, de danger et d'attention – une attention qui fit s'accélérer les battements de son cœur, comme s'il était capable de voir au plus profond d'elle-même et de découvrir tout ce qu'elle dissimulait depuis si longtemps.

En vérité, serait-ce si terrible que cela ?

Consciente de la faiblesse qui l'envahissait, elle ne put cependant détourner les yeux. Ceux de lord Nicholas étaient si bleus, la compréhension qu'elle lisait en eux si tentante… qu'elle se sentait sur le point d'oublier toutes ses règles.

Mais elle n'eut pas le loisir de céder à la tentation. Les nuages se déchirèrent, et les éléments se déchaînèrent.

7

Les pluies d'été, dans le Yorkshire, n'étaient pas légères mais vengeresses, comme pour punir le comté d'un méfait quelconque. Cependant, cet après-midi-là, Nick savait pertinemment qui avait amené sur eux la colère du ciel.

C'était lui. Lui qui, en mufle parfait, avait été tenté d'embrasser lady Isabel Townsend sur son toit, juste après qu'elle lui avait avoué sa pauvreté.

Quand elle l'avait regardé de ses grands yeux bruns, il avait su qu'elle se laisserait embrasser. Mais uniquement par gratitude pour l'aide qu'il lui apportait.

Or, la gratitude était une très mauvaise raison.

Aussi, quand l'orage avait éclaté, avait-il été partagé entre l'envie de crier de frustration et le soulagement d'avoir été interrompu.

L'éclair qui zébra le ciel, à cet instant, lui fit prendre conscience que s'ils restaient au sommet de la maison, ils ne risquaient pas seulement d'être trempés, mais aussi foudroyés.

À cette pensée, il passa son bras autour des épaules d'Isabel, l'aida à se relever et l'entraîna vers la lucarne sous les trombes d'eau. Mais au moment où ils l'atteignaient, elle pivota, plongea sous son bras avec une célérité inattendue et se précipita vers l'endroit où elle avait travaillé avec sa majordome.

— Le goudron !

En un clin d'œil, Nick évalua les risques qu'elle courait entre les tuiles mouillées, la pluie torrentielle et la foudre.

— Isabel ! hurla-t-il.

Entendant son nom, elle se figea sur place. Puis, comme un violent coup de tonnerre ébranlait le bâtiment, elle se retourna, l'air incertain, les yeux écarquillés.

— Laissez ce goudron !

— Je ne peux pas ! cria-t-elle en secouant la tête, avant de repartir sur la pente du toit. Il nous a fallu des heures pour le préparer !

— Vous allez le laisser ! lui ordonna-t-il.

— Vous n'avez pas à me donner d'ordres, monsieur, rétorqua-t-elle en lui jetant un coup d'œil furieux pardessus son épaule.

Mais elle ne s'était pas arrêtée pour autant, et elle posa malencontreusement le pied sur une tuile décollée qui, après avoir glissé, passa par-dessus le bord du toit. Ses yeux s'emplirent de frayeur lorsque, déséquilibrée, elle commença à tomber.

Déjà, Nick s'était précipité vers elle.

Elle essaya de se rattraper, mais ne réussit qu'à déloger d'autres tuiles qui allèrent s'écraser en contrebas. Plus elle se débattait, gagnée par la panique, plus elle perdait pied.

La saisissant fermement par la main, il l'obligea à rester immobile. Il ne dit rien lorsque leurs yeux se croisèrent, ni quand, acceptant son soutien, elle parvint à se redresser et à recouvrer son équilibre ; il ne dit rien quand elle prit plusieurs longues inspirations tremblantes ; il ne dit rien non plus lorsqu'il la souleva dans ses bras et l'emmena jusqu'à la lucarne du grenier.

Ce ne fut que quand il l'eut reposée devant l'ouverture qu'il cria :

— Je n'ai peut-être pas à vous donner d'ordres, Isabel, mais si vous êtes incapable de veiller à votre propre sécurité, quelqu'un doit le faire à votre place ! Rentrez ! Immédiatement !

Était-ce à cause de son ton, de la pluie ou d'un quelconque instinct de conservation ? Toujours est-il que – miracle – elle obéit.

Après s'être assuré qu'elle était en sécurité à l'intérieur, Nick retourna sur ses pas pour aller chercher la maudite mixture à laquelle elle tenait tant.

Alors qu'il se redressait, le seau à la main, son regard se porta sur les écuries. Le garçon qu'il avait rencontré un peu plus tôt refermait la porte, arc-bouté contre le panneau de bois. Sa tâche accomplie, il courut vers le manoir, la tête baissée pour protéger son visage de la pluie cinglante. Mais le vent lui arracha sa casquette, et sa chevelure s'envola.

Une très longue chevelure...

Interdit, Nick regarda le garçon se retourner pour courir après sa casquette qui roulait sur le sol. Déjà, la pluie collait sur son dos ses longues mèches rousses. Et, quand il fit de nouveau face à la maison, le secret de Townsend Park sauta aux yeux de Nick.

L'image des domestiques qu'il avait rencontrés défila dans son esprit : le longiligne garçon d'écurie, le majordome efféminé, le quarteron de valets de pied dépareillés, dont certains de petite taille.

La maison de lady Isabel était pleine de femmes ! C'était la raison pour laquelle elle se trouvait sur le toit, au péril de sa vie : il n'y avait personne d'autre pour faire ce travail à sa place.

Nick laissa échapper un juron sonore que le vent emporta aussitôt. Maison pleine de femmes ou pas, rien n'excusait l'imprudence de lady Isabel. Elle aurait dû être enfermée, ne fût-ce que pour préserver sa santé mentale *à lui* !

Un coup de tonnerre retentissant le renvoya vers la lucarne. Lady Isabel le guettait, le visage ruisselant, et il lui tendit le seau d'un geste brusque. Elle s'en saisit et recula pour lui permettre d'entrer. Après avoir lutté un long moment contre la pluie torrentielle pour parvenir à refermer la fenêtre, il se tourna vers elle, trempé jusqu'aux os et furieux.

Elle reposa le seau avec précaution puis, non sans hésitation, chuchota nerveusement :

— Je m'en serais parfaitement sortie...

Nick enfonça avec force ses mains dans ses cheveux, et ce geste suffit à la faire taire. Dieu merci, car il aurait pu l'étrangler, si elle avait continué.

Jamais il n'avait rencontré de femme aussi exaspérante ! Elle représentait un danger pour elle-même et pour les autres. Bon sang, elle aurait pu provoquer leur mort à tous les deux !

Il se domina néanmoins pour déclarer d'une voix unie mais d'un ton qui, autrefois, avait dissuadé plus d'un tueur de s'en prendre à lui :

— Vous ne monterez plus sur ce toit.

Cependant, sa déclaration parut n'avoir d'autre effet que d'exacerber la colère d'Isabel.

— Je vous demande pardon ?

— Évidemment, des années enfermée au fin fond du Yorkshire ne vous ont pas permis d'acquérir une once de bon sens. À partir de maintenant, vous ne monterez plus sur ce toit.

— Je n'ai jamais rien entendu de plus impérieux, de plus condescendant, de plus arrogant...

— Vous pouvez user de tous les qualificatifs que vous voulez. Pour moi, il s'agit d'assurer votre sécurité, ainsi que celle de ceux qui vous fréquentent... Vous est-il seulement venu à l'esprit que non seulement vous auriez pu vous tuer, mais moi aussi ? ajouta-t-il, contenant avec peine son envie de la secouer.

— Je n'ai pas demandé à être secourue, lord Nicholas !

— Eh bien, vu que depuis deux jours que je vous connais, je vous ai sauvé deux fois la vie, je suggère que la prochaine fois, vous le demandiez.

Elle se redressa de toute sa taille et, sans se soucier apparemment qu'on puisse l'entendre, elle s'écria :

— J'étais parfaitement en sécurité sur le toit jusqu'à ce que *vous*, vous arriviez ! Et vous, vous est-il seulement venu à l'esprit que je n'étais sur le toit que parce que je me cachais de vous ?

— Vous vous cachiez de *moi* ?

La surprise d'Isabel à s'entendre prononcer ces mots fut manifestement égale à la sienne.

Au lieu de répondre, elle détourna délibérément les yeux.

— C'est vous qui m'avez invité ! insista-t-il.

— Eh bien, je commence à le regretter, marmonna-t-elle.

— Pourquoi vous cachiez-vous de moi ?

— J'aurais pensé que c'était évident.

Il se garda de répondre, l'obligeant ainsi à poursuivre.

— J'ai été surprise par notre... moment... dans la salle des statues. Je ne m'attendais pas...

D'un geste nerveux, elle frotta ses mains sur son pantalon, avant de croiser les bras, ce qui eut pour effet de tendre la batiste blanche de sa chemise sur ses seins et d'attirer l'attention de Nick sur leur rondeur ponctuée d'une pointe érigée, plus sombre. Il prit soudain conscience de l'endroit où ils se tenaient, de la pénombre et de la chaleur qui régnaient dans le grenier, du crépitement de la pluie qui étouffait tout autre son. Le lieu était parfait pour un rendez-vous galant.

Elle inspira profondément, les yeux levés au plafond. Une goutte de pluie descendit lentement le long de son cou et, sous les yeux fascinés de Nick, disparut sous le col de sa chemise – une goutte de pluie dont il faillit être jaloux. De toute évidence, le Yorkshire affectait ses capacités mentales.

— Je ne m'attendais pas à être aussi… recommença-t-elle.

Mais la phrase mourut sur ses lèvres quand leurs regards se croisèrent. Il fit un pas vers elle.

— Aussi ? répéta-t-il, tout en sachant qu'il avait tort d'insister.

Elle laissa échapper un soupir résigné.

— Aussi… attirée par vous.

— Vous êtes attirée par moi ?

Jamais il n'avait rencontré de femme prête à un tel aveu. Une telle franchise avait quelque chose d'irrésistible.

Mais elle se reprit alors, et l'embarras colora ses joues d'un rouge violent. Les mots parurent se bousculer dans sa bouche.

— Je suis sûre que ce n'est qu'un élan passager. Je pense qu'il vaudrait mieux que vous partiez. Je trouverai un autre moyen de vendre ma collection…

Sa nervosité était enivrante. Levant la main, Nick effleura la peau douce de sa tempe, ce qui la fit taire. Après avoir repoussé derrière son oreille une longue boucle humide collée à son visage, il caressa sa joue du revers de la main.

À ce contact, elle écarquilla les yeux, et sa surprise arracha un sourire fugitif à Nick. Il prit alors son visage en coupe entre ses deux mains et l'éleva vers le sien.

Il n'aurait pas dû l'embrasser, il le savait.

Mais elle ne ressemblait à aucune femme qu'il avait connue, et il désirait connaître ses secrets. Il la désirait, elle, tout court.

Il posa ses lèvres sur les siennes, et elle fut à lui.

Comme il fallait s'y attendre avec un homme comme Nicholas St. John, il n'y avait rien de timide ni d'hésitant dans ses baisers. Un instant plus tôt, Isabel luttait contre les émotions étranges, dérangeantes, que suscitait en elle cet homme arrogant, et voilà qu'à présent il l'embrassait avec une passion qui la privait de souffle, de réflexion et de bon sens.

Elle resta figée un instant, savourant la pression de ses lèvres sur les siennes, de ses mains refermées autour de son visage, de ses doigts qui glissaient dans son cou, tandis que des vagues de sensations déferlaient en elle. Puis sa caresse se fit plus douce quand, libérant sa bouche, il se contenta de la frôler tout en léchant sa lèvre inférieure. La sensation de sa langue chaude contre sa peau sensible était si singulière, si troublante, qu'elle ne put retenir un imperceptible gémissement.

Puis, de nouveau, il s'empara de sa bouche, la caressant pour inciter Isabel à s'ouvrir à lui. Elle hésita, embarrassée, n'osant ni le toucher ni bouger, de crainte de mettre un terme à cette caresse et au plaisir qu'elle lui procurait.

Comme s'il lisait dans ses pensées, il fit courir ses lèvres le long de sa joue jusqu'à son oreille, dont il saisit le lobe entre ses dents. Elle sentit un frisson délicieux courir dans son dos tandis qu'il murmurait :

— Touchez-moi, Isabel.

C'était ce qui rendait les femmes stupides devant les hommes, ce mélange grisant de pouvoir et de faiblesse.

Elle n'aurait pas dû obéir, bien sûr. Mais ces mots, associés au frôlement sensuel de ses lèvres autour de son oreille, furent sa perte. Elle posa ses mains sur son torse, puis sur ses épaules. Il referma alors ses bras autour d'elle, l'attirant contre son corps dur et chaud. La tête rejetée en arrière, il scruta son visage comme pour avoir la confirmation qu'elle désirait cette étreinte autant que lui, avant de reprendre sa bouche.

Étourdie par les sensations, Isabel lui rendit ses caresses avec une passion innocente qui ne fit que l'encourager. Elle enfouit ses doigts dans sa chevelure mouillée, avant de se hisser sur la pointe des pieds pour avoir un meilleur accès à sa bouche. Il la laissa explorer celle-ci à sa guise, et quand elle finit par suivre timidement, de la pointe de la langue, sa lèvre inférieure, le grognement qu'il laissa échapper procura à Isabel une satisfaction comme elle n'en avait jamais éprouvé.

Il mit alors un terme à ce baiser et, reprenant l'initiative, fit descendre ses lèvres le long de son cou. Lorsqu'il en mordilla légèrement la peau tendre, le plaisir arracha à Isabel un soupir étouffé. Elle n'eut pas besoin de voir sa bouche pour savoir qu'il esquissait un sourire riche de promesses sensuelles.

Quand il releva la tête, le désir assombrissait le bleu de ses yeux. Il entrouvrit les lèvres et, fascinée, elle attendit.

— Isabel ?

L'espace d'un instant, elle ne comprit pas qui prononçait son prénom. Toute son attention était concentrée sur Nick, sur le fait qu'il l'avait relâchée, qu'il se tenait à présent aussi loin d'elle que possible. Elle avait froid, soudain, sans sa chaleur. D'un geste machinal, elle porta la main à ses lèvres comme pour avoir la confirmation que, quelques secondes plus tôt, il l'avait enlacée.

— Isabel !

La seconde fois que James l'appela, la réalité la rattrapa brusquement. Elle eut soudain une conscience aiguë du lieu où ils se trouvaient, de leur situation, de ce qu'ils venaient de faire, et elle fut saisie de l'envie irrésistible de s'enfuir par la lucarne… et de vivre sur le toit pendant un certain temps. Au moins jusqu'au départ de lord Nicholas.

Mais elle se contenta de le regarder avec effroi.

— C'est mon frère ! chuchota-t-elle.

— C'est ce que j'ai cru comprendre, répliqua-t-il, ironique. Ne pensez-vous pas qu'il faudrait lui répondre ?

— Je...

Évidemment, il avait raison. Elle se précipita vers l'escalier.

— James ! Je suis là-haut !

— Izzy ! Kate te cherche !

L'allusion à son palefrenier féminin affola Isabel. Elle reporta son regard sur Nick. Entre ce qui venait de se passer et les secrets qu'elle était obligée de cacher, tout devenait encore plus compliqué. Hésitante, ne sachant comment mettre un terme à un tel instant, elle dit la première chose qui lui vint à l'esprit :

— Vous devez partir.

— Que suggérez-vous ? Que je saute du toit ?

Elle prit une profonde inspiration, avec l'espoir insensé de recouvrer un peu de ce sang-froid dont elle était si fière.

— Bien sûr que non. Vous pouvez sortir par la grande porte.

— Quelle magnanimité de votre part...

Ignorant sa taquinerie, elle commença à descendre l'escalier. Mais elle n'avait pas atteint la seconde marche que ses paroles l'arrêtèrent net.

— Vous ne pouvez pas vous montrer dans cet état.

Elle balaya sa remarque d'un geste de la main.

— Tout le monde m'a déjà vue vêtue en homme. Il n'y aura pas de problème.

— Ce n'est pas à vos vêtements que je fais allusion.

Elle se retourna et soutint son regard bleu, perçant. Beaucoup trop perçant.

— À quoi donc, alors ?

— À votre apparence.

— Que voulez-vous dire ? demanda-t-elle en portant la main à ses cheveux.

— Vous avez l'air de quelqu'un qui a été fougueusement embrassé.

Isabel rougit, si vite et si fort qu'elle plaqua ses mains sur ses joues pour tâcher d'endiguer le flot de chaleur. Puis elle se redressa et, de son ton le plus froid, elle répéta :

— Vous devez partir. Immédiatement.

Sur ce, elle descendit à toute allure, certaine qu'un nouveau défi l'attendait.

— Ils ne peuvent pas partir... Que veux-tu dire ?

Kate essora ses longs cheveux, puis elle s'adossa à la paroi d'une stalle.

— Rien de plus. Ils ne peuvent pas partir. La route est inondée, et il n'y a pas d'autre accès pour retourner en ville.

— Mais ils n'ont pas le choix. Il faut qu'ils s'en aillent ! s'écria Isabel d'une voix suraiguë.

Kate fronça les sourcils.

— Isabel... Je ne vois pas bien ce que je pourrais y faire. Je ne suis pas responsable du temps.

— Il nous faudra simplement veiller à ce que les filles restent cachées, intervint Jane, toujours pragmatique. C'est déjà arrivé.

Isabel poussa un soupir exaspéré et se frotta le front. Puis elle regarda ses compagnes l'une après l'autre.

— Lord Nicholas n'est pas un sot. Il ne va pas tarder à se rendre compte qu'il y a quelque chose de bizarre à Townsend Park. Et son ami aussi. Ils vont remarquer l'absence d'hommes.

— Pas s'ils se focalisent sur le manque de domestiques, dit Gwen à son tour, tout en tapotant une selle posée sur la porte d'une stalle inoccupée. Ils n'ont pas vu beaucoup d'entre nous... Nous pouvons nous contenter de cacher les filles, et ensuite... Eh bien, croiser les doigts ! conclut-elle avec un sourire qui ne réconforta en rien Isabel.

— Nous avons passé sept ans à protéger les filles et Minerva House, et ton unique suggestion, c'est de croiser les doigts ?

Comme Gwen opinait avec enthousiasme, Isabel l'observa, les yeux plissés.

— Qu'est-ce qui te rend si heureuse ?

Gwen ouvrit la bouche pour répondre. Mais, avant qu'elle eût prononcé le moindre mot, Kate fut saisie d'une énorme quinte de toux, manifestement forcée, et Gwen referma la bouche. Puis elle secoua la tête en détournant le regard. Jane, elle, alla caresser les naseaux de l'un des deux chevaux qu'elles avaient gardés à Townsend Park. Lara semblait hypnotisée par la bordure de son gant de chevreau, tandis que Kate s'abîmait dans la contemplation du plafond.

Quelque chose n'allait pas...

— Qu'y a-t-il ? demanda Isabel.

Comme personne ne répondait, elle insista :

— Aucune de vous quatre n'a jamais été capable de me cacher quoi que ce soit. Qu'y a-t-il ?

Ce fut Gwen qui craqua la première.

— C'est juste que le Ciel paraît soutenir notre plan.

— Gwen... murmura Jane d'un ton désapprobateur.

— Votre plan ?

— Exactement. En fait, poursuivit la cuisinière en quêtant du regard le soutien de Lara, *Pearls and Pelisses*...

— Bien sûr, fit Isabel. J'aurais dû me douter que cela avait un rapport avec cette gazette ridicule.

— *Pearls and Pelisses*, répéta Gwen avec emphase, dit que le meilleur moyen de s'assurer l'intérêt d'un lord, c'est de le garder tout près de soi ! Et quel meilleur moyen qu'une tempête pour le garder tout près ? On n'a même pas besoin de trouver un stratagème pour qu'il pense à vous ! La nature le fait à notre place !

— Parce que vous croyez que j'ai envie de susciter l'intérêt de cet homme ? La seule chose pour laquelle je veux susciter son intérêt, c'est pour la collection de statues ! Kate, il n'y a vraiment aucun moyen qu'ils puissent retourner à Dunscroft ?

— Aucun, répondit Kate en secouant la tête. Je suppose que la route sera de nouveau praticable demain matin, à condition que la pluie s'arrête cette nuit. Mais je n'enverrais pas des chevaux affronter ce temps... pas plus que des étrangers à la région.

— Tu m'assures que tu me dis la vérité et que tu n'inventes pas une histoire pour soutenir les bêtises de Gwen ?

Kate la regarda comme s'il lui était poussé une deuxième tête.

— Vous pensez vraiment que je soutiendrais quoi que ce soit en rapport avec ce journal ?

Isabel leva les mains en signe d'apaisement, puis se tourna vers Lara.

— Que dois-je faire ?

— Tenir bon, car après cette pluie viendra le beau temps, répondit Lara avec un sourire.

— En attendant, nous avons une route inondée et un homme trop perspicace pour notre bien, Lara.

— Ne dis pas de bêtises. Il aura davantage de temps pour travailler sur la collection, non ? Peut-être que la tournure que viennent de prendre les événements accélérera les choses.

— Et vous oubliez le côté le plus intéressant de la chose, ajouta Jane devant la moue dubitative d'Isabel.

— Lequel ?

— Tant que la route est inondée, nous ne risquons pas de voir arriver le vicomte Densmore.

Jane n'avait pas tort. Peu de choses étaient pires que d'avoir lord Nicholas bloqué à Townsend Park... mais la venue du vicomte en faisait partie.

— Lord Nicholas pourrait peut-être nous fournir des informations sur lui... suggéra Gwen.

— Je préférerais que lord Nicholas n'en sache pas plus sur nos difficultés, répondit Isabel. Il est déjà assez déplaisant de devoir supporter sa présence ce soir.

— Tous deux semblent être des hommes bons, avança Lara, ce qui lui valut d'attirer sur elle tous les regards.

— Ah oui ? fit Gwen.

— Certes, je n'ai pas passé beaucoup de temps avec lord Nicholas, reconnut Lara. Mais M. Durukhan a l'air... charmant.

— Charmant, répéta Kate.

— Oui. Charmant. Enfin, gentil. En tout cas, plutôt gentil.

Ses quatre compagnes la dévisagèrent en silence. Lara finit par se soustraire à leur attention en se tournant vers l'un des grands chevaux arrivés avec l'objet de leur discussion. Devant ce geste révélateur, les autres échangèrent des coups d'œil entendus.

— Lara, est-ce que ce géant t'intéresserait ? la taquina Isabel, heureuse de cette diversion.

— Je n'ai pas dit ça ! protesta Lara en ouvrant de grands yeux.

— Pas la peine de le dire, répliqua Kate. On a toutes compris, rien qu'à voir vos joues roses.

Quand Isabel vit sa cousine ouvrir la bouche, puis la refermer sans rien dire, elle comprit aussitôt les émotions qui l'agitaient. Elle savait précisément quel trouble pouvait habiter une femme attirée par un homme rencontré un jour plus tôt.

— Hier, j'ai entendu lord Nicholas l'appeler « Rock », dit Kate. Le nom semble bien choisi pour une créature aussi massive.

Après être restée silencieuse un instant, Lara déclara simplement :

— Il y a de la bonté dans ses yeux.

Ce détail, comparé à la gigantesque stature du Turc, fit sourire Isabel. Combien de temps s'écoulerait-il avant que leurs hôtes n'aient ensorcelé toutes les femmes de la maison ? Après tout, ils étaient différents des hommes dont les résidentes de Minerva House avaient l'habitude : ils étaient charmants, beaux, intelligents... et l'un d'eux embrassait à merveille.

Non, il ne fallait pas qu'elle tienne compte des côtés positifs de lord Nicholas. Si elle voulait conserver un semblant de sang-froid pendant son séjour chez elle et ne pas mettre en danger ce qui lui tenait le plus à cœur, elle devait se rappeler son insupportable arrogance, ses provocations désinvoltes, son comportement absolument inacceptable dans le grenier.

Même si, sur le moment, elle l'avait parfaitement accepté...

Les contacts d'Isabel avec la gent masculine étaient rares. À part les commerçants du village et le pasteur, elle n'avait aucune raison de fréquenter des représentants du sexe opposé. Et surtout pas des célibataires londoniens aux larges épaules, aux bras d'acier et aux yeux plus bleus qu'il n'était permis.

Au contraire, elle avait passé sa vie à éviter les riches et charmants mondains qui captivaient toutes les femmes alentour, avec leurs cravates parfaitement nouées et leurs sourires faciles. Ce n'étaient que des hommes qui prenaient plaisir à rendre les autres malheureux ; des hommes qui, comme son père, semaient la désolation autour d'eux, tournaient leur mariage en ridicule et faisaient de leurs femmes des créatures pitoyables, désespérées, prêtes à accuser le monde entier de la perte de leurs maris.

Quand lord Nicholas St. John était arrivé, avec son visage séduisant et sa morgue, elle s'était attendue qu'il soit comme les autres. Mais il avait accepté de l'aider, il avait pris des risques pour venir à son secours, il lui avait assuré qu'elle saurait surmonter ses difficultés – tout cela en quelques heures.

Et voilà qu'il était bloqué chez elle. En invité. Parmi deux douzaines de femmes qui se cachaient pour échapper à des sévices variés.

Pour ne rien arranger, il l'avait embrassée.

Non qu'elle ait tenté de se soustraire à son baiser, ni même envisagé de le faire...

Pendant des années, elle avait rêvé de ce premier baiser, donné par un héros anonyme et sans visage, et prélude aux déclarations d'amour, aux demandes en mariage et autres divagations qui peuplaient l'imagination des jeunes filles innocentes.

Mais Isabel savait depuis longtemps que ces rêves étaient pures chimères. Parce que les héros n'existaient pas et que l'amour ne comblait pas les femmes, contrairement à ce que l'on prétendait. Elle savait d'expérience que l'amour les laissait meurtries, faibles et désespérées.

Ce qu'elle ne voulait être à aucun prix.

Et pourtant, dans le grenier, elle était redevenue la fille d'autrefois, qui rêvait de son premier baiser. Dans les bras de lord Nicholas, elle avait entraperçu cette promesse éphémère – cette tentation.

Elle n'avait jamais imaginé, cependant, qu'elle recevrait son premier baiser d'un quasi-étranger, dans le grenier poussiéreux de la maison familiale, après avoir failli tomber du toit. Pour être honnête, elle n'avait pas non plus imaginé que ce premier baiser serait aussi merveilleux. Ni, surtout, qu'il lui serait donné par un homme aussi... aussi... viril.

Le petit soupir qui lui échappa attira sur elle l'attention des autres femmes. Jane la dévisagea, les yeux plissés.

— Isabel ? Il y a quelque chose dont vous voulez nous parler ?

Isabel baissa les yeux sur son pantalon trempé, dont elle fit mine de lisser l'étoffe.

— Non. Pourquoi ?

— Que s'est-il passé quand je vous ai laissée avec lord Nicholas sur le toit ?

— Vous vous êtes retrouvée seule avec lui ! C'est merveilleux ! s'exclama Gwen, l'air enchanté. Dans *Pearls and Pelisses*, ils disent que vous devez rester dans son esprit... et sous ses yeux !

— Eh bien, rétorqua Isabel, ironique, vu que ce pauvre homme est pris au piège ici, je pense qu'il m'aura dans l'esprit et sous les yeux jusqu'à plus soif.

— Quoi qu'il en soit, les laisser seuls sur le toit était une excellente idée, Jane ! Bien joué !

— Ce n'était pas vraiment mon idée, répliqua Jane, qui leva les yeux au ciel. Si j'étais restée, je crois bien qu'il aurait remarqué que je ne suis pas un homme. Ce qui m'a sauvée, c'est qu'il pouvait à peine détacher son regard d'Isabel.

— Ce n'est pas vrai ! protesta cette dernière en tournant vivement la tête vers Jane.

— Vraiment ? dit Kate. Voilà qui expliquerait son étrange réaction lorsqu'il vous a vue sur le toit, hier.

— Ce n'était pas une réaction étrange, répliqua Isabel. Ce n'est pas tous les jours qu'une dame monte sur le toit de sa maison.

— Je me suis fait la même remarque que Kate, déclara alors Lara, apparemment remise de son embarras. Dans la salle des statues, hier. Tu suscites sa curiosité, Isabel.

— Pas du tout !

— Alors, que s'est-il passé après mon départ du toit ? demanda Jane avec un détachement feint.

— Il ne s'est rien passé du tout. Il a commencé à pleuvoir, et nous sommes rentrés.

Isabel se mordit la langue. Peut-être ses compagnes ne remarqueraient-elles pas son débit trop rapide.

Hélas... Quatre paires d'yeux se fixèrent sur elle, si insistants qu'elle dut se rappeler que les baisers ne laissaient pas de traces.

— Nous étions mouillés, précisa-t-elle sans nécessité.

— Ah oui ? fit Kate.

— Et alors, après ? demanda Gwen d'une voix pressante.

Déconcertée et agacée par leur excitation, Isabel riva son regard au plafond.

— Et alors, rien ! déclara-t-elle d'une voix plus aiguë que la normale. James m'a appelée en disant que Kate avait besoin de moi, et je me suis précipitée à sa rencontre, de peur qu'il ne laisse échapper quelque chose de compromettant !

Un lourd silence s'abattit. Quand Isabel reporta son attention sur ses compagnes, ce fut pour constater que toutes quatre, les yeux écarquillés, paraissaient hypnotisées. Saisie d'un affreux pressentiment, elle se retourna.

Sur le seuil de l'écurie se tenait M. Durukhan, qui, la bouche légèrement entrouverte, observait tour à tour Jane et Kate. Son regard se posa sur la casquette bien enfoncée qui dissimulait les cheveux de Kate, puis sur le catogan à l'ancienne mode que portait Jane. Il s'attarda ensuite sur les détails impossibles à dissimuler : leur menton imberbe, les sourcils à l'arc parfait et le long cou de Kate, les pommettes hautes et la grande bouche de Jane.

Elles étaient découvertes !

Après s'être éclairci la gorge, il esquissa un semblant de salut.

— Lady Isabel, mademoiselle Lara... commença-t-il en affectant de ne pas remarquer le pantalon que portait la première. J'étais venu pour discuter de notre départ avec votre... palefrenier.

Un long silence suivit, ponctué uniquement par le cheval de Rock qui frappa du sabot en entendant la voix de son maître. Les femmes étaient devenues muettes et, si elle n'avait été aussi horrifiée, Isabel s'en serait amusée.

Elle déglutit avec peine. En tant que maîtresse de maison, il lui incombait de parler et de faire tout son possible pour protéger leurs secrets... En tout cas, ceux qu'elle n'avait pas révélés avec une désinvolture coupable.

— Monsieur Durukhan...

Mais il l'interrompit avec un léger sourire.

— « Rock » suffira.

— Oh... Je... C'est impossible.

Le sourire de M. Durukhan s'élargit, éclairant son visage bronzé.

— Avant cet instant particulier, mademoiselle, je l'aurais pensé. Toutefois, il semblerait que nous ayons à présent une relation empreinte d'une... familiarité nouvelle, vous ne pensez pas ?

Gwen ricana, ce qui lui valut de recevoir un coup de coude de Kate dans les côtes. Elle poussa une exclamation de douleur, qui fut suivie d'un échange de chuchotements furieux. Mais Isabel n'y prêta guère attention. Avec une panique grandissante, elle voyait le regard perçant de Rock s'attarder de nouveau sur Kate, puis sur Jane, comme s'il cherchait la confirmation physique des propos qu'il venait de surprendre.

Isabel ferma brièvement les yeux, consternée. Comment avait-elle pu être aussi sotte ?

Si elle avait été aussi distraite, aussi troublée, c'était à cause de lord Nicholas. S'il ne s'était pas montré à ce point...

Elle retint alors un gémissement. Lord Nicholas ! Rock allait sûrement tout lui raconter. Ce qui signifiait que, tôt ou tard, la société londonienne n'ignorerait plus rien de l'existence de Minerva House.

Il ne fallait pas qu'il soit mis au courant. Mais comment faire ? L'homme qui se trouvait devant elles accepterait-il…

— Je suppose que vous avez une très bonne raison pour justifier cette mascarade ?

À ces mots, prononcés d'une voix faussement désinvolte, Isabel tressaillit.

— Je vous demande pardon ?

— Je parle de votre palefrenier, mademoiselle. Et de votre majordome. Je suppose que leur… « uniforme » sert un but particulier.

— Nous… Oui, répondit Isabel, sans comprendre où il voulait en venir.

— C'est bien ce que je pensais.

— Je… Nous… commença-t-elle en quêtant vainement du regard le soutien des autres femmes. C'est-à-dire que… J'espère que vous garderez notre secret, monsieur.

Il l'observa durant de longues secondes. Seul le crépitement incessant de la pluie sur le toit de l'écurie troublait le silence.

— Vous voulez que je le garde vis-à-vis de St. John, je suppose…

— C'est exactement ce que je souhaiterais.

Il retomba dans le silence. Le ventre d'Isabel se serrait à l'idée qu'il puisse refuser. Déjà, elle cherchait frénétiquement où et chez qui elle pourrait envoyer ses protégées. Il lui fallait disperser les occupantes de Minerva House avant qu'on ne découvre leur retraite. Il était hors de question que l'une d'elles pâtisse de sa gaffe monumentale.

— D'accord.

La panique dans laquelle se débattait Isabel était telle qu'elle ne comprit pas immédiatement sa réponse.

— Je… je vous demande pardon ?

— Nous avons tous des secrets, mademoiselle.

— Vraiment ?

— En ce qui me concerne, c'est certain, répondit Rock avec un sourire en coin. Et je n'aimerais pas penser que vous les révéleriez, si vous en aviez connaissance.

— Certainement pas ! répliqua-t-elle avec véhémence.

— Même si je ne les comprends pas, je suppose que vous aviez de bonnes raisons de mettre en place ce… cet arrangement peu orthodoxe.

— Oui.

Comme il était visible qu'elle ne souhaitait pas en dire plus, il se contenta de hocher la tête. Peut-être que Lara avait raison, finalement, et que l'homme était gentil.

— Vous êtes bien consciente, néanmoins, qu'il va le découvrir tout seul.

Isabel frémit. Non, il n'était pas du tout gentil !

— Je ne vois pas pourquoi, riposta-t-elle. Les hommes qui sont venus à Townsend Park, y compris vous-même, n'ont rien remarqué.

— Isabel… murmura Lara.

— St. John n'est pas comme les autres hommes, rétorqua Rock. Il est très attentif à ce qui l'entoure. À mon avis, s'il n'avait pas été distrait par d'autres… particularités de la maison, il aurait déjà découvert ce que vous cachez sous son nez.

— Il n'y a rien de particulier à Townsend Park ! protesta Isabel.

Le regard de Rock se posa rapidement sur les tenues masculines portées par Isabel, Kate et Jane. Puis il s'adressa de nouveau à Isabel.

— Si vous le dites… Cela ne lui plaira pas d'être le dernier au courant, néanmoins.

— Il ne sera pas le dernier au courant, rétorqua-t-elle, incapable de dissimuler son irritation. Puisqu'il n'en saura jamais rien.

Rock émit un grognement dubitatif.

— Quoi qu'il en soit, nous en avons fini avec les statues pour aujourd'hui. Vous avez donc toute la soirée pour décider de la manière dont vous prolongerez cette mise en scène demain.

Il se tourna ensuite vers Kate et, comme si la situation n'avait rien d'anormal, ajouta :

— Nous aimerions disposer de nos montures.

Un violent coup de tonnerre tira les femmes de leur transe.

— Oui, bien sûr, dit Kate en s'élançant aussitôt vers la stalle où était logé le cheval de Rock.

Puis elle s'arrêta net, pivota, les yeux écarquillés, et croisa le regard d'Isabel.

— Oh...

— Il y a un problème ? s'enquit Rock.

— Non ! s'écrièrent Lara, Kate, Gwen et Jane à l'unisson, avant de se regarder, embarrassées.

— C'est simplement que... commença Jane.

— Vous comprenez, monsieur... essaya Gwen, sans succès.

— La route est inondée, lâcha Kate.

— Ce n'est pas aussi inquiétant qu'il y paraît... C'est assez commun lors des orages... Elle devrait redevenir praticable bientôt, intervint Lara.

— Oui, mais pour le moment ?

Il s'était tourné vers Isabel. Se trompait-elle, ou une lueur d'amusement pétillait-elle dans ses yeux noirs ?

— Vous ne pouvez pas partir, admit-elle de mauvaise grâce.

— Je vois, murmura-t-il après un silence. Ce sera donc encore plus intéressant que je ne le pensais... Mesdemoiselles, puis-je vous raccompagner à la maison ? dit-il en présentant son bras à Lara.

Celle-ci resta figée sur place, indécise, jusqu'au moment où, d'une bourrade discrète, Gwen la poussa en avant.

— Je vous remercie, monsieur Durukhan.

— Appelez-moi Rock, je vous prie, dit-il en glissant sa main au creux de son coude.

Lara rougit en gloussant.

Isabel en resta interloquée. Sa cousine avait gloussé ! Or, parmi les nombreuses raisons qui les incitaient à exclure les hommes de Townsend Park, le gloussement venait en tête de liste.

Alors que le petit groupe sortait de l'écurie, Isabel resta en arrière, plongée dans ses pensées.

Les deux hommes allaient devoir passer la nuit sur place, et lord Nicholas ne tarderait pas à découvrir leur secret, que son ami le lui révèle ou pas. Les filles n'étaient pas douées pour jouer les hommes. Leurs attitudes et leurs vêtements pouvaient donner le change l'espace d'un instant, mais pas sur le long terme. Il ne s'écoulerait pas longtemps avant que l'une d'elles ne trahisse la vérité.

Et il ne s'agissait pas simplement des soirées. Si St. John passait ses journées ici, en travaillant étroitement avec elles pendant deux semaines... elles ne parviendraient jamais à préserver leur secret.

Isabel soupira, puis une vague de désespoir gonfla en elle. Rien n'avait changé. Non seulement elle n'avait réglé aucun de leurs problèmes, mais elle en avait créé de nouveaux. Ce lord qu'elle avait invité chez elle pouvait les anéantir d'un seul mot.

Peut-être ne le ferait-il pas, certes. Mais elle devait trouver un moyen de le gagner à leur cause afin qu'il ne les dénonce pas, une fois qu'il aurait découvert la vérité.

Mais quel moyen ?

— Isabel ? Ça va ?

La voix de Gwen la tira de ses réflexions. Elle croisa son regard scrutateur.

— Oui, mentit-elle. Très bien.

Gwen lui jeta un coup d'œil incrédule.

— Tout va bien se passer, Isabel, déclara-t-elle d'un ton qui se voulait rassurant.

— Il va tout découvrir, murmura Isabel, incapable de retenir un petit rire de panique.

— Oui, opina la cuisinière.

Son acquiescement libéra le torrent de mots qui menaçaient d'étouffer Isabel.

— Et qu'adviendra-t-il de nous ? Au moins, quand mon père était vivant, nous étions en sécurité. Comme personne ne se souciait de Townsend Park, Minerva House ne courait pas le risque d'être découverte. Nous n'avions pas d'argent, nous n'avions aucune protection, et cependant, nous ne craignions rien.

Incapable de rester en place, Isabel se mit à arpenter l'écurie tout en continuant :

— Et puis, comme si mon père ne nous avait pas infligé suffisamment d'épreuves, il a fallu qu'il meure. Et, bien sûr, sans rien nous laisser. Ni argent, ni sécurité, ni même la protection d'une personne de confiance.

— Isabel… tout ira bien, affirma Gwen en revenant vers elle.

Ce fut la goutte d'eau qui fit déborder le vase. Isabel enfouit son visage dans ses mains.

— Arrête de dire ça !

Gwen s'immobilisa, et l'atmosphère s'alourdit brusquement.

— Arrête de dire ça, répéta Isabel d'un ton plus calme. Tu n'en sais rien.

— Je suis sûre que vous trouverez un moyen…

— J'ai essayé, Gwen, crois-moi. Depuis que j'ai appris sa mort, j'ai essayé de trouver des moyens de nous en sortir. Mais rien ne va, ajouta-t-elle en secouant la tête. La maison tombe en ruine, James est aussi prêt à devenir comte qu'à s'envoler, nous n'avons pas d'argent pour régler nos factures, et j'ai introduit un renard dans le poulailler.

Elle marqua une légère pause avant de partir d'un petit rire ironique.

— Oh, quelle métaphore pertinente !

Puis elle se laissa tomber sur une botte de paille, découragée.

— Autant te dire que je suis à court d'idées. En outre, avec l'arrivée de cette pluie, le temps nous est compté.

Elle avait toujours su que ce jour viendrait, qu'il suffirait d'une erreur idiote, d'un hasard malencontreux. Elle n'était pas assez forte pour les protéger toutes, et il était temps qu'elle l'admette.

Des larmes lui piquèrent les yeux.

— Je ne peux pas nous sauver, Gwen.

Elle trouva un certain réconfort à chuchoter ces mots – des mots qu'elle s'était répétés des dizaines, des centaines de fois, sans jamais les prononcer à voix haute.

Gwen resta songeuse quelques instants. Puis elle reprit :

— Ils ne représentent peut-être pas un si grand danger. Je n'ai pas rencontré lord Nicholas, mais son ami semble être un homme correct.

— Comment peux-tu le savoir ?

— Vous oubliez que j'ai croisé suffisamment d'hommes mauvais pour être capable de me forger une opinion sur le sujet.

C'était la vérité, bien sûr. Gwen était la fille d'un pasteur campagnard qui, d'après ce qu'Isabel avait deviné, invoquait plus souvent qu'à son tour les flammes de l'enfer. Même si elle ne parlait pas souvent de son enfance, Gwen lui avait révélé qu'il la jugeait plus susceptible de pécher que ses frères – lesquels prenaient plaisir à abonder dans le sens de leur père. Gwen avait saisi la première occasion de quitter la maison familiale. Mais le fermier qu'elle avait épousé s'était montré bien pire que son père et ses frères réunis. Moins d'un an après son mariage, pour se soustraire à ses coups, elle avait défié la loi et s'était réfugiée auprès d'Isabel.

Trois jours après son arrivée au manoir, Gwen, dont les hématomes commençaient déjà à s'estomper, était entrée dans la cuisine avec le large sourire qui allait devenir son trait le plus caractéristique et avait annoncé que les résidentes de Townsend Park formaient « un bataillon de Minerves... de déesses de la guerre et de la sagesse ».

Minerva House avait ainsi été baptisée.

Et Isabel était sur le point de la perdre...

— C'est un étranger, finit-elle par rétorquer. Nous ne pouvons pas lui faire confiance.

— Je suis la première à m'interroger sur la nature des hommes, Isabel. Mais je ne peux pas croire qu'ils soient tous mauvais. Et vous ne le croyez pas non plus, j'en suis sûre. Lord Nicholas ne nous veut peut-être pas de mal.

— C'est un homme très dérangeant, répliqua Isabel.

— Comme le sont souvent les hommes très beaux. J'ai lu que ses yeux étaient d'un bleu incroyable...

— C'est vrai.

— Ah, dit Gwen en souriant, vous l'avez remarqué.

Isabel rougit.

— Je ne l'ai pas *remarqué*. J'ai simplement...

— Il vous a embrassée sur le toit, n'est-ce pas ?

— Comment le sais-tu ? s'exclama Isabel, abasourdie.

— Je ne le savais pas, répliqua Gwen, dont le sourire s'étira jusqu'aux oreilles. Mais maintenant, si.

— Gwen ! Tu ne dois le dire à personne !

— Je crains de ne rien pouvoir promettre. Ça vous a plu ?

— Non, prétendit Isabel, à présent écarlate.

— Quelle menteuse pitoyable vous faites !

— Bon, d'accord... Ça m'a plu. Je dois dire qu'il embrasse très bien.

— N'oubliez pas de rester prudente. Si vous tombez amoureuse de ce lord, vous ne comprendrez pas ce qui vous arrive.

Isabel tourna et retourna ces mots dans son esprit. Tout lui échappait. Elle risquait de perdre ce qu'elle avait de plus cher au monde. Et elle avait embrassé un étranger.

Gwen avait raison : elle ne comprenait pas ce qui lui arrivait.

8

— Tout son personnel est féminin.

Le dîner fini, Nick avait étalé ses notes sur une longue table basse, dans la bibliothèque de Townsend Park. Mais il ne parvenait pas à s'immerger dans la description de la collection de statues – seule chose qu'il paraissait susceptible de comprendre, dans cette maison.

— Oui, acquiesça Rock en levant les yeux de son livre.

— Tu l'avais remarqué ?

— Oui.

— Et ça ne te serait pas venu à l'esprit d'y faire allusion ?

— J'attendais de voir combien de temps il te faudrait pour t'en apercevoir.

— Pas longtemps.

— Il faut dire qu'elles ne semblent pas très douées pour la dissimulation.

— Effectivement. Tu as remarqué le valet de pied, lors du dîner ?

— Tu veux dire : ai-je remarqué la poitrine du valet de pied, lors du dîner ?

— Tu ne devrais pas regarder les domestiques de cette manière, Rock, répliqua Nick avec un sourire amusé.

Puis il se leva, s'approcha de la fenêtre et se perdit dans la contemplation de la pluie qui cinglait les carreaux.

— Quelle est l'utilité d'avoir une maison pleine de femmes ? s'interrogea-t-il.

Rock reposa son livre et, la tête appuyée contre le dossier de son fauteuil, fixa le plafond.

— Il n'y a pas une seule réponse raisonnable à cette question.

— Je ne connais lady Isabel que depuis deux jours, mais je peux t'assurer que « raisonnable » n'est pas un qualificatif que j'appliquerais à ses actes. Peut-être est-ce une sorte d'école, suggéra-t-il en se tournant vers son ami.

Mais Rock secoua la tête.

— Elle n'aurait pas de raison de s'en cacher. Le fait que ce soit secret évoque quelque chose de répréhensible.

— J'en doute, répliqua Nick, que cette idée mettait mal à l'aise.

— Si elle fait quelque chose d'illégal, elle compromet l'avenir de son frère. Londres n'acceptera jamais le jeune comte de Townsend si non seulement son père mais aussi sa sœur se sont livrés à des activités condamnables.

— Elle n'a pas d'argent. Si c'est une proxénète, elle n'a pas le sens des affaires… Tu crois qu'il pourrait s'agir d'un bordel ? finit par demander Nick avec réticence.

— Pas sans homme.

— Peut-être que c'était une espèce de harem à l'usage du comte.

— Tu ne penses pas que s'il avait eu un harem, il l'aurait annoncé au monde entier ?

— Si, bien sûr. C'est une idée ridicule. Mais bon sang, c'est quoi, cet endroit ? Comment expliques-tu qu'il n'y ait aucun homme ?

— Eh bien, il est possible que… commença Rock en se redressant dans son fauteuil.

— Que quoi ?

— Que cette maison soit pleine de femmes qui ne s'intéressent pas aux hommes. De femmes que leur intérêt porte… vers les femmes.

— Non, il ne s'agit pas de cela.

— Nick, réfléchis. Elles pourraient fort bien être…

— Quelques-unes, peut-être. Mais pas Isabel.

— Tu ne peux pas en être certain.

— Si, Rock, répliqua Nick en le regardant dans les yeux. Je suis certain qu'Isabel n'a aucun goût pour les amours saphiques.

— Ah… Déjà ? Eh bien, St. John, continua Rock d'un ton goguenard, je te tire mon chapeau.

Avec un grognement pour toute réponse, Nick retourna s'asseoir devant la table basse. Il n'aurait pas dû l'admettre. Embrasser Isabel avait été une erreur magistrale, et la seule chose raisonnable à faire était de chasser cet épisode de son esprit.

Il s'y employait, bien sûr, mais en vain. Hélas, chaque fois qu'il pensait l'avoir oublié, le souvenir d'Isabel, si souple et si consentante entre ses bras, revenait avec force à sa mémoire.

Les soupirs de cette femme étaient une arme, que diable ! Comment un homme aurait-il pu leur résister ?

À cet instant, il n'aspirait qu'au réconfort de la boisson. Mais la maison ne semblait pas offrir ce genre de consolation.

Certes, une petite carafe de vin avait accompagné leur dîner, qu'ils avaient pris en tête à tête. Les dames avaient demandé à être excusées, sous prétexte qu'Isabel, étant en deuil, ne pouvait animer la soirée. Par conséquent, Lara ne s'était pas jointe à eux, car il aurait été inconvenant qu'une jeune femme dîne seule avec deux hommes célibataires.

Un souci des convenances qui ne pouvait qu'étonner, dans une maison pleine de femmes déguisées en hommes...

Rock et Nick avaient donc partagé un repas, tout à fait correct, de bœuf froid accompagné de légumes. Puis un jeune « valet » silencieux les avait escortés jusqu'à la bibliothèque du manoir.

Cela aurait parfaitement convenu à Nick s'il avait été capable de détourner son attention de son unique objet de préoccupation : la maîtresse de maison.

Il feuilleta une fois de plus son dossier, s'arrêtant sur les notes prises sur Volupté. « Elle s'abandonne à l'orgasme », avait-il écrit un peu plus tôt au sujet de la statue, avant de commencer à imaginer sa propriétaire dans un état similaire.

Il n'avait alors plus été bon à grand-chose et avait fini par partir à la recherche d'Isabel. Ce serait plus une torture qu'autre chose, il le savait, et leur épisode dans le grenier avait confirmé son intuition.

Nick aurait voulu que ce baiser ne finisse pas. Si le jeune comte ne les avait interrompus, il aurait été capable d'allonger Isabel sur le plancher poussiéreux du grenier et de lui montrer jusqu'à quel point on pouvait tirer parti d'un orage d'été.

Jamais, de sa vie, il ne s'était senti aussi frustré : frustré de ne pas comprendre la situation dans laquelle il se trouvait, frustré par cette femme séduisante qui l'obsédait, et frustré par cette maudite pluie qui le retenait prisonnier ici.

Saisi d'impatience, il se releva, retourna devant la fenêtre puis, après avoir frappé le lambris du plat de la main, il pivota vers Rock.

— Cette pluie incessante ne te rend pas fou ?

— Même des hommes de notre trempe ne peuvent déplacer des montagnes, déclara Rock, une ombre de sourire sur les lèvres.

— Je ne prétends pas arrêter la pluie. Je veux simplement pouvoir quitter cette maison !

— Vraiment ?

— Oui, assura Nick, les yeux plissés. Tu mets ma parole en doute ?

— Pas du tout.

Refusant ostensiblement de mordre à l'hameçon, Rock retourna à son livre. C'était bien de lui !

Après un long moment, Nick ouvrit la fenêtre et inclina le buste à l'extérieur. Au-delà du rideau de pluie, on ne distinguait qu'un vide obscur.

Il avait désiré Isabel tout l'après-midi. Et moins il la comprenait, plus il la désirait.

Si seulement il avait pu boire quelque chose, bon sang !

Il finit par rentrer la tête, les cheveux mouillés, et entreprit aussitôt d'ouvrir toutes les portes de placard.

— Il doit bien y avoir une liqueur ou un autre alcool dans cette maison !

— Tu recommences. Tu en as conscience, n'est-ce pas ?

Nick se retourna brusquement.

— Je crains de ne pas te suivre.

Avec un sourire narquois, Rock reporta les yeux sur son livre.

— Non, bien sûr.

— Qu'est-ce que cela signifie ?

— Seulement que tu es une proie facile pour une femme mystérieuse, répondit Rock sans lever la tête. Et plus facile encore pour une femme mystérieuse qui a des ennuis. Oserais-tu le nier ?

Comme Nick gardait le silence, Rock poursuivit :

— Je t'ai tiré d'une prison turque à moitié mort après que tu avais été battu à cause d'une femme. Je ne peux même pas compter les bagarres que nous avons livrées pour sauver des filles que tu croyais maltraitées. Mais, hormis le fait que nous sommes venus dans le Yorkshire pour sauver une fille que tu n'as jamais vue, si nous nous retrouvons prisonniers de cette pièce avec seulement des livres pour nous distraire, ce n'est pas du tout à cause de ton sens du devoir.

Nick le foudroya du regard.

— Ne viens-tu pas de me rappeler que la nature faisait ce qu'elle voulait ? Ce n'est pas moi qui ai provoqué cet orage, que je sache.

— Non, je le reconnais. Mais si *lady* Isabel était *lord* Reddich, serions-nous coincés ici ?

Négligeant de répondre à cette question, Nick s'accroupit, à la recherche d'une bouteille. Au point où il en était, il ne se montrerait pas difficile. Il boirait ce qu'il trouverait.

D'ordinaire, il aurait savouré une nuit comme celle-ci. Mais, ce soir, il ne lui plaisait guère d'être dans cette maison, sous *son* toit, sans pouvoir penser à autre chose qu'à ses boucles auburn dégoulinantes et au délicieux gonflement de sa poitrine sous le tissu collant de sa chemise.

Il partit d'un rire sec, dénué d'humour. Il se trouvait dans une maison étrangère, dans une bibliothèque étrangère, en compagnie de Rock et de ses notes sur une statue romaine en plein orgasme, et il désirait la femme la plus déconcertante qu'il eût jamais rencontrée – qui se trouvait être la maîtresse de la maison la plus déconcertante dans laquelle il eût jamais mis les pieds.

Et on s'attendait qu'il affronte tout cela sans le moindre alcool ? Manifestement, l'univers tout entier se liguait contre lui.

— Où vas-tu ? s'enquit Rock lorsque Nick se dirigea à grands pas vers la porte.

— Je retourne voir les statues. Je ne peux pas me concentrer, ici.

— Intéressant…

Son ton ironique cloua Nick sur place.

— Tu as quelque chose à me dire ? demanda-t-il en lui jetant un regard noir.

— Pas du tout. Simplement, ça m'amuse que nous ayons fui les hordes de femmes londoniennes pour nous retrouver ici, en compagnie de hordes de femmes encore plus dangereuses.

— C'est un peu exagéré. Elles sont inoffensives.

— Le sont-elles vraiment ?

Cette question désinvolte irrita Nick au plus haut point. Une journée passée dans cette maison, et il était prêt à en découdre.

— Je vais travailler.

Après avoir traversé la bibliothèque, il ouvrit la porte d'un geste brusque, décidé à chasser Isabel de son esprit. Ce qu'il aurait peut-être réussi à faire… si elle ne s'était trouvée dans le vestibule.

Elle se figea sur place, le dos tourné, dans un balancement de jupes. Nick fut un peu déçu par sa toilette, d'une féminité appropriée, certes, mais un peu trop classique pour la femme audacieuse et excitante de l'après-midi. Sa robe était noire, si noire qu'elle aurait pu se confondre avec l'obscurité.

Après un long moment, elle tourna légèrement la tête. La lumière venant de la bibliothèque accrocha l'angle de son menton, la ligne de son cou, et Nick fut hypnotisé par la blancheur d'albâtre de sa peau.

Elle finit par pivoter vers lui, et une bouffée de fleur d'oranger lui chatouilla les narines. La surprise qu'il lut dans ses yeux élargis, ainsi que le soulèvement accéléré de sa poitrine, lui procura un plaisir sur lequel il ne voulut pas s'appesantir.

S'adossant avec nonchalance au chambranle de la porte, il dit :

— Bonsoir, lady Isabel. Vous avez besoin de quelque chose ?

Il s'agissait de sa bibliothèque, bonté divine ! Et de son vestibule ! Enfin, pour être exact, de la bibliothèque et du vestibule de James. Mais, en tout cas, ce n'était certainement pas la bibliothèque de lord Nicholas.

Il n'y avait donc aucune raison pour qu'Isabel se sente comme un enfant surpris en train de rôder.

Sauf que... la manière dégagée dont il s'appuyait au chambranle, comme s'il n'avait rien de mieux à faire que de la regarder avec un sourire narquois, lui donnait l'impression qu'il savait qu'elle se tenait depuis près d'un quart d'heure devant la porte de la bibliothèque, essayant de rassembler son courage pour entrer.

Elle avait décidé d'aller voir les deux hommes dans l'espoir de les empêcher d'échanger des informations. Une fois cette décision prise, il avait fallu les efforts conjugués de Gwen et de Lara pour qu'elle essaie de la mettre en application.

Durant toutes les minutes passées devant l'immense porte, elle n'avait cessé de se répéter que Rock était peut-être en train de régaler son ami du récit de sa découverte dans les écuries. Ou que lord Nicholas lui racontait l'aventure survenue dans le grenier un peu plus tôt.

Elle avait failli frapper, vraiment. Mais elle s'était alors souvenue qu'elle n'avait pas donné d'ordres pour le petit déjeuner. Elle avait donc tourné les talons pour se diriger vers la cuisine.

Et cet homme exaspérant avait choisi cet instant précis pour ouvrir la porte.

Elle aussi, cependant, était capable d'adopter une allure dégagée.

— Lord Nicholas ! C'est justement vous que j'espérais voir !

Sa phrase s'acheva dans un couinement étranglé qui n'avait rien de dégagé. Mais elle refusa d'écouter la petite voix qui le lui susurrait.

— Je suis heureux d'avoir pu combler votre attente...

Malgré la pénombre qui régnait dans le vestibule, Isabel vit qu'il souriait.

— Vous me taquinez.

— Juste un peu, admit-il tout en ouvrant la porte en grand pour lui permettre d'entrer.

À peine eut-elle franchi le seuil qu'il la referma derrière elle.

Isabel s'immobilisa, une contraction étrange au creux de l'estomac. Une douce chaleur régnait dans la bibliothèque bien éclairée ; des papiers étaient étalés sur une table. Apparemment, les deux hommes s'étaient approprié la pièce dès que Regina, la « valet de pied », les avait laissés seuls.

Dans un coin, Rock refermait une fenêtre. En entendant la porte, il se retourna et adressa à Isabel un sourire amical accompagné d'une brève salutation.

— Bonsoir, lady Isabel. J'étais en train de voir si la pluie se calmait.

— Un peu, répondit Isabel, heureuse de ce sujet inoffensif. Je pense que les routes seront praticables demain.

— Est-il fréquent que vous vous retrouviez coupés de tout accès à la ville ? demanda Nick.

— Cela arrive. Une partie du charme de Townsend Park, c'est son isolement. Il y a des sorts pires que d'être bloqués par la pluie ou par la neige. Évidemment, poursuivit-elle quand il émit un léger grognement, nos effets personnels ne sont pas en ville. Je suis désolée de ce désagrément pour vous.

Il l'observa pendant une longue minute, et, résistant à l'envie de vérifier l'état de sa coiffure, elle s'obligea à soutenir son regard et à adopter un calme identique au sien. Dans le silence qui s'éternisait, elle remarqua qu'il avait les cheveux mouillés et qu'une goutte d'eau solitaire descendait le long de son nez. Était-il sorti ?

À peine s'était-elle posé cette question qu'il esquissa un pas vers elle.

— Aviez-vous besoin de nous ? demanda-t-il d'une voix basse et chaude qui la rendit aussitôt nerveuse.

L'espace d'un instant, elle resta paralysée, serrant avec force la bouteille qu'elle tenait entre les mains. Devant l'amusement qu'elle lisait dans ses yeux bleus, elle finit par recouvrer l'usage de la parole.

— Je vous ai apporté à boire, annonça-t-elle d'une voix un peu trop forte, en montrant la bouteille poussiéreuse. Je ne sais pas du tout ce que c'est... Il y en a une caisse en bas... dans la cave... poursuivit-elle avec une volubilité incontrôlable. Il y a plein d'autres choses aussi... Mais c'est cela qui semble le plus utile pour le moment... Enfin, poursuivit-elle, reprenant à peine haleine, pas pour moi. Je n'ai pas besoin de boire, bien sûr. Mais je crois que les messieurs... comme vous... J'ai pensé que vous en auriez peut-être envie.

« Tais-toi, Isabel ! » s'ordonna-t-elle en voyant la surprise des deux hommes devant ce flot de paroles.

Les lèvres pressées l'une contre l'autre, elle tendit la bouteille à lord Nicholas – une offrande de paix, en quelque sorte.

— Merci, dit-il sans cesser de la fixer.

Ce mot unique, prononcé d'une voix sourde, fit courir un frisson dans le dos d'Isabel. Comme, sans pouvoir se l'expliquer, elle rougissait, elle se hâta de tourner les yeux vers Rock, plus grand, plus sombre, mais infiniment moins troublant.

— Je vous en prie, murmura-t-elle après avoir pris une profonde inspiration.

Mais, malgré elle, son regard fut attiré par les mains de Nick, lesquelles s'attaquaient au sceau de cire qui fermait la bouteille. Elle remarqua les gestes précis et sûrs de ses doigts – ces mêmes doigts qui l'avaient caressée dans l'après-midi. Ils étaient hâlés par le soleil, parfaitement manucurés, mais forts et adroits, à la différence des mains presque féminines des riches aristocrates qu'il lui était arrivé de rencontrer dans le passé.

De belles mains, vraiment, songea-t-elle avant de se morigéner. Mais, quand elle s'obligea à en détacher son regard pour relever la tête, elle surprit l'étincelle narquoise qui brillait dans les yeux de Nick. À croire qu'il lisait dans ses pensées et avait compris qu'elle admirait ses mains.

Au comble de l'embarras, Isabel envisagea de fuir, de prendre ses jambes à son cou sans plus jamais regarder derrière elle. Mais, lorsque Rock inclina la tête dans sa direction, l'objet de sa visite lui revint à l'esprit. Elle devait empêcher Rock de révéler les secrets de Minerva House, et Nick de révéler les secrets de la maîtresse des lieux.

Si elle n'avait pas été soumise au feu scrutateur de leur double regard, elle aurait tapé du pied. Mais elle s'efforça de masquer son énervement sous un sourire qu'elle espérait cordial.

— Il vous faudra des verres, bien sûr.

Après avoir opiné, Nick s'approcha d'un placard, à l'extrémité de la bibliothèque, s'accroupit et en tira trois verres en cristal.

Isabel ne put dissimuler sa surprise.

— Vous n'avez pas perdu de temps. Je vois que les lieux vous sont déjà familiers...

Il lui adressa un sourire contrit qui creusa une fossette dans sa joue, et elle entrevit l'enfant charmant et fripon qu'il avait dû être.

— Juste une reconnaissance sommaire, je vous assure. Rock ne m'a pas quitté des yeux un instant. Il peut vous garantir que ma conduite a été exemplaire.

Avec un sérieux affecté, son ami déclara :

— Lord Nicholas se conduit toujours en parfait gentleman.

— Je crains d'éprouver quelque difficulté à le croire, répliqua Isabel en souriant.

Mais elle se mordit aussitôt la langue. Rock n'allait-il pas en déduire que son ami avait pris des libertés avec elle ? Ce qui, en l'occurrence, n'était pas faux. Les yeux écarquillés par l'incertitude, elle reporta son attention sur le Turc. Celui-ci éclata alors d'un grand rire, et elle relâcha lentement son souffle.

— Je suis désolée de n'avoir rien de mieux à vous offrir, dit-elle pour détourner la conversation. Nous n'avons guère d'occasions de sortir des liqueurs, à vrai dire.

Après avoir versé deux doigts d'un liquide ambré dans chacun des verres, Nick traversa la pièce pour en présenter un à Isabel, l'autre à Rock.

— Non, merci, dit-elle en s'approchant de la table couverte de papiers. Cependant, j'aimerais bien savoir de quoi il s'agit.

Nick but une gorgée puis, s'adossant à une bibliothèque, il déclara :

— C'est du cognac.

— Vraiment ?

— Oui. Un cognac extraordinaire, qui plus est.

Comme Isabel l'interrogeait du regard, Rock confirma d'un signe de tête.

— J'avoue être surprise, dit-elle. Je ne comprends pas comment mon père a pu laisser une caisse de cognac extraordinaire prendre la poussière dans le sous-sol de cette maison alors qu'il aurait pu en faire profiter son propre estomac... Je suis très impressionnée par la quantité de travail que vous semblez avoir accompli en un seul après-midi, ajouta-t-elle en reportant son regard sur la table.

— J'ai hâte d'y retourner dès qu'il fera jour, dit Nick en la rejoignant, son verre à la main. À votre avis, comment votre père est-il entré en possession d'une caisse de cognac français ?

Isabel s'abîma dans la contemplation du liquide ambré qu'il tenait entre ses longs doigts. Elle se souvenait parfaitement du jour où son père avait rapporté cette caisse. Il lui avait alors fait miroiter la perspective d'une saison londonienne. Elle avait voulu croire qu'il avait changé... jusqu'au moment où elle avait découvert qu'il avait l'intention d'accorder sa main au plus offrant.

Elle s'était alors tournée vers sa mère, la suppliant de l'aider, de la défendre. Mais sa mère, désespérant de regagner l'amour qu'elle avait perdu, avait refusé de venir à son secours et l'avait traitée d'égoïste.

Le comte était parti la semaine suivante, ayant sans doute pris conscience qu'une fille hostile et sans dot ne valait pas grand-chose à la foire aux mariages.

Il n'était jamais revenu.

Et la mère d'Isabel ne l'avait jamais pardonné à sa fille.

Il était, bien sûr, exclu de dire la vérité à lord Nicholas.

Isabel ne releva pas les yeux lorsqu'elle expliqua, d'une voix qu'elle espérait ferme :

— J'ai appris très jeune, monsieur, à ne jamais poser de questions à mon père. Je suppose que le cognac est arrivé par les mêmes voies que tout le reste dans cette maison... des voies crapuleuses.

— Peut-être pas, dit-il avec douceur.

— Eh bien, nous ne le saurons jamais.

Tout en parlant, elle promenait un regard distrait sur les feuilles disséminées sur la table. Soudain, le mot « orgasme » se détacha des lignes indistinctes, et elle sursauta. Sur quoi écrivait-il donc ?

Alors qu'elle inclinait la tête pour déchiffrer la phrase entière, il demanda d'un ton amusé :

— Lady Isabel ?

Elle releva les yeux avec un sourire trop éclatant, les joues brûlantes, et croisa son regard moqueur.

Cet homme exaspérant savait exactement ce qu'elle venait de lire.

Mais elle refusa de lui laisser l'avantage.

— Ne restez pas debout à cause de moi, s'il vous plaît. Si nous nous asseyions ? suggéra-t-elle en indiquant les fauteuils voisins de celui de Rock, sur lequel ce dernier avait laissé son livre. Avez-vous trouvé quelque chose d'intéressant à lire ?

Ce fut au tour de Rock de paraître contrit. Il se hâta de refermer son énorme main sur le volume avant qu'elle ait eu le temps d'en lire le titre.

— Eh bien, oui, justement.

— Vraiment ? Que lisez-vous ?

Un léger ricanement de Nick attira brièvement son attention. Mais quand elle le regarda, il porta son verre à sa bouche et, avec un haussement d'épaules, déclara :

— Je n'ai pas la moindre idée de ce qu'il est en train de lire.

Le regard que son ami lui décocha alors aurait pu être qualifié d'assassin.

Isabel n'avait posé la question que pour écarter le sujet de son père. Sa curiosité s'éveilla, toutefois, surtout lorsqu'elle crut voir le grand Turc rougir.

— Rock ?

— *Le Château d'Otrante*.

Isabel ne put réprimer un petit rire. Ce roman gothique était l'un des préférés des filles – une histoire alambiquée avec lord maudit, mariage forcé et apparition d'un prince. Ce n'était vraiment pas le genre de livre qu'on s'attendait à voir entre les mains d'un géant.

— Ne te vexe pas, Rock, dit Nick, ironique. Lady Isabel se moquerait sûrement de quiconque lirait une telle sottise.

— Non ! protesta Isabel. Rock, je ne portais pas de jugement, pas du tout !

— Il n'y a pas de problème, assura Rock. Que Nick aille au diable. Je trouve que c'est une histoire captivante.

Comme Nick gloussait, Isabel le foudroya du regard.

— Il a raison ! répliqua-t-elle. Quand les autres l'ont lu...

À ces mots, Rock écarquilla les yeux, et elle s'empressa de corriger son erreur.

— Par les autres, j'entends Lara et nos... nos amies. Nos amies du village, bien sûr. Tout le monde a beaucoup aimé.

— Et vous, mademoiselle ? s'enquit Rock.

— Oh, je ne l'ai pas lu... Enfin, pas en entier.

— Vous n'avez pas pu le finir ?

— Je ne l'ai jamais commencé. La fin ne me plaisait pas.

— La fin ? répéta Nick.

— Oui, je commence toujours les livres par la fin.

— Mais pourquoi ? demanda Rock, l'air déconcerté.

— J'aime bien être préparée, répondit-elle avec un haussement d'épaules.

Comme Nick se mettait à rire, elle se tourna vers lui. Se moquait-il d'elle ?

— Vous trouvez cela amusant, lord Nicholas ?

— Oui, effectivement, lady Isabel, acquiesça-t-il, sans paraître inquiet d'avoir pu l'offenser.

— Pourquoi ?

— Parce que cela explique beaucoup de choses.

Renonçant, à contrecœur, à éclaircir ce propos sibyllin, Isabel reporta son attention sur son autre invité, décidément plus aimable. Après s'être approchée d'une étagère, elle passa les titres en revue.

— Nous avons aussi *La Mère mystérieuse*, quelque part... Je vais vous le trouver.

— Lady Isabel, je vous suis très reconnaissant de cette attention, dit Rock d'un ton amusé, mais je n'ai pas besoin d'un autre livre ce soir. Celui-ci suffira amplement.

Au son de sa voix calme, elle se retourna, puis elle lissa sa jupe du plat de la main.

— Oh... Très bien. Si toutefois vous souhaitez l'emprunter plus tard, je serai heureuse de vous le prêter.

— Je vous remercie. Pour le moment, je crois que je vais prendre congé et me replonger dans les aventures de lord Otrante et de son malheureux fils.

Isabel le suivit des yeux, interdite, quand il se dirigea vers la porte. Il allait la laisser seule avec Nick ? C'était manifestement une punition des dieux. Plus jamais, elle le jurait, elle ne se moquerait des romans gothiques ! Dans un dernier effort pour retenir Rock dans la bibliothèque, elle s'écria :

— Ne préféreriez-vous pas le lire ici ? La lumière est plus agréable. Et nous pourrions discuter de... des nuances du texte !

— Tout du moins de la fin du texte, lança Nick, ironique.

Isabel l'aurait volontiers assommé avec un texte. Un texte pesant. La Bible de Gutenberg, par exemple.

— Rien ne me plairait davantage, mademoiselle, dit Rock en lui souriant. Demain, peut-être ?

Elle pouvait difficilement insister sans contrevenir aux règles de l'hospitalité envers lord Nicholas, et sans attirer l'attention sur la tension qui grandissait entre eux.

— Bien sûr, murmura-t-elle à contrecœur. Demain.

Lorsqu'elle entendit la porte se refermer, l'air dans la pièce lui parut s'épaissir. Elle se retrouvait seule avec Nick ! Après avoir pris une inspiration tremblante, elle pivota, se demandant ce qui allait se passer à présent.

Armé du verre de cognac qu'elle avait refusé un peu plus tôt, il s'avança vers elle, évoquant un grand chat à l'affût. Une fois de plus, et bien malgré elle, elle s'émerveilla du bleu intense de ses yeux.

— Je devrais moi-même prendre congé… murmura-t-elle. J'ai interrompu votre travail assez longtemps.

— C'est vrai, acquiesça-t-il après un instant de silence. Mais il est hors de question que je vous chasse de votre propre bibliothèque. Pourquoi ne pas nous asseoir ? Nous allons parler.

Sans qu'elle s'en aperçoive, il l'avait repoussée vers les fauteuils.

— Parler ?

Devant son incrédulité manifeste, il eut un sourire en coin.

— Je suis capable de faire la conversation, lady Isabel. Du moins, c'est ce que l'on dit.

Il était si près d'elle que le sens de ses mots lui échappait. Elle s'assit et accepta le verre qu'il lui tendait.

— Parfait, fit-il en prenant place en face d'elle. À présent, dites-moi vos secrets.

9

Leçon numéro trois

Pour vous attacher votre lord, n'ayez pas peur de lui confier de précieux petits détails sur votre personne.

Lorsqu'il vous interroge sur vos pensées, n'hésitez pas à partager quelques traits séduisants de votre esprit – rien de trop intellectuel, nous ne voudrions pas qu'il vous prenne pour un bas-bleu ! Mais laissez entrevoir ce qui vous rend unique : votre couleur préférée, votre attrait pour la broderie plutôt que pour l'aquarelle, le nom du poney sur lequel vous avez appris à monter.

En un mot, cultivez l'art de rester présente sans vous imposer.

Pearls and Pelisses, *juin 1823*

— Mes… mes quoi ? balbutia Isabel.

— Vos secrets, lady Isabel, répéta-t-il d'une voix enjôleuse. Si mon intuition ne me trompe pas, ils sont nombreux.

— Quelle idée absurde ! Ma vie est un livre ouvert…

Les yeux mi-clos, il l'observa longuement. Elle finit par avoir la nette impression qu'il savait quelque chose à son sujet. Était-il possible que Rock ait trahi sa confiance et, avec elle, celle de toutes les femmes qui avaient trouvé refuge dans la maison ?

Ç'aurait été indigne d'un gentleman. Mais qu'est-ce qui lui prouvait que Rock en était un ? Après tout, la conduite de son compagnon, l'après-midi même, ne témoignait pas d'un grand respect des codes de la galanterie.

Lord Nicholas accueillit sa déclaration avec un haussement de sourcils, puis il se renversa dans son fauteuil en croisant ses longues jambes devant lui – à croire que l'endroit lui appartenait !

Isabel écarta ostensiblement le bas de sa robe de ses pieds bottés. Il esquissa un sourire narquois. Ses bottes étaient loin de frôler ses jupes, et tous deux le savaient.

— Pardonnez-moi, mademoiselle, si j'avoue ne pas vous croire.

— Je vous demande pardon ? répliqua-t-elle avec la hauteur d'une reine. Vous me traitez de menteuse ?

— Je vous accuse de ne pas dire toute la vérité.

— Franchement, je n'ai jamais rien entendu d'aussi... Ai-je besoin de vous rappeler qu'en tant qu'invité à Townsend Park, vous me devez un peu de respect ?

— Ai-je besoin de vous rappeler, mademoiselle, qu'en tant qu'hôtesse, vous *me* devez un peu de générosité ?

— Que voulez-vous dire ?

— Simplement que vous feriez bien de me dire la vérité au sujet de votre situation. Je la découvrirai tôt ou tard, de toute manière.

— Je...

Isabel s'interrompit. À quelle situation faisait-il allusion ?

— Je sais que vous avez de grosses difficultés financières, Isabel.

— Lady Isabel, corrigea-t-elle. Et j'ai du mal à comprendre en quoi cela vous regarde, lord Nicholas.

— St. John. Ou Nick, rectifia-t-il. Très peu de gens m'appellent lord Nicholas. Et cela me regarde, Isabel. Après tout, vous m'avez fait venir ici pour évaluer votre collection de marbres.

— Je... je vous ai libéré de cette requête.

— Certes. Mais la nature semble en avoir décidé autrement. De combien avez-vous besoin ? demanda-t-il après un instant.

Cet homme était décidément insupportable ! On ne discutait pas d'argent entre gens bien élevés, et cette conversation était plus que grossière. C'était à se demander quelle femme pouvait souhaiter conquérir ce lord. En tout cas, pas elle !

— Lord Nicholas...

— Chaque fois que vous m'appellerez lord Nicholas, je poserai une nouvelle question inconvenante.

— Il n'y en a guère de plus inconvenantes que celle-ci.

— Détrompez-vous, Isabel. Il existe des sujets bien moins décents, que je serais heureux d'évoquer avec vous.

Par exemple ?

Comme s'il lisait dans ses pensées, il darda sur elle un regard lourd de sous-entendus et, à cet instant, Isabel aurait tout donné contre la liste de ces sujets choquants.

À cette pensée, elle se sentit rougir et, pour dissimuler sa gêne, but une gorgée de cognac. Mais le feu de l'alcool lui brûla la gorge, et elle toussa une fois, puis une deuxième fois, tout en s'efforçant de le faire discrètement. Il ne détourna pas le regard, et sa rougeur s'accrut.

Elle ne se résigna pas, cependant, à s'avouer battue.

— Nous pouvons être deux à jouer, monsieur. Pour chaque question inconvenante que vous poserez, je vous assure que je serai capable d'en trouver une, moi aussi.

— Je n'en doute pas. Mais serez-vous capable de la poser ?

Elle releva aussitôt le défi.

— Où avez-vous...

Il attendit en silence qu'elle termine sa phrase. Isabel baissa les yeux sur son verre, se concentrant sur le poids du cristal entre ses mains, sur la couleur ambrée du liquide... Elle ne parvenait pas à poser sa question.

— Où ai-je...

Elle secoua la tête sans relever les yeux. Une goutte d'alcool restait en suspens sur le bord du verre ; dans sa nervosité, elle posa l'index dessus et regarda le liquide disparaître. Si seulement elle avait pu faire de même – disparaître de cette pièce et se soustraire à cette conversation pour laquelle elle n'était pas armée !

— Vous me décevez, reprit-il à voix basse. Moi qui avais espéré avoir affaire à une adversaire redoutable !

À ces mots gentiment moqueurs, Isabel se redressa. L'ombre d'une fossette creusait déjà la joue de Nick. Mais elle n'allait pas lui permettre d'aller plus loin dans la taquinerie.

— D'où vient votre balafre ?

À peine eut-elle prononcé ces mots qu'elle se mordit la langue. Mais il se contenta de sourire jusqu'aux oreilles.

— Brave fille, dit-il après avoir bu une gorgée de cognac. J'étais sûr que vous pouviez le faire. Vous savez, jamais aucune femme ne m'a posé cette question.

— Je suis certaine que les femmes remarquent à peine... se hâta de dire Isabel, gênée, en se maudissant une nouvelle fois d'avoir posé cette question.

Mais, d'un haussement de sourcils, il lui intima le silence.

— Ne gâchez pas l'opinion que je viens de me faire de vous. Cette cicatrice est un souvenir que j'ai rapporté de Turquie.

— Je... je ne voulais pas...

— Bien sûr que si. À présent que vous avez votre réponse, de combien avez-vous besoin ?

— Je ne sais pas exactement, répondit Isabel. Quand ?

Les questions se bousculaient dans son esprit, à présent.

— Il y a neuf ans. Voulez-vous dire que le domaine ne se suffit pas à lui-même ?

Isabel but une nouvelle gorgée. Puis elle se laissa aller contre le dossier du fauteuil.

— Certains mois, si... lorsque nous avons du bétail et des récoltes pour nous nourrir. Mais il ne reste rien. Rien pour envoyer James au collège, pour acheter de nouveaux vêtements...

— Vous aimeriez avoir de nouveaux vêtements ?

— Non, répondit-elle en secouant la tête. Je parlais de vêtements pour James et pour...

Elle s'interrompit au moment de dire « les filles ». Puis elle reprit :

— Ç'a été très douloureux ?

— J'ai connu pire.

— Pire qu'une entaille de quatre pouces de long sur la joue ?

— À mon tour... Sachez que j'aimerais que vous ayez de nouveaux vêtements. Je voudrais vous voir porter des couleurs vives. Je pense qu'elles vous iraient bien – certainement mieux que les couleurs du deuil. Du rouge... un rouge profond.

Était-ce l'effet du cognac ou de son ton songeur ? Toujours est-il qu'une chaleur soudaine se répandit en elle. Elle attendit avec curiosité qu'il poursuive, désireuse de continuer cette conversation tout en redoutant les sujets qu'il pouvait aborder.

— Pourquoi n'êtes-vous pas mariée ?

— Je… commença-t-elle, prise complètement au dépourvu. Quel est le rapport avec le reste ?

— Ah, fit-il avec un sourire entendu, je vois que nous avons trouvé un sujet intéressant.

— Je peux vous assurer, monsieur, qu'il ne m'intéresse pas du tout.

— Vous, peut-être pas. Moi, si.

Il se releva et traversa la pièce pour aller remplir son verre. Isabel le suivit du regard, les yeux écarquillés. Quand il revint avec la bouteille et lui offrit plus de cognac, elle accepta.

— Le mariage est la réponse à vos problèmes, Isabel. Pourquoi ne pas vous marier ?

En considérant qu'il n'y avait pas de sujet plus pénible que les finances du domaine, elle s'était trompée.

— Je n'en ai jamais eu l'occasion, répliqua-t-elle. Comment est-ce arrivé ?

— Je me suis trouvé au mauvais endroit au mauvais moment. Que vous n'ayez jamais eu l'occasion de vous marier me paraît difficile à croire. Faites un nouvel essai.

— Les seuls hommes à s'être montrés intéressés étaient des amis de mon père. Si vous l'aviez connu, vous n'envisageriez pas d'épouser l'une de ses relations, vous non plus.

Quand elle prit une nouvelle gorgée d'alcool, il lui parut, cette fois, plus doux et plus agréable.

— Je ne crois pas que vous vous soyez simplement trouvé au mauvais endroit au mauvais moment. Faites un nouvel essai.

Il sourit en l'entendant reprendre ses propres mots.

— Très bien, mademoiselle. Je vais vous le dire, mais il vous faudra ensuite être honnête avec moi. Êtes-vous certaine de pouvoir relever le défi ?

— Bien sûr, prétendit Isabel.

À cet instant, elle aurait promis ce qu'il voulait pour entendre l'histoire de cette blessure.

— À cause d'une malchance épouvantable, doublée d'un manque de jugement flagrant de ma part, je me suis retrouvé dans une prison turque. J'y ai passé vingt-deux jours avant que Rock ne puisse venir à mon secours. Le fait que je m'en sois sorti avec une seule cicatrice visible est assez incroyable, je pense.

Il se pencha et, tendant le bras, effleura le pli qui s'était formé, sans qu'Isabel en ait conscience, entre ses sourcils.

— Je vois que vous compatissez de toute votre âme.

Elle secoua la tête, se soustrayant par la même occasion à la chaleur de ses doigts.

— Je suis seulement heureuse que vous ayez pu échapper à vos geôliers. Ça a dû être terrible pour vous. Et vous avez eu beaucoup de chance d'avoir Rock.

— N'ayez pas une vision trop romantique de l'histoire, Isabel. Je peux vous assurer que je la méritais, cette cicatrice.

Isabel fut, une nouvelle fois, prise au dépourvu. Qu'est-ce que cela signifiait ? Qu'avait pu faire cet homme, ce lord, cet... archéologue pour mériter une telle blessure ?

Mais, alors qu'elle ouvrait la bouche pour poser les questions qui affluaient, Nick la devança.

— C'est mon tour. Nous parlions de mariage...

— Je... je n'ai jamais voulu me marier.

Il attendit. Puis, voyant qu'elle ne faisait pas mine de poursuivre, il insista :

— Et ?

— Vous avez raison – le mariage résoudrait plusieurs problèmes... Mais, en toute sincérité, je pense qu'il en susciterait beaucoup de nouveaux.

Nick eut un petit rire.

— Je vous demande pardon, répondit-il face à son étonnement. Simplement, je n'ai jamais rencontré de femme ayant cette vision du mariage.

— Je le suppose, répliqua-t-elle, ayant aussitôt compris qu'il pensait à *Pearls and Pelisses*.

— Vous ne rêvez pas de félicité conjugale ?

— Si la félicité conjugale était assurée, peut-être...

Elle s'interrompit avec une grimace. Après avoir fixé longuement son verre de cognac, elle le but jusqu'à la dernière gorgée. La vérité sortait plus facilement de sa bouche, à présent.

— Mais je n'ai pas l'impression que ce soit le cas.

— Non ?

— J'en suis même convaincue, déclara-t-elle en relevant les yeux. Vous n'avez pas connu mon père ?

— Non.

— Vous avez bien de la chance.

L'espace d'un instant, elle crut qu'il allait répondre quelque chose à sa remarque acide. Mais, comme il gardait le silence, elle poursuivit :

— Il ne passait pas beaucoup de temps ici. Ma mère, pour une raison que je n'ai jamais comprise, était très amoureuse de lui. Il était plutôt séduisant, je suppose. Et on pouvait compter sur lui pour animer n'importe quelle fête. Un carnaval à lui tout seul... Mais quand nous avions besoin de lui, il n'était jamais là.

Il y aurait eu beaucoup de choses à ajouter mais Isabel se tut. Même si lord Nicholas était un interlocuteur attentif, un compagnon très agréable – et peut-être justement pour cette raison –, il constituait un danger pour elle et ses protégées. Il lui fallait le tenir à distance.

— Disons simplement que l'idée d'un mariage comme celui de mes parents ne m'a jamais tentée.

— Tous les mariages ne finissent pas comme le leur.

— Peut-être, concéda-t-elle en reportant les yeux sur son verre vide. Je suppose que votre famille est aimante et chaleureuse, et que vous êtes issu d'un mariage d'amour.

Le rire ironique dont il accueillit ses paroles éveilla la curiosité d'Isabel.

— Vous ne sauriez être plus loin de la vérité, répliqua-t-il avant de changer de sujet. En conséquence, vous vendez votre collection...

La poitrine d'Isabel se gonfla d'un brusque chagrin.

— Oui.

— Mais vous n'en avez pas envie...

— Non, reconnut-elle, puisqu'il n'y avait pas lieu de nier.

— Alors, pourquoi le faire ? Dans son testament, votre père a certainement nommé un tuteur pour vous aider, non ?

— Notre tuteur, si on peut l'appeler ainsi, ne s'est pas manifesté. Fidèle à ses habitudes, notre père m'a laissé le soin de mettre du pain sur notre table et de maintenir un toit au-dessus de nos têtes. Au sens propre, ajouta-t-elle après un instant, avec un léger sourire.

Il sourit à sa plaisanterie, et cette complicité amusée changea quelque chose dans son regard. Isabel devina aussitôt la direction prise par ses pensées : le toit, la pluie et le baiser dans le grenier. Le rouge lui monta aux joues et, contenant une furieuse envie de plaquer ses mains dessus pour les cacher, elle reprit :

— Vous le connaissez peut-être...

— Votre tuteur ?

— Oui. Il s'appelle lord Oliver Densmore.

— Densmore est votre tuteur ? s'exclama Nick, dont le ton alarma Isabel.

— Vous le connaissez donc ?

— Oui.
— Comment est-il ?
— Il est... Disons que c'est un joyeux drille.
— Un joyeux drille, répéta Isabel, loin d'être rassurée par cette description.
— Oui. Qu'avez-vous dit de votre père ? Que c'était un carnaval à lui tout seul ? Eh bien, qui se ressemble s'assemble. Mais Densmore n'est pas l'homme que je choisirais pour protéger ma famille.
Isabel s'en était doutée, bien sûr. Pourtant, elle avait cultivé l'espoir infime qu'une fois son dernier instant venu, son père aurait pensé à elle. Ou du moins à James.
Quand elle entendit les paroles de Nick, sa poitrine se contracta douloureusement. Soudain, à la pensée affreuse qu'un autre homme irresponsable avait tout pouvoir sur elle, sur James, sur les filles, le souffle lui manqua. Une vague de panique impossible à juguler lui noua la gorge. Il lui fallait faire partir les filles tout de suite, avant qu'elles ne soient prises au piège ! Avant que tout ce qu'elle avait bâti, au prix de peines infinies, ne soit réduit à néant.
Elle essaya de prendre une profonde inspiration, mais ses poumons refusèrent de s'ouvrir.
— Isabel...
Elle eut l'impression que son prénom venait de loin. Les yeux fermés, elle s'ordonna de respirer. Soudain, Nick fut près d'elle et, d'une main énergique, lui frotta le dos.
— Des instruments de torture, marmonna-t-il en rencontrant les baleines de son corset. Regardez-moi, dit-il ensuite en lui relevant le menton. Respirez !
— Je suis... Je vais bien, réussit-elle à balbutier.
— Non, vous n'allez pas bien. Respirez !
Sensible à son calme empreint de fermeté, Isabel réussit à prendre plusieurs inspirations prolongées, quoique tremblantes, pendant qu'il continuait à lui

masser le dos. Lorsqu'elle eut recouvré son souffle, elle se rejeta contre le dossier du fauteuil pour se soustraire à ce contact troublant. Mais, bien qu'il laissât retomber sa main, Nick resta accroupi devant elle.

Elle détourna les yeux, embarrassée, et les riva sur le sol, à l'autre extrémité de la pièce. Quelle raison plausible pourrait-elle invoquer pour fuir ?

— Vous ne partirez pas d'ici.

Elle pouvait partir si elle le souhaitait, bonté divine ! Il s'agissait quand même de sa bibliothèque. Ses phalanges blanchirent quand elle crispa les doigts sur les accoudoirs de son fauteuil.

— Vous n'avez pas besoin de vous inquiéter, répliqua-t-elle.

Mais, posant un genou à terre, il prit ses deux mains dans les siennes.

— Vous êtes écrasée par vos secrets. À un moment ou un autre, il vous faudra les partager.

Isabel reporta son regard sur lui, sur cet homme qui semblait bon... fort... et riche. Elle dut alors se rendre à l'évidence : oui, cet homme était peut-être sa planche de salut.

— Pourquoi ne pas commencer avec votre père ? insista-t-il.

À l'idée d'évoquer cet homme responsable de tous ses maux, elle se raidit aussitôt. Mais Nick ne lâcha pas ses mains.

— Pourquoi ne pas me dire ce qui vous hante ?

Un silence pesant accueillit sa question.

Ni l'un ni l'autre ne portait de gants, la simplicité de la vie à Townsend Park ne l'exigeant pas. Il commença à effleurer chacun de ses doigts, et elle ne put s'empêcher de s'étonner de lui voir des mains aussi fortes, aussi calleuses. Comment se faisait-il que l'un des lords les plus convoités de Londres ait des mains de travailleur ?

Elle était si distraite par la sensation de ses mains chaudes sur les siennes qu'elle faillit céder à sa requête. Mais, tout au fond d'elle, une voix lui soufflait qu'il serait on ne peut plus dangereux de se confier à cet homme.

Il l'amenait à croire qu'elle pouvait partager son fardeau, alors qu'en vérité elle était seule et le serait toujours.

Au début, Isabel avait jugé que cela valait mieux ainsi. Toutes les femmes – sa mère, les résidentes de Minerva House – qui avaient choisi de partager leur vie avec un homme ne l'avaient-elles pas regretté ? Vivre avec un homme impliquait, tôt ou tard, de n'être plus que la moitié d'une femme. Un sort qu'elle refusait farouchement.

Elle déglutit avec force, soucieuse de s'exprimer fermement.

— Il n'y a rien à raconter. Vous connaissez sa réputation aussi bien que moi. Et même mieux, sans doute. C'était un inconnu pour nous, finalement, tout comme nous l'étions pour lui.

Elle haussa légèrement les épaules tout en essayant de se libérer. Nick ne répondit pas. Il lâcha l'une de ses mains, mais conserva l'autre dans les siennes, la retournant, paume en l'air. Avec ses pouces, il commença à décrire des cercles lents sur sa peau, éveillant aussitôt en elle de puissantes sensations.

Quand il finit par reprendre la parole, ce fut dans un chuchotement.

— Vous n'êtes pas obligée de m'en parler... Mais croyez-moi, s'il vous plaît, quand je vous dis que vous ne devez pas en vouloir à la vie à cause de lui. Ne le laissez pas vous spolier de ses plaisirs.

Isabel releva aussitôt les yeux, mais il ne la regardait pas. Son regard restait fixé sur la main qu'il caressait et d'où partaient d'exquises vagues de plaisir. Un soupir lui échappa. Elle savait qu'elle aurait dû mettre un terme à cette caresse, mais elle était incapable de rassembler assez d'énergie pour l'arrêter. Les soins qu'il prodiguait à sa main étaient délicieux. Bien plus délicieux que tout ce qu'elle avait jamais connu.

À l'exception, peut-être, de son baiser.

Le regard d'Isabel se porta sur son cou, bronzé et musclé. Elle n'avait jamais prêté attention au cou de quiconque, pas plus qu'elle n'avait soupçonné la félicité qu'on pouvait retirer d'un massage des doigts.

La pression des mains de Nick se fit plus forte à la base de son pouce et, avec un nouveau soupir de béatitude, elle s'amollit un peu plus dans son fauteuil.

Tout en s'adjurant d'interrompre cette caresse, elle laissa ses yeux s'attarder sur sa mâchoire, sur ses lèvres... Mais, vu les souvenirs troublants que sa bouche évoquait, elle s'empressa de diriger son regard sur la déviation légère, presque imperceptible, de son nez.

Il avait dû avoir un jour le nez cassé. Peut-être en même temps qu'il avait été blessé à la joue...

Qui était donc cet homme, à la fois aristocrate féru d'archéologie, évadé mystérieux d'une prison turque et séducteur irrésistible ? Par quel miracle semblait-il la comprendre aussi bien ? Et, plus important encore, pourquoi aspirait-elle à ce point à le connaître ?

Lorsque ses yeux tombèrent sur les siens, elle fut soulagée de constater qu'il les gardait toujours baissés sur leurs mains liées. Elle scruta son regard intense. Le bleu étincelant de ses prunelles, qui l'avait frappée dès leur première rencontre – qui frappait toutes les femmes de Londres, à en croire la gazette –, était en réalité un mélange stupéfiant de gris, de myosotis et de saphir, mis en valeur par des cils noirs d'une longueur que n'importe quelle courtisane lui aurait enviée.

Qu'il était beau !

Elle-même surprise par cette constatation, Isabel se redressa brusquement et arracha sa main aux siennes, tout en refoulant le sentiment de frustration que ce geste fit naître en elle.

— Vous vous montrez trop familier, lord Nicholas.

Elle réussit, non sans fierté, à ne pas grimacer en entendant sa voix chevrotante.

Aussitôt, Nick posa ses mains sur ses cuisses, mais il resta accroupi. Un des coins de sa bouche se releva en un petit sourire.

— J'ai entendu votre soupir, Isabel... Votre corps ne m'a pas du tout trouvé trop familier.

— Je n'ai jamais rien entendu de plus... de plus arrogant et de plus inconvenant !

— Je vous ai prévenue de ce qui arriverait si vous m'appeliez de nouveau lord Nicholas.

Isabel ouvrit la bouche, mais aucune repartie ne lui vint. Dans les romans, l'héroïne ne manquait jamais de riposter avec brio. Mais, n'étant pas une héroïne, elle secoua la tête pour chasser cette pensée. Puis elle se releva d'un geste décidé et carra les épaules. Lorsqu'elle passa devant lui, elle éprouva un plaisir trouble à entendre le bruit de ses jupes frottant contre son épaule.

Lorsqu'elle se jugea suffisamment loin, elle se retourna.

Mais il s'était relevé prestement et se tenait juste derrière elle. Elle resta figée sur place quand il leva la main et effleura sa joue. Son odeur la submergea, mélange enivrant de cognac, de bois de santal et d'une autre fragrance qu'elle ne put identifier. Un frisson la parcourut. Elle résista à la tentation de fermer les yeux pour se gorger de cette odeur, s'offrir à sa caresse légère et l'encourager à aller plus loin.

Que se passerait-il, alors ? L'embrasserait-il de nouveau ? Le souhaitait-elle ?

Oui. Elle voulait qu'il l'embrasse.

Leurs yeux se rencontrèrent, et elle ordonna mentalement à Nick de se rapprocher, de répéter son geste de l'après-midi.

Il pouvait lire dans ses pensées, elle le savait. Elle vit s'allumer une pointe de satisfaction masculine dans son regard quand il perçut son désir. Mais peu lui importait, à partir du moment où il l'embrassait.

Ses sens s'affolaient de le sentir si près. Ne supportant plus cette attente – l'excitation anticipée d'une caresse qui pouvait ne jamais venir –, Isabel finit par fermer les yeux. Elle eut alors l'impression d'osciller vers la chaleur qui émanait de lui. Peut-être se montrait-elle imprudente, mais cet homme lui faisait tout oublier, y compris son passé. Y compris, aussi, ce qu'elle s'était toujours promis de ne pas devenir.

— Isabel... chuchota-t-il.

Elle résista à l'envie de rouvrir les yeux, de peur de rompre le charme intime qui les unissait. Mais elle savoura la manière dont sa voix grave prononçait son prénom. Comme dotées d'une volonté propre, ses mains se levèrent et, résistant à l'envie de toucher son torse puissant, effleurèrent l'étoffe solide de sa redingote.

Il avait parlé des plaisirs de la vie. Elle voulait qu'il les lui montre.

Comme enhardi par son geste, il posa ses lèvres sur les siennes. Isabel poussa un soupir, envahie par un mélange de plaisir et de soulagement.

Ce baiser était plus doux, moins dévorant que celui qu'ils avaient échangé dans l'après-midi. Il glissa ses mains sur sa nuque tandis que ses lèvres frôlaient les siennes une fois, deux fois... Quand elle soupira de nouveau, ses lèvres s'entrouvrirent, et il approfondit son baiser. De la pointe de la langue, il suivit sa lèvre inférieure, laissant dans son sillage une trace de feu.

Les mains agrippées à ses larges épaules, Isabel se pressa contre sa poitrine. Il referma alors les bras autour d'elle et l'enlaça plus étroitement, tout en suivant de sa bouche la ligne de sa joue jusqu'à son oreille, contre laquelle il murmura son prénom. Il en saisit ensuite le lobe entre ses dents et le taquina délicatement jusqu'à ce que, parcourue d'un frisson de plaisir intense, Isabel noue ses bras autour de son cou.

Elle perçut contre sa peau son sourire satisfait, juste avant qu'il ne fasse pleuvoir une série de baisers irrésistibles le long de son cou. Un gémissement finit par lui échapper tandis qu'elle luttait pour rester debout.

Sans ôter sa bouche de son cou, Nick la souleva alors entre ses bras et, après s'être assis dans le grand fauteuil près de la cheminée, il la posa sur ses genoux. Il ne releva la tête que pour l'interroger du regard. Lorsque, dans un soupir, elle acquiesça, il posa de nouveau ses lèvres sur la peau sensible de son cou.

La caresse de sa langue, à la fois rude et sensuelle, arracha à Isabel un son étouffé qui ramena l'attention de Nick sur sa bouche. Il s'en empara de nouveau tout en faisant glisser sa main sur le côté de sa poitrine, où elle s'immobilisa. C'en fut trop pour Isabel. Ses seins lui paraissaient infiniment lourds et pleins, et réclamaient d'être caressés d'une manière dont elle n'avait jamais eu conscience avant cet instant. Avant cet homme.

Comme elle frémissait, le sommant de poursuivre, de la toucher, il délaissa sa bouche et plongea son regard dans le sien.

— Qu'y a-t-il, ma beauté ?

Son pouce esquissa un geste infime, mais suffisant pour qu'elle devine qu'il savait pertinemment ce qu'elle voulait. Il la taquinait.

— Je...

Il pressa la paume de sa main, si près de l'endroit où elle l'appelait de ses vœux, tout en s'inclinant vers son oreille.

— Si belle... Si passionnée... Ma Volupté à moi... montrez-moi.

Cette demande libéra quelque chose en elle. Elle fit glisser sa main le long de son bras jusqu'à la refermer sur la sienne. Puis, croisant son regard avec plus de courage qu'elle n'en éprouvait, elle ramena celle-ci sur son sein. Tous deux baissèrent les yeux lorsqu'il en épousa le globe de sa main, avant de passer délicatement le pouce à l'endroit où la pointe érigée tendait le tissu de son corsage. Elle étouffa un gémissement, et leurs regards se heurtèrent.

— Dites-moi ce que vous ressentez.

— Je... je ne peux pas, balbutia-t-elle en rougissant.

Il répéta sa caresse, laquelle fut suivie du même effet.

— Si, vous le pouvez.

Elle secoua la tête.

— Je n'ai jamais... C'est trop. Trop bon.

Il la récompensa d'un autre long baiser, tout en glissant l'un de ses doigts sous la dentelle de son décolleté. Il caressa ainsi sa peau échauffée, lui arrachant un petit cri. Il mit alors fin à leur baiser et posa son front contre le sien, un léger sourire sur ses lèvres gonflées.

— Et cela ne peut que devenir meilleur... affirma-t-il avec, dans la voix, une promesse brûlante.

Elle fut surprise quand il la souleva puis, s'étant lui-même levé, la reposa dans le fauteuil. Il s'inclina ensuite vers elle, les deux mains posées sur les accoudoirs. Un intense désir brillait dans son regard, bientôt remplacé par ce qu'elle estima être de la détermination.

— Je ne sais pas de quoi ou de qui vous vous cachez, Isabel, mais je l'apprendrai tôt ou tard. Et s'il est en mon pouvoir d'y remédier, je le ferai.

En entendant cette déclaration si inattendue, Isabel resta bouche bée.

Il se redressa et, alors qu'elle aspirait encore à son étreinte, il sortit de la bibliothèque d'une démarche qui trahissait la même assurance que ses paroles.

10

Sans même ouvrir les yeux, Nick sut que quelqu'un le regardait. Tout en veillant à conserver un souffle régulier, il passa en revue les options qui s'offraient à lui.

À quelques pas de lui, il entendait une respiration légère, égale. L'intrus se tenait près du lit et n'était pas du tout nerveux. Dix ans auparavant, en Turquie, Nick aurait été inquiet, mais il se trouvait dans le Yorkshire, bloqué dans un manoir par un orage, ce qui réduisait le nombre de visiteurs possibles.

Il ne percevait aucun parfum de fleur d'oranger, ce qui signifiait que ce n'était pas Isabel qui l'avait rejoint dans sa chambre. Dommage, car il aurait aimé la voir au pied de son lit à son réveil... Les événements de la soirée précédente n'avaient fait qu'accroître sa curiosité. Il n'avait jamais connu de femme aussi passionnée... et aussi mystérieuse.

Oui, il aurait aimé s'éveiller au côté d'Isabel, toute chaude et voluptueuse, le regard embrumé mais accueillant. Rien au monde n'aurait pu lui faire quitter un lit aussi précieusement occupé.

Son attention revint brusquement à l'instant présent. Son visiteur n'était sans doute pas dangereux, mais ce n'était pas le moment de rêver de la dame des lieux. Rêver d'Isabel était même très dangereux.

Quand Nick souleva les paupières, il croisa un regard brun, sérieux, qui n'était pas sans rappeler celui auquel il venait de penser.

— Bien. Vous êtes réveillé.

Parmi tous les intrus envisageables, ce n'était pas le jeune comte de Reddich qu'il se serait attendu à trouver, accroupi auprès de son lit.

— On le dirait.

— J'attendais que vous vous réveilliez.

— Je suis désolé de t'avoir fait attendre, répliqua Nick, ironique.

— C'est pas grave, vraiment. J'ai encore une heure avant que mes leçons commencent.

Nick s'assit dans le lit et se frotta le visage pour chasser les derniers vestiges du sommeil.

— Personne ne t'a jamais dit qu'il était mal élevé de se glisser dans les chambres des invités ?

— Je croyais que c'était juste dans les chambres des filles.

— Oui, acquiesça Nick, qui ne put s'empêcher de sourire, c'est encore plus vrai pour les chambres des filles.

James hocha la tête, comme s'il venait de lui révéler un grand secret.

— Je m'en souviendrai.

Dissimulant son amusement, Nick enfila le peignoir trop petit qu'on lui avait prêté le soir précédent. Puis il se leva et, après avoir noué la ceinture, fit face au jeune garçon, qui l'observait toujours de l'autre côté du lit.

Son visage était empreint de sérieux, avec une espèce de défiance dans ses yeux bruns qui rappelait irrésistiblement Isabel.

— Que puis-je pour vous, lord Reddich ?

— Personne ne m'appelle comme ça, répondit James en secouant la tête.

— Les gens devraient s'y habituer. Tu es le comte de Reddich, n'est-ce pas ?

— Oui...

— Mais ?

— Mais je ne fais pas vraiment les choses que les comtes font, répondit James après s'être mordillé la lèvre inférieure. Je ne suis pas assez grand.

— Et ces choses, c'est quoi ?

— Les choses que mon père faisait.

— Eh bien, je ne suis pas certain d'être moi-même assez vieux pour faire les choses que ton père faisait, déclara Nick tout en traversant la chambre.

Debout devant la table de toilette, il s'aspergea le visage d'eau froide, puis il se sécha avec la serviette suspendue sur le côté. Quand il reporta son attention sur le jeune garçon, il le découvrit assis au bout du lit.

— J'apprendrai bientôt, sûrement, dit James avec un manque flagrant d'enthousiasme. Isabel dit que quand vous aurez fini votre travail avec les statues, on aura assez d'argent pour m'envoyer au collège.

Nick opina. Après s'être tourné de nouveau vers la table de toilette, face au miroir, il prit le bol de savon à raser posé à côté de la cuvette.

— Quel âge as-tu ? demanda-t-il, conscient que le petit garçon, fasciné, suivait chacun de ses gestes.

— Dix ans.

L'âge auquel lui-même avait vu sa vie bouleversée...

Après s'être enduit le visage de savon, il saisit le rasoir et appliqua avec précaution la lame sur sa joue.

— Mon frère est marquis, tu sais.

James, captivé par la lente descente de la lame sur sa peau, ne prêta pas immédiatement attention à ses paroles. Mais ensuite, il écarquilla les yeux.

— C'est vrai ?

— C'est vrai, confirma Nick. Et la plupart des choses qu'un marquis doit savoir, ajouta-t-il après quelques secondes, c'est à l'école qu'il les a apprises.

Un silence s'abattit ensuite dans la chambre, troublé seulement par le clapotement de l'eau quand Nick rinça son rasoir.

— Et vous, finit par reprendre James, vous êtes allé à l'école ?

— Oui.

— Et ça vous plaisait ?

— Quelquefois.

— Et sinon ?

Nick s'absorba dans la tâche délicate qui consistait à se raser le menton, ce qui lui permit de réfléchir à sa réponse. Il avait beaucoup en commun avec ce garçon : une histoire particulière qui le mettait à l'écart de ses pairs, un avenir incertain, un passé malheureux. Nick repensa à l'abandon de sa mère, à la tornade de ragots qui avaient suivi son départ, à la manière dont leur père, désespéré, les avait expédiés en pension, Gabriel et lui, sans les avoir préparés aux méchancetés et aux taquineries. En tant que second fils, sans titre, Nick avait essuyé le plus gros des moqueries. Il s'était alors jeté à corps perdu dans les études.

C'était avant qu'il n'apprenne à se servir de ses poings, avant qu'il ne prenne conscience que sa taille, sa stature et sa force physique pouvaient lui ouvrir les portes d'une existence autrement intéressante que celle qui attendait le second fils du marquis de Ralston.

Non, il n'avait pas beaucoup aimé le collège. Mais ce serait différent pour James, qui n'était pas le fils d'un marquis trop faible et d'une marquise à la moralité douteuse. James était comte, et il obtiendrait le respect dû à son titre.

— Quelquefois, les hommes doivent faire des choses qu'ils n'aiment pas forcément, finit-il par dire. C'est ce qui fait de nous des hommes.

James resta songeur. Dans le miroir, Nick l'observait. À quoi pensait-il ? Quand le jeune garçon releva la tête, ce fut pour déclarer :

— J'aimerais bien qu'on me considère comme un homme.

— Dans ce cas, j'ai bien peur qu'il ne te faille en passer par l'école.

— Mais alors...

De nouveau, le silence se prolongea. Mais Nick, s'abstenant d'intervenir, se contenta de sécher son visage, maintenant rasé de près.

— ... que vont devenir les filles ? demanda James d'un ton préoccupé.

La poitrine de Nick se serra soudain. James s'inquiétait pour sa sœur et, vu les imprudences qu'elle avait commises ces deux derniers jours, on ne pouvait l'en blâmer.

Mais il garda cette réflexion pour lui.

— Ta sœur semble se débrouiller assez bien toute seule, non ?

— Isabel déteste être seule. Elle serait triste si je m'en allais.

— Je pense qu'elle comprendrait où est ton devoir, répliqua Nick, repoussant l'idée, trop désolante, d'une Isabel seule et triste.

De nouveau, le jeune garçon se mordilla la lèvre inférieure – un geste charmant dont Eton, hélas, allait le débarrasser immédiatement.

— Oui, mais mon devoir ici ? Vis-à-vis des filles ?

— Isabel et Lara seront ici à ton retour, James. Et tout ce que tu auras appris leur servira.

Mais l'enfant secoua la tête avec véhémence.

— Je ne pourrai pas les protéger quand je serai là-bas, à l'école !

— Les protéger ? répéta Nick, soudain en alerte, mais s'efforçant de conserver une voix égale. Les protéger de quoi ?

Le petit garçon tourna les yeux vers la fenêtre.

— De... de tout.

Nick comprit immédiatement qu'il ne faisait pas allusion à une menace générale et indistincte, mais à une inquiétude particulière. Et il comprit aussi qu'il ne lui serait pas facile d'en apprendre davantage.

— James, dit-il doucement, s'il y a quelque chose qui te tracasse... je peux peut-être t'aider.

James reporta son attention sur lui, et son regard se posa, pour la première fois, sur sa balafre, puis, presque aussitôt, descendit sur ses épaules qui tendaient l'étoffe du peignoir trop étroit.

— Je crois que vous pourriez m'aider, finit-il par dire. Vous êtes vraiment très grand.

S'il n'avait pas été aussi troublé par les paroles de James, Nick aurait souri à ces derniers mots. Il savait que sa taille pouvait paraître impressionnante à ceux qui n'y étaient pas habitués.

— Je n'ai jamais rencontré de danger que je n'aie pas pu surmonter, assura-t-il, même s'il s'agissait d'une entorse à la vérité.

— Elles auront besoin de quelqu'un pour les protéger. Surtout...

« Isabel » fut le nom qui traversa aussitôt l'esprit de Nick devant l'expression inquiète de James.

Courait-elle vraiment un danger ? Était-il possible que quelqu'un lui veuille du mal ? Qu'elle soit obligée de se cacher ? Assailli par le besoin urgent de la défendre, Nick serra les dents. Il aurait voulu se précipiter hors de la pièce, la trouver et lui soutirer la vérité. Dans quel pétrin s'était-elle fourrée ?

Finalement, James chuchota :

— Surtout Georgiana.

Georgiana ? Avait-il bien entendu ?

— Qui est Georgiana ?

— Ma gouvernante.

Il l'avait retrouvée ! Nick exulta en son for intérieur. Il s'efforça néanmoins de conserver un ton détaché.

— Il y a longtemps qu'elle est ta gouvernante ?

— Juste quelques semaines. Mais elle est vraiment bien. Elle parle latin. Et elle connaît plein de choses sur les comtes.

Ce qui n'avait rien d'étonnant, puisqu'elle était la sœur d'un duc...

— Et si elle a besoin de moi et que je ne suis pas là ? ajouta James.

Sa question innocente détourna Nick de l'excitation de sa découverte. Combien de fois s'était-il posé ce genre de question au même âge ? Si sa mère avait eu besoin de lui et qu'il ne s'en était pas aperçu ? Et comment pourrait-il la protéger alors qu'il ne savait pas où elle était partie ?

Mais il secoua la tête. Il s'agissait là d'un garçon qui avait le béguin pour sa gouvernante – le cas était totalement différent.

— Je sais qu'il est difficile de t'imaginer loin du manoir, répliqua-t-il, mais je suis sûr que tout ira bien pour elle.

Comme James faisait mine de protester, il poursuivit :

— Elle va bien, en ce moment, n'est-ce pas ?

— Oui, mais... et si quelqu'un vient la chercher ?

Nick éprouva un brusque sentiment de culpabilité. Ce « quelqu'un » était déjà là.

— Tout ira bien, affirma-t-il.

Il pouvait au moins promettre cela à James. Celui-ci baissa la tête et murmura :

— Oui, sans doute. Si je partais, peut-être que vous... vous pourriez rester ? Juste pour être sûr qu'elles sont en sécurité.

Quand le jeune comte releva les yeux, Nick y lut la même inquiétude que dans ceux d'Isabel, le soir précédent. De quoi diable s'agissait-il ? Qui étaient ces filles ? Appartenaient-elles toutes à l'aristocratie ?

Nick prit une profonde inspiration. Si le manoir était plein de filles de l'aristocratie, Isabel contrevenait à une dizaine de lois de la Couronne. Elle s'exposait à de très graves ennuis, dont même lui ne pourrait l'aider à se sortir.

Nick s'approcha de la chaise sur laquelle ses vêtements repassés, ainsi qu'une chemise propre, avaient été déposés. Avant de s'en saisir, il se retourna vers James, qui attendait sa réponse avec une impatience mal dissimulée.

— Je resterai ici assez longtemps pour m'assurer que vous êtes tous en sécurité. Cela te convient-il ?

— Vous me donnez votre parole ?

— Je te la donne.

Le visage de James se fendit d'un immense sourire qui rappela Isabel à Nick. Il ne put refouler un élan de plaisir devant la joie du jeune garçon.

— À présent, attends dehors pendant que je m'habille. Ensuite, tu pourras me montrer ta salle d'étude. J'aimerais beaucoup rencontrer ta gouvernante.

Un quart d'heure plus tard, Nick suivait James à l'étage supérieur.

— C'est pas loin des salles des statues, expliqua celui-ci en empruntant un couloir après l'autre. Vous pourriez venir déjeuner avec moi. Enfin, si vous avez envie.

Il n'avait cessé de bavarder depuis que Nick l'avait rejoint sur le palier, à l'extérieur de sa chambre. Leur conversation l'avait apparemment rasséréné et, même si Nick n'avait que peu d'expérience avec les enfants, il était heureux d'avoir pu soulager son inquiétude.

« Une inquiétude justifiée… », lui souffla une petite voix culpabilisante, qu'il aurait préféré ignorer.

— Peut-être. Cela dépendra du travail que j'aurai accompli. Mais j'essaierai.

James hocha la tête, apparemment satisfait de sa réponse, au moment même où il s'arrêtait devant une porte de bois sombre qu'on distinguait à peine dans la pénombre du couloir. En revanche, quand il eut poussé le battant, ce fut dans une salle lumineuse et accueillante que Nick le suivit avec curiosité.

Il n'avait pas mis les pieds dans une salle d'étude depuis des années, et celle-ci lui parut à la fois étrangère et familière, avec ses citations latines accrochées au mur et son inévitable odeur de craie.

Dans un coin, Isabel était penchée au-dessus d'un grand cube de verre, assistée d'une jeune femme aux cheveux clairs. Georgiana... Même si son maintien altier n'avait pas trahi sa haute naissance, Nick l'aurait reconnue. Elle avait les mêmes boucles blondes que son frère, ainsi que les yeux d'un miel doré caractéristique de la lignée des Leighton.

Elle se retourna quand James lança un « bonjour » joyeux et, aussitôt, son regard se posa sur Nick. Ce dernier s'abstint de marquer le moindre signe de reconnaissance, mais il la vit écarquiller les yeux de frayeur. Il eut aussitôt la confirmation qu'à Townsend Park, on ne détenait pas les filles contre leur gré, mais qu'on les protégeait. Sa vue terrifiait Georgiana. Elle savait qui il était – si Isabel ne lui avait pas parlé de lui, sa cicatrice trahissait son identité – et aussi, probablement, qu'il était un ami de son frère.

Murmurant une excuse, elle disparut, ses jupes tournoyant derrière elle, dans une pièce adjacente. Une émotion étrange serra le ventre de Nick. De la culpabilité...

Il reporta son attention sur Isabel. Vêtue de mousseline grise, elle enfonçait à présent la tête et un bras dans l'espèce de grande boîte de verre.

— Bonté divine ! grommela-t-elle. Je me demande franchement pourquoi j'ai accepté... Cette maudite créature est évidemment à l'endroit le plus inaccessible !

— Izzy ! s'écria James en s'accrochant à la main libre de sa sœur. Qu'est-ce que tu fabriques ? Tu vas lui faire mal !

— Mais non.

Nick s'approcha pour voir le cube de plus près. Il était rempli de cailloux et de verdure, comme une forêt miniature. À travers la vitre, il vit les doigts d'Isabel écarter des feuilles, puis une branche épaisse. Enfin, elle les referma sur une grosse pierre.

— Je te tiens !

Elle se redressa avec un sourire de triomphe. Quelques boucles auburn s'étaient échappées de son chignon, et elle ressemblait à une fille de la campagne épanouie. Nick se souvint aussitôt du soir précédent et de ses baisers, si frais, si spontanés et si ardents. Il ne put s'empêcher de sourire quand elle maintint malicieusement sa prise en l'air, hors de portée de James.

— Izzy ! Donne-le-moi ! implora celui-ci, dressé sur la pointe des pieds, le bras tendu.

— Et pourquoi ? C'est moi qui l'ai sauvé. Il m'appartient de droit.

— Tu n'aimes même pas les tortues !

— Justement, tu devrais m'en être éternellement reconnaissant.

Tout en riant, elle releva les yeux et aperçut alors Nick. Son sourire s'évanouit, et elle jeta aussitôt un coup d'œil à côté d'elle. De toute évidence, elle cherchait Georgiana, qu'elle voulait lui cacher. Une bouffée de colère envahit Nick à la pensée qu'elle ne lui faisait pas confiance.

Mais, en vérité, pourquoi lui aurait-elle fait confiance, puisqu'il s'apprêtait à révéler l'endroit où la jeune fille se trouvait ?

Isabel porta la main à ses cheveux, dans un geste nerveux qu'il commençait à connaître. En même temps, elle laissa distraitement retomber son autre bras, et James se saisit de l'animal tant convoité.

Son changement d'attitude attrista Nick. Il voulait connaître l'Isabel heureuse et souriante. Il en avait assez de la jeune femme sérieuse.

— Bonjour, lady Isabel, dit-il en s'inclinant. Une fois de plus, nous nous rencontrons dans des circonstances... singulières.

Elle esquissa une révérence rapide, plus, sans doute, pour éviter son regard que pour le saluer.

— Bonjour, lord Nicholas. Si vous cessiez de surgir sans avoir été invité, je vous assure que je vous semblerais moins singulière.

— Je ne vous ai jamais traitée de singulière. Unique, oui. Surprenante, à n'en pas douter. Mais certainement pas singulière.

Elle rougit, au grand plaisir de Nick. Mais, se souvenant de la présence de James, il s'accroupit à côté de lui.

— J'aime beaucoup les tortues. Tu sembles avoir là un beau spécimen. Je peux la voir ?

James lui tendit sa protégée avec fierté, et Nick fit mine de la regarder sous toutes les coutures.

— Effectivement, belle bête...

James sourit jusqu'aux oreilles.

— Elle s'appelle George. À cause du roi.

— Je suis sûr que le roi serait très fier d'avoir un tel homonyme.

— J'ai trouvé George au printemps. Izzy et moi, on lui a construit le vivarium. Ça nous a pris plusieurs semaines pour qu'il soit parfait.

Nick reporta les yeux sur Isabel, étonné qu'une jeune femme passe autant de temps à fabriquer un habitat pour une tortue.

— Vraiment ? Quelle excellente initiative !

Manifestement agacée par cette conversation, Isabel croisa les bras en poussant un bruyant soupir. Son geste tendit le tissu de son corsage sur sa poitrine et, tout en se réprimandant, Nick ne put qu'admirer la beauté de ses seins.

— Certes. Mais si nous ne bougeons pas ce vivarium, répliqua-t-elle, ce qui ramena l'attention de Nick sur la situation présente, George va avoir les pieds dans l'eau. La fuite dans le toit le vise directement.

James et Nick suivirent la direction du doigt qu'elle pointait vers le plafond. Effectivement, une immense auréole s'étalait juste au-dessus de l'habitation de George.

— Puisque vous êtes là, lord Nicholas, reprit-elle d'un ton sarcastique, vous allez pouvoir nous prêter un peu de votre force brute.

— Je considère comme un grand compliment que vous me jugiez utile à quelque chose, lady Isabel, riposta-t-il.

Il n'avait pas à être fier du manque de raffinement de sa réponse, il le savait. Mais il remarqua, au moment où elle se retournait vers la caisse de verre, qu'elle esquissait un léger sourire. Elle n'était pas la femme impassible qu'elle s'efforçait de paraître.

— Pose George là-bas, dit-elle à son frère en indiquant une table basse, à l'autre extrémité de la salle. Puis reviens ici pour nous aider.

Après avoir observé de nouveau le plafond, elle reporta son regard sur Nick.

— Je pense que le meilleur choix, ce serait de le déplacer jusqu'à ce coin.

Avec un hochement de tête, Nick se plaça à l'autre bout du vivarium.

— Je suppose que vous ne m'autoriseriez pas à aller chercher Rock pour qu'il prenne votre place ?

— Si j'avais besoin d'aide, St. John, j'appellerais un valet de pied.

— Oui, je n'en doute pas, répliqua Nick avec ironie.

Qui donc convoquerait-elle parmi son personnel hétéroclite ? Jugeant plus judicieux de ne pas insister, Nick appliqua son épaule contre la caisse et poussa. Seigneur, ce monstre pesait une tonne !

Ce fut lui qui exécuta le plus gros de la poussée, tandis qu'Isabel utilisait ses forces pour guider le vivarium à l'emplacement choisi. James, qui n'avait pas lâché sa tortue, les regardait.

Soudain, alors que Nick reprenait son souffle, un formidable fracas retentit derrière lui. D'un bond, il se retourna. Un énorme morceau du plafond, détrempé par la pluie violente de la nuit, venait de tomber à l'endroit exact où tous se tenaient quelques instants plus tôt.

Abasourdis, ils observèrent en silence le nuage de poussière qui s'élevait du monceau de plâtre, jusqu'au moment où Isabel laissa échapper un profond soupir.

— Je suppose que cela devait arriver tôt ou tard. À présent, vous comprenez pourquoi je réparais le toit hier, lord Nicholas. James, va retrouver ta gouvernante. Je ne pense pas que vous utiliserez la salle d'étude aujourd'hui.

Le jeune garçon cligna des yeux, incertain. Mais la perspective de passer les heures suivantes avec sa gouvernante, et dans un lieu inédit, eut raison de son hésitation. Après avoir replacé George dans son vivarium, il s'élança hors de la pièce, laissant Nick et Isabel face au chaos.

Sous les yeux de Nick, la tortue émergea de sa carapace et se mit à déchiqueter la feuille la plus proche, qu'elle mâchonna béatement, indifférente aux bouleversements extérieurs.

Que n'aurait-il donné pour être une tortue !

Il reporta son attention sur Isabel, qui fixait le trou béant dans le plafond. C'est alors qu'il la vit : une larme, unique, qui descendait le long de sa joue. Elle l'essuya aussitôt, si rapidement qu'on aurait pu croire qu'elle n'avait jamais existé.

Hélas, il l'avait bel et bien vue.

— Isabel... commença-t-il avec, dans la voix, une hésitation dont il n'était pas coutumier.

Après avoir pris une profonde inspiration, elle se tourna vers lui.

— Il n'y a pas grand-chose que nous puissions faire pour le moment, n'est-ce pas ? Espérons simplement que la pluie s'arrêtera avant que nous soyons obligés d'aménager une salle de bains ici.

À cet instant, il comprit à quel point et pourquoi il admirait cette femme. Toutes celles qu'il avait connues, depuis sa mère jusqu'à ses différentes maîtresses, usaient des larmes comme d'un moyen de manipulation.

Isabel, elle, les cachait.

Nick aurait voulu l'attirer à lui, lui offrir une occasion de laisser tomber sa garde. Elle avait d'immenses responsabilités, et il ne pouvait la blâmer de se sentir submergée. Mais son intuition lui souffla qu'elle refuserait qu'il évoque son accès de faiblesse. Aussi s'abstint-il.

— On installe des salles de bains dans les plus grandes maisons de Londres, répondit-il. Les gens dépensent de petites fortunes pour ça. Vous seriez à la pointe de la mode.

Lorsque leurs regards se croisèrent, celui d'Isabel exprimait un mélange de soulagement et de gratitude.

— Dans ce cas, n'avons-nous pas de la chance d'avoir un toit aussi accommodant ?

Le gloussement dont elle ponctua sa phrase était communicatif. Il s'esclaffa, et tous deux rirent ensemble, complices, pendant quelques instants.

Lorsqu'il recouvra son sérieux, Nick dut se rendre à l'évidence : il aimait beaucoup cette femme. Beaucoup plus qu'il n'aurait voulu l'admettre.

Cette pensée avait de quoi le dégriser. Car un tel sentiment, c'était la douleur assurée – voire les fers aux pieds.

Il s'éclaircit la gorge.

— Je m'interrogeais sur la nervosité de James concernant votre sécurité... Je vois à présent qu'il a des raisons d'être inquiet. Vous semblez avoir un don pour attirer le danger.

— James s'inquiète pour ma sécurité ? s'exclama-t-elle.

— Pour la vôtre, pour celle de votre gouvernante, de Lara... « Les filles », comme il vous désigne. Isabel, poursuivit-il en la voyant détourner aussitôt les yeux, y a-t-il quelque chose que vous devriez me dire ?

Si seulement elle voulait bien lui parler, lui révéler l'ampleur et la teneur de ses préoccupations... Alors, il ferait tout ce qui était en son pouvoir pour l'aider. Mais il fallait d'abord qu'elle lui accorde sa confiance.

Évidemment, elle garda le silence. Après avoir traversé la salle pour aller chercher un seau, elle commença à ramasser les gros éclats de plâtre qui avaient été projetés un peu partout sur le sol.

— Isabel... Je peux vous aider, s'entendit-il dire, néanmoins conscient qu'il aurait dû s'abstenir.

— Qu'est-ce qui vous fait penser que nous avons besoin d'aide ? riposta-t-elle d'un ton qui se voulait léger.

Il s'accroupit en face d'elle et lui saisit le poignet.

— Ne m'obligez pas à insister. Je sais que quelque chose ne va pas.

Elle baissa les yeux sur l'endroit où ils se touchaient. Quand elle les releva, il y vit briller une lueur d'acier.

— Vous n'avez que trop insisté, monsieur. Ce qui ne va pas, c'est simplement qu'il y a un toit en mauvais état et un visiteur qui refuse de partir. Arrêtez d'essayer de nous comprendre. Nous ne sommes pas votre problème, lord Nicholas, et il vaudrait mieux pour nous deux que vous cessiez de prétendre le contraire.

Un silence suivit sa tirade, durant lequel elle retira sa main et reprit son nettoyage.

— Je suis capable de prendre soin de nous, finit-elle par dire. Je l'ai toujours fait.

— Je n'ai jamais suggéré le contraire.

— Si, répliqua-t-elle. Comme tout le monde. Mais il y a des années que je porte la maison à bout de bras. Je serai encore ici longtemps après votre départ. Avec les fuites dans le toit, un comte encore enfant, et tout le reste.

Sa poitrine s'élevait et s'abaissait à un rythme rapide, trahissant son exaspération. Nick prononça les premiers mots qui lui vinrent à l'esprit – ceux qu'il aurait dû garder pour lui.

— Laissez-moi vous aider.

— Vous voulez m'aider ? répliqua-t-elle, haletante, les yeux plissés. Évaluez ces maudites statues !

Elle lui tourna le dos, et Nick resta immobile, les poings serrés.

Il se passait quelque chose dans cette maison. Lui qui avait triomphé d'innombrables ennemis – d'hommes capables d'infliger des tortures avec une précision scientifique, de femmes au cœur froid, de scélérats abusant de leur fortune et de leur pouvoir – était persuadé de pouvoir vaincre les démons qu'Isabel affrontait. Il était capable de sauver cette fille et ce domaine.

Mais pourquoi était-ce si important à ses yeux ? Il y avait quelque chose chez cette femme, dans cette maison, dans cet endroit, qui lui donnait envie de rester, alors que durant toute sa vie le plus petit risque de stabilité, de responsabilité, et même de séjour un peu prolongé, l'avait fait se précipiter vers une nouvelle aventure.

Il ne la quitterait pas. Pas avant de s'être assuré que les éventuels dangers qui la menaçaient étaient écartés.

Il devait la convaincre de l'autoriser à faire ce pour quoi il était le plus doué. Mais il fallait que l'un d'eux cesse de mentir. Il décida donc de lui révéler la vérité – du moins en partie.

— Bonté divine, Isabel… Je suis au courant, pour les filles.

11

Leçon numéro quatre

Enrôlez des alliés !

Courtiser votre gentleman, c'est mener une guerre tambour battant. Pour vous assurer la victoire, vous aurez besoin de tactiques éprouvées et d'un bataillon d'hommes (ou de femmes) de confiance. Des alliances stratégiques seront nécessaires... Non, indispensables ! Réfléchissez aux amis, à la famille, aux domestiques et à tous ceux qui pourraient favoriser un rapprochement entre lui et vous. Ne négligez pas l'influence d'une hôtesse ou d'un hôte bien disposé : un vrai gentleman ne fera jamais la sourde oreille lorsqu'on lui suggérera une valse. D'une danse dans la salle de bal à une promenade dans le jardin, il n'y a qu'un pas, et du jardin où résonnent les échos du bal... l'église et l'autel ne sont plus loin du tout !

Pearls and Pelisses, *juin 1823*

Contrairement à ce qu'elle avait imaginé, ce fut un sentiment de calme qu'Isabel éprouva lorsque Nick lui annonça avoir découvert Minerva House.

Elle s'était attendue à être saisie de panique ou contrainte de nier ce qu'il avait vu.

Mais, quand il la regarda droit dans les yeux en déclarant qu'il n'ignorait plus rien de la présence des filles, elle éprouva un réel soulagement. Elle en avait assez de se cacher de lui et de redouter qu'il ne découvre leurs secrets d'une manière ou d'une autre. Rétrospectivement, elle se jugeait bien sotte d'avoir imaginé pouvoir lui cacher la vérité.

— Vous avez un majordome féminin, des valets féminins et un garçon d'écurie féminin…

À ces mots, elle se releva et frotta ses mains grises de plâtre l'une contre l'autre.

— J'ai un *responsable* d'écurie féminin.

— Votre maison n'est composée que de femmes, poursuivit-il sans prêter attention à sa correction.

— Pas entièrement.

— Entièrement moins combien ?

— Moins un.

Quand il détourna le visage, Isabel remarqua que la cicatrice, sur sa joue, avait blanchi. Tout en portant une main à sa nuque, il leva les yeux au plafond.

— Votre frère, bien sûr.

— Le comte, répliqua-t-elle, car il lui parut important de souligner son titre.

— Un comte de dix ans.

— Quelle importance ? Il est tout de même le comte !

— Cela veut dire qu'il n'y a personne pour vous protéger !

Les mots résonnèrent dans la salle, surprenant Isabel par leur force. Aussitôt, la colère s'empara d'elle. De la colère contre la réalité que ces mots lui renvoyaient au visage, contre le monde entier, contre cet homme qui ne la connaissait pas depuis trois jours et qui, pourtant, persistait à proclamer qu'elle avait besoin d'être protégée et qu'elle était bien incapable de s'occuper de son frère, des filles et de sa propre personne.

— Vous pensez peut-être que je n'ai pas conscience de notre situation ? Que je ne vois pas les risques que nous prenons ? Que s'il y avait une solution, je ne l'aurais pas trouvée ? riposta-t-elle en s'efforçant de retenir des larmes de fureur. Je ne vous ai jamais demandé votre aide, lord Nicholas ! Je ne vous ai jamais demandé de me protéger.

— Je le sais, Isabel. Vous n'oseriez pas me demander de l'aide. Vous avez trop peur de révéler votre faiblesse.

— Si je ne vous demande pas votre aide, c'est peut-être parce que, trop souvent, ce sont *des hommes* que nous avons besoin d'être protégées. Y avez-vous réfléchi ?

Elle regretta aussitôt ses paroles, qui tombèrent entre eux comme une pierre. Il ne les méritait pas. Il ne faisait pas partie de ces hommes-là, elle le savait. Ce qui ne l'empêchait pas d'être infiniment plus dangereux qu'eux...

— Je suis désolée.

Il scruta son visage un long moment avant de reprendre :

— Il n'est pas très difficile de s'apercevoir qu'il s'agit de femmes. Mais qui sont-elles ? Pourquoi sont-elles ici ?

Isabel secoua la tête.

— Vous ne pouvez pas croire sérieusement que je vais vous répondre.

— Ce sont des criminelles ?

— J'imagine qu'il y en a certaines que vous considéreriez comme telles...

Elle se montrait injuste, mais ne pouvait s'en empêcher. Elle était comme hypnotisée par le mouvement de ses poings, qu'il serrait et desserrait lentement.

— Certaines sont simplement des filles qui avaient besoin de s'échapper.

— Si vous cachez des criminelles, Isabel, vous risquez la prison.

Elle ne répondit pas, aussi reprit-il lentement :

— Il y a peut-être des personnes qui les recherchent... C'est la raison pour laquelle vous gardez leur présence secrète.

Il avançait peu à peu vers la vérité, mais Isabel ne lui ferait pas le plaisir de la reconnaître.

— Les statues... La nécessité de trouver de l'argent... Ce n'est pas simplement pour James, mais aussi pour elles.

— Je n'ai jamais prétendu le contraire.

— C'est vrai. Vous avez simplement omis de dire la vérité.

— Cette vérité ne vous regarde pas.

— Il semblerait que je sois néanmoins impliqué dans cette affaire.

— Je ne vous l'ai jamais demandé.

Au lieu de répondre, il détourna le visage vers la fenêtre. Isabel ne voyait plus que son profil, celui que marquait la balafre. Celle-ci paraissait d'autant plus blanche et implacable que les traits de Nick étaient figés.

Il resta ainsi un long moment, sans parler. Isabel était sur le point de devenir folle quand, enfin, il déclara :

— Vous pouvez avoir confiance en moi.

« Confiance »... Quel joli mot !

Il y avait quelque chose en lui – sa force, son caractère, la manière dont il la regardait avec patience et honnêteté –, qui donnait désespérément envie à Isabel de le croire. Si seulement elle avait pu placer sa confiance, ses protégées, sa maison, tout ce qu'elle possédait, entre ses mains et lui demander de l'aider !

Mais c'était impossible, elle ne le savait que trop bien.

Isabel avait vu ce qui arrivait lorsque des hommes aux belles paroles et aux bras musclés se lassaient de la femme qui partageait leur existence. Elle avait été témoin de la désertion de son père, qui n'avait laissé à sa mère qu'un domaine menacé par la ruine et un cœur brisé.

Si elle s'appuyait sur Nick maintenant, elle ne survivrait pas à son départ.

— Vous m'avez impliqué dans votre monde, Isabel, que cela vous plaise ou pas, reprit-il. Je mérite de connaître la vérité.

Mais elle secoua la tête. Ce lord, avec sa force, ses certitudes, ses... baisers, était plus dangereux pour elle que des légions d'hommes comme son père.

— Ainsi, vous ne voulez rien me dire ?

— Non.

— Vous n'avez donc pas confiance en moi.

— Je... je ne peux pas.

Une flamme dangereuse s'alluma dans son regard, et Isabel regretta ses paroles.

Il se rapprocha d'un pas et, d'une voix basse et grave, déclara :

— Croyez bien que je finirai par découvrir la vérité. Je suis un excellent chasseur.

Isabel n'en doutait pas, mais elle refusa de le montrer.

— Oh, pour l'amour du Ciel ! répliqua-t-elle. Vous croyez donc que les filles vont s'épancher et tout vous raconter ?

— Elles ne seraient pas les premières femmes à le faire, fit-il remarquer avec un imperceptible sourire.

L'idée que des femmes s'étaient épanchées auprès de lui déplut à Isabel. Elle ne répondit pas.

— Bon. Il en sera donc ainsi... Izzy.

En entendant son surnom d'enfant dans sa bouche, elle eut l'impression très désagréable d'être mise à nu. Elle carra les épaules.

— Apparemment.

— Parfait. Dans ce cas, que la chasse commence.

— Cela simplifie les choses, non ?

— Les filles seront certainement heureuses de ne plus avoir à se montrer aussi prudentes.

Isabel dévisagea tour à tour Gwen et Jane, persuadée qu'elles avaient perdu la tête.

— Je pense que vous n'avez pas bien compris. Ce n'est pas du tout une bonne chose ! Lord Nicholas sait que nous cachons des femmes ici. Il a découvert l'existence de Minerva House. C'est une catastrophe.

Après avoir retiré une feuille de papier et un encrier d'un petit tiroir, Isabel s'assit à la longue table qui occupait le centre de la cuisine.

— Il faut que je trouve un abri pour chacune de vous. Je vais vous écarter de Townsend Park tant que tout ne sera pas réglé. Je suis sûre que je peux faire appel à une demi-douzaine de foyers pour accueillir une fille ou deux.

À ces mots, un silence s'abattit dans la pièce, troublé uniquement par le grattement de sa plume sur le papier. Gwen et Jane échangèrent un regard avant de se tourner vers Kate, l'implorant muettement d'intervenir.

— Isabel... Peut-être que vous devriez réfléchir encore avant de prendre une décision aussi drastique.

— Elle n'est pas du tout drastique. C'est la seule mesure intelligente qui s'offre à nous. Ce n'est qu'une question de temps avant que lord Nicholas ne découvre comment et pourquoi vous êtes arrivées ici. Que se passera-t-il, alors ? Croyez-vous que Margaret pourrait prendre une fille ou deux ?

— Margaret a vécu ici. Bien sûr qu'elle accueillerait des filles. Mais est-ce nécessaire ? Pourquoi ne pas simplement attendre la vente des statues pour déménager tout le monde ?

Isabel secoua la tête.

— Il est trop tard.

— Vous ne pensez quand même pas que lord Nicholas va révéler où nous sommes ? demanda Kate avec incrédulité.

— Je le pense bel et bien, rétorqua Isabel, sans lever les yeux de sa feuille. Pourquoi nous soutiendrait-il ?

— Non, dit Kate. Je ne peux pas le croire.

— C'est absurde ! renchérit Gwen. Il est clair que lord Nicholas est un homme bon...

Isabel cessa d'écrire pour la regarder avec stupéfaction.

— Que peux-tu en savoir ? Tu ne l'as même pas rencontré !

— Eh bien, je l'ai *vu*. Et je l'ai entendu quand il était avec vous. Ajouté à son désir de nous aider, cela suffit à me faire une opinion.

— Je crois que ce que Gwen essaie de dire, commença Jane avec circonspection, c'est qu'il ne paraît pas être un mauvais homme. Après tout, il est venu évaluer votre collection sur une simple invitation, et sans contrepartie. Une telle générosité est rarement le fait d'un être infâme.

— Qu'en sais-tu ? s'exclama Isabel. Après tout, il pourrait être n'importe qui ! Qui nous dit qu'il n'est pas...

Elle s'interrompit, à la recherche de la pire espèce d'individu à invoquer, tandis que les filles l'observaient avec un sourire en coin.

— Oui ? fit Jane.

— Ça pourrait être un proxénète ! lâcha Isabel, en fendant l'air de son index pour ponctuer son propos. Un pervers !

Jane émit un grognement ironique. Quant à Kate, elle leva les yeux au ciel.

— Ce n'est pas un proxénète, Isabel. C'est un homme désireux de nous aider, et il se trouve que nous avons besoin d'aide.

— Il se trouve aussi que c'est l'un des « lords londoniens à conquérir », ne l'oublions pas, rappela Gwen.

— Tout à fait vrai, acquiesça Kate.

— Oh, si seulement je n'avais jamais entendu parler de cet article ridicule ! se lamenta Isabel. Je ne serais pas dans ce pétrin ! Mon Dieu, ajouta-t-elle en voyant l'air penaud de ses compagnes, vous pensez que je devrais lui courir après...

— Peut-être que vous pourriez au moins essayer de suivre l'une des leçons. La leçon numéro trois, par exemple, suggéra Gwen avec espoir.

— Courtiser lord Nicholas St. John n'est certainement pas la solution !

— Pour l'amour du Ciel, Isabel, déclara Jane. Vous avez un gentleman généreux, riche...

— Et beau, souligna Gwen.

— Exact, approuva Jane. Nous avons donc un gentleman généreux, riche, beau, qui semble vouloir se montrer gentil et serviable – malgré vos efforts pour le décourager –, et dont il se trouve qu'il s'intéresse à notre situation. Laquelle situation, ajouterai-je, peut précisément être résolue par l'intérêt d'un riche gentleman. En conséquence, à mes yeux, courtiser St. John est vraiment la meilleure solution à nos problèmes.

— Pour ne rien dire du fait que vous n'avez plus guère le choix, renchérit Kate. C'est sans doute la seule chance que vous ayez de conserver Minerva House.

Isabel regarda tour à tour sa majordome et sa responsable d'écurie.

— Je croyais que vous ne vouliez rien avoir à faire avec cette gazette idiote et ses règles stupides, vous deux !

Elles eurent la bonne grâce de paraître contrites.

— C'était avant que ça nous semble être le meilleur moyen de conserver un toit sur notre tête, objecta Jane.

— Lord St. John est un riche gentleman qui se trouve connaître le Tout-Londres ! répliqua Isabel. Et si jamais il connaissait ton père, Kate ? Ou l'homme que tu as volé, Jane ?

Mais Kate secoua la tête.

— D'abord, je doute vraiment que votre beau lord connaisse ma brute de père. Ensuite, si nos espoirs sont confirmés, je n'aurai plus de souci à me faire.

— Ce n'est « mon beau » rien du tout, protesta Isabel, les yeux plissés.

— Ce n'est pas ce que Gwen prétend, fit remarquer Kate, ce qui provoqua les gloussements des deux autres.

Isabel résista à l'envie de les étrangler toutes les trois. Elles ne pouvaient donc pas prendre l'affaire sérieusement ? C'était pour assurer leur sécurité qu'elle protégeait si soigneusement Minerva House depuis le début. C'était pour elles qu'elle s'acharnait à dissimuler la véritable fonction de la maison et l'identité de ses occupantes.

— Isabel, reprit Kate, nous savons que vous avez passé une grande partie de votre vie à essayer de nous protéger. Outre la sécurité, vous nous avez donné du courage, et vous nous avez permis de retrouver foi en nous-mêmes et dans le monde. Nous comprenons ce que vous ressentez, mais il faudrait plus qu'un homme au courant…

— Deux hommes, corrigea Isabel.

— … plus que deux hommes au courant de la particularité de Minerva House pour nous abattre.

— Nous ne vous quitterons pas, déclara Kate.

— Vous partirez, rétorqua Isabel, qui ne voyait pas l'intérêt d'en débattre.

Mais Kate se raidit.

— Eh bien, je ne peux pas m'exprimer au nom des autres, mais moi, je reste avec vous.

De l'autre côté de la table, Kate dardait son regard vert sur Isabel. Elle avait été la plus jeune des filles à arriver à Minerva House. À peine âgée de quatorze ans, elle avait gravi les marches du manoir, escortée d'un chien efflanqué, et frappé à la porte. Il avait suffi à Isabel d'un coup d'œil à son menton relevé avec défi pour être convaincue que cette fille devait rester.

Cinq ans après, c'était la force de Kate qui insufflait du courage aux autres filles ; c'était son investissement dans son travail qui leur montrait la voie à suivre. Il n'y avait pas plus loyal que Kate qui, la mâchoire serrée comme en cet instant, était prête à risquer sa vie pour sauver n'importe laquelle d'entre elles.

Isabel reposa sa plume.

— À présent, reprit Jane, pourquoi ne pas nous dire ce que vous pensez vraiment de ce lord Nicholas ?

L'écho de sa question se prolongea dans la cuisine. Isabel baissa les yeux sur la table autour de laquelle elles étaient réunies. Du bout du doigt, elle suivit une entaille particulièrement profonde creusée dans le bois, s'interrogeant distraitement sur son origine, tout en réfléchissant à une réponse appropriée.

Que pensait-elle de lui, en vérité ?

En toute honnêteté, il n'avait rien fait pour justifier sa méfiance.

Rien, hormis lui sauver la vie à deux reprises, accepter d'évaluer sa collection, se montrer amical envers son frère et offrir d'assurer leur sécurité.

Et puis, il l'avait embrassée.

Si Isabel voulait se montrer sincère, il avait fait davantage pour mériter sa confiance en trois jours que n'importe quel autre homme durant vingt-quatre ans.

Isabel soupira. Elle était bien en peine de penser quoi que ce soit.

— Je suppose que je l'apprécie...

L'irruption de Lara et de Rock lui épargna la peine de poursuivre. Ils entrèrent en riant, venant de l'extérieur. Lara était enveloppée dans l'immense pardessus de Rock, dont elle se débarrassa pendant qu'il refermait la porte sur le vent et la pluie qui menaçaient de ne jamais cesser.

Après un coup d'œil circulaire dans la pièce, Lara remarqua la mine grave de ses compagnes.

— Que se passe-t-il ?

— Lord Nicholas a découvert l'existence de Minerva House, répondit Jane.

— Comment l'a-t-il découverte ? demanda Lara, tout en écartant les mèches trempées qui collaient à son visage.

— Il le sait depuis hier, révéla Rock.

— Tout est de ma faute, dit Isabel. Si je ne vous avais pas invités ici…

— Non, protesta Lara. Si tu ne les avais pas invités, nous n'aurions aucune chance de sauver Minerva House.

— Il veut tout savoir.

— Et que vas-tu faire ?

— Je ne sais pas.

— Elle a avoué qu'elle l'appréciait, annonça Kate.

— Kate ! s'écria Isabel en rougissant, avant de jeter un coup d'œil à Rock, qui fit de son mieux pour feindre de n'avoir rien entendu.

— Mais c'est formidable ! déclara Lara, sans dissimuler son excitation. Grâce à cette pluie, ce sera bien plus facile de l'attraper !

Comme Rock toussotait, Isabel eut la nette impression qu'il aurait voulu disparaître.

— Je n'ai pas décidé de « l'attraper », lui assura-t-elle.

— Je n'ai rien dit, répliqua-t-il avec un demi-sourire.

Isabel, elle, ne put réprimer une grimace. Est-ce que tous, dans cette pièce, la prenaient pour une folle ? Jamais elle n'avait été aussi indécise quant à ce qu'elle devait faire. Elle n'aimait pas ce doute nouveau introduit par la présence d'hommes dans son existence.

Ce fut Rock qui rompit le silence.

— Si je peux me permettre...

Si Isabel n'avait pas été aussi préoccupée, elle se serait amusée de son ton hésitant.

— Je vous en prie. Personne ici ne semble hésiter à me donner son opinion.

— À mon avis, Nick n'a pas très bien pris votre réserve.

— Vous avez raison. En fait, il a menacé de chercher la vérité lui-même. Je ne comprends pas, ajouta-t-elle, pourquoi il est incapable de s'occuper de ses affaires.

— Nick a toujours été comme ça, répondit Rock avec un petit rire. Surtout lorsque de belles femmes sont concernées.

Sans se laisser distraire par les tentatives de protestation d'Isabel, il ajouta :

— Ce qui l'irrite, c'est que vous refusiez de partager vos secrets. Et s'il ne les connaît pas, il ne pourra pas les protéger.

— Comment puis-je être sûre qu'il les protégera ?

Rock eut un geste de recul, comme s'il avait reçu un coup.

— Lui avez-vous dit ça ?

— En quelque sorte.

— Je suppose qu'il ne l'a pas bien pris non plus.

— Non.

— Il y a peu de choses dont je sois sûr, lady Isabel. Mais je peux vous assurer que si lord Nicholas St. John a juré de se battre à vos côtés, il le fera.

— Je n'ai jamais dit... commença-t-elle, aussitôt mortifiée.

— C'est pourtant l'impression que ça donne, Isabel, intervint Lara. Monsieur Durukhan, aimeriez-vous un peu de thé ?

— Volontiers, mademoiselle Caldwell, répondit Rock, qui lui accorda alors toute son attention. Je vous remercie.

Isabel observa Lara qui, tout en remplissant une tasse pour l'immense Turc, relevait les yeux avec un léger sourire. Quand ce dernier le lui rendit, quelque chose se gonfla dans sa poitrine – le désir de connaître un tel moment de douceur. L'intérêt timide que Lara et Rock éprouvaient manifestement l'un pour l'autre avait quelque chose d'attendrissant.

Mais Rock ne tarda pas à revenir à Isabel.

— Vous devez faire ce que vous jugez préférable pour votre maison et pour vos compagnes, bien sûr. Mais rappelez-vous bien que Nick est un allié précieux. Et qu'il comprend la gravité des secrets. Il n'aimerait pas me l'entendre dire, mais lui-même n'est pas sans en avoir quelques-uns.

Isabel ne fut pas surprise. Lord Nicholas St. John avait quelque chose de profondément captivant – un mystère semblait rôder sous la surface qu'il montrait au monde, un côté sombre dont elle avait été directement témoin lorsqu'il l'avait tenue dans ses bras.

De là venait cette impression de familiarité qui lui avait fait croire, après toutes ces années où elle avait jugé le monde hostile, que quelqu'un pouvait peut-être la comprendre et lui venir en aide.

Et si elle pouvait lui faire confiance ?

Encore fallait-il qu'elle n'ait pas découragé sa bonne volonté.

— Il doit être en colère contre moi, je le crains.

— Nick n'est pas du genre à rester longtemps en colère, répliqua Rock avec un sourire encourageant.

— Je vais tout lui dire. Vous comprenez bien, continua-t-elle comme les autres se contentaient de l'observer en silence, que cela va tout changer. Et qu'une fois qu'il sera au courant, ce sera irréversible.

Elle prit une profonde inspiration, comme pour se préparer à la bataille qu'elle allait livrer.

— Je ne le fais pas pour moi. Je le fais pour Minerva House, pour James, pour le domaine. Pas pour moi.

Il lui fallait le croire de toutes ses forces, sous peine de perdre la tête.

— Il peut nous aider, affirma Lara qui, par-dessus la table, prit la main d'Isabel dans la sienne.

Après avoir regardé sa cousine un long moment, Isabel se tourna vers Rock. Il rivait sur elle son regard sombre, sérieux, comme s'il jaugeait son caractère. Enfin, il inclina la tête.

— Vous êtes précisément le genre de femme qu'il lui faut.

— Oh… Je ne suis pas… protesta-t-elle en rougissant.

— Peut-être pas. Mais il n'empêche que vous l'êtes.

À ces mots, l'estomac d'Isabel se contracta, et un accès de nervosité la saisit. Mais elle ne pouvait plus faire machine arrière, à présent. Elle se leva et, très droite, se dirigea vers la porte, prête à partir à la recherche de Nick.

— Isabel ? lança Gwen. Montrez-vous intéressée par son travail, lui conseilla-t-elle lorsque Isabel se fut retournée vers elle. Les hommes aiment les femmes qui partagent leurs passions.

Isabel partit d'un rire bref.

— *Pearls and Pelisses* ? Encore et toujours ?

— Ça a bien marché jusqu'à présent, assura Gwen en souriant.

— Et même, brillamment marché ! rétorqua Isabel, sarcastique.

— Eh bien, les résultats seraient meilleurs si vous suiviez plus attentivement les conseils des articles. Et n'oubliez pas : restez tout près de lui !

Isabel leva les yeux au plafond, implorant le Ciel de lui donner de la patience.

— Bon, j'y vais.
— Bonne chance ! lui lança Gwen.
Isabel pivota. Si seulement *Pearls and Pelisses* avait proposé « Comment présenter ses excuses à un lord en dix leçons » !

12

Leçon numéro cinq

Intéressez-vous à ce qui plaît à votre lord.

Une fois acquise l'attention de votre gentleman, il vous faut songer à l'accompagner dans ses inclinations. Tout grand homme cultive quelque passion masculine, mais souvenez-vous qu'en dépit de votre condition de femme, il existe toujours un moyen de lui manifester votre intérêt dans ce domaine.

Votre lord aime les chevaux ? Peut-être aimerait-il une couverture brodée sur laquelle poser sa selle !

Et surtout, chère lectrice, ne craignez pas d'être proche de lui !

Pearls and Pelisses, *juin 1823*

Debout à l'entrée de la salle des statues, Isabel regardait Nick en train de travailler.

La tempête baignait les lieux d'une lueur verdâtre et, avec les coups de tonnerre et le sifflement du vent, il ne l'avait pas entendue arriver. Était-ce dû à la lumière, à la tension qui raidissait son corps ou aux objets qui l'environnaient ? Toujours est-il qu'il lui semblait immense alors même que, penché sur un carnet, il griffonnait des notes.

Elle n'avait jamais rencontré un tel homme. Avec sa haute taille, ses larges épaules, ses longues jambes musclées, il ressemblait aux statues de marbre qui l'entouraient – ces belles et anciennes sculptures conçues pour célébrer la perfection des formes.

Alors qu'elle l'observait, une boucle épaisse tomba sur son front et frôla la monture argentée de ses lunettes. C'était la première fois qu'elle le voyait avec des lunettes. Elles apportaient une note incongrue à l'apparence de cet homme impressionnant et le rendaient encore plus séduisant.

« Depuis quand des lunettes donnent-elles du charme ? » se morigéna-t-elle aussitôt.

Et depuis quand trouvait-elle séduisant cet homme-là ?

Sa nervosité s'accrut encore. Il provoquait en elle des réactions si contradictoires ! Elle souhaitait son départ et, l'instant d'après, elle voulait qu'il reste ici aussi longtemps que possible.

Il releva alors la tête et l'aperçut. Leurs regards se croisèrent, se soutinrent, mais il n'esquissa aucun geste, attendant qu'Isabel prenne l'initiative. Elle finit par entrer dans la salle et referma la porte derrière elle.

Après avoir ôté ses lunettes, qu'il déposa sur le piédestal d'une grande statue noire, il s'adossa à celle-ci, les bras croisés.

« Intéressez-vous à ce qui plaît à votre lord... », se rappela Isabel.

S'arrêtant à quelques pas de lui, elle leva les yeux vers la statue.

— C'est un beau marbre. L'avez-vous identifié ?

— Il s'agit d'Apollon, répondit-il, sans suivre la direction de son regard.

— Vraiment ?

Sa propre voix, trop aiguë, lui écorcha les oreilles. Elle s'éclaircit discrètement la gorge avant de reprendre :

— Comment le savez-vous ?

— Je suis expert en antiquités.

— Je vois... Je suppose que je vous dois une réponse à une question, à présent ?

— Je me suis fatigué de ce jeu, répliqua-t-il en reportant les yeux sur son carnet.

— Nick...

Isabel fut tout aussi surprise que lui de s'entendre prononcer son prénom. Après avoir reporté son attention sur elle, il attendit de nouveau. Les yeux rivés sur l'endroit où la peau bronzée de son cou disparaissait sous le col de sa chemise, Isabel finit par murmurer :

— Je suis désolée... Je n'ai jamais parlé à personne de Minerva House. C'est ainsi que nous désignons la maison, ajouta-t-elle comme il gardait le silence. Et les filles qu'elle accueille.

Elle s'interrompit, pensant qu'il lui poserait des questions. Mais il n'en fit rien. La gorge toujours serrée, incapable de soutenir son regard, elle s'obligea à poursuivre :

— Nous n'avions rien. Mon père était parti et ma mère, tombée malade, déclinait de plus en plus... Elle refusait de manger et de nous voir pendant des jours entiers. Et quand elle acceptait...

Isabel déglutit avec peine. Elle ne pouvait pas lui raconter cela.

— Les domestiques n'étaient plus payés. Je suis à peu près certaine qu'ils nous volaient. Et puis, un jour, ils sont partis.

— Quel âge aviez-vous ?

— Dix-sept ans. Jane a été la première à venir, continua-t-elle après un instant. Elle avait besoin d'un travail et d'un toit. Moi, j'avais besoin de quelqu'un pour m'aider. Elle était intelligente, forte, pleine de bonne volonté. Et elle avait des amies dans la même situation qu'elle. En quelques mois, une demi-douzaine de filles sont arrivées. Toutes cherchaient à échapper à quelque chose : à la pauvreté, à leur famille, à un homme... Je suppose que, moi aussi, je cherchais à échapper à quelque chose.

» C'est grâce à elles que le domaine a pu survivre, tant bien que mal. Elles élevaient des chèvres, nettoyaient les écuries, cultivaient la terre. Elles travaillaient aussi dur que les hommes que nous avions auparavant. Plus dur, même.

— Et vous avez gardé le secret sur leur présence ?

— Ce n'était pas difficile, répondit-elle en trouvant enfin le courage de relever les yeux. Mon père n'était jamais là. Il continuait à jouer et, quand il s'est trouvé à court d'argent, il a fini par vendre tout ce que contenait notre maison londonienne, puis la maison elle-même.

— Et votre mère ?

Isabel secoua la tête et se mordit la lèvre.

— Elle n'a plus jamais été la même, après son départ... Elle est morte peu après l'arrivée de Jane.

Il tendit alors la main vers elle.

Isabel ne lui opposa aucune résistance, tout en sachant qu'elle avait tort de s'abandonner à son étreinte. Mais comment résister à la force, à la chaleur dont il l'entourait ? Depuis combien de temps n'avait-elle pas été celle qu'on enlaçait ? Qu'on réconfortait ?

— Pourquoi faites-vous cela ? demanda-t-il.

Isabel ne feignit pas de ne pas comprendre.

— Elles ont besoin de moi, répondit-elle en tournant la tête, posant son oreille contre la laine sèche de sa redingote.

Et, tant qu'elles avaient besoin d'elle, il lui était plus facile d'oublier qu'elle était seule...

Il émit un grognement léger, encourageant, qui l'incita à poursuivre.

— Elles sont une bonne dizaine à être sorties d'ici pour devenir couturières, gouvernantes, ou pour fonder une famille. L'une d'elles possède une pâtisserie à Bath. Elles n'avaient rien lorsqu'elles sont venues vers moi...

— Et vous leur avez donné quelque chose.

Isabel resta un long moment silencieuse, avant de se dégager de son étreinte. Il ne tenta pas de la retenir, et elle en éprouva un pincement de regret.

— Je n'ai jamais rien fait d'autre de bien. Je n'ai pas pu empêcher mon père de partir... et d'emporter ma mère avec lui. Je n'ai pas réussi à maintenir le domaine à flot. Mais j'ai été capable d'aider ces filles.

Dans son regard clair, attentif, elle vit qu'il comprenait.

— J'ai peur, avoua-t-elle à voix basse.

— Je le sais.

— Je ne peux pas espérer que Densmore nous soutiendra, ni qu'il consentira à garder le secret.

— Isabel... Qui sont ces filles dont vous craignez tant qu'elles ne soient découvertes ? demanda-t-il, choisissant visiblement ses mots avec soin.

Comme elle ne répondait pas, il insista :

— Sont-elles mariées ?

— Certaines, oui. Elles ont bravé la loi pour venir ici.

— Et vous, vous contrevenez à la loi pour les cacher.

— Oui.

— Vous mettez en danger la réputation de James, vous le savez. Et il y a déjà beaucoup de scandales attachés au nom qu'il porte.

— Bien sûr que je le sais ! s'écria-t-elle.

— Vous ne pouvez pas porter seule ce fardeau, déclara-t-il avec un mélange d'exaspération et de sollicitude. Il est trop lourd pour vous.

— Que suggérez-vous que je fasse ? répliqua-t-elle en enveloppant son buste de ses bras, comme pour se protéger. Je ne les abandonnerai pas.

— Vous n'y êtes pas obligée. Il y a certainement des moyens...

— Parce que vous croyez qu'en sept ans, je n'ai pas exploré toutes les issues possibles ? Qui prendra le risque d'accueillir une femme qui a quitté son mari ? Qui s'opposera à un aristocrate venu chercher sa fille en fuite ? Et même si de telles personnes existaient, pourquoi accorderaient-elles le moindre crédit à la parole de la fille d'un illustre bon à rien ?

— Laissez-moi vous aider.

Isabel ne répondit pas. Jamais elle n'avait été à ce point tentée de faire confiance à quelqu'un. Cela lui avait semblé si simple, dans la cuisine ! Mais, face à lui, elle se sentait de nouveau assaillie par le doute.

Il finit par enfoncer ses deux mains dans ses cheveux et s'éloigna de quelques pas. Puis il se retourna.

— Vous êtes vraiment la femme la plus exaspérante que j'aie jamais rencontrée ! Vous êtes fière d'avoir fait cela seule, n'est-ce pas ? C'est *votre* maison, ce sont *vos* filles, c'est *vous* qui les avez sauvées. Tout ceci est *votre* œuvre.

» Vous en êtes fière, et avec raison. Mais vous êtes suffisamment intelligente pour savoir que cette histoire vous dépasse. Que vous êtes vulnérable au premier danger venu de l'extérieur. Je vous offre mon aide. Ma protection.

Isabel était au bord d'un précipice, hésitant à faire le pas qui changerait tout. Dans les yeux bleus de Nick, elle percevait tout ce à quoi elle avait toujours aspiré. C'était un homme bon. Cela, elle en était persuadée. Cependant... renoncer à être seule responsable de la maison ? Partager tous ses secrets ?

— Je ne sais pas...

— Vous devriez partir, déclara-t-il après avoir soupiré. Plus tôt je pourrai me remettre au travail, plus tôt votre maudite collection sera évaluée, et plus tôt je sortirai de votre vie.

— Vous ne comprenez pas ! s'écria-t-elle quand il lui tourna le dos. Je n'ai rien d'autre... Rien d'autre que les filles. Je n'ai jamais rien eu d'autre. Si j'ai besoin de vous pour m'aider à les garder ici, qu'est-ce que cela fait de moi ? Qu'est-ce que je deviens ?

Il revint alors vers elle et referma ses mains autour de son visage.

— Vous vous trompez. Je sais ce que c'est que de se croire seul au monde. Mais c'est rarement le cas.

Isabel ferma les yeux. Il y avait si longtemps qu'elle était seule ! Mais elle ne voulait lui montrer ni sa tristesse ni sa faiblesse.

Pourtant, quand il poursuivit, elle ne put s'empêcher de s'accrocher à son regard ferme.

— Je n'ai jamais rencontré quelqu'un comme vous. Quelqu'un, homme ou femme, doté d'une telle force, d'un tel courage. Non, vous n'êtes pas seule. Vous ne le serez jamais.

Elle ne sut pas lequel des deux fit le premier geste pour couvrir la distance qui les séparait. Mais, lorsqu'il l'embrassa, elle ne se sentit plus seule.

Pendant un long moment, il resta immobile, ses lèvres à peine posées sur les siennes. Tout d'abord, elle savoura sa simple présence, puis, submergée par la conscience de sa chaleur, de sa taille, de son parfum, elle eut l'impression qu'elle allait devenir folle s'il ne bougeait pas.

C'est alors qu'il releva son visage de manière à avoir un meilleur accès à sa bouche, puis qu'il s'empara de celle-ci. Il prit tout ce qu'elle lui offrait, la caressant, la suçant, l'explorant, jusqu'au moment où Isabel crut perdre l'équilibre et se raccrocha à ses bras puissants, sans cesser de lui rendre caresse pour caresse.

Quand il finit par se redresser et croisa son regard éperdu, il esquissa un sourire, avant de la soulever dans ses bras. Isabel émit un cri étouffé, et il profita de ce que ses lèvres étaient entrouvertes pour lui donner un nouveau baiser.

— Veux-tu que je te montre comme tu es loin d'être seule ? chuchota-t-il d'une voix lourde de promesses sensuelles.

— Oui, répondit-elle dans un souffle, éblouie. S'il te plaît.

Il l'entraîna alors entre les statues, jusqu'à l'extrémité de la pièce où, sous une immense fenêtre ornée d'une rosace, se trouvait une large banquette. Après s'y être assis, il installa Isabel sur ses genoux et, aussitôt, enfonçant ses mains dans ses cheveux, ôta les épingles qui les retenaient. Elle ferma les yeux, la tête rejetée en arrière, quand il se mit à caresser ses boucles qui tombaient en cascade. Avec un grondement sourd, il se pencha alors pour appliquer ses lèvres sur la peau sensible de son cou, à l'endroit où battait son pouls, la léchant et la mordillant tour à tour, jusqu'au moment où Isabel crut défaillir de plaisir.

Avec un léger cri, elle l'enlaça, avide de le toucher, de l'embrasser partout où elle le pouvait. Ses lèvres frôlèrent le coin de son œil et, sans y penser, elle suivit de la pointe de la langue la ligne irrégulière de sa cicatrice. Cette caresse parut le rendre fou car, aussitôt, il s'attaqua aux lacets de son corsage tout en faisant pleuvoir des baisers humides le long de son cou, jusqu'à la naissance de sa poitrine. Il finit par tirer sur l'étoffe, avant de refermer ses mains sur ses seins.

Au moment où Isabel rouvrait les yeux, un éclair zébra le ciel derrière lui, projetant sur eux une aveuglante lumière blanche. Avec révérence, Nick dessina un petit cercle, puis un second, autour de la pointe érigée d'un sein. Au soupir tremblant qu'elle laissa échapper, il releva les yeux et plongea son regard ardent dans le sien.

— Tu es si belle, dit-il en effleurant de nouveau la pointe de son sein. Si passionnée... Tu es avec moi, Isabel. Tu n'es pas seule...

Une vague de plaisir la parcourut quand elle vit le désir qui brûlait dans ses yeux. Sans qu'elle sache d'où lui venaient les mots, elle s'entendit dire :

— Caresse-moi.

Le regard de Nick exprima d'abord de la surprise, vite remplacée par quelque chose de plus sombre et de plus intense.

— Avec plaisir.

Refermant ses lèvres autour de son sein, il le suça doucement, le taquinant de la langue, l'agaçant de ses dents, jusqu'au moment où, avec un léger cri, elle s'accrocha à ses cheveux.

Comme elle s'agitait afin de mieux le sentir, il releva la tête avec un sifflement de plaisir, puis il l'immobilisa d'une main. Mue par un savoir féminin qu'elle ignorait posséder, Isabel ondula délibérément contre lui. Il plaça alors une main sur sa nuque en chuchotant :

— Attends...

Puis il prit sa bouche, tout en la soulevant afin qu'elle le chevauche.

— C'est mieux, non ?

Elle ondula de nouveau des hanches, cette fois avec ses jupes rassemblées entre eux.

— Oh oui, bien mieux, acquiesça-t-elle quand ce geste arracha un grognement à Nick.

— Pouvons-nous voir ce que cette position apporte encore de mieux, ma Volupté ?

— Oui, s'il te plaît, dit-elle avec un sourire timide.

— Puisque tu le demandes si poliment...

Il referma ses lèvres sur l'un de ses seins, l'aspirant délicatement, tandis que, du bout des doigts, il jouait avec le mamelon de son jumeau. Elle bougeait au rythme de ses caresses, le corps parcouru de vagues de plaisir successives, et elle finit par murmurer son prénom, dont l'écho se répercuta dans la salle.

Posant les mains sur ses cuisses, il la pressa contre lui, la guidant dans ses mouvements. Puis il tira sur les rubans qui fermaient sa culotte afin d'avoir accès à l'endroit où elle savait, désormais, qu'elle l'appelait désespérément. Il posa doucement sa paume contre elle et, au cri de plaisir étouffé qui lui échappa, il releva la tête avec un sourire satisfait. Dans la salle, on n'entendait que leurs souffles saccadés et la pluie qui martelait les vitres.

Il reprit sa bouche pour un baiser dévorant, et elle oublia tout ce qui n'était pas ses mains, ses lèvres, son corps sous le sien. Elle plongea ses doigts dans ses boucles épaisses et laissa sa main habile lui procurer ce qu'elle désirait, mais qu'elle ne savait comment demander. Elle finit par s'écarter avec un léger hoquet, déconcertée par les sensations qui déferlaient en elle.

— Nick… murmura-t-elle avec un mélange de passion et de perplexité.

— Oui, ma beauté… Je suis là.

Sa bouche frôlait son oreille, à présent ; ses dents en titillaient le lobe, et la caresse de sa langue contre sa peau ôtait à Isabel toute pensée cohérente. Quand sa main, entre ses cuisses, s'immobilisa, elle l'invita d'un roulement de hanches à reprendre. Mais, au lieu de s'exécuter, il lui demanda :

— Isabel… Que veux-tu ?

Elle ouvrit les yeux et croisa son regard intense, de ce bleu qui menaçait de lui faire perdre la raison.

— Je veux… J'ai envie…

Il glissa un doigt dans les boucles de sa toison, écarta les replis de chair tendre, exposant son intimité.

— Est-ce cela dont tu as envie ?

De plaisir, elle referma les yeux avec un gémissement.

— Mmm... Je crois que c'est précisément ce dont tu as besoin...

Tout en susurrant à son oreille, il entreprit de tracer de petits cercles autour de cet endroit secret.

— Est-ce qu'il t'arrive de te toucher à cet endroit ?

Isabel se mordit la lèvre tout en secouant la tête.

— Oh, mais tu devrais... Tu es si douce, si mouillée, si excitée...

Par ses caresses, il intensifiait les pulsations de sa chair. Un doigt enfoncé en elle, il taquina délicatement le petit bouton dur de son pouce, lui donnant exactement ce qu'elle voulait. Elle ne put retenir un cri, et la voix de Nick se fit plus sourde et plus rauque sous l'effet de son propre désir.

— C'est ici, la source de ta jouissance. Tu le sens, mon cœur ?

Elle opina, les yeux étroitement fermés tandis qu'il l'amenait plus loin, vers ce à quoi elle aspirait désespérément. Les pressions de son pouce se firent plus rapides, plus fermes, et Isabel se serra contre lui, oubliant tout hormis le son de sa voix et la sensation de sa main sur sa chair la plus intime.

— Prends-le, Isabel. Prends ton plaisir. Je suis avec toi.

Elle se raidit sous les vagues qui montaient inéluctablement, et Nick s'empara de sa bouche. Un second doigt rejoignit le premier, et ils épousèrent le va-et-vient impérieux de ses hanches. Nick pressa durement, longuement, là où elle l'implorait en silence.

Elle cria alors son prénom, désespérée.

— Laisse-toi aller, mon cœur.

Elle explosa entre ses bras, se tordant contre lui, avide d'en avoir plus alors même qu'il lui donnait ce qu'elle réclamait. Et, quand il lui eut arraché les dernières délicieuses pulsations, les derniers râles pantelants, il la tint entre ses bras pendant qu'elle revenait à la réalité.

Lentement, il commença à rajuster sa tenue. Il renoua les cordons de sa culotte, tenta de lisser ses jupes chiffonnées, puis relaça adroitement son corsage. Cela fait, il la tint serrée contre sa poitrine tout en lui caressant le dos, les bras, les jambes.

Après un long moment, il effleura sa tempe de ses lèvres.

— Je crois qu'il vaudrait mieux nous relever avant que quelqu'un ne vienne à notre recherche.

Ces paroles ramenèrent brutalement Isabel au moment présent. Elle s'assit, se dégagea de son étreinte et sauta quasiment à terre. Puis, accroupie, elle se mit à rassembler les épingles qu'il avait dispersées sur le sol.

Il se redressa à son tour et l'observa pendant un moment avant de dire :

— Isabel... Tout va bien.

S'asseyant sur ses talons, elle releva la tête.

— Ça ne va pas bien du tout, monsieur.

— Nous en sommes revenus au « monsieur » ? demanda-t-il avec un soupir. Vraiment ?

Déjà, elle s'était détournée pour ramasser d'autres épingles. Lorsqu'elle les eut toutes rassemblées, elle se releva et, les ayant déposées sur le socle de la statue la plus proche, entreprit tant bien que mal de se recoiffer.

— Je n'aurais jamais dû... *Vous* n'auriez jamais dû ! s'écria-t-elle de son ton le plus indigné.

— Eh bien, je n'ai pas l'intention de m'excuser.

— Ce n'est guère digne d'un gentleman.

— Il n'empêche que j'y ai pris du plaisir, Isabel. Et je pense que vous aussi.

Quand elle rougit, il haussa les sourcils.

— Je vois que je ne me trompe pas.

Elle tenta de le foudroyer du regard. Mais l'effet fut à peu près perdu, car elle était obligée de garder les deux mains au-dessus de sa tête pour tenter de rassembler ses boucles.

— Vous êtes un homme incorrigible.

— Vous pouvez le reconnaître, vous savez.

— Non, je ne le peux pas.

— C'est pourtant ce que vous venez de faire, ma beauté, dit-il en riant.

— Vous ne devez pas m'appeler ainsi !

— Pourquoi pas ?

« Parce que j'aime ça, songea-t-elle. Beaucoup trop, même. » Mais ce fut dans un chuchotement qu'elle répliqua :

— Vous savez parfaitement pourquoi.

— Dites-moi que vous avez pris du plaisir et j'arrêterai.

— Non.

— Comme vous voudrez. Mais j'aime assez vous appeler « ma beauté ». Puisque vous l'êtes.

— D'accord. J'ai pris du plaisir.

— Je le sais, rétorqua-t-il avec un sourire impudent.

Isabel dut se détourner pour dissimuler son propre sourire. Seigneur, dans quel pétrin s'était-elle fourrée ?

— Cette conversation est absolument inconvenante, déclara-t-elle par-dessus son épaule. Je vous demande instamment d'y mettre fin.

Son ton impérieux n'eut d'autre effet que de le faire éclater de rire.

— Isabel, vous conviendrez avec moi qu'il est un peu tard pour user d'une telle hauteur.

— Vous exagérez ! protesta-t-elle en rougissant.

— Je vous assure, mon cœur, que vous n'avez rien vu.

Même si Isabel ne comprit pas exactement ses paroles, elle ne put ignorer leur sens général, et ses joues la brûlèrent de plus belle.

— Je dois m'en aller.

— Non, ne partez pas ! dit-il en se levant enfin. Je vais tâcher de me comporter en parfait gentleman.

Elle haussa les sourcils, comme lui-même le faisait souvent.

— Je le croirai quand je le verrai, monsieur.

— Touché, mademoiselle !

Elle ne put s'empêcher de joindre son rire au sien. Puis un silence complice régna dans la grande salle. Ce fut Nick qui le rompit.

— Pourquoi n'ai-je jamais entendu parler de vous ?

— Pardon ?

— Je n'évoluais pas dans les mêmes cercles que votre père, certes. Mais vous êtes la fille du comte de Reddich, qui a quand même fait des ravages à Londres. Comment se fait-il que votre existence soit restée ignorée ?

Isabel ne pouvait que se féliciter de cet état de fait. Toutefois, après avoir dégluti, elle répondit avec hésitation :

— Ma mère a toujours refusé de... me laisser aller à Londres. Rétrospectivement, je pense qu'elle ne voulait pas que je sois témoin des turpitudes de mon père. Peut-être ne voulait-elle pas en être témoin elle-même.

Dans le regard de Nick, elle vit que non seulement il comprenait, mais qu'il établissait un lien avec sa propre histoire, ce qui l'encouragea à poursuivre.

— Elle parlait de mon père comme s'il s'agissait d'un être merveilleux. Je sais à présent que les histoires qu'elle racontait étaient inventées, ou réécrites de manière à faire de lui un personnage puissant et magnifique.

» Mais, à l'époque, je la croyais. Mes souvenirs les plus anciens doivent être une combinaison de rêve et de réalité, parce que je vois mes parents qui se sourient, qui s'aiment... Mais je ne suis pas certaine que ç'ait été vrai un jour.

Se rappelant alors sa remarque, elle reprit :

— Mais vous me parliez de Londres...

— Oui. Même si votre mère ne souhaitait pas que vous y viviez, vous avez néanmoins dû faire votre entrée dans le monde.

À ce souvenir, Isabel se raidit. On lui avait promis qu'elle ferait ses débuts, évidemment... parce que son père comptait se servir d'elle pour se procurer de l'argent. Il lui était cependant impossible d'avouer une telle honte. Embarrassée, elle se contenta de secouer la tête.

— Non. Je n'ai pas fait mon entrée dans le monde.

Quand Nick l'observa en plissant les yeux, elle devina son incrédulité. Si seulement il voulait bien s'abstenir de poser d'autres questions ! Hélas, elle ne fut pas exaucée.

— Vous n'aviez pas envie de prendre la place qui vous revenait dans la haute société ?

— À votre avis, lord Nicholas, les dignes dames de l'Almack's auraient-elles accueilli à bras ouverts la fille d'un débauché notoire ?

— Que l'Almack's aille au diable !

— Vous parlez en homme qui a toute liberté de l'éviter.

— Détrompez-vous. Ma famille a eu sa part de scandale. Justement, ma sœur s'est récemment vu refuser l'accès à l'Almack's.

— Vous plaisantez ? demanda Isabel, abasourdie.

— Pas du tout.

— Mais c'est la sœur du marquis de Ralston !

— Sa demi-sœur, corrigea Nick, ironique. En outre, il y a encore quelques mois, mon frère n'était pas vraiment le bienvenu dans la bonne société. Son passé n'était pas des plus immaculés.

— D'où est venu le changement ?

— Il a épousé une femme ayant une réputation impeccable et des relations avec les familles les plus puissantes de l'aristocratie.

— Une excellente stratégie.

— Oui, acquiesça Nick avec un sourire, si Gabriel avait joué les stratèges. Mais il se trouve qu'il est tombé amoureux. C'est donc un accident, en quelque sorte.

— De telles choses se produisent ?

— Apparemment. Ils sont fous l'un de l'autre.

Isabel s'obligea à ignorer le pincement d'envie provoqué par sa remarque.

— Quelle belle histoire...

— Ce que je veux dire, c'est que, Almack's ou pas, vous auriez pu faire vos débuts dans le monde. Et que vous pouvez encore y prendre la place qui vous revient.

Isabel resta songeuse. Il y avait longtemps – des années – qu'elle n'y pensait plus. Elle n'aurait même pas su comment faire ses premiers pas en société, et la simple idée de devoir apprendre et maîtriser les règles de l'étiquette suffisait à l'effrayer. Non, Londres n'était pas pour elle.

— Je crois que vous surestimez les capacités innées des femmes de l'aristocratie, répliqua-t-elle.

Comme il inclinait la tête, le regard interrogateur, Isabel soupira. Puis, détournant la tête, elle fit courir sa main sur l'arête du piédestal le plus proche.

— Je ne saurais par où commencer pour me conduire en demoiselle bien née, avoua-t-elle. Je suis certaine que ma conversation n'est pas appropriée du tout, par exemple. Dès ma première sortie dans le monde, je commettrais sûrement des bévues qui m'embarrasseraient et embarrasseraient les gens autour de moi. Je suis très bonne couturière, mais je ne sais pas broder, je vis dans l'ignorance totale de la mode, et je ne sais pas danser.

Elle acheva cette énumération par une grimace. Il allait trouver ce portrait peu flatteur. Mais peu lui importait.

« Vraiment ? » lui susurra une petite voix qu'elle fit taire aussitôt.

— Vous ne savez pas danser ?

— Pas vraiment, admit-elle avec réticence.

— Eh bien, il est relativement simple d'y remédier.

Isabel ne put retenir un léger rire.

— Au cas où vous ne l'auriez pas remarqué, les maîtres à danser ne sont pas pléthore dans la région.

— Quelle chance vous avez que je sois là, alors ! J'aimerais beaucoup vous apprendre à danser.

— Je vous demande pardon ? dit-elle, incrédule.

— Nous devrions commencer ce soir. Il y a bien une salle de bal, dans ce manoir ?

— Euh... oui.

— Parfait. Après dîner, cela vous conviendrait-il ?

Isabel cligna des yeux.

— Après dîner ?

— Je considère cette réponse comme un acquiescement enthousiaste.

— Je...

— Vous n'avez pas peur, n'est-ce pas ?

— Bien sûr que non, assura-t-elle, après s'être toutefois éclairci la voix.

— C'est bien ce que je pensais. À présent, si vous vouliez bien cesser de me distraire, que je puisse travailler. Je vous verrai ce soir.

— Je... Oui, bien sûr.

Comme dans un songe, elle commença à contourner les statues pour gagner la porte.

— Et puis, Isabel...

Le son de son prénom sur les lèvres de Nick contenait une promesse sensuelle, même à cette distance. Isabel pivota sur elle-même, le souffle court.

— Oui ?

— Juste pour ce soir, pourrions-nous faire comme si vous n'étiez pas en deuil ?

Un frisson d'excitation la parcourut. Elle eut aussitôt la sensation que, si elle accédait à sa requête, tout changerait.

Elle prit une profonde inspiration, hésitant sur la réponse à donner.

— C'est une excellente idée, s'entendit-elle dire.

13

Nick venait d'enfiler sa chemise lorsqu'on frappa à la porte de sa chambre. Il sursauta, ce qu'il se reprocha aussitôt.

Mais, s'il voulait se montrer honnête avec lui-même, il devait admettre qu'il était nerveux depuis sa rencontre avec Isabel, dans l'après-midi. Et qu'il attendait avec impatience la soirée qui s'annonçait.

On frappa une seconde fois, puis la tête de James apparut dans l'interstice étroit entre la porte et le chambranle.

— J'ai entendu dire que vous dîniez avec nous…

— J'en avais l'intention, oui, répondit Nick.

— Très bien, dit James avec un hochement de tête solennel.

Il resta ensuite figé sur le seuil, observant Nick, qui s'était retourné vers le miroir et passait un peigne dans ses boucles emmêlées.

Durant quelques instants, aucun d'eux ne parla.

— Ne voudriez-vous pas entrer, lord Reddich ? finit par suggérer Nick.

Tiré de son immobilité par ces mots, le jeune garçon se précipita dans la chambre, dont il referma la porte avec soin.

— Oh si ! Merci.

Dissimulant un sourire, Nick observa son jeune visiteur dans le miroir tout en achevant sa toilette. Après avoir tiré sur les manches de sa chemise, il en lissa l'étoffe sur son torse. Puis il prit sa cravate, posée sur le dossier d'une chaise.

— Tu voulais quelque chose ?

James secoua la tête, comme hypnotisé par les mains de Nick qui enchaînaient les gestes précis destinés à façonner un nœud de cravate sophistiqué.

— Comment vous faites ? finit-il par demander.

— La cravate ? C'est une question d'habitude.

— Oui, mais... comment vous avez appris ? insista le jeune garçon en se rapprochant de lui, fasciné.

— Je suppose que c'est mon valet qui m'a montré comment faire, répondit Nick après un instant de réflexion.

— Oh... Il faudra que j'apprenne avant d'aller au collège, non ?

Nick se retourna.

— Veux-tu que je te montre ?

— Ça ne vous ennuierait pas ? demanda le jeune garçon, dont les yeux s'étaient illuminés.

— Pas du tout.

Après avoir ôté la bande de tissu qu'il venait de nouer autour de son cou, Nick la plaça autour de celui de James. Puis, tournant le jeune garçon vers le miroir, il le guida dans une succession de gestes qui, en définitive, aboutirent à la confection d'un nœud assez ressemblant.

Penché vers le miroir, James admira son œuvre sous plusieurs angles tandis que Nick s'écartait pour enfiler le reste de ses vêtements.

— Il est très réussi, commenta James avec une fierté qui éveilla chez Nick un souvenir d'enfance.

S'il ne se rappelait pas comment il avait appris à nouer une cravate, il se souvenait de son désir profond d'agir en homme et d'être reconnu comme tel.

Quand il avait l'âge de James, sa mère était partie au milieu de la nuit, sans emporter grand-chose d'autre que les vêtements qu'elle portait, abandonnant un mari éploré et des fils jumeaux. Au cours des semaines suivantes, leur père avait commencé à dépérir, laissant Nick et Gabriel se débattre face à la perte de leurs deux parents. Une tante dévouée, consciente du choc qu'avait été pour eux la fuite de leur mère, les avait fait entrer en pension.

La première année, Nick avait travaillé aussi dur qu'il le pouvait. Il voulait impressionner son père, le convaincre, grâce à ses excellentes notes, que ses fils valaient la peine qu'il survive pour eux.

Il avait rapidement compris que rien ne pourrait soulager le chagrin et le sentiment de culpabilité du marquis. Mais, quand il regardait ce jeune garçon volontaire, Nick se rappelait l'énergie qui l'avait incité à essayer.

Il voulait donner au jeune comte de Reddich ce que lui n'avait jamais eu.

— Très réussi, effectivement, assura-t-il. Il faudra que tu t'entraînes pour atteindre la perfection, mais ça ne devrait pas te prendre longtemps.

Les yeux de James étincelèrent de plaisir tandis qu'il déroulait la longue bande de tissu pour recommencer. Pendant que Nick boutonnait son gilet, il s'employa à reproduire les gestes qu'il venait d'apprendre. En le voyant hésiter, la langue tirée et les traits contorsionnés, Nick s'approcha en riant pour lui apporter son aide. Lorsque la cravate fut de nouveau nouée, James lui adressa un large sourire.

Qui aurait deviné que, dans les landes du Yorkshire, Nick trouverait une telle satisfaction à faire sourire les enfants Townsend ?

Sauf qu'il n'y avait plus rien d'enfantin chez l'aînée des Townsend...

Alors que James détruisait une nouvelle fois son œuvre, les pensées de Nick se tournèrent vers Isabel. Il n'avait jamais rencontré de femme comme elle, aux agissements aussi contradictoires. D'un côté, elle le repoussait et lui demandait de sortir de sa maison et de sa vie ; de l'autre, elle se confiait à lui et s'abandonnait entre ses bras, toute de douceur, de beauté et de sensualité.

Nick devait se l'avouer : cette femme énigmatique le fascinait.

Une hésitation de James le ramena à l'instant présent.

— Fais encore un tour, lui indiqua-t-il tout en saisissant son habit.

— J'ai pensé à quelque chose... dit le jeune garçon, une fois qu'il eut suivi ses instructions avec application. Vous devriez vous marier avec Isabel.

Nick se figea sur place, son habit à moitié enfilé.

— Je te demande pardon ?

— Ce serait logique, non ?

De toutes les choses que le jeune garçon aurait pu dire, ce n'était pas à celle-ci que Nick s'attendait.

— Tu crois ?

— Oui. Isabel ferait une excellente épouse. Vous voulez que je vous dise pourquoi ?

— S'il te plaît.

James prit une profonde inspiration puis, comme s'il avait répété ses arguments, il les énuméra sans reprendre son souffle.

— Elle sait très bien s'occuper d'une maison. Elle est plus forte en calcul que tout le monde. Et puis, elle sait monter à cheval aussi bien qu'un homme. Peut-être que si ça s'arrête de pleuvoir, vous pourrez la voir.

— J'attends cela avec impatience, déclara Nick en se rendant compte avec surprise qu'il était sincère.

— Ah, j'oubliais... Elle est aussi très bonne aux charades.

— Une qualité que tout homme devrait rechercher chez une épouse.

— Il y a d'autres choses, sûrement… Elle n'est pas laide.

— C'est vrai, acquiesça Nick, qui ne put s'empêcher de sourire. Mais je te suggérerais de ne pas le lui dire de cette manière.

— D'accord. Mais peut-être que vous, vous pourriez lui dire. Les filles, elles aiment les compliments.

— Si tu as déjà compris cela à ton âge, tout ira bien lorsque viendra pour toi le moment de fréquenter le beau sexe. Je me ferai un plaisir de dire à ta sœur qu'elle n'est pas laide.

Dans le miroir, son jeune compagnon ne le quittait pas des yeux, le cou ceint de la cravate irrémédiablement chiffonnée.

— Et je crois que vous, vous serez un bon mari.

— Je n'en suis pas si sûr, répliqua Nick, décidé à lui dire la vérité.

— Pourquoi ?

Nick marqua une hésitation. De quelle manière présenter les choses à un garçon de cet âge ?

— C'est parce que vous n'avez pas de titre ?

— Non. Je ne pense pas qu'un titre fasse forcément un bon mari.

— Moi non plus. Mon père, c'était pas un très bon mari.

— Je suis désolé de l'entendre.

Mais James haussa les épaules.

— Je ne me souviens pas de lui.

— Tu le regrettes ?

— Quelquefois, répondit l'enfant après être resté silencieux un long moment.

Cette réponse si honnête émut Nick. Il savait ce que ressentait un garçon de dix ans qui n'avait personne vers qui se tourner, à qui demander aide ou conseil. Et il comprenait la confusion que devait éprouver James vis-à-vis de son père, un homme qui resterait à jamais un mystère pour lui.

— Que lui dirais-tu, si tu le rencontrais maintenant ?

— Je ne peux pas le rencontrer puisqu'il est mort.

— Peu importe. Que lui dirais-tu ?

James regarda longuement par une des fenêtres de la chambre avant de reporter son attention sur Nick.

— Je lui dirais que j'ai l'intention d'être un bien meilleur comte que lui.

Nick hocha la tête avec solennité.

— Je pense que ce serait une excellente chose à dire.

Après un nouveau silence, James ajouta :

— Je lui demanderais aussi pourquoi il ne voulait pas de nous.

Cette fois, le cœur de Nick se serra franchement. Ne s'était-il pas posé la même question pendant des années, après le départ de sa mère ?

— Je ne peux pas imaginer qu'il ne voulait pas de vous.

James fixa sur lui ses grands yeux bruns, limpides et directs.

— Mais vous ne le savez pas.

— Non, c'est vrai, reconnut Nick, conscient de l'importance que l'enfant allait accorder à sa réponse. Ce que je peux t'assurer, cependant, c'est qu'à sa place, je voudrais de toi sans hésiter.

— Et d'Isabel ?

— Et d'Isabel.

La sincérité de cette affirmation surprit Nick lui-même, et il se détourna pour passer de nouveau le peigne dans ses cheveux.

— Alors, vous ne seriez pas contre l'idée de vous marier avec elle ?

Nick esquissa un sourire. Le jeune comte avait manifestement développé la même ténacité que sa sœur.

Quand, son peigne reposé, Nick fit face à James, jamais il n'avait vu chez quiconque un regard si plein d'espoir.

Ce que James ignorait, c'était qu'Isabel ne voudrait plus entendre parler de Nicholas St. John lorsqu'elle apprendrait la vérité à son sujet.

— Isabel ne serait sans doute pas ravie que nous parlions de son mariage alors qu'elle n'est pas présente, fit-il remarquer.

— Je suis un comte, vous savez. C'est une histoire qui se règle entre hommes.

Nick éclata de rire.

— En tant qu'homme qui a une sœur presque aussi obstinée que la tienne, je suggère que tu ne dises plus jamais ça, si tu tiens à ta peau !

— En tout cas, répliqua James après avoir soupiré, moi, c'est vous que je choisis pour elle.

— Je suis flatté d'avoir ton approbation, répondit Nick, qui haussa ensuite les sourcils. Y a-t-il eu un jour un autre homme en lice ?

— Oui, il y a des hommes qui sont quelquefois venus pour la prendre.

Nick savait qu'il n'aurait pas dû poser de telles questions. Mais cette réponse le laissa interdit, et il ne put que répéter :

— Pour la prendre ?

— Oui. En général, c'est parce qu'ils l'avaient gagnée.

— Ils l'avaient gagnée ? Tu veux dire... Ils avaient gagné son cœur ?

— Non. Ils l'avaient gagnée dans un pari.

Une brusque colère s'empara de Nick. Mais sans doute avait-il mal entendu.

— Dans un pari ? Contre qui ?

— Contre notre père, je suppose, répondit James avec un haussement d'épaules.

Nick serra la mâchoire. L'idée que feu le comte de Reddich avait parié sa fille unique – qu'il avait fait d'Isabel l'enjeu d'un pari – lui donnait envie de frapper. Il serra les poings avec force, imaginant le plaisir qu'il aurait eu à casser la figure à l'aristocrate perverti qui avait accepté un tel pari, ainsi qu'à l'aristocrate décédé qui l'avait lancé.

Il s'obligea néanmoins à détendre ses muscles. Il aurait voulu poser d'autres questions, afin d'en apprendre davantage sur le monde insensé dans lequel Isabel et James avaient été élevés. Mais il ne lui revenait pas de s'enquérir de telles choses. Du moins, pas pour le moment.

D'abord, il allait dîner.

Puis il apprendrait à danser à Isabel.

Isabel était sur le point de monter chercher Nick et James lorsqu'elle les entendit descendre le grand escalier, juste à l'extérieur de la salle à manger. Son pouls s'accéléra quand elle perçut le timbre grave de Nick dans le vestibule. Elle eut beau tendre l'oreille, elle ne distingua pas ses paroles, mais le simple son de sa voix suffit à la troubler.

Aussitôt nerveuse, elle lissa sa jupe du plat de la main. À quoi ressemblait-elle ? Il y avait si longtemps qu'elle n'avait pas eu l'occasion de porter une robe de soirée ! Celle qu'elle était allée repêcher tout au fond de son placard était tellement démodée que c'en était embarrassant. Les femmes que Nick fréquentait à Londres étaient certainement belles, sûres d'elles, élégantes, et n'auraient pas supporté d'être vues dans une robe vieille d'un mois. Alors, que dire d'une robe déjà défraîchie plusieurs années auparavant ?

Elle tressaillit quand Nick et James éclatèrent de rire. Jamais elle n'aurait dû accepter cette proposition incongrue. Elle se sentait complètement idiote.

C'est alors qu'il entra. Sans cravate.

Il portait la redingote vert sombre avec laquelle il était arrivé le jour précédent et une chemise blanche. Le col de celle-ci était ouvert, dévoilant un triangle de peau bronzée dont Isabel, surprise, ne put détacher son regard qu'au bout de quelques secondes.

Quand elle reporta son attention sur le visage de Nick, elle s'aperçut qu'il la détaillait des pieds à la tête. Après s'être attardé imperceptiblement sur son décolleté, il releva les yeux et croisa les siens. L'admiration masculine qu'elle y lut la fit rougir, et elle tourna la tête vers son frère.

Elle découvrit que sa tenue ne manquait pas d'originalité non plus : des culottes courtes, une chemise en lin tachée… et une cravate artistement nouée, quoique très chiffonnée. La cravate de Nick ! Ce dernier avait appris à son frère à nouer une cravate. À cette pensée, une onde de chaleur lui dilata le cœur. Comment ne pas apprécier un tel homme ?

— Quel beau nœud ! dit-elle à James en souriant.

Quand celui-ci se rengorgea, elle reporta son regard sur Nick.

— Merci.

Remarquant alors la tenue de son ami, Rock éclata de rire.

— On dirait que tu as oublié quelque chose, St. John !

— J'espère que vous pardonnerez l'incongruité de ma toilette, lady Isabel, dit Nick d'un ton malicieux.

Il s'avança et s'inclina sur sa main. Malgré le gant qu'elle portait, Isabel eut l'impression d'un souffle brûlant sur sa peau.

— Voyez-vous, poursuivit-il, je me suis retrouvé ce soir avec un élève très désireux d'apprendre l'art de nouer une cravate.

Dans l'esprit d'Isabel, l'image de James et de Nick ensemble s'imposa aussitôt. L'espace d'un court instant, elle imagina que son jeune frère avait trouvé l'homme capable de le guider dans les méandres de l'univers masculin, et elle-même un compagnon pour l'aider à relever le défi d'élever un jeune comte. Un compagnon... quel joli mot !

Mais elle chassa cette rêverie d'un signe de tête.

— Vous êtes tout pardonné, bien sûr, dit-elle avec un temps de retard. Je suis certaine que nous pouvons vous trouver une autre cravate, puisque celle-ci vous a été... subtilisée.

— A été librement offerte, mademoiselle, corrigea-t-il avec un sourire qui menaça de lui couper le souffle. Mais si vous ne considérez pas la chose comme inconvenante, je peux très bien me passer de cravate ce soir.

Absorbée par le charmant tableau que formaient son frère et Nick, Isabel fut obligée de s'éclaircir la voix avant de demander :

— Passons-nous à table ?

Celle-ci avait été élégamment dressée, sur les ordres de Gwen, sans aucun doute. Lorsque Nick recula la chaise d'Isabel pour qu'elle prenne place, en un geste qui se révélait d'une intimité troublante, elle perçut la chaleur qui émanait de lui, ainsi qu'un discret parfum de bois de santal. Comme elle tournait brièvement la tête vers lui pour le remercier, il chuchota :

— Tout le plaisir est pour moi... Je savais que vous seriez éblouissante en rouge, ajouta-t-il encore plus bas.

Elle sentit son souffle sur son épaule nue, et un flot de plaisir la parcourut. Nick était un homme dangereux ! Mais cette pensée saugrenue fut heureusement chassée par l'arrivée du premier plat.

Gwen s'était surpassée. Le repas, élaboré principalement avec les produits du domaine, était certainement moins sophistiqué que ceux auxquels les deux hommes étaient habitués, mais les mets bien préparés ne manquaient pas de saveur.

Cependant, l'incertitude commença à ronger Isabel lorsqu'on apporta le mouton en gelée. Comment des hommes ayant voyagé dans des contrées lointaines et affiné leur esprit autant que leur palais auraient-ils pu apprécier un dîner modeste et tranquille au fin fond du Yorkshire ? Quels divertissements pouvaient-ils attendre de la compagnie de deux jeunes femmes peu cultivées et d'un enfant de dix ans ?

Alors que Rock et Lara interrogeaient James sur ses leçons et sur les péripéties de sa journée, Nick s'inclina vers Isabel, de plus en plus silencieuse au fil du repas.

— Vous n'êtes pas avec nous...

— Je pensais au repas.

— Un excellent repas, assura Nick, ce qui ne fit qu'ajouter à l'incertitude d'Isabel.

— Il ne doit pas être très raffiné à vos yeux. Vous devez être habitué à beaucoup mieux.

Le regard qu'il posa sur elle était sérieux et trahissait son peu de goût pour le dénigrement de soi-même.

— Au contraire, Isabel. Ce repas conclut de manière idéale une journée... extraordinaire.

Et là, dans sa voix grave et chaleureuse, Isabel trouva de quoi chasser tous ses doutes. Les mots de Nick réveillèrent les images et les émotions de leur entrevue dans la salle des statues, et elle regretta qu'il ne puisse l'embrasser de nouveau. Si seulement ils avaient été seuls !

Elle baissa la tête, ne sachant comment dissimuler sa rougeur.

— Je suis heureuse qu'il vous plaise.

— ... et alors, lord Nicholas et moi, on a eu notre entretien.

La voix de son frère lui fit relever la tête, et elle croisa le regard surpris de Lara.

— Votre entretien ? Que veux-tu dire ?

James parut découvrir sa présence.

— Un entretien entre hommes. On avait à discuter.

— À discuter ? répéta Isabel en se tournant vers Nick.

Celui-ci leva son verre et feignit de savourer quelques gorgées.

— Oui.

— Je... Discuter de quoi ? demanda-t-elle, de nouveau tournée vers son frère.

— Franchement, ça ne te regarde pas. En tant que comte, j'ai demandé à lord Nicholas de m'accorder un moment.

À ces mots, Isabel écarquilla les yeux. Manifestement, Nick se retenait de sourire.

— Je ne pouvais pas refuser cette entrevue, lady Isabel, finit-il par dire. Ni au comte qu'il est, effectivement, ni à l'hôte qui me reçoit... Ce mouton est délicieux, ajouta-t-il après un instant, et la gelée est particulièrement goûteuse. Tu ne trouves pas, Rock ?

— Je suis tout à fait d'accord, répondit son ami avec un amusement évident.

Isabel les aurait bien transformés en aspics, tous les deux ! Comme elle se tournait vers Lara, elle aperçut la lueur malicieuse qui pétillait dans les yeux de celle-ci, et elle fronça les sourcils à son intention. Mais, sans s'en émouvoir, sa cousine s'adressa à James.

— Et tu as appris à faire un nœud de cravate plutôt impressionnant !

— Oh oui ! Tu veux que je le refasse, pour te montrer ?

Et, sans même attendre la réponse de Lara, James tira sur l'une des extrémités de son chef-d'œuvre et, montrant une indifférence totale pour les usages, entreprit de faire la démonstration de ses talents.

Isabel s'inclina vers Nick.

— Comme vous pouvez le constater, chuchota-t-elle, mon frère est peut-être comte, mais il est absolument incapable d'agir comme tel tout seul. J'aimerais que vous me disiez de quoi vous avez parlé.

— De vous, répondit Nick sans quitter James des yeux.

— De moi ? murmura Isabel, certaine d'avoir mal entendu.

— De vous.

— Et... et alors ?

Avec des gestes appliqués, Nick coupa un morceau de mouton, y ajouta un cube de pomme de terre saupoudré de persil, porta le tout à sa bouche et se mit à mastiquer. À mastiquer si longuement que l'impatience d'Isabel la fit sortir de son silence.

— Oh, pour l'amour du Ciel, avalez donc !

Nick se tourna vers elle avec une surprise feinte.

— Vraiment, lady Isabel, quelle vigueur dans l'injonction ! Vous devriez vous montrer plus prudente... Vous risquez de me donner une indigestion.

— J'en serais désolée, croyez-moi, lord Nicholas. Cela vous amuse, n'est-ce pas ? ajouta-t-elle quand il pouffa doucement.

— Je l'avoue. En vérité, je m'aperçois que je m'amuse dès que je suis avec vous.

Isabel sentit ses joues s'empourprer de nouveau sous l'effet de cette déclaration, et du plaisir qu'elle en éprouvait. Mais elle ne pouvait quand même pas se transformer en péronnelle rougissante dès qu'il lui adressait la parole !

— Pardonnez-moi d'insister, dit-elle après s'être éclairci la gorge, mais de quoi James et vous avez-vous discuté ?

— Inutile de vous alarmer. Votre frère s'inquiète simplement de ce que vous deviendrez après son départ pour l'école.

— Et en quoi pense-t-il que cela vous concerne ?

— Il a conçu un moyen d'assurer votre sécurité, et il me demandait mon avis.

De l'autre côté de la table, James se tordait le cou pour apercevoir sa cravate, que Rock l'aidait à remettre d'aplomb.

— Très réussi, James, déclara Nick. C'est certainement le plus beau nœud que tu aies fait jusqu'à présent !

Avec un sourire radieux, James se tourna vers Lara, qui se répandit en compliments – équitablement partagés entre le jeune garçon et Rock, qui avait apporté la touche finale.

Mais Isabel n'était pas d'humeur à apprécier ce tableau. Les sourcils froncés, elle chuchota :

— Quel genre de moyen ?

Nick attendit que Regina ait débarrassé son assiette vide pour se pencher vers Isabel.

— Il pense que nous devrions nous marier.

Isabel ouvrit la bouche, la referma, puis l'ouvrit de nouveau.

— Eh bien... reprit Nick avec un sourire en coin. Je crois que j'ai réussi à vous rendre muette.

— Je...

— James a affûté ses arguments. Il estime que votre capacité à vous occuper d'une maison et vos dons pour le calcul font de vous une excellente candidate au mariage... Et il a hâte que je vous voie sur un cheval, poursuivit-il comme Isabel, abasourdie, gardait un silence prolongé. Apparemment, vos prouesses équestres vont m'éblouir. Autant vous dire que je ne tiens plus d'impatience.

— Je...

— Et puis – le point est décisif – vous n'êtes pas laide.

Isabel cligna des yeux. Ceux de Nick pétillaient d'amusement.

— Rappelez-vous, Isabel, que c'est votre frère qui l'a dit. Je ne voudrais pas m'attribuer le mérite d'un compliment aussi bien tourné. Pour ma part, je me serais montré beaucoup plus banal. Il faut un grand orateur pour...

— Pas laide... répéta Isabel avant de secouer la tête. Effectivement, un charmant compliment.

— Ah, vous avez retrouvé votre voix !

— On le dirait, répliqua-t-elle, incapable de ne pas répondre à son immense sourire. Rassurez-moi, monsieur, mon frère apprendra-t-il à l'école des qualificatifs plus aptes à charmer sa future comtesse ?

— On ne peut que l'espérer. Sinon, nous pouvons nous faire du souci pour la lignée des Reddich.

L'éclat de rire qui échappa à Isabel attira sur eux l'attention des autres convives.

— Durant notre entretien, James a dit quelque chose au sujet de lady Isabel qui m'a beaucoup intrigué, déclara alors Nick.

Face à l'intérêt manifeste de l'assistance, Isabel éprouva une brusque nervosité. Il n'allait tout de même pas répéter quelque chose d'embarrassant ?

— Quoi donc, lord Nicholas ? demanda Lara.

— Il prétend que c'est une championne aux charades.

— C'est la vérité, acquiesça Lara. Je n'ai jamais vu quelqu'un d'aussi doué.

— J'aimerais en avoir la preuve, déclara Nick en observant Isabel d'un air songeur. Mais, tout d'abord, je crois que nous avons rendez-vous pour danser.

Sur ce, il se leva pour aider Isabel à repousser sa chaise. Au moment où elle se retournait pour le remercier, elle fut frappée par l'intensité du regard qu'il posait sur elle, et elle baissa la tête.

— Merci.

— Il faut que je vous dise : j'aurais utilisé une tout autre formule pour vous décrire, déclara-t-il en lui présentant son bras.

Isabel sentit son cœur s'emballer, mais s'efforça de prendre un air dégagé.

— Vous voulez dire, autre que « pas laide » ?

Il ne sourit pas. Soudain, l'air sembla se raréfier dans la pièce, et Isabel se surprit à retenir son souffle.

— Je vous aurais décrite comme... magnifique.

Isabel s'arrêta net sur le seuil de la salle de bal, stupéfaite.

Après avoir quitté Nick, elle avait aussitôt exposé à Jane ses plans pour la soirée, lui demandant de faire enlever les draps de protection de quelques fauteuils et, si possible, d'épousseter le pianoforte.

Mais Jane avait opéré un miracle.

L'extrémité de la salle baignait dans la douce lumière dorée de dizaines de bougies – désassorties et, de toute évidence, raflées dans la maison tout entière. Les candélabres avaient été judicieusement placés de manière à créer un espace intime, bordé par deux méridiennes et plusieurs fauteuils confortables. Les meubles comme le parquet, fraîchement encaustiqués, luisaient doucement.

Sur une table s'alignaient une grande coupe de limonade, une bouteille de cognac, plusieurs verres et un plateau de petits-fours que James s'empressa de goûter. Isabel sourit en voyant cet ajout inattendu. Elle aurait parié que Gwen avait passé la plus grande partie de l'après-midi à confectionner les minuscules pâtisseries.

— Comme c'est beau... chuchota Isabel.

— Vous semblez surprise, observa Nick.

— Je le suis... Il y a une décennie que cette salle de bal n'a pas été utilisée comme telle, expliqua-t-elle avec un petit rire ravi. Nous la nettoyons régulièrement, mais... mais nous n'avons guère l'occasion de donner des bals, à Townsend Park. Nous manquons dramatiquement de cavaliers.

Il sourit en l'entendant rire de nouveau, puis il s'inclina de façon exagérée.

— Vous avez plusieurs cavaliers à votre disposition, ce soir, mademoiselle.

Sur ces entrefaites, une petite porte s'ouvrit, livrant passage à Georgiana, qui, la tête baissée, entra d'un pas rapide, comme si elle ne s'intéressait pas aux occupants de la pièce. Surprise par cette apparition, car la gouvernante avait été terrifiée à l'idée d'être reconnue par Nick, Isabel ouvrit la bouche pour lui demander si quelque chose n'allait pas. Mais elle la referma sans rien dire quand la jeune fille, leur tournant le dos, s'assit au pianoforte, placé dans un coin à peine éclairé, et se mit à jouer une valse.

James la rejoignit au piano tandis que Rock s'inclinait devant Lara pour l'inviter à danser. Isabel les observa avec un mélange de curiosité et de nervosité lorsqu'ils commencèrent à tourner autour de la salle. Elle aurait voulu réfléchir aux liens qui se tissaient manifestement entre eux, mais elle avait bien trop conscience de la proximité de Nick.

Après une attente interminable, elle entendit enfin sa voix profonde.

— Isabel...

— Mmm ? fit-elle en essayant désespérément de ne manifester qu'un intérêt distant.

— Voulez-vous danser ? demanda-t-il, un sourire dans la voix.

— Oui, s'il vous plaît, murmura-t-elle.

Et elle fut dans ses bras, tournoyant au rythme de la valse.

— La gouvernante de James a un don pour le piano, observa-t-il.

— Il y a de nombreux talents à Minerva House...

Mais Isabel n'avait pas envie de parler des filles. Pas maintenant, alors qu'elle était dans ses bras.

— Vous êtes un excellent danseur.

— Pourquoi prétendez-vous ne pas savoir valser ?

— Je... je n'ai jamais...

Il la fit tourner, et elle ferma les yeux pour savourer tout ensemble le plaisir du mouvement, la force qui émanait de lui et la manière dont il la guidait avec une fermeté pleine de grâce.

— Vous devriez. Votre corps est fait pour être enlacé ainsi.

Les mots coulaient dans l'oreille d'Isabel, chauds et liquides. Elle savait qu'il la tenait trop serrée et qu'elle aurait dû protester. Mais elle en était incapable.

Après un nouveau tournoiement, quand elle rouvrit les yeux, elle se trouva face à la porte par laquelle Georgiana était entrée. Dans l'entrebâillement, trois visages curieux – ceux de Gwen, de Jane et de Kate – observaient l'intérieur de la salle. Isabel ne put réprimer un rire surpris.

— Qu'y a-t-il ?

— Ne regardez pas maintenant, mais nous avons apparemment un public.

À son sourire, elle vit qu'il avait compris.

— Vu ce que je connais des femmes, ça ne m'étonne pas.

— Pour être honnête, elles s'efforcent de se montrer discrètes.

— Elles se montrent plus douées pour cela que les femmes de ma famille.

Ces mots, prononcés avec une admiration malicieuse, éveillèrent la curiosité d'Isabel.

— Si vous me parliez d'elles ?

— Ma demi-sœur, Juliana, est italienne, ce qui fait d'elle le personnage que vous pouvez imaginer. Elle est têtue comme une mule, exaspérante, et a tendance à dire des choses absolument inappropriées aux moments les plus inappropriés.

— Une fille formidable, dirait-on.

Il s'esclaffa, puis ajouta :

— Elle vous plairait, je pense. Et je sais que vous lui plairiez – Londres et la haute société l'agacent, et elle éprouve une aversion particulière pour les coquettes et les dandys, ce qui rend virtuellement impossible de lui trouver un mari. Heureusement, c'est le problème de Gabriel.

— Ah, l'avantage d'être le second fils !

— Précisément.

— Et votre belle-sœur ?

— Oh, Callie vous adorera.

Isabel accueillit cette affirmation avec un léger rire.

— J'ai du mal à croire que la marquise de Ralston « adorera » une fille du Nord élevée à la campagne, qui porte des pantalons quand elle le juge pratique et a vécu une bonne partie de sa vie avec des femmes qui ont fait des choses absolument… inappropriées.

— C'est précisément la raison pour laquelle la marquise de Ralston vous adorera.

Isabel le regarda droit dans les yeux.

— Je ne vous crois pas.

— Un jour, je vous emmènerai à Londres, et vous entendrez la vérité de la bouche de mon frère et de ma belle-sœur en personne.

Cette promesse alla droit au cœur d'Isabel. Un jour, ils se retrouveraient donc ensemble à Londres, elle rencontrerait sa famille, et elle discuterait avec l'un des couples les plus en vue de la haute société ?

Si seulement cela pouvait être vrai !

Comme c'était étrange… Ici, dans cette pièce à la lumière tamisée, tandis que la musique exerçait sa magie et que cet homme fort et exceptionnel la faisait valser, elle avait envie que cela se réalise. Elle aurait voulu être sa compagne et vivre la vie qui se dessinait derrière ses paroles.

Alors, s'abandonnant aux sensations de la danse, au balancement de leurs corps et à la chaleur des bras de Nick refermés autour d'elle, elle s'autorisa à caresser le rêve qu'elle s'était si longtemps interdit : que sa première valse soit avec un homme qui tiendrait à elle, la protégerait, partagerait ses peines et... l'aimerait.

Une fois de plus, elle ferma les yeux, consciente de la pression de la main de Nick au creux de sa taille. Elle sentait ses longues cuisses musclées effleurer les siennes durant les mouvements grisants de la valse. Quand elle rouvrit les yeux, il fixait sur elle un regard pénétrant.

— Est-ce que vous vous amusez bien ?

Elle savait qu'elle aurait dû jouer les coquettes. À Londres, la femme dans ses bras aurait eu une repartie brillante, drôle et provocante. Mais Isabel ne possédait pas ce talent.

— Beaucoup.

— J'en suis heureux. Vous méritez d'avoir un peu de plaisir. À mon avis, vous ne vous en accordez que trop peu.

Isabel détourna les yeux, embarrassée. Comment cet homme en était-il venu à la connaître si bien et si rapidement ?

— Pourquoi ? murmura-t-il. Pourquoi ne pas danser, rire et vivre selon votre rêve ?

— Les rêves sont pour les petites filles qui n'ont pas de soucis, répliqua-t-elle.

— Ne dites pas de sottises. Nous avons tous des rêves.

— Même vous ?

— Même moi.

— De quoi rêvez-vous ? demanda-t-elle, d'une voix si étranglée qu'elle la reconnut à peine.

— Ce soir, je vais rêver de vous, répondit-il sans une hésitation. Et vous ?

— Je devrais rêver d'une école pour James, d'un endroit sûr pour les filles, d'un toit remis à neuf et d'une provision inépuisable de bougies.

— Allons, Isabel, protesta-t-il avec un petit rire, vous pouvez faire mieux ! Il ne s'agit pas de leurs rêves, mais des vôtres. De quoi rêvez-vous *pour vous* ?

Durant un long moment, rien ne lui vint à l'esprit. Rien d'avouable, du moins.

— J'aimerais danser davantage, finit-elle par dire avec un sourire.

— Je serais heureux d'exaucer votre souhait, dit-il en la faisant tournoyer de plus belle. Quoi d'autre ?

— Je... je ne sais pas.

— Il n'y a rien d'autre ? insista-t-il.

— Je voudrais qu'on ne me considère pas comme égoïste, murmura-t-elle.

Les yeux plongés dans les siens, il s'arrêta. Elle s'aperçut qu'ils étaient à l'extrémité de la salle, dans une quasi-pénombre.

— Égoïste ?

Quand, sans plus le regarder, elle hocha la tête, il laissa échapper un rire incrédule.

— Isabel, vous devez être la personne la moins égoïste que j'aie jamais connue.

— Ce n'est pas vrai.

— Qu'est-ce qui vous fait dire cela ?

Répugnant tout d'abord à répondre, Isabel pinça les lèvres. Puis son envie de partager cet épisode avec lui l'emporta.

— Je... Mon père m'a offert la possibilité de tout arranger. De sauver la maison, le domaine et tout le reste. Il suffisait pour cela que j'aille à Londres et que je le laisse me trouver un mari.

— Quel âge aviez-vous ?

En entendant son ton froid, Isabel craignit soudain qu'il ne la juge. Comme sa mère l'avait fait.

— Dix-sept ans.

— Et vous avez refusé.

Isabel ravala les sanglots qui montaient dans sa gorge.

— Je ne voulais pas... je ne voulais pas le même mariage que ma mère. N'être que le fantôme d'une épouse... Il est alors parti et n'est jamais revenu. Ma mère est morte peu après, sans avoir cessé de me maudire et de me rendre responsable de son abandon.

Voyant qu'il gardait le silence, Isabel regretta de s'être confiée.

— Si je vous ai déçu, j'en suis désolée.

D'un doigt sous son menton, il l'obligea à relever son visage vers le sien.

— Je ne suis pas déçu, mon cœur, dit-il d'une voix contenue, je suis furieux...

Après s'être assuré que les autres ne pouvaient pas les voir, il ajouta :

— Je regrette de ne pas avoir été là. Si seulement j'avais pu...

Il s'interrompit quand elle ferma les yeux. Comme elle le regrettait, elle aussi !

Du bout des doigts, il descendit le long de son cou, jusqu'à l'endroit où son pouls palpitait à un rythme effréné.

Elle ne voulait pas penser au passé maintenant, alors qu'il était si près d'elle.

— J'aimerais que vous m'embrassiez.

Cet aveu les surprit tous les deux. La voix de Nick se réduisit à un chuchotement.

— Ah, Isabel, si nous étions n'importe où sauf...

Elle baissa la tête.

— Je sais.

— Vraiment ? Savez-vous à quel point je vous désire ?

— Oui, répondit-elle, incapable de le regarder.

— Comment le savez-vous ?

Sa voix sourde, enjôleuse lui donna le courage de relever les yeux. Les siens étaient trop sombres pour qu'elle distingue leur couleur, mais elle pouvait deviner ses pensées.

— Parce que je vous désire moi aussi.

Le grondement étranglé qu'il laissa échapper résonna en elle, se prolongeant en une onde de plaisir. Elle voulut détourner le visage une fois de plus, mais il l'en empêcha.

— Non, regardez-moi.

Comment ne pas s'exécuter face à une demande aussi pressante ?

— Je ne suis pas parfait. Je ne peux pas vous promettre de ne jamais faire des choses qui vous heurteront. Mais je ferai tout ce qui est en mon pouvoir pour vous protéger, ainsi que James et les filles de Minerva House.

Quand il s'interrompit, elle retint son souffle dans l'attente des mots qui allaient suivre.

— Je pense que vous devriez réfléchir à la proposition de votre frère.

14

Leçon numéro six

Une fois que vous avez retenu son attention, ne vous reposez pas sur vos lauriers !

Conquérir un lord exige de la ténacité, chère lectrice. Ce n'est pas une entreprise pour les velléitaires, ni pour les pusillanimes. Une fois que vous avez choisi votre chevalier blanc et qu'il vous a reconnue comme sa dulcinée, surtout, ne relâchez pas vos efforts !

N'oubliez pas que, jusqu'au dernier moment, une bataille peut être gagnée ou perdue. En ces circonstances, il vous faut de la constance, de la détermination et de l'endurance !

Pearls and Pelisses, *juin 1823*

Assise dans la grande baignoire de cuivre, la peau rougie par la vapeur brûlante, Isabel leva la main pour contempler le bout fripé de ses doigts.

— Il a dit qu'il userait du mot « magnifique » pour me décrire.

Depuis le lit d'Isabel, sur lequel elle était assise, Lara lui jeta un regard ravi.

— Et il veut se marier avec toi !

— Il n'a pas dit ça, protesta Isabel avec une contraction nerveuse au creux de l'estomac. Juste que je devrais réfléchir à la proposition de James.

— Qui est de te marier ! Avec lord Nicholas !

— Oui, mais cela ne signifie pas que lui aimerait m'épouser.

— Franchement, Isabel... Je pense que c'est précisément ce qu'il veut dire.

— Non. Ce qu'il veut dire, c'est que je devrais envisager de me marier. Pas forcément avec lui.

— À mon avis, tu fais exprès de ne pas comprendre. Il est évident que sa déclaration vous concerne tous les deux.

— Comment peux-tu en être aussi sûre ?

— Je vais te le dire. Nous n'avons pas vu l'ombre d'un homme acceptable à Townsend Park depuis deux ans ! À qui voudrais-tu qu'il fasse allusion ? En outre... J'ai vu la manière dont il te regardait, et celle dont vous dansiez. C'est toi qu'il veut.

— Peut-être que c'est moi qu'il veut, rétorqua Isabel, acerbe, mais ce n'est pas pour autant qu'il souhaite m'épouser.

— Et pourquoi pas ? répliqua Lara d'un ton indigné. Tu es l'épouse idéale pour lord Nicholas ! On pourrait même objecter qu'en tant que fille de comte, tu mériterais mieux que le fils cadet d'un marquis !

Isabel ne put s'empêcher de rire.

— Peut-être que ce serait vrai si mon père n'avait pas été le plus dégénéré des aristocrates. En l'occurrence, je pense que lord Nicholas pourrait trouver bien mieux que moi.

— Balivernes ! Tu es ravissante, compétente, intelligente et pleine d'esprit. N'importe quel gentleman aurait de la chance de t'épouser.

— Je te remercie, ma cousine, dit Isabel, ironique.

— Ce n'est pas un compliment, c'est la vérité. Tu dois quand même savoir qu'un homme comme lui n'envisagerait pas de t'épouser s'il ne trouvait pas l'idée plus qu'acceptable.

« Acceptable » ? Quel mot horrible !

Sans répondre, Isabel appuya sa tête contre le bord de la baignoire et ferma les yeux.

À peine douze heures auparavant, entendre dire que lord Nicholas la trouvait acceptable l'aurait affolée. Elle aurait fui sa compagnie pour ne plus jamais reparaître devant lui. Était-il possible qu'elle commence à tenir à cet homme ? Comment avait-il pu envahir toutes ses pensées en moins de deux jours ? Envisageait-elle vraiment d'accorder sa confiance à un étranger complet ? Elle ne connaissait rien de lui, que diable !

Rien... hormis l'effet qu'il produisait sur elle.

Et cet effet ne lui plaisait pas. Elle n'aimait pas que son pouls s'accélère en sa présence, que le rouge lui monte aux joues face à son sourire narquois, que l'envie la démange de tout lui raconter de son passé et de sa situation présente.

Et voilà qu'il la tentait avec une offre de mariage. Pour la première fois de sa vie, Isabel se surprenait à réfléchir sérieusement à la question. Le mariage, tel que Nick le présentait, ne ressemblait en rien à ceux qu'elle connaissait, avec leur cortège de pièges, de batailles pour le pouvoir et de luttes pour conserver son intégrité.

Soudain, l'idée ne lui semblait plus aussi repoussante. Sauf que...

— Il ne m'a pas demandée en mariage.

Lara leva les yeux au ciel.

— Bien sûr que si.

— Il n'a pas prononcé les mots.

— Quels mots ?

Isabel baissa la tête. Le reflet des bougies sur l'eau lui rappela la pénombre dans le coin de la salle de bal, leur valse et son aveu.

— Il n'a pas dit : « Épousez-moi, Isabel. »

— Tu coupes les cheveux en quatre.

— Il n'empêche...

Une exclamation étranglée de sa cousine lui fit brusquement relever les yeux.

— Qu'y a-t-il ?

— En fait, tu as le béguin pour lui !

— Pas du tout.

Mais si ! déclara Lara d'un ton triomphant. Tu as le béguin pour lord Nicholas !

— Je ne connais cet homme que depuis trois jours.

— Il y a eu le dîner... la danse... Trois jours suffisent, assura Lara, comme si elle était experte en histoires sentimentales.

— Comment pourrais-tu le savoir ?

— Je le sais, c'est tout. Comme je sais que tu as le béguin pour lord Nicholas St. John.

— Pourrais-tu arrêter de prononcer le mot « béguin » ? grommela Isabel.

— Comment est-ce arrivé ?

— Je ne sais pas ! s'écria Isabel en se couvrant le visage de ses mains. Je ne le connais même pas !

— Il semblerait que tu en saches assez sur lui, la taquina Lara.

— Ce n'est pas drôle. C'est affreux.

— Pourquoi ? Il veut t'épouser !

— Pas pour des raisons sensées.

— Je ne suis pas certaine qu'il existe une raison sensée de se marier.

— Bien sûr que si ! Il pourrait m'épouser pour de l'argent ou pour des terres, pour respecter les convenances ou pour ajouter de la respectabilité à son nom. En l'occurrence, il ne peut s'agir d'aucune de ces raisons, puisque je ne peux rien lui apporter de tout cela !

— Isabel… murmura Lara dans un gloussement.

— Ce n'est pas drôle, vraiment. Enfin, si l'on n'a pas un sens de l'humour dévoyé et macabre.

— Tu dramatises. En toute sincérité, l'idée de te marier avec lord Nicholas ne t'intrigue-t-elle pas un tout petit peu ?

Isabel accueillit cette question sans détour par un silence prolongé. Avec un soupir agacé, elle finit par river les yeux au plafond.

Elle avait passé les vingt-quatre années de son existence à se convaincre qu'elle ne voulait pas se marier, pas avoir d'enfants ni de compagnon. Son avenir était tout tracé : aider James à redonner son lustre au nom de Reddich, assurer la pérennité de Minerva House et vieillir avec la conviction intime d'avoir contribué, même modestement, à rendre le monde meilleur.

Et soudain, toutes ses certitudes volaient en éclats.

Si elle voulait se montrer vraiment honnête, cependant, elle devait s'avouer que, oui, elle avait rêvé d'autre chose. Durant ses nuits sans sommeil, elle s'imaginait à Londres, chevauchant dans Hyde Park, consultant les noms des danseurs inscrits sur son carnet de bal, courtisée en bonne et due forme par un gentleman qui deviendrait son compagnon attentionné.

Elle se hâtait alors d'étouffer ce rêve, parce qu'il était hors d'atteinte.

Jusqu'à présent…

— Je l'aime bien, finit-elle par reconnaître d'une voix à peine audible.

— Je le sais.

— Jamais je n'aurais pensé que cela arriverait. Et c'est plutôt terrifiant.

— Cela aussi, je le sais, répliqua Lara avec un sourire.

— Ah bon ?
— J'aime assez son ami.
— Oh ! s'écria Isabel en se redressant si brusquement que l'eau clapota par-dessus bord. Et lui semble avoir les mêmes sentiments. Comment est-ce...
— Je l'ignore ! Je lui ai montré tes statues, puis il m'a accompagnée à l'écurie pour nourrir les chevaux, et puis... alors...
— Alors, il a fait quelque chose qu'il n'aurait pas dû faire, apparemment, supposa Isabel lorsque sa cousine baissa la tête avec embarras.
— Isabel ! s'écria Lara, les joues écarlates.
— Tu l'as embrassé !
— Parce que tu peux t'ériger en juge ?
— Non. Je suppose que non, reconnut Isabel en riant.
— C'est plutôt plaisant, non ?
— D'embrasser ? Je ne suis pas persuadée que j'utiliserais le mot « plaisant ». Mais c'est absolument troublant, vraiment frustrant et complètement...
— Merveilleux.
— Précisément.
— On fait vraiment la paire, fit remarquer Lara avec un sourire jusqu'aux oreilles.
— Après des années sans aucun homme en vue, nous nous retrouvons comme des sottes face aux deux premiers qui se présentent.
— Ce ne sont pas les deux premiers. Tu as évité M. Asperton.
À ce souvenir, Isabel frissonna.
— Ce fut une épreuve, certes, mais il est vrai que j'ai évité M. Asperton.
— Alors... tu vas accepter que lord Nicholas te fasse la cour ?

Après avoir enjambé le bord de la baignoire, Isabel s'enveloppa dans une grande serviette, puis elle alla s'asseoir à côté de sa cousine.

Elle observa un silence pensif pendant quelques instants, avant de répondre :

— Oui. S'il demande ma main, je la lui accorderai. Pour notre bien à toutes.

Au moment même où elle prononçait ces mots, elle sut qu'ils étaient faux. Pourtant, elle aurait aimé croire que, si elle acceptait, ce serait pour Minerva House. Mais ce serait aussi pour elle-même, malgré le risque qu'elle courait de s'attacher à cet homme. Et même, le risque qu'elle prenait de…

Non. Elle ne commettrait pas les mêmes erreurs que sa mère.

En outre, Nick ne ressemblait en rien à son père. Il était honnête, franc et gentil, et il semblait tout à fait le genre d'homme à tenir ses promesses.

Isabel devait simplement s'assurer que, si elle l'épousait, ce serait selon ses conditions. Elle lui accorderait son attention, bien sûr. Elle jouirait de sa compagnie, de sa conversation… et de ses caresses, qui suffisaient à chasser toute pensée rationnelle de son esprit.

Mais elle ne l'aimerait pas.

Fortifiée par cette décision, elle se tourna vers Lara avec un sourire.

— Peut-être que ce ne serait pas si terrible que cela, finalement.

Dans le Yorkshire, la pluie cessait aussi soudainement qu'elle avait commencé. Pas d'éclaircie progressive, mais une rupture aussi brutale que l'extinction d'une bougie.

Lorsque le ruissellement de l'eau sur les fenêtres s'interrompit brusquement, le silence qui suivit parut surnaturel.

Nick quitta des yeux son jeu de cartes et croisa le regard de Rock.

— Enfin ! dit ce dernier.

— Tu te languis de La Tête de Cochon ?

— Pas du tout. Je commence simplement à me lasser de te voir dans cette redingote.

Il abattit une carte, et Nick, reconnaissant sa défaite, jeta son jeu sur la table.

— Quant à toi, on pourrait penser que tu te lasserais de perdre contre moi, ajouta Rock en ramassant ses gains.

Nick s'adossa à sa chaise, but une gorgée de cognac, puis il regarda son ami.

— Je vais l'épouser.

— Vraiment ? dit Rock sans cesser de battre les cartes.

— Elle a besoin de moi.

— Cela ne me semble pas une raison valable pour épouser une fille, Nick. Surtout quand la fille en question abrite une pleine maisonnée de fugitives.

— Je ne pense pas qu'il s'agisse d'une « pleine maisonnée », répliqua Nick. Et je ne crois pas qu'elle fasse quoi que ce soit de mal. Tu ne le penses pas non plus, d'ailleurs.

— Non, c'est vrai.

— Alors ?

— Je croyais que le mariage n'était pas pour toi ?

Nick ne chercha pas à biaiser. Pendant des années, il n'avait cessé de le répéter. D'une part, il ne connaissait pas de mariage réussi ; d'autre part, il ne voulait pas se lier à une femme par simple stratégie, n'ayant besoin ni d'argent ni d'une alliance avantageuse dans l'aristocratie.

En revanche, l'idée d'avoir une véritable compagne lui souriait plutôt. Isabel et lui trouveraient du plaisir à être ensemble. *Un immense plaisir...*

— J'ai changé d'avis.

— Et que feras-tu quand elle découvrira que tu es venu ici à la recherche d'une des filles ?

Nick ne répondit pas, pour la bonne raison qu'il refusait lui-même, depuis deux jours, de se poser la question. Il considéra d'un œil absent les cartes que Rock venait de lui distribuer.

— Épouse-la pour ses statues, reprit ce dernier. Épouse-la parce que tu veux coucher avec elle. Mais ne l'épouse pas parce qu'elle a besoin de toi.

— Je n'ai pas besoin de l'épouser pour les statues puisque, de toute manière, je compte les lui acheter. Et je ne suis pas entièrement convaincu qu'elle ait besoin de moi.

— Et quant à vouloir la mettre dans ton lit ? Je remarque que tu ne le nies pas...

Nick fit signe qu'il lui fallait une autre carte. Oui, il désirait Isabel, viscéralement. La manière dont, cet après-midi, elle s'était si librement donnée avait fait de leur valse une pure torture tant il brûlait de désir. Ce n'était qu'au prix d'un effort surhumain qu'il s'était abstenu de l'embrasser, après son aveu, puis qu'il était resté en bas au lieu de la suivre dans sa chambre.

— Permets-moi de te dire que je n'apprécie pas ta manière de formuler la chose.

Nick jeta une pièce sur la table. Rock l'imita, retourna une carte et jura entre ses dents.

— Qu'est-ce que tu disais sur le fait que je perdais toujours ? se moqua Nick.

— Comment appelez-vous cela, vous autres Anglais ? « Un jour à marquer d'une croix blanche » ? Cette fille n'a pas besoin de toi, poursuivit Rock tandis que Nick battait les cartes. Elle a besoin d'argent. Contente-toi d'acheter les marbres.

— Elle n'a pas besoin que d'argent. Et puis... Elle ne veut pas vraiment les vendre, ses statues.

— Dans ce cas, que faisons-nous ici ? s'exclama Rock.

— Jusqu'à il y a cinq minutes, nous n'avions pas le choix. J'ajouterai que tu semblais prendre du bon temps, entre la lecture de romans féminins et ton appropriation en douceur de ma fortune. Qu'y a-t-il de changé, soudainement ?

— Rien, répondit Rock en se versant une nouvelle rasade de cognac. Je suis simplement prêt à partir.

— Il s'est passé quelque chose avec Lara ?

— Pour toi, c'est Mlle Caldwell, répliqua Rock.

— Oh, pardon ! Il s'est passé quelque chose avec Mlle Caldwell ? Vous sembliez vous entendre comme larrons en foire... Ah, je comprends !

— Tu comprends quoi ?

— On dirait que je ne suis pas le seul à me débattre avec un problème de femme. La tienne est-elle aussi exaspérante que la mienne ?

Rock jeta une pièce sur la table.

— Distribue les cartes.

Nick obtempéra, et ils jouèrent un long moment en silence. Rock finit par déclarer :

— Elle est tout à fait charmante.

— C'est vrai.

— Pas simplement charmante. Parfaite.

Nick s'attendait si peu à ces mots qu'il lui fallut quelques secondes pour réagir.

— Je ne comprends pas. Où est le problème, dans ce cas ?

— Ça ne peut mener à rien.

— Pourquoi pas ?

— Regarde-moi, Nick, répliqua Rock en plongeant son regard noir dans le sien.

— Je te regarde. Et alors ?

Son ami jeta ses cartes sur la table.

— C'est la fille d'un gentleman. Je suis un barbare, né dans une ruelle turque.

— Elle vit dans une maison qui recueille des fugitives. Elle ne peut pas être complètement soumise aux lois de la bonne société. Du moins, pas de la manière que tu suggères… Je suppose que tes intentions sont honorables ? ajouta-t-il après un instant.

Rock se leva, manifestement nerveux. Après s'être approché de la fenêtre, il l'ouvrit en grand, et une bouffée d'air frais, encore humide, s'engouffra dans la pièce.

— S'il se passait quelque chose entre nous… elle serait bannie.

— Plus loin que le Yorkshire ? ironisa Nick.

Sans se retourner, Rock dit à voix basse :

— Son exil actuel est volontaire.

Nick observa son ami un long moment, puis il le rejoignit devant la fenêtre.

— Tu te tracasses pour rien. Tu as des dizaines d'amis riches et titrés qui accepteraient sans sourciller ton alliance avec elle.

— Tu sais bien que ce n'est pas vrai, dit Rock en secouant la tête.

— Mais si. Ça leur serait complètement égal.

Rock se détourna de la fenêtre pour regarder Nick.

— Tu ne penses cela que parce que cela te serait égal, à toi. Mais pour eux, ce serait différent. Crois-moi, si je descendais de voiture à Londres au côté d'une belle et blonde Anglaise, ils ne verraient pas cela d'un bon œil. Et je ne serais plus considéré comme un ami, mais comme un ennemi à la peau sombre qui aurait volé l'une de leurs femmes.

Nick soutint son regard pendant un long moment. Finalement convaincu, il jura entre ses dents.

— Tu tiens à cette fille ? dit-il en refermant sa main sur l'épaule de Rock.

— Oui.

— Eh bien, à mes yeux, ça devrait suffire. Que les autres aillent se faire pendre.

Rock esquissa un pâle sourire.

— C'est facile pour toi de dire ça. Tu es le fils d'un marquis, prêt à épouser la fille d'un comte.

— Elle n'a pas dit qu'elle acceptait.

— Elle acceptera. Elle serait folle de refuser. Mais promets-moi une chose… Promets-moi que ce n'est pas ton désir insensé de la sauver qui te pousse à l'épouser.

Nick resta songeur. Il devinait la question sous-entendue de Rock : Isabel allait-elle réparer les dégâts qu'Alana avait causés ? Parviendrait-elle à effacer le souvenir de la fourbe Turque ? Mais la simple idée d'une comparaison entre les deux femmes le fit grimacer.

— Ce n'est pas la même chose.

— Je ne suis pas certain que tu survivrais entre les mains d'une autre femme que tu ne pourrais pas aider.

— Qu'est-ce qui te fait dire que je ne pourrais pas l'aider, celle-ci ?

— Le fait que tu n'as jamais été capable d'aider aucune d'elles depuis que je te connais.

Un long silence s'abattit. Nick finit par le rompre d'un petit rire ironique.

— Et avant que tu me connaisses non plus, d'ailleurs.

— Tu peux aider cette fille sans renoncer à ta vie. Je ne dis rien de plus.

De nouveau, Nick s'abîma dans ses pensées. Était-ce ce qu'il voulait, aider Isabel, rien d'autre ? Cela entrait en ligne de compte, bien sûr. Mais Rock avait raison : il pouvait le faire sans l'épouser. Et même légalement, en allant trouver Densmore pour qu'il lui transfère la charge de Townsend Park. Sauf erreur de sa part, ce dernier ne serait que trop heureux de se débarrasser de cette responsabilité.

Alors, pourquoi la pensée du mariage ne cessait-elle de le hanter ? Quel pouvoir cette femme exerçait-elle sur lui pour qu'il soit prêt à tout lui sacrifier ?

Une image d'Isabel jaillit dans son esprit. Belle, fraîche, détendue... et certaine que son monde ne s'écroulerait pas.

Il ne l'avait jamais vue ainsi. Belle et malicieuse, belle et audacieuse, belle et attentive aux autres, belle et abandonnée entre ses bras, oui, mais jamais belle et sûre d'elle, de l'avenir, de lui.

Tout cela, il voulait le lui donner.

Peut-être était-ce l'effet de sa faiblesse pour les femmes. Était-il voué à tomber dans un piège, comme avec sa mère ou avec Alana ? Mais il lui était difficile de croire qu'Isabel leur ressemblait. Elle lui paraissait infiniment plus honnête, et elle menaçait de lui devenir infiniment plus chère.

— Je vais l'épouser, finit-il par déclarer, les yeux dans ceux de Rock. Nous ferons une bonne équipe.

Son ami acquiesça d'un signe de tête, et ils contemplèrent l'obscurité en silence.

Ce fut Rock qui reprit la parole le premier.

— Tu sais que tu ne peux pas le faire sans lui dire la vérité.

Les mots s'abattirent sur Nick comme une chape de plomb. Évidemment qu'il le savait ! Dès le début, il avait su qu'il lui faudrait avouer à Isabel ses relations avec le duc de Leighton. Il allait devoir lui dire qu'il recherchait Georgiana et affronter sa colère et ses interrogations.

Mais, au fond de lui-même, il avait espéré la convaincre de l'épouser, puis célébrer le mariage, avant d'avoir à admettre cette entorse à l'honnêteté.

Peut-être était-ce encore possible...

Comme s'il avait lu dans ses pensées, Rock déclara :

— Mieux vaut le lui dire toi même plutôt qu'elle ne découvre la vérité dans quelque temps.

— Je le sais, acquiesça Nick à contrecœur.

15

Le matin suivant, Isabel se rendit dans la salle des statues.

Elle étaient partie à la recherche de Nick après le petit déjeuner, s'était convaincue qu'il serait aimable de sa part de l'informer que les routes étaient de nouveau praticables.

Mais l'excitation qu'elle ressentit en le voyant penché sur son carnet, dans la salle brillamment éclairée, trahit une motivation quelque peu différente.

Depuis le seuil, elle l'observa tandis qu'il écrivait d'une main sûre. Elle était presque jalouse de l'attention qu'il portait à son travail. Quand une boucle brune tomba sur son front, frôlant ses lunettes, sa poitrine se contracta légèrement.

Il était vraiment très beau...

Et elle devenait une vraie nigaude !

Ramenée à l'instant présent par cette pensée, elle s'éclaircit légèrement la gorge. Il tourna alors la tête vers elle et, sensible à l'acuité de son regard, Isabel plaqua ses mains sur sa robe pour s'empêcher de tripoter ses cheveux ou de lisser sa jupe.

— Je ne voulais pas vous déranger mais j'ai pensé que vous aimeriez savoir que Rock est retourné en ville... Il est allé chercher vos affaires. Nous sommes heureux de vous accueillir ici... à Townsend Park... aussi longtemps que vous en aurez besoin.

Il ôta ses lunettes, et Isabel en éprouva une pointe de regret. D'une certaine manière, les lunettes soulignaient son intelligence et son honnêteté sous sa beauté.

Quand il lui adressa un sourire chaleureux, ses genoux semblèrent fléchir sous elle. Oui, elle le préférait avec ses lunettes – au moins formaient-elles un rempart relatif contre son charme.

— C'est très généreux de votre part. Merci.

Ne sachant que dire, elle gigota d'un pied sur l'autre. Il haussa les sourcils, manifestement amusé par sa nervosité.

— Ne voulez-vous pas entrer ?

Isabel avança d'un pas, avec la conscience aiguë que, pas plus tard que la veille, il l'avait embrassée ici. Et même plus qu'embrassée.

Peut-être devait-elle fermer la porte...

Son pouls s'accéléra. Si elle fermait la porte, il prendrait évidemment son geste comme une invitation à répéter la scène de la veille.

Elle hésita, partagée entre l'envie que celle-ci se reproduise et la crainte de ce qu'il allait penser d'elle.

Mais quand elle croisa ses yeux bleus étincelants, elle comprit qu'il savait exactement à quoi elle pensait. Il y avait une lueur provocante dans son regard, comme s'il la mettait au défi de fermer la porte et de prendre ce à quoi elle n'avait cessé de penser depuis la veille.

À regret, elle s'avança dans la pièce en laissant la porte ouverte. Son attention s'étant portée sur la statue la plus proche, elle choisit un sujet anodin.

— D'où vient votre si grand intérêt pour l'art antique ?

— J'ai toujours aimé les statues. À l'école, j'étais fasciné par la mythologie. Il est logique, sans doute, qu'après mes études, lorsque je suis allé sur le continent, j'aie été attiré par les cultures anciennes.

Après s'être perchée sur un socle, Isabel reprit :

— Ainsi, vous avez passé votre temps entre l'Italie et la Grèce ?

Il détourna brièvement les yeux.

— Avec la guerre, l'Italie était difficilement accessible. Comme il était plus facile d'aller vers l'est, j'ai traversé l'Empire ottoman jusqu'en Orient. L'art, là-bas, n'a pas d'équivalent. Leur histoire remonte bien plus loin que celle du continent. Vous ne pouvez pas imaginer leurs peintures, leurs céramiques... Je n'avais jamais rien vu de semblable. Et il n'y a pas que les peintures ou les sculptures. Leur corps tout entier reflète leur art et leur esprit.

— C'est-à-dire ? demanda-t-elle, intriguée par la révérence qu'exprimait sa voix.

— Les choses sont sacrées, dans les cultures orientales. Ceux qui étudient la musique, la danse et le théâtre le font avec leur être tout entier. Il y a, en Chine, des guerriers qui passent des années à apprendre l'art de se battre. En Inde, la danse est un rituel au cours duquel un seul geste féminin exprime le début et la fin du monde.

— Cela semble merveilleux.

— Ça l'est. Et c'est d'une sensualité qui dépasse celle de n'importe quelle valse.

La danse indienne pouvait-elle être plus sensuelle que la valse qu'ils avaient dansée le soir précédent ? Isabel avait du mal à le croire. Mais il y avait quelque chose d'à la fois sombre et voluptueux dans les yeux de Nick lorsqu'il continua :

— J'aimerais vous enseigner les choses que j'ai apprises en Inde.

— Quel genre de choses ?

— Malheureusement, des choses que les Anglaises de bonne famille n'apprennent pas.

— Il se trouve que je n'ai jamais été très douée pour jouer les Anglaises de bonne famille.

Il y eut un long silence, au cours duquel l'embarras d'Isabel alla grandissant. Quelle mouche l'avait piquée de dire une chose pareille ? Devait-elle s'excuser ?

— Je...

— Si vous vous apprêtez à vous excuser, abstenez-vous. Il se trouve que j'aime assez cette Isabel audacieuse.

Elle ne put s'empêcher de répondre au sourire entendu qu'il lui adressa. Partager un secret avec cet homme avait quelque chose d'enivrant. Elle voulait en savoir plus... tout savoir de lui.

— Comment avez-vous acquis vos connaissances sur les antiquités grecques et romaines, si vous avez passé votre temps en Orient ?

— Après quelques années, je suis revenu en Europe, se contenta-t-il de dire.

— En Turquie...

Il ne confirma pas, mais cela n'était pas nécessaire.

— C'est en Grèce que je me suis rétabli. Durant plusieurs mois, j'ai pu étudier les antiquités, découvrir leurs secrets. Les antiquités romaines sont venues ensuite, avant mon retour à Londres.

Isabel aurait voulu l'interroger sur son séjour en Grèce et en Turquie. Mais son instinct lui soufflait qu'il n'en dirait pas plus. Elle chercha un nouveau sujet, susceptible de les ramener vers la conversation amicale qu'ils avaient eue avant qu'elle ne ressuscite ces sombres souvenirs.

Son regard s'arrêta sur la statue auprès de laquelle il griffonnait des notes à son entrée.

— Vous travaillez encore sur Volupté ?

— Je n'arrive pas à la quitter.

— Elle est belle.

— Effectivement. Voyez-vous en quoi elle est différente des autres ?

Isabel observa le visage de la déesse, ses yeux mi-clos, ses lèvres gonflées à peine entrouvertes, son expression – qu'elle avait toujours prise pour de la somnolence. À présent, elle connaissait la vérité. Elle sentit son propre visage s'enflammer.

— Oui, vous le voyez...

La voix de Nick avait changé, à la fois plus chaude, plus douce et plus intime. Un délicieux frisson parcourut le dos d'Isabel.

— Toutefois, il ne s'agit pas que de son visage. Ce qui rend cette statue différente, c'est le soin que le sculpteur a apporté à inscrire la volupté dans chaque partie de son corps.

Isabel était fascinée par sa voix, et quand il approcha ses mains de la statue, elle ne put détourner le regard.

— Tous les détails trahissent la passion... Voyez l'angle de son cou, la manière dont elle relève le menton, comme si la sensation qui l'envahit l'empêchait de respirer.

Isabel regardait ses grandes mains bronzées caresser la joue de la statue, suivre la ligne de son cou, puis épouser les contours de sa silhouette au fil de ses paroles sensuelles.

— Son plaisir se lit dans la manière dont elle rejette les épaules en arrière, dont l'un de ses bras se relève distraitement pour toucher ses cheveux tandis que l'autre repose sur son ventre rond, comme pour apaiser ses palpitations.

Machinalement, les mains d'Isabel avaient imité celles de la statue. Quand elle croisa le regard de Nick, d'un bleu incandescent, elle comprit qu'il avait parfaitement conscience de ce qu'il faisait. Il la séduisait.

Lorsqu'il revint à la statue, Isabel prit une longue inspiration.

— Mais l'indice le plus révélateur de son émotion est peut-être ici... dit-il en prenant en coupe l'un des seins de la statue. Sa poitrine est plus pleine que celle des autres statues romaines de cette époque... Et elle est parfaite du point de vue anatomique. Vous remarquerez la pointe légèrement érigée de ce sein...

Comment pouvait-il rester aussi imperturbable ? Isabel se mordit la lèvre quand il dessina du pouce le contour du mamelon de marbre blanc et dut lutter pour ne pas imiter son geste. Si seulement ç'avait été elle qu'il caressait !

Le souffle qu'elle retenait s'exhala en un soupir tremblant, à peine perceptible. Mais il l'entendit. Délaissant Volupté, il tourna brusquement la tête vers elle. Le bleu de ses yeux s'était assombri.

— Je continue ?

Isabel s'approcha de lui autant qu'elle le put sans le toucher. Elle remarqua alors la tension dans ses épaules et le petit muscle qui tressaillait dans sa joue – signe, qu'elle avait appris à reconnaître, de l'effort qu'il exerçait sur lui-même pour se contenir. Il attendait qu'elle fasse le premier pas.

Elle posa les mains sur son torse, puis se hissa sur la pointe des pieds.

— Pas avec la statue, s'entendit-elle murmurer, avant de l'embrasser.

Il restait immobile, sans la toucher, sans lui rendre son baiser, et elle comprit qu'il lui remettait les rênes. Quelle griserie d'être maîtresse de son propre plaisir ! Elle aurait ri de se découvrir un tel pouvoir sur lui, si cela n'avait pas semblé incongru.

Après avoir noué ses bras autour de son cou, elle se pressa contre lui, et la chaleur qui émanait de son corps éveilla une sensation enivrante dans le sien. Elle ouvrit les lèvres pour lui signifier son désir d'être là, dans cette pièce, dans ses bras. Comme il ne faisait pas mine de s'emparer de sa bouche, elle suivit d'une langue timide sa lèvre inférieure.

Elle venait de découvrir la clé qui libérait la bête fauve.

Avec un grognement, Nick referma ses bras autour d'elle, tout en ouvrant la bouche à ses caresses. D'abord hésitante, Isabel saisit ce qu'il lui offrait, et leurs langues se touchèrent, se caressèrent, se mêlèrent en une danse tour à tour suave et provocante.

Quand il mit fin à leur baiser, ce fut pour la soulever et la déposer sur le socle bas de Volupté.

— Ne bougez pas, lui ordonna-t-il, avant de se diriger vers la porte, qu'il referma.

Cela fait, il revint vers elle, semblable dans sa démarche à un grand félin souple et puissant. Le cœur d'Isabel battait la chamade lorsqu'il finit par s'arrêter devant elle, l'observant comme il avait observé la statue.

Ainsi juchée sur un piédestal, elle avait une tête de plus que lui. N'y tenant plus, elle enfonça ses doigts dans ses cheveux pour relever son visage vers le sien. Une promesse silencieuse brillait dans son regard, et sa cicatrice avait pâli. Elle en effleura l'extrémité de ses lèvres, au coin de l'œil, puis s'empara de sa bouche.

Il l'encouragea de ses mains d'abord refermées sur ses flancs et les fit ensuite remonter jusqu'à l'endroit où le tissu cédait la place à la peau. Interrompant alors leur baiser, il promena ses lèvres le long de son cou, tout en tirant sur le haut de son corsage pour libérer l'un de ses seins.

— Ma Volupté en chair et en os... chuchota-t-il.

La chaleur de son souffle sur son mamelon en durcit encore la pointe, et Isabel s'accrocha à lui avec un cri de plaisir lorsqu'il commença à le taquiner de ses lèvres, de sa langue et de ses dents. Quand il finit par relever la tête, tous deux haletaient, et elle s'agrippait à ses épaules pour conserver son équilibre.

— Avant que nous n'allions plus loin, dit-il d'une voix entrecoupée, je pense qu'il faudrait parler de notre mariage.

Mais Isabel ne voulait pas qu'il s'arrête. Ne pouvaient-ils pas en discuter plus tard ?

— Oui, murmura-t-elle, avant de baisser de nouveau la tête pour l'embrasser.

— Oui, quoi ?

— Quoi ?

Il sourit et, face à son plaisir manifeste, elle sentit quelque chose se contracter délicieusement au plus profond de son corps.

— Isabel... Je pense que nous devrions nous marier.

Elle lui rendit son sourire.

— Je suis d'accord.

— Parfait.

Il la récompensa d'un autre long baiser, avant de saisir ses bras pour les relever au-dessus de sa tête et placer ses mains autour du cou de la statue. Isabel sentit le marbre froid de la déesse contre son dos nu. Une fois qu'il l'eut placée à sa convenance, il reporta son attention sur sa poitrine. Elle retint un gémissement lorsqu'il agaça de ses dents la pointe de son sein gonflé, puis l'apaisa d'une langue experte ; elle en retint un autre quand, glissant sa main entre ses jambes, il releva ses jupes pour atteindre l'endroit qui appelait sa caresse.

— Nous le célébrerons bientôt ?

À cette question, Isabel rouvrit les yeux. Mais toute son attention se concentrait sur les effleurements affolants de ses mains. Elle allait mourir s'il ne la caressait pas !

— Oui... Bientôt.

Ayant dénoué avec dextérité les cordons de sa culotte pour glisser une main à l'intérieur, il l'invita à écarter un peu les jambes et frôla de ses doigts son intimité brûlante.

— Bien. Parce que je ne pense pas être capable d'attendre beaucoup plus longtemps...

L'acquiescement d'Isabel s'acheva en soupir lorsqu'il glissa un doigt en elle.

— Je suis si heureux que nous soyons d'accord.

Ces mots, pourtant anodins, lui firent l'effet d'un feu liquide s'ajoutant à la caresse subtile qui la privait de toute pensée cohérente. Elle lâcha la statue pour s'accrocher à lui et, sans retirer sa main, il la souleva entre ses bras pour l'emmener jusqu'à la banquette sur laquelle il lui avait donné tant de plaisir. Cette fois, au lieu de s'y installer, il fit asseoir Isabel, puis s'agenouilla devant elle.

L'intensité même de son désir l'obligea à rouvrir les yeux. C'était là ce qui provoquait la perte des femmes. Elle devait résister à ce désir, et à l'homme qui le lui inspirait.

— Attendez...

— Oui ? dit-il sans que ses doigts cessent leurs caresses langoureuses.

— Je... Il faut que vous sachiez... Je ne peux pas vous aimer.

— Non ?

Elle réprima un gémissement quand, avec son pouce, il dessina un cercle délicat autour du petit bouton dur qu'elle n'avait découvert que la veille.

— Je crois cependant que je pourrais vraiment m'attacher à vous.

Il eut un rire rauque.

— Je pense pouvoir dire la même chose.

De sa main libre, il remonta ses jupes sur ses jambes, puis il écarta celles-ci, exposant sa chair la plus intime à son regard.

— Qu'est-ce que… Non, arrêtez ! protesta Isabel, choquée, en refermant ses cuisses et en essayant de rabattre ses jupes.

— Isabel…

Il s'inclina vers elle pour s'emparer de sa bouche. Quand elle s'amollit de nouveau entre ses bras, il déposa un dernier baiser au coin de ses lèvres avant de chuchoter :

— Crois-moi, mon cœur, tu vas beaucoup m'aimer, après cela.

Doucement, il écarta de nouveau ses jambes.

Quand, s'inclinant, il déposa un baiser humide à l'intérieur de son genou, puis remonta le long de sa cuisse, Isabel se couvrit les yeux, embarrassée de sentir sa bouche si près de son intimité. Puis il joua avec les boucles qui dissimulaient son sexe, et cette caresse légère suffit à déclencher, vague après vague, une irrépressible tentation.

Finalement, quand elle découvrit ses yeux, elle lut une promesse sensuelle dans son regard brûlant.

— C'est ce que j'attendais. Ne te cache jamais de moi, ma beauté.

Il écarta alors les replis humides de son sexe pour la caresser d'un doigt. La sensation fut si vive que le pouls d'Isabel s'emballa.

— Tu es si belle, ici. Je veux connaître chaque centimètre de ton corps…

Il s'était penché davantage, et son souffle chaud sur sa peau, accompagnant la pression parfaite de son doigt sur le noyau sensible, arracha un gémissement à Isabel.

— Sais-tu à quel point j'ai envie de te goûter ?

À ces mots, elle écarquilla les yeux. Il ne voulait sûrement pas dire que…

Et pourtant !

Dès qu'il posa sa bouche sur elle, son corps ne lui appartint plus mais devint entièrement le sien.

Avec un cri étouffé, elle s'accrocha à ses boucles brunes.

Sa bouche l'aimait de toutes les manières possibles, sa langue caressant son sexe humide, s'y enfonçant, le taquinant et dessinant des cercles qu'elle n'était pas sûre de pouvoir supporter. Il lui écarta davantage les jambes, et elle leva les hanches pour mieux s'offrir à lui. De la pointe de la langue, il chercha le petit bouton gonflé, délicieusement douloureux, et lui imposa une succession de caresses qui lui coupa le souffle.

Elle l'attira alors à elle, incapable de renoncer aux sensations extraordinaires qui déferlaient dans son corps. Il accéléra le rythme, jusqu'au moment où elle cria son prénom.

Il s'interrompit soudain, pendant un long et insupportable moment. N'y tenant plus, elle se tordit sur la banquette, mais, d'une main ferme, il la maintint immobile, sans que sa bouche ni sa langue, appliquées contre elle, ne bougent. Elle crut mourir.

— Nick… chuchota-t-elle. S'il te plaît… S'il te plaît, ne t'arrête pas !

Exauçant sa prière, il finit par refermer ses lèvres autour du petit noyau durci. Elle n'était plus que sensations.

Finalement, il introduisit un doigt, puis un second, au plus profond d'elle, la projetant de plus en plus vers ce précipice inconnu qu'elle redoutait et désirait à la fois.

Elle vacilla sur le bord avant de culbuter, portée par les mains de Nick, par sa bouche et par le râle satisfait qui grondait dans sa gorge, et elle fut soulevée par une vague de plaisir comme elle n'en avait jamais éprouvé. Elle eut l'impression que la pièce tournait autour d'eux tandis qu'elle criait son nom, accrochée à ses cheveux comme au seul élément stable dans un maelström de sensations.

Elle retomba sur la banquette et, après un long moment, Nick releva la tête. Lorsque leurs yeux se croisèrent, les siens brillaient de passion et de plaisir. Isabel prit une inspiration tremblante en essayant de recouvrer son sang-froid tandis que, ayant rabaissé ses jupes, il s'asseyait à côté d'elle, déposait un baiser léger sur sa tempe, puis l'attirait contre lui.

Comme elle laissait retomber distraitement sa main sur lui, il la prit dans la sienne avec un hoquet étouffé.

— Oh... Je t'ai fait mal ?

— Pas du tout, répondit-il avec un sourire en coin. J'ai simplement une envie désespérée de toi.

Quand elle comprit, Isabel se mordit la lèvre.

— Veux-tu... Puis-je faire quelque chose ?

Il eut un léger rire et pressa sa main, qu'il porta ensuite ses lèvres.

— Il n'y a rien au monde que je désirerais davantage. Mais ce n'est ni l'endroit ni le moment. Cependant, je suis très heureux que tu aies accepté de m'épouser. Parce que j'ai bien l'intention de répondre affirmativement à ta proposition, et le plus tôt sera le mieux.

Isabel rougit, embarrassée par la manière dont ils avaient abordé le sujet.

Il eut la bonne grâce de paraître contrit.

— Ma demande en mariage n'était pas très convenable, n'est-ce pas ?

— C'est vrai. Mais nous n'avons pas besoin de faire de cérémonies. Il n'y a personne ici pour s'en préoccuper.

— Il n'empêche que je me rachèterai.

Elle détourna les yeux pour les abaisser sur ses mains, croisées sur ses genoux.

— J'ai bien aimé la manière dont tu l'as déjà fait.

Il saisit alors son menton pour tourner son visage vers le sien et fouilla son regard, comme s'il cherchait quelque chose. Ses yeux s'éclaircirent. Au baiser qu'il lui donna ensuite, doux et généreux, Isabel songea avec satisfaction qu'elle avait raison d'avoir accepté de l'épouser. Il n'était pas difficile de bien l'aimer. Si seulement elle pouvait être certaine de ne pas *trop* l'aimer !

Un coup frappé à la porte l'empêcha de s'appesantir sur cette question. Isabel sauta de la banquette, le cœur battant. Si on les avait interrompus quelques minutes plus tôt...

La porte s'ouvrit, et elle entendit la voix de Lara.

— Isabel ?

Sa cousine ne les aperçut pas immédiatement car ils étaient à l'extrémité de la salle, dissimulés par les grandes statues. Aussi Isabel dit-elle, d'une voix plus forte qu'il n'était nécessaire :

— Je crois vraiment qu'il s'agit d'Apollon, lord Nicholas.

Nick se leva et, lentement, contourna Isabel pour observer le marbre auquel elle faisait allusion.

— Je crains que vous ne vous trompiez, lady Isabel.

— Qu'est-ce qui vous fait dire cela ? répliqua-t-elle, plus attentive aux pas précipités de Lara qu'à la statue.

— Déjà, il s'agit d'une femme, observa-t-il avec ironie.

Isabel tourna la tête pour regarder la statue en question.

— Je ne parlais pas de celle-ci, évidemment. Mais de celle-là, là-bas, ajouta-t-elle avec un geste vague, tandis qu'il souriait d'un air entendu.

Dès que Lara fut suffisamment proche, Isabel comprit qu'un événement grave venait de se produire.

— Laquelle des filles ? interrogea-t-elle aussitôt.

Lara s'arrêta et s'efforça de reprendre son souffle.

— Georgiana.

Isabel perçut le soudain raidissement de Nick. Quand elle se tourna vers lui, elle fut surprise par la brusque transformation de son visage.

— Que lui est-il arrivé ?

— Elle a disparu, répondit Lara.

— Qu'allons-nous faire ? demanda Nick, tourné vers Isabel.

Si elle en avait eu le temps, elle aurait apprécié son usage du « nous » – preuve supplémentaire qu'ils allaient former une bonne équipe. Mais elle se dirigeait déjà vers la porte, Lara sur les talons.

— Nous allons la retrouver.

16

Leçon numéro sept

N'hésitez pas à manifester l'admiration mêlée de respect qu'il vous inspire.

Rien ne plaît davantage à un lord que de se voir rappeler sa force, son intelligence et son pouvoir. Feignez d'être ignorante et de tout apprendre de lui, et votre lord sera à vous. Offrez-lui quelques occasions de vous venir en aide : si vous vous brûlez le bout des doigts en jouant à Snap Dragon, permettez-lui de soigner vos blessures ; reconnaissez sa supériorité aux cartes et autres jeux de société ; et, lorsque c'est possible, louez l'étendue de ses connaissances et la fermeté de son caractère.

Pearls and Pelisses, *juin 1823*

— Qui est la dernière à l'avoir vue ?

À peine eut-elle posé cette question qu'Isabel, prenant des mains le large rouleau de papier que lui tendait Gwen, s'approcha de la table qui occupait le centre de la cuisine.

Nick vit entrer Rock, à l'autre bout de la pièce. Après un échange de regards avec son ami, il reporta son attention sur les autres personnes présentes.

C'était donc cela, Minerva House.

Il y avait là deux douzaines de femmes environ, toutes vêtues en homme avec pantalon, chemise, bottes et casquette qui dissimulait leur chevelure. Elles se levèrent à l'entrée d'Isabel comme s'il s'agissait de Wellington en personne. Avec le calme et l'efficacité d'un vieux général, celle-ci déroula le papier au centre de la table et le maintint déplié au moyen d'un pichet, d'une salière et de deux bols en bois. S'étant approché, Nick reconnut un plan du domaine, étalé devant Isabel comme un plan de bataille. Il en déduisit que ce n'était pas la première fois qu'un incident de ce genre se produisait.

— C'est moi qui l'ai vue la dernière, déclara Jane. Elle se dirigeait vers la buanderie avec des vêtements de James.

De nouveau, Nick croisa le regard de Rock. Celui-ci indiqua la porte de service d'un air interrogateur. Mais Nick secoua la tête. Il voulait voir Isabel à l'œuvre.

— Quand ?

— Il y a une demi-heure environ. Peut-être quarante minutes.

— Ensuite ?

— Meg a trouvé les vêtements en tas sur le chemin, continua Jane.

— Quand ?

Incapable de garder le silence, Nick s'était avancé. Sa question attira sur lui l'attention de toutes les femmes. Peut-être ne parviendrait-il pas à convaincre Isabel de lui faire confiance, mais, bon sang, il pouvait l'aider à retrouver cette fille !

Laquelle avait vraisemblablement été enlevée à cause de lui...

La dénommée Meg jugea bon d'interroger Isabel du regard avant de répondre à la question de Nick. Elle attendit que la maîtresse des lieux ait acquiescé avant de dire :

— Il n'y a pas vingt minutes, monsieur.

— Où sont les vêtements maintenant ?

— Sur ce tabouret. J'espère que j'ai bien fait de les rapporter, Isabel ?

— Tu as très bien fait, assura Isabel.

Elle s'approcha des vêtements et les palpa l'un après l'autre.

— Ils sont à peine humides, dit-elle en se tournant vers Nick.

Il ne put qu'admirer sa perspicacité. Elle avait tout de suite compris le sous-entendu de ses questions. Avec la quantité de pluie qui était tombée ces derniers jours, les étoffes se seraient rapidement imprégnées de l'eau du sol.

— Elle n'est pas loin.

— Je pense qu'il doit y avoir vingt-cinq minutes, trente tout au plus, qu'elle est partie, déclara Isabel en reportant son regard sur la carte. Ils ont dû venir à pied, sinon Kate aurait vu les chevaux...

Au regard interrogateur qu'elle jeta à celle-ci, la responsable d'écurie secoua la tête.

— Ils n'iront pas loin avec elle en plein jour, intervint Nick. Ils risqueraient de se faire repérer.

— Ce qui signifie qu'elle est probablement cachée sur le domaine, reprit Isabel après avoir opiné.

Nick poussa un lent soupir. Elle plaçait sa confiance en lui. En cela, elle commettait une erreur, lui souffla une petite voix qu'il repoussa aussitôt.

— Notre connaissance des lieux va nous faciliter la tâche. Kate, Meg et Regina, vous allez fouiller les bosquets qui se trouvent dans la prairie est. Jane, Caroline, Frannie, vous irez jusqu'aux terres des Marbury en passant par la clôture ouest... N'oubliez pas de fouiller les appentis où Marbury a dû laisser du foin à sécher.

Elle forma plusieurs autres groupes, auxquels elle assigna différentes zones du domaine en les leur indiquant sur la carte. Après avoir ouvert un petit placard, la cuisinière en tira des trompes de chasse qu'elle distribua à chacun des groupes.

— Si jamais vous voyez quelque chose d'insolite, sonnez l'alarme, indiqua Isabel. Ne faites rien sans les autres. Comme d'habitude, Gwen reste ici. Si vous avez besoin de quoi que ce soit, adressez-vous à elle.

Lorsqu'elle releva les yeux, Nick s'émerveilla de la manière dont les autres se redressèrent, la tête haute et le dos droit, comme n'importe quels soldats soucieux d'impressionner leur supérieur. Cette petite armée était visiblement prête à suivre les ordres d'Isabel sans sourciller.

Et il se surprit à être disposé à leur emboîter le pas.

— Lara et moi allons fouiller la zone entre la maison et la grand-route. Des questions ?

— Lady Isabel... J'aimerais voir l'endroit où Georgiana a été enlevée.

— Nous n'avons pas le temps, répliqua-t-elle.

Il avait bien conscience du risque qu'il courait en l'interrogeant devant les filles, mais il savait aussi qu'il pouvait accélérer les recherches. Il devait le lui prouver, quitte à s'exposer, en retour, à ses questions.

— J'ai appris à suivre une piste...

Par-dessus l'épaule d'Isabel, il vit Rock hausser les sourcils avec surprise. Quant à Isabel, elle l'observa longuement, avant d'incliner la tête.

— Je vais vous y conduire. Monsieur Durukhan, cela ne vous ennuie pas de me remplacer auprès de Lara ?

— Non, bien sûr.

— Parfait. À présent, ajouta-t-elle à l'intention des autres, faites vite, prenez garde à vous et soyez de retour avant la tombée de la nuit.

Toutes quittèrent la cuisine en bon ordre, comme un bataillon bien entraîné. Pendant qu'Isabel donnait ses derniers ordres à Gwen, Nick rejoignit Rock.

— Ils ne se sont certainement pas dirigés vers la route, dit ce dernier en lui donnant le pistolet qu'il venait de tirer de sa ceinture.

— Non.

Le regard de Rock s'assombrit.

— Lui diras-tu pour quelle raison tu es ici ?

— Pas si je peux l'éviter.

— Je ne serai pas loin derrière toi, se contenta de dire son ami.

Ils se serrèrent la main, et Nick revint vers Isabel.

— Si tu as terminé, allons-y.

À l'endroit où Georgiana avait été enlevée, non loin de la maison, ils trouvèrent une veste sale que Meg, dans sa hâte à donner l'alerte, n'avait pas ramassée. Nick observa les empreintes laissées dans la boue du chemin.

— Tu vois quelque chose ? finit par demander Isabel.

— Ils sont deux. Et elle s'est apparemment débattue.

Il se releva après avoir juré entre ses dents et désigna un bosquet situé assez loin vers le sud.

— Y a-t-il un abri quelconque par là ?

— Une cabane de bûcheron abandonnée. James aime bien aller y jouer.

— C'est dans cette direction qu'ils sont allés. Ils vont vouloir attendre que la nuit tombe pour voyager plus discrètement... Y a-t-il une chance que je puisse te convaincre d'attendre ici avec Gwen ? ajouta-t-il après un silence.

Mais Isabel s'éloignait déjà à grandes enjambées.

— Aucune. Comment as-tu appris à suivre une piste ?

— Lorsque je me suis rendu sur le continent, la guerre sévissait.

Ils marchèrent un long moment en silence. Quand elle s'aperçut qu'il répugnait à en dire davantage, elle insista :

— C'est tout ? Il y avait la guerre ?

— Que pourrait-il y avoir de plus ?

— Qui t'a formé ?

— Un membre très intelligent du Bureau de la guerre britannique.

— Mais tu n'étais pas soldat ?

— Non, répondit Nick. Combien de fois as-tu organisé ce genre d'opération de recherche ? demanda-t-il, désireux de s'écarter de ce sujet dangereux.

— Plusieurs fois, répondit-elle avec un haussement d'épaules, tout en accélérant l'allure.

— C'est-à-dire ?

— Je ne m'en souviens pas.

— Fais un effort. Une fois ? Cinquante ?

— Plus d'une fois. Et moins de cinquante.

Cette femme excellait décidément à mettre sa patience à l'épreuve !

— Et tes recherches ont-elles été couronnées de succès ?

— Le plus souvent.

— Même maintenant, alors que nous allons nous marier et que je t'apporte mon aide pour retrouver cette fille, tu ne me fais pas confiance.

Ce en quoi elle ne manquait pas de perspicacité. Mais il força cette petite voix intime à se taire.

— Ce n'est pas ça...

— Quoi, alors ? Qui est cette Georgiana, pour qu'on prenne la peine d'organiser son enlèvement ? insista Nick comme elle gardait le silence.

— Je ne peux pas te le dire.

— Je commence à me lasser de cette réponse.

— Il ne m'appartient pas de divulguer cette information.

— Que peux-tu me confier, alors ?

Sans ralentir le pas, elle tourna un instant la tête vers lui, puis reporta son regard sur les arbres au loin.

— Ce que je peux te dire, c'est qu'elle est plus qu'une simple gouvernante. Mais tu le sais déjà… Et, aussi, qu'elle appartient à une grande famille et que celle-ci fera tout pour la récupérer. Je savais, lorsque je l'ai accueillie à Minerva House, que ce jour viendrait tôt ou tard.

— Dans ce cas, pourquoi l'avoir recueillie ?

— Je n'ai jamais renvoyé une fille, répondit-elle à voix basse. Je n'allais pas commencer avec elle.

Nick se laissa distancer de quelques pas et observa sa silhouette élancée tandis qu'elle foulait le sol à grands pas. Elle s'était changée avant de se rendre dans la cuisine et portait à présent des vêtements d'homme. En pantalon, avait-elle argué, elle était plus libre de ses mouvements. Il ne put retenir un sourire admiratif. Jamais il ne l'avait trouvée aussi belle.

Ce ne fut qu'au bout d'un moment qu'il comprit pourquoi. Il n'y avait rien d'hésitant dans l'attitude d'Isabel – rien qui indiquât de la nervosité ou de l'incertitude. Elle se déplaçait avec une grâce sûre et tranquille, prête à affronter ce qui se présenterait.

C'était ce mélange de force et de vulnérabilité qui l'attirait si irrésistiblement. Cette femme, dont il n'avait jamais connu d'égale, n'hésitait pas à grimper sur le toit d'un manoir ou à arpenter la campagne du Yorkshire à la poursuite de kidnappeurs, et trouvait néanmoins le temps de douter de ses actes et de se remettre en cause.

Quoi d'étonnant à ce qu'il souhaite épouser une créature aussi remarquable ? Malheureusement, il aurait du mal à la convaincre du bien-fondé de ce mariage, si jamais elle découvrait la raison de sa présence dans le Yorkshire.

Ils avaient à présent atteint le bosquet d'arbres, et il apercevait la cabane à quelques dizaines de pas. Il saisit le bras d'Isabel pour l'empêcher d'aller plus loin.

— J'aimerais que tu restes ici et que tu me laisses y aller seul.

Comme elle secouait la tête et ouvrait la bouche pour protester, il leva la main.

— Et s'ils ont des armes... que feras-tu ?

— J'ai déjà affronté des hommes armés.

Une vague de colère inattendue le submergea.

— Je n'ai jamais entendu une telle... As-tu au moins un moyen de te défendre ?

— Non.

Le temps de prendre note qu'il devait lui apprendre à tirer au pistolet, il rétorqua :

— Alors ? Qu'as-tu l'intention de faire ? Les exaspérer jusqu'à ce qu'ils te rendent Georgiana ? Ça peut marcher avec moi... mais j'imagine que nous avons affaire à des professionnels.

Elle lui jeta un regard agacé.

— En général, il suffit que je mentionne le comte, et ils prennent leurs jambes à leur cou.

— Tu plaisantes ?

— Non, répondit-elle en détournant néanmoins le regard.

— Isabel... D'après le peu que tu m'as dit de Georgiana, crois-tu vraiment que les gens chargés de la retrouver auront peur de ton frère ?

Comme elle ne répondait pas, il la poussa doucement derrière un gros tronc d'arbre.

— Je vois que tu m'as compris. Tu resteras ici. Ne bouge pas jusqu'à ce que je vienne te chercher.

— Et s'il t'arrive quelque chose ?

Nick soupira. Cette femme avait-elle une foi quelconque en lui ?

— Si je ne suis pas de retour dans dix minutes, utilise cette maudite trompe. Et fais accourir tes amazones.

— Elles ressemblent vraiment à des amazones, n'est-ce pas ? demanda-t-elle avec un sourire fugitif.

Lui-même ne put retenir un sourire en coin.

— Je suis heureux d'être capable de t'amuser.

Il tira le pistolet de sa ceinture, s'assura qu'il était chargé, puis tourna les talons. Mais elle le rappela d'un chuchotement.

— Nick !

— Oui ?

— Je... Sois prudent.

En deux pas, il la rejoignit et referma son bras autour de ses épaules pour l'attirer à lui. Le baiser rapide, mais appuyé, qu'il lui donna leur rappela le plaisir qu'ils avaient trouvé dans les bras l'un de l'autre.

— Il est hors de question que je ne revienne pas, déclara-t-il ensuite. Nous avons laissé une affaire inachevée, tout à l'heure.

Elle rougit et détourna les yeux.

— Va.

Dès qu'il se fut approché de la cabane, il eut la confirmation que deux hommes détenaient Georgiana à l'intérieur. Il entendait la jeune femme se débattre et pousser des cris furieux, inarticulés, malgré le bâillon qui, sans aucun doute, était censé la réduire au silence. Elle observait la première règle en cas d'enlèvement : se manifester et se rendre insupportable. Elle savait que la prime serait d'autant plus élevée qu'elle n'aurait pas été rudoyée, et elle n'hésitait pas à en jouer.

Nick fut presque amusé de voir, par la fenêtre, l'un de ses ravisseurs se frotter les tempes.

— Hé, la fille, fit l'autre avec un lourd accent cockney, vous allez réussir qu'à vous faire mal. On vous ramènera pas là-bas. On vous ramène à la maison.

Nick s'attendait à tomber sur ce genre d'individu. Il allait devoir casser la figure à Leighton pour ne pas lui avoir fait confiance.

Les paroles de son ravisseur ne firent qu'exaspérer les efforts de Georgiana, qui se mit à marteler de ses pieds le plancher pourri de la vieille cabane.

Les deux hommes ne feraient sans doute pas beaucoup de difficultés pour se débarrasser d'une prise aussi peu accommodante. Il suffirait d'y mettre le prix.

— Que se passe-t-il ?

Il aurait dû savoir qu'Isabel le suivrait ! Son chuchotement, contre son épaule, le rendit néanmoins furieux.

— Que t'ai-je demandé ?

— Je...

— Non, Isabel. Que t'ai-je demandé ?

— Je ne suis pas une enfant.

— Vraiment ? Pourtant, tu sembles avoir du mal à respecter les consignes.

— Tu es injuste ! Tu ne pensais quand même pas que je te laisserais intervenir sans mon aide ?

— T'est-il venu à l'esprit que je m'inquiéterais pour toi et que cela rendrait les choses encore plus difficiles ?

— Mais pourquoi t'inquiéterais-tu pour moi ? demanda-t-elle en écarquillant des yeux surpris. Je suis parfaitement capable de me débrouiller seule.

— De cette conversation aussi, je suis fatigué. Reste ici s'il le faut. Mais essaie de te tenir à l'écart, veux-tu ?

— Que vas-tu faire ? chuchota-t-elle quand il commença à contourner la cabane pour gagner la porte.

Mais, au lieu de lui répondre, il frappa trois coups au panneau de bois. Il était temps de mettre un terme à cette situation ridicule. Avec, comme conséquence presque inévitable, de déchaîner la colère d'Isabel contre lui.

— Ouvrez cette porte, messieurs. Je veux la fille et je ne partirai pas sans elle. Alors, autant avoir une petite discussion.

Seul le silence lui répondit. Quand il se retourna, il découvrit Isabel à quelques pas de lui, bouche bée de stupeur.

— J'ai opté pour une approche directe...

— C'est ce que je vois.

À peine eut-elle prononcé ces mots qu'elle laissa échapper un cri étouffé. La porte s'était ouverte, et un personnage déplaisant, coiffé d'un bonnet de laine, tenait Nick en joue.

— Je ne pense pas que nous ayons besoin de recourir aux armes, dit celui-ci après un instant.

L'homme qui s'abritait derrière Bonnet-de-laine sourit, dévoilant quelques chicots jaunis.

— On dirait qu'si, m'sieur, fit-il en désignant le pistolet de Nick.

— Remarque pertinente, reconnut Nick après avoir brièvement baissé les yeux. Eh bien, nous allons essayer de nous entendre sans faire couler le sang, d'accord ?

L'homme haussa une épaule, ce que Nick interpréta comme un signe favorable.

— Combien vous paie-t-il ?

— Je sais pas de quoi qu'vous parlez.

— Allons, ni vous ni moi ne sommes stupides. Combien vous a offert le duc de Leighton pour que vous lui rameniez sa sœur ?

Il entendit l'exclamation d'Isabel derrière lui et s'ordonna de l'ignorer.

— Cent livres, répondit Bonnet-de-laine, qui échangea ensuite un regard avec Chicots. Chacun.

— Cela signifie, je suppose, qu'il vous a promis cent livres pour vous deux. Mais je ne suis pas du genre à ergoter. Je suis prêt à vous donner deux cents livres à chacun, et sur-le-champ, si vous me laissez la fille et portez un message à Leighton.

Les deux hommes se regardèrent, jetèrent un coup d'œil en direction de Georgiana, puis reportèrent leur attention sur Nick.

— Quel message ?

— Dites-lui qu'elle est avec St. John.

— C'est tout ?

— C'est tout.

L'homme resta songeur un instant. Puis il fit un geste avec son pistolet.

— Les picaillons ?

— Rock ? appela Nick sans même se tourner vers la porte.

Un bruit de pas rapides se fit entendre, et Rock apparut à son côté quelques secondes plus tard.

— Je suis là.

— Débarrasse ces messieurs de leurs armes et escorte-les jusqu'à la limite de la propriété. Une fois là, donne-leur leur argent, et qu'ils s'en aillent.

Les deux hommes écarquillèrent les yeux devant la stature du nouveau venu. Quand Bonnet-de-laine plaça son pistolet dans l'énorme paume de Rock, celui-ci sourit.

— Ce fut un plaisir.

Nick attrapa alors le petit homme par ses vêtements – ce fut tout juste s'il ne le souleva pas de terre.

— Écoute-moi bien… Si tu remets les pieds ici, je ferai usage de mon pistolet. Et je suis un excellent tireur.

— Compris.

Nick le lâcha aussitôt pour aller s'agenouiller auprès de Georgiana. Il la débarrassa d'abord de son bâillon, puis il s'attaqua aux cordes qui lui liaient les mains.

— Merci, dit-elle.

— Vous devriez vous montrer plus prudente, lady Georgiana.

Elle rougit.

— Il y a longtemps que vous le savez ?

Nick envisagea de mentir. Mais il s'abstint.

— Avant même mon arrivée.

— Vous êtes venu pour moi ? C'est Simon qui vous a envoyé ? ajouta-t-elle quand Nick garda le silence.

— Il était très inquiet.

Devant les larmes qui embuèrent aussitôt les yeux de la jeune femme, Nick comprit qu'elle ne craignait pas son frère. Il lui manquait, et son foyer aussi. C'était un sentiment que lui-même ne comprenait que trop bien.

— Il se trouve que j'ai une sœur, moi aussi. Je n'aimerais pas la perdre.

— Allez-vous... Devez-vous me ramener ? demanda-t-elle avec, cette fois, de la peur dans la voix.

La dernière corde dénouée, Nick aida la jeune fille à se remettre sur ses pieds.

— Non. Votre frère m'a demandé de vous retrouver, pas de vous ramener.

— Merci, dit-elle de nouveau, tout en frottant ses poignets écorchés.

— Vous savez que vous ne pourrez pas vous cacher de lui indéfiniment, n'est-ce pas ?

— Pas plus que vous ne pourrez vous cacher d'Isabel, répliqua-t-elle après avoir hoché la tête.

Nick ne put retenir une grimace.

— Je ne crois pas être dans ses bonnes grâces, en cet instant.

— Vous ne vous trompez pas.

Suivant son regard, il se retourna. Isabel se tenait sur le seuil de la cabane. Rock et les deux hommes avaient disparu, et il regretta fugitivement de ne pas être parti avec eux.

Car il n'aimait pas du tout ce qu'il lisait dans les yeux d'Isabel : l'accusation d'avoir commis une trahison de la pire espèce.

17

Leçon numéro huit

Apprenez à aimer ses imperfections.

Vous trouverez peut-être la chose difficile à croire, nous le savons, mais même les lords les plus recommandables ont toujours un défaut ou deux. Peut-être rit-il un peu trop bruyamment ou sa vue manque-t-elle d'acuité... Peut-être a-t-il une boucle de cheveux délicieusement rebelle à toute tentative de domptage...

Embrassez ces défauts, chère lectrice ! Car c'est dans ces peccadilles que se trouvent le charme et la joie d'une union réussie !

Ces leçons, appliquées à bon escient, vous assureront d'être adorée malgré vos propres imperfections.

Ne devez-vous pas à votre lord une indulgence semblable ?

Pearls and Pelisses, *juin 1823*

Il lui avait menti.

Isabel se tenait debout devant la fenêtre, dans la pénombre de sa chambre. Le ciel s'embrasa au moment où disparaissaient les derniers rayons du soleil, puis il devint peu à peu d'un bleu d'encre profond.

Il y avait des heures qu'elle fixait, sans rien voir, ce qui restait du domaine de Townsend Park. Une seule et unique pensée tournoyait dans son esprit : Nick lui avait menti.

Elle aurait dû s'en douter, bien sûr. Elle aurait dû deviner qu'il n'était pas celui qu'il prétendait être, mais, au contraire, celui qui porterait le coup fatal à Minerva House.

Il lui avait demandé de lui faire confiance, et il s'était montré si convaincant, si attachant qu'elle avait fini par croire qu'il allait effectivement les protéger, les filles et elle. Quelle erreur elle avait commise !

Il était leur ennemi depuis le début. Il était venu là non seulement pour retrouver la sœur du duc de Leighton, mais aussi pour découvrir les secrets de Minerva House afin de les trahir ensuite.

À cette fin, il s'était servi d'elle, et de la pire manière qui soit.

Pour retenir les larmes qui menaçaient, elle ferma les paupières avec force. Elle n'allait pas pleurer sur cet homme qu'elle n'avait connu que quatre jours ! Jamais elle n'aurait dû l'introduire à Minerva House et lui permettre de s'immiscer dans son existence.

Elle s'était laissé convaincre par ses belles paroles et séduire par la promesse de ses caresses. Exactement comme sa mère.

Les filles ne le lui pardonneraient jamais. Mais elle était la première à s'accuser.

Elle appuya la tête contre la fenêtre, consciente du froid de la vitre contre son front, tout en s'appliquant à respirer profondément et en s'exhortant à cesser de penser à lui.

Mieux valait qu'elle réfléchisse à la manière dont elle allait sauver ses protégées, à présent que leurs secrets étaient découverts et que Londres, voire toute l'Angleterre, ne tarderait pas à apprendre l'existence de Minerva House.

Curieusement, cette crainte n'était rien comparée à la douleur de la trahison de Nick. Tout ce à quoi elle s'était autorisée à croire... n'aurait jamais lieu.

Un coup frappé à la porte de sa chambre empêcha les larmes de monter de nouveau.

Plusieurs fois, dans les heures qui avaient précédé, elle n'avait pas répondu lorsqu'on avait frappé. Mais elle ne supportait plus d'être seule.

— Entrez.

Quand la porte s'ouvrit lentement, Isabel fut surprise de reconnaître Georgiana, dont les bougies du couloir illuminaient les boucles blondes. Il fallut un moment à la jeune fille pour distinguer Isabel à l'extrémité de la pièce.

— Je suis désolée de vous déranger... commença-t-elle après s'être approchée avec hésitation.

Isabel ne put retenir un petit rire amer.

— Si l'une de nous doit s'excuser, Georgiana, je vous assure que c'est moi.

— Pourquoi cela ? demanda la jeune fille, visiblement surprise.

— J'ai amené cet homme jusqu'à vous.

— En aucun cas, lady Isabel, déclara Georgiana avec fermeté.

— Vraiment ? Vous pensez que lord Nicholas aurait trouvé son chemin jusqu'ici si je ne l'avais pas invité à Townsend Park ? Vous croyez qu'il vous aurait découverte si je n'avais pas été assez folle pour lui faire confiance ?

— Oui. Vous ne connaissez pas mon frère, poursuivit la jeune femme quand Isabel détourna les yeux. C'est la personne la plus impérieuse et la plus autoritaire que j'aie jamais rencontrée, et il n'a jamais essuyé un refus de toute son existence. C'est le onzième duc de Leighton. Savez-vous jusqu'où doit remonter un arbre généalogique pour produire *onze* ducs ? Tous plus arrogants les uns que les autres ?

Georgiana secoua la tête avant de continuer :

— Simon aurait remué ciel et terre pour me retrouver. En toute honnêteté, je suis surprise que nous n'ayons eu affaire qu'à lord Nicholas et à deux ravisseurs idiots. Je me serais attendue que mon frère force le roi George à envoyer sa garde personnelle. Ce n'est pas vous qui avez conduit lord Nicholas à moi, mais moi qui l'ai conduit à vous. Je vous présente donc mes excuses.

Isabel se laissa tomber sur la banquette, dans l'embrasure de la fenêtre. D'un geste, elle invita Georgiana à s'asseoir à côté d'elle.

— Je suis désolée que vous ayez un frère aussi insupportable, finit-elle par dire.

Mais Georgiana sourit.

— Ne soyez pas désolée. Je n'ai jamais douté de l'amour de Simon pour moi. Il est peut-être arrogant et dominateur, mais il protège les siens.

— Dans ce cas, pourquoi...

— Mon histoire ne se résume pas à une fugue. Je voudrais vous en parler. Je pense que je vous le dois, après ce qui est arrivé.

— J'aimerais l'entendre, dit Isabel, malgré la petite voix qui continuait à lui souffler que tout était de sa faute.

— Je suis...

Georgiana s'interrompit et se tourna vers la fenêtre. Isabel savait qu'elle ne pouvait rien voir, hormis son propre reflet dans la vitre.

— Je suis tombée amoureuse. Peu importe de qui. J'ai commis une terrible erreur en croyant qu'il m'aimait en retour.

La jeune fille baissa les yeux sur ses mains, qui trituraient le tissu de sa robe. Quand elle reprit son récit, ce fut dans un chuchotement.

— Mais ce n'était pas le cas. Je suppose que cela vaut mieux... Simon n'aurait jamais autorisé notre mariage. Il est parti, sans un mot. J'étais anéantie. Et puis...

Quand elle s'interrompit de nouveau, écrasée par le poids de ses souvenirs, Isabel se pencha pour prendre sa main dans la sienne.

— Vous n'avez pas besoin de me le dire.

— Il le faut. Je veux que quelqu'un m'entende le dire, murmura Georgiana.

Isabel garda le silence, sachant ce qui allait suivre.

— J'ai découvert que j'attendais un enfant. Je ne pouvais pas le dire à Simon et lui infliger cette terrible déception. Plusieurs semaines auparavant, ma femme de chambre m'avait rapporté une histoire qu'elle avait entendue au sujet d'une maison dans le Yorkshire. Un endroit où les jeunes femmes pouvaient prendre un nouveau départ. Et qui était dirigé par lady Isabel. Alors, ajouta-t-elle avec un petit sourire tremblant, je suis venue ici.

Elle releva les yeux. Son regard était clair, innocent... presque celui d'une enfant.

— Je savais que Simon lancerait des recherches. Je ne pensais pas qu'il me retrouverait aussi vite.

— Moi aussi, je savais qu'il vous ferait rechercher. Cela ne change rien au fait que vous êtes la bienvenue sous ce toit... ou ce qu'il en reste. Vous êtes sous ma protection et sous la protection du comte de Reddich.

— J'admire énormément le comte, Isabel, mais je ne pense pas qu'il soit de taille à affronter mon frère.

— Balivernes. Il est manifeste que sa gouvernante occupe une place spéciale dans le cœur de mon frère. Je pense qu'il serait heureux de livrer bataille pour vous.

— Je l'aime beaucoup, vous savez, déclara la jeune fille, dont le sourire s'élargit. Et, quoi qu'il arrive, je serai toujours fière de raconter que j'ai enseigné le latin au jeune comte de Reddich.

Le sourire d'Isabel s'évanouit lorsque Georgiana ajouta :

— Il y a autre chose. Au sujet de lord Nicholas.

— Je vais lui demander de quitter les lieux immédiatement.

— Je ne pense pas que ce soit une bonne idée.

— Je vous demande pardon ? dit Isabel, après être restée un instant bouche bée.

— C'est un homme bon, Isabel. Je l'ai entendu dire pendant des années par mon frère et par ses amis, qui parlaient de St. John comme d'un héros... Je l'ai entendu dire par les femmes de la bonne société, qui se languissaient de lui tandis qu'il était sur le continent... Et, aussi, par celles qui ont admiré son attitude lorsque sa demi-sœur est arrivée en Angleterre et qu'il l'a défendue contre la perfidie du beau monde... Mais, même si je n'avais pas entendu tout cela, je l'aurais deviné aujourd'hui. Alors qu'il aurait pu me remettre à mon frère, il m'a permis de revenir ici, auprès de vous.

Le cœur d'Isabel se serra tant cette description ressemblait à ce qu'elle croyait savoir de Nick. Et peut-être était-il effectivement loyal envers ses amis, présent auprès de sa sœur, et d'un charme irrésistible aux yeux des femmes évaporées de la haute société, qui ne voyaient en lui que sa beauté et sa fortune.

Au prix d'un gros effort, elle ravala les larmes qui lui picotaient les yeux.

— Vous vous trompez, dit-elle. Il doit s'agir d'un autre St. John. Car celui que je connais est un scélérat qui a délibérément abusé de notre confiance.

— À mes yeux, il a surtout voulu rendre service à mon frère, en ami.

— Peu importe, répliqua Isabel. Il a fait tout ce qu'il pouvait pour se rapprocher de moi... pour vous retrouver et pour révéler votre cachette. Je crains qu'il n'y ait rien en lui qui évoque, de près ou de loin, le noble St. John que vous décrivez.

— Je suis désolé que vous pensiez cela, fit alors une voix masculine, familière, depuis le seuil de la chambre.

Georgiana n'avait pas refermé la porte, et le souffle d'Isabel se bloqua dans sa gorge lorsqu'elle aperçut la haute et sombre silhouette de Nick qui se détachait sur le rectangle de lumière.

En le voyant, elle fut submergée par un torrent d'émotions : colère d'avoir été trahie, méfiance, tristesse et, de loin le plus insupportable, désir mêlé de regret.

Elle se cuirassa contre le chaos de ses pensées et s'efforça de s'exprimer avec la froideur requise par les circonstances.

— Je dois me tromper... Il n'est pas possible que vous soyez encore chez moi après ce que vous avez fait.

Elle ne distinguait pas son visage, mais elle le vit se raidir. L'air sembla se raréfier dans la chambre.

— Je suis venu vous parler.

— La chose sera difficile, car moi, je ne vois pas l'intérêt de vous parler.

Comme il avançait d'un pas dans la chambre, elle ajouta :

— Il ne vous a pas suffi de me trahir, il faut aussi que vous me fassiez offense. Veuillez quitter ma chambre immédiatement.

Il tourna alors légèrement la tête pour s'adresser à sa compagne.

— Lady Georgiana, je vous serais reconnaissant de bien vouloir nous laisser. Lady Isabel et moi avons à nous entretenir. Seuls.

Georgiana se redressa avec toute la hauteur qui caractérisait une jeune femme de naissance illustre.

— Cela m'est impossible, monsieur.

— Je vous donne ma parole que je ne causerai aucun tort à lady Isabel.

Isabel laissa échapper un rire bref et amer.

— Et Dieu sait que votre parole a du poids, dans cette maison.

— Je comprends que vous soyez en colère. Mais j'aimerais que vous me donniez une chance de m'expliquer. Lady Georgiana, ajouta-t-il en se tournant de nouveau vers cette dernière, je vous assure que lady Isabel est en sécurité avec moi. Nous allons nous marier.

La stupéfaction manifeste de Georgiana décupla l'exaspération d'Isabel. Comment osait-il ?

— Certainement pas, protesta-t-elle.

L'espace d'un instant, elle regretta de ne pas voir son visage. Dans la pénombre, Nick lui paraissait plus dangereux et plus troublant que jamais. Surtout lorsqu'il déclara, d'une voix basse et sourde :

— Vous avez dit que vous m'épouseriez, Isabel. J'attends de vous que vous honoriez cette promesse.

— Et vous avez dit que je pouvais vous faire confiance, Nicholas. Qu'en est-il de cette promesse ?

Un silence tendu s'installa entre eux. Ni l'un ni l'autre ne semblait désireux de le rompre, après un échange aussi lourd de défis.

Ce fut Nick qui céda, pour plaider de nouveau sa cause auprès de Georgiana.

— Lady Georgiana, ne vous ai-je pas assuré que je vous défendrais contre votre frère ?

— Si.

— Et ne vous ai-je pas donné ma parole – pour ce qu'elle vaut désormais –, précisa-t-il avec un long regard vers Isabel, que je ne vous obligerais pas à retourner chez vous ?

— C'est vrai.

— Je vous en prie, prenez cela en compte.

Georgiana resta songeuse un long moment, regardant tour à tour Isabel et Nick. Finalement, elle déclara :

— Je vous accorde un quart d'heure, monsieur. Pas plus.

— Traîtresse ! lança aussitôt Isabel.

— Il s'agit de quinze minutes, Isabel. Vous pouvez sûrement les lui accorder. Je resterai dans le couloir.

Une fois sortie, Georgiana tira la porte mais ne la referma pas complètement. Peu désireuse de rester dans l'obscurité avec Nick, passé si abruptement d'allié à ennemi, Isabel se leva pour allumer des bougies qu'elle disposa un peu partout dans la chambre.

Elle le regretta dès qu'elle eut reporté son regard sur lui. Il s'était changé et portait à présent un gilet et une redingote qui soulignaient sa prestance naturelle. Remarquant la perfection de son nœud de cravate, elle fut distraite une fraction de seconde par le souvenir de sa complicité avec James.

Sa rancœur flamba alors de plus belle. Il avait même réussi à conquérir son frère !

— Je n'ai rien à vous dire, déclara-t-elle en croisant les bras pour réprimer le frisson qu'avait fait naître cette pensée.

— Oui, tu t'es montrée assez claire sur ce point, Isabel.

Il se tenait immobile, parfaitement impassible. Elle ne l'avait jamais vu ainsi, si maître de soi. À croire qu'il s'agissait d'un homme différent de celui qu'elle avait été amenée à connaître ces derniers jours.

Jusqu'où allaient ses mensonges ? Elle détourna les yeux, de crainte qu'il ne devine à quel point sa trahison l'avait blessée.

— Isabel... reprit-il d'une voix plus chaude. Permets-moi de m'expliquer. Je sais que les apparences sont contre moi.

— Ce qui apparaît, c'est que vous étiez à notre recherche dès le début.

— Je n'étais à la recherche que de Georgiana.

— Georgiana est l'une d'entre nous !

— Georgiana est la sœur du duc de Leighton. Pensais-tu vraiment que tu pourrais la cacher indéfiniment ?

— Non ! Je… je ne m'attendais simplement pas que ce soit *vous* qui veniez à sa recherche.

— Je suis rarement ce que les gens attendent.

— Oui, je commence à m'en rendre compte, rétorqua Isabel avec ressentiment. C'est ma faute. Je n'aurais jamais dû vous demander de venir évaluer les statues.

— Si ça n'avait pas été les statues, ç'aurait été autre chose qui m'aurait amené ici.

— Peut-être pas.

— Isabel… Je suis très bon, dans mon domaine.

— Et quel est-il, ce domaine ? À mes yeux, vous êtes très bon pour convaincre les femmes de vous révéler leurs secrets, avec votre sourire charmeur, vos jolis mensonges et vos demandes en mariage – une manière particulièrement impressionnante de gagner ma confiance, au passage. Et, ensuite, très bon pour les trahir une fois votre but atteint.

— Il n'y a pas eu de mensonge. Tout était vrai.

Il s'était exprimé d'une voix presque chuchotée, avec cet accent d'honnêteté qu'elle avait trouvé si séduisant. Mais elle refusait de s'y laisser prendre de nouveau.

Elle ferma les yeux, gagnée par l'épuisement.

— Je t'en prie, Nick… Ne penses-tu pas que tu en as fait assez ?

— Tu ne comprends pas !

— Qu'y a-t-il à comprendre ? Combien de fois m'as-tu demandé de te faire confiance ? Combien de fois m'as-tu reproché de douter de toi ? Combien de fois as-tu offert de me protéger ? De protéger James ? Les filles ?

— Et je suis là ! Mon offre tient toujours !

— Va-t'en, c'est tout ce que je te demande. Tu as l'information que tu voulais. Mais dis au duc de

Leighton qu'il a intérêt à se faire accompagner d'une armée lorsqu'il viendra chercher Georgiana. Car si elle ne veut pas partir, je la protégerai par tous les moyens possibles.

— Et je serai à tes côtés.

— Arrête ! s'écria-t-elle, brisée par ses mots. Tu crois pouvoir me convaincre d'oublier ce qui s'est passé ? Tu nous as trahies ! Tu m'as trahie, moi. Les choses que je t'ai racontées...

Elle s'interrompit pour prendre une profonde inspiration.

— Honnêtement, crois-tu que je vais placer le sort de cette maison entre tes mains, après ce que tu as fait ? Alors que je sais que ton allégeance va au plus offrant ?

Elle comprit immédiatement qu'elle était allée trop loin. Sortant de son immobilité, il la saisit par les épaules et l'obligea à le regarder dans les yeux.

— Je veux bien supporter tes accusations et affronter ta colère, mais j'en ai assez que tu portes atteinte à mon honneur ! Non, continua-t-il quand elle fit mine de répliquer, tu vas m'écouter. Si je suis venu ici, c'est pour aider cette fille, pas pour lui causer du tort. Si j'avais su qu'elle était saine et sauve, je n'aurais pas accepté cette mission. Mais je l'ignorais.

» En revanche, mon ami était fou d'inquiétude, et j'ai fait ce que je pouvais pour l'aider. C'est vrai, j'ai découvert ta petite communauté d'amazones ; c'est vrai, j'ai découvert vos secrets. Mais rien de tout cela n'intéresse Leighton. Ce qui compte pour lui, c'est cette fille – il lâcha le bras d'Isabel pour indiquer la porte derrière laquelle attendait Georgiana – et l'enfant qu'elle porte. Tu ne sais rien de l'homme que je suis et des raisons qui m'ont amené ici. Jamais je n'ai eu l'intention de te trahir. Je t'ai donné ma parole que je te protégerais et que je garderais tes secrets. Et c'est ce que je ferai.

Isabel resta muette tandis qu'il pivotait et se dirigeait à grands pas vers la porte. Ce ne fut qu'au moment où il posa la main sur la poignée qu'elle recouvra sa voix.

— Comment le sais-tu ?

Il se contenta de tourner la tête, pas suffisamment pour croiser son regard.

— Comment je sais quoi ?

— Que Georgiana est enceinte.

— Je te l'ai déjà dit, Isabel, répondit-il, non sans impatience. Je suis très bon dans mon domaine.

— Moi aussi ! ne put s'empêcher de lancer Isabel.

— Oui, tu es très bonne pour te cacher.

— Je suis très bonne pour *les* cacher, corrigea-t-elle.

C'est alors qu'il se retourna avec, aux lèvres, un sourire qu'elle n'aima pas.

— Parce que tu le fais pour elles ?

— Oui.

— Je ne le crois pas.

— Bien sûr que si !

— Je ne pense pas du tout que ce soit pour elles, mais simplement pour pouvoir continuer à te cacher et à éviter d'affronter le monde qui se trouve au-delà de ton petit royaume. Et ce qu'il pourrait t'apporter.

À ces mots, Isabel resta pétrifiée. Ce qu'il disait était faux... complètement faux !

Nick attendit un long moment. Puis il reprit :

— Je partirai demain matin. Il se trouve que j'en ai assez du Yorkshire.

Sur ce, il quitta la chambre et ferma avec soin la porte derrière lui.

Exténuée, en proie à la confusion la plus totale, Isabel s'effondra sur son lit. Il avait semblé si honnête, si sincère, si blessé...

Mais elle, où en était-elle ?

N'avait-elle pas aimé se précipiter au secours de Georgiana avec cet homme fort à ses côtés ? N'avait-elle pas adoré cette sensation d'avoir trouvé un compagnon et de pouvoir, après toutes ces années, partager son fardeau ?

Et qu'en était-il de ce vide qu'elle avait ressenti lorsque tout cela lui avait été arraché ?

Et si Nick avait raison lorsqu'il l'accusait d'avoir peur...

Isabel roula sur le côté et chassa de son esprit cette pensée importune.

Elle devait rester en colère. Parce qu'elle ne se sentait pas capable d'affronter la noirceur qui s'ouvrirait sous ses pas, si elle s'appesantissait sur sa tristesse.

Incapable de trouver le sommeil, Nick se rendit dans les écuries. Là, sous le regard des chevaux qu'il empêchait de dormir, il fit les cent pas tout en ressassant les événements des derniers jours. Il imaginait toutes les manières dont il aurait pu avouer la vérité à Isabel, il revoyait tous les moments où il aurait pu confesser son rôle dans cette pièce bizarre.

Mais il avait gardé le silence – et il l'avait perdue.

Brusquement, plus rien d'autre ne comptait.

L'ironie de la situation ne lui échappait pas. S'il avait accepté la mission de Leighton, c'était surtout parce qu'il cherchait désespérément une excuse pour quitter Londres, oublier cet article idiot et échapper à ces femmes qui faisaient de sa vie une comédie ridicule.

Et il s'était retrouvé ici, dans une maison pleine de femmes. De femmes victimes de situations si tragiques qu'elles passaient une grande partie de leur vie déguisées pour échapper à leurs poursuivants.

Au centre de leur existence se trouvait Isabel, si forte, si intelligente, si courageuse, telle Boadicée qui, debout sur son char, repoussait les Romains.

Comment ne pas admirer une telle femme ? Ne pas la désirer ? Ne pas l'aimer ?

L'aimer ? Était-ce possible ?

Son estomac se contracta sous l'effet de la terreur. Pendant si longtemps, il avait évité l'amour ! Il avait été témoin de la manière dont les femmes en usaient comme d'une arme ; il avait vu sa mère détruire son père ; pire, la seule fois où il avait baissé sa garde, Alana s'était servie de ses sentiments pour lui tendre un piège et l'envoyer tout droit en prison.

S'il avait tiré une leçon du passé, c'était celle-ci : en s'autorisant à aimer Isabel, il s'exposait à la plus cruelle déconvenue.

Il était libre de partir. L'occasion se présentait de la quitter pour retrouver sa vie londonienne, ordinaire et tranquille, entre ses antiquités, son club et sa famille.

Sauf que, lorsqu'il pensait à cette existence – dont il se satisfaisait très bien avant son séjour dans le Yorkshire –, elle lui paraissait singulièrement vide. Il y manquait Isabel, avec son entêtement, ses reparties, ses lèvres douces et ses boucles auburn indisciplinées.

Il la désirait.

Il pivota vers la porte et, l'espace d'un instant, considéra l'heure tardive.

Il devait la laisser tranquille. Peut-être avait-elle trouvé le sommeil.

Mais il eut la vision d'Isabel amollie et consentante, les yeux mi-clos, le regardant, lui ouvrant les bras...

C'en fut trop.

Et s'il lui fallait la réveiller pour la conquérir, ce serait encore mieux.

Elle dormait effectivement lorsqu'il se glissa dans sa chambre. Elle n'avait pas soufflé les bougies après son départ, et la plupart, entièrement consumées, n'avaient laissé que des flaques de cire. Deux brûlaient toujours, l'une près de la porte, l'autre sur la table de nuit, jetant sur la silhouette endormie d'Isabel une douce lueur.

Il referma la porte, conscient qu'il commettait le pire des péchés en pénétrant dans sa chambre sans son consentement. Mais cela ne l'empêcha pas de s'approcher du lit pour la contempler.

Elle était recroquevillée sur le côté, face à la porte et à la lumière. Les poings serrés sous le menton, les genoux relevés, elle paraissait vouloir se protéger des monstres issus du plus profond de la nuit.

Des monstres comme lui ?

Il chassa cette pensée pour accorder toute son attention à son visage et observer à loisir cette femme qui avait bouleversé son existence. Elle était belle, avec ses lèvres à l'ourlet délicieux, son nez aquilin et ses pommettes bien dessinées parsemées de taches de rousseur. Il attacha son regard sur celles-ci, s'émerveillant de ces minuscules taches rousses nées des travaux qu'Isabel accomplissait au soleil – un exemple supplémentaire de la différence qu'il y avait entre elle et les autres femmes.

Finalement, son regard s'arrêta sur son front et sur le pli d'inquiétude qui se creusait entre ses sourcils. C'était lui, le responsable de cette ride, et sa poitrine se serra sous l'effet du remords. Incapable de s'en empêcher, il posa l'index dessus et, doucement, tenta de l'effacer.

Ce contact suffit à tirer Isabel de son sommeil trop léger. Avec un profond soupir, elle détendit ses membres, et il l'observa avec avidité pour mieux se la rappeler ainsi : chaude, abandonnée et à peine consciente de ce qui l'environnait.

Il se promit qu'un jour il la réveillerait d'un baiser et la garderait dans son lit pendant des heures.

Mais il n'eut pas le temps de savourer cette rêverie.

Lorsqu'elle le vit, la surprise se peignit sur son visage, vite remplacée par la fureur. Elle s'assit d'un geste brusque.

— Que fais-tu ici ? s'exclama-t-elle en jetant ses jambes par-dessus le bord du lit.

Mais Nick, résistant à son premier réflexe qui avait été de s'écarter, l'empêcha de se lever. Sinon, la bataille serait perdue d'avance.

— Laisse-moi passer, lui ordonna-t-elle, les yeux plissés.

— Non. Pas avant que tu n'aies écouté ce que j'ai à dire.

— Vous en avez déjà dit suffisamment, lord Nicholas.

Sa froideur le navra. Comment la convaincre de l'écouter ? Dans un geste désespéré, il s'accroupit devant elle et prit ses mains dans les siennes.

Elle essaya aussitôt de se dégager, mais, comme il refusait de céder, elle renonça au bout de quelques secondes.

— Je ne l'ai pas dit, mais je suis désolé.

Elle ne réagit pas. Aussi ajouta-t-il avec un sourire ironique :

— Si tu me connaissais mieux, tu saurais que je n'ai pas l'excuse facile.

— Eh bien, il est peut-être temps d'apprendre, se contenta-t-elle de répliquer.

— Je n'avais pas l'intention de te faire du mal, Isabel. Si j'avais su ce que je trouverais en venant dans le Yorkshire, je n'aurais jamais accepté la demande de Leighton.

Il garda le silence un instant, les yeux rivés sur leurs mains jointes.

— Non, c'est un mensonge, reprit-il ensuite. Si j'avais su que je te trouverais en me rendant dans le Nord, je serais venu des années plus tôt.

En la voyant écarquiller les yeux, il sourit de nouveau.

— Je t'ai réduite au silence, apparemment. Vois-tu, Isabel, tu es une merveille dans ton genre. J'ai rencontré beaucoup de femmes au cours de ma vie, tout autour du globe. Pourtant, je n'en ai jamais connu qui soit aussi forte, aussi pleine de vie, aussi adorable que toi. Et tu dois me croire lorsque je t'assure que jamais je ne te ferais délibérément du mal.

— Pourtant, tu m'as fait du mal.

En entendant ces mots à peine chuchotés, mais lourds de chagrin, il porta ses mains à ses lèvres et les embrassa avec révérence.

— Je sais. Et tu as tous les droits de me détester.

— Je ne te déteste pas.

— Je suis vraiment heureux de l'entendre, dit-il, les yeux dans les siens.

Elle fronça de nouveau les sourcils, et il dut se retenir pour ne pas chasser ce pli soucieux d'un baiser.

— Mais je ne comprends pas...

— Un jour, je te raconterai tout, promit-il.

— Non, Nick. C'en est fini des « un jour... ». L'heure de la vérité est venue.

Il prit une profonde inspiration. Au fond de son cœur, il savait qu'elle avait raison. S'il voulait pouvoir regagner sa confiance, il fallait qu'il lui raconte tout, qu'il se mette à nu devant elle. Étrangement, il en conçut de la force.

Il se releva et, incapable de rester immobile, se mit à arpenter la chambre tout en commençant son récit.

— Ma mère nous a abandonnés lorsque mon frère et moi avions dix ans. Elle est partie du jour au lendemain. Nous ignorions tout de l'endroit où elle était allée. Après un moment, nous avons fini par avoir du mal à croire qu'elle avait un jour vécu avec nous...

» On pourrait penser que perdre sa mère est ce qu'il y a de plus difficile pour un enfant. Mais ce n'est pas le cas. La chose la plus difficile, c'est de ne pas savoir ce qui s'est passé, de ne pas connaître la raison de son départ. Le plus dur, pour moi, a été de penser que, d'une manière ou d'une autre, j'étais responsable de sa fuite.

Isabel ouvrit la bouche, mais il refusa de la laisser parler, craignant d'être ensuite incapable de continuer.

— Découvrir pourquoi elle était partie est devenu mon obsession. Mon père s'était débarrassé de ses affaires quelques jours après sa disparition, mais je persistais à chercher des indices. J'ai fini par trouver un carnet et, dans celui-ci, les plans de ma mère pour l'avenir. Elle partait sur le continent. D'abord chez des amis, à Paris, puis en Italie. Elle appelait cela sa « grande aventure ». Apparemment, commenta-t-il avec un rire bref, le mariage, les enfants et le statut de marquise n'étaient pas assez excitants pour elle.

» Je n'ai jamais dit à personne que j'avais trouvé ce carnet intime. Ni à mon frère, ni – encore moins – à mon père. Mais je l'ai gardé pendant des années, jusqu'à la fin de mes études. À ce moment-là, mon père était mort, mon frère avait hérité du titre de marquis, et je n'étais rien... Je suis donc parti sur le continent.

— Pour retrouver ta mère, murmura-t-elle.

Il hocha la tête.

— Mais alors, la guerre battait son plein, et tous les indices qui auraient pu me permettre de suivre sa trace avaient disparu. Cependant, j'étais jeune, costaud, pas bête, et un homme haut placé au Bureau de la guerre – que j'ai toujours soupçonné d'avoir été payé par Gabriel pour assurer ma sécurité – m'a pris sous son aile. Il m'a tout appris sur l'art et la manière de traquer un gibier humain.

Elle l'observa tandis qu'il passait la main sur la flamme de la bougie dans un sens, puis dans l'autre. Elle était dévorée par la curiosité, il le sentait. Il attendit en silence jusqu'au moment où, n'y tenant plus, elle demanda :

— Qui recherchais-tu ?

— Tous ceux qu'il fallait retrouver. Je me suis spécialisé dans les personnes qui se rendaient en Orient. Ce que j'aimais par-dessus tout, c'était voyager, voir le monde. Et lorsque la Couronne recherchait une personne, le travail se révélait plus que lucratif.

— Est-ce que... est-ce qu'il t'est arrivé de... de nuire à quelqu'un ?

Nick soupesa longuement sa réponse. Il ne voulait pas lui mentir, pas plus qu'à lui-même.

— Jamais de façon délibérée, finit-il par dire. Ma tâche se terminait lorsque j'avais retrouvé la personne disparue. Ensuite, cela ne me regardait plus.

— Ainsi, certaines de tes... proies ont pu être blessées, voire pire.

— Oui, ce n'est pas exclu.

— Et toi aussi, tu aurais pu être blessé...

— Oui.

Elle soutint son regard pendant un long moment avant de se lever et de traverser la chambre pour se placer face à lui. Une fois de plus, il fut frappé par sa force.

— Pourquoi as-tu arrêté ?

De nouveau, il prit son temps pour choisir ses mots, conscient de l'importance qu'elle accorderait à chacun d'eux. Il les voulait convaincants mais, par-dessus tout, sincères.

— Je ne sais pas. Peut-être parce que je devenais trop bon et que j'y prenais trop de plaisir. Peut-être parce que les gens que je recherchais, et ceux que je retrouvais, n'avaient pas d'importance pour moi.

Ou peut-être… parce que je n'avais pas d'importance pour eux.

Ces derniers mots résonnaient encore dans la pièce lorsqu'il esquissa un pas vers elle.

— Je n'aurais jamais dû accepter cette mission… Mais Leighton est un vieil ami et je ne pouvais pas lui refuser ce service, répéta-t-il. Je te jure, Isabel, que je ne suis pas venu pour te faire du tort, pas plus qu'à Georgiana, à James ou à une seule de tes protégées.

Il inclina la tête vers la sienne, si près que leurs fronts se touchaient presque.

— Je ne veux rien d'autre que ton bonheur, chuchota-t-il. Je t'en prie, donne-moi une autre chance.

Elle ferma les yeux et, retenant son souffle, il regarda les émotions jouer sur son visage. S'il ne l'avait pas fixée ainsi, il n'aurait pas vu le sourire fugitif qu'elle esquissa. Elle rouvrit alors les paupières et, à la lueur vacillante des deux bougies, ses prunelles prirent une teinte de miel doré.

— J'ai peur. Je ne suis pas du tout certaine que je devrais te croire… Mais… je suis plutôt heureuse que tu sois venu. Dans le Yorkshire, précisa-t-elle dans un chuchotement, et ce soir.

Le souffle qu'il retenait s'échappa en un soupir tremblant et, le cœur gonflé de plaisir, il ouvrit les bras pour l'attirer contre lui. Puis il fit la seule chose qui lui venait à l'esprit.

Il l'embrassa.

18

Isabel s'était juré de ne pas succomber à ses belles paroles, si pleines de promesses.

Mais il lui avait avoué la vérité sur son passé, et, tout en se le reprochant, elle n'avait pu s'empêcher de le croire de nouveau. Puis il l'avait embrassée, et le chaos de ses émotions avait laissé la place à une seule pensée, impérieuse : elle voulait cet homme dans sa vie.

Associée à ses caresses irrésistibles, cette pensée déverrouilla, tout au fond d'elle, l'endroit où était enfermé son désir le plus secret. D'un seul mot, d'un seul geste, cet homme semblait capable de mettre à bas ses défenses si soigneusement érigées.

Elle soupira contre ses lèvres, et il approfondit leur baiser, s'emparant de sa bouche avec une tendresse rude qui fit courir un frisson de plaisir dans tout son corps. Chacun de ses baisers se fit plus dur, plus enivrant que le précédent, alternant avec de longs répits sensuels au cours desquels il chuchotait son prénom comme une incantation. Les mains refermées sur ses bras musclés, Isabel s'accrocha à lui – son roc dans une tempête de sensations.

Il finit par la soulever, et elle n'eut d'autre choix que d'enrouler ses membres autour de lui. Il la maintint ainsi pendant un long moment, le visage enfoui dans son cou, dessinant de petits cercles sur sa peau avec sa langue. Quand Isabel laissa échapper un gémissement de plaisir, il releva la tête. Ses yeux bleus étincelaient dans la pénombre.

— Isabel, tu devrais me dire de partir, déclara-t-il, son front contre le sien.

— Pourquoi ? demanda-t-elle, déconcertée.

— Parce que si tu ne le fais pas, je vais rester.

Ces mots, prononcés d'une voix sourde et rauque, intensifièrent son désir. Quand elle répondit, elle ne reconnut pas sa propre voix.

— Et si je te disais que je veux que tu restes ?

Devant son silence, elle se mordit la lèvre, mortifiée. Peut-être n'avait-elle pas dit ce qu'il fallait. Mais il fit alors un long pas pour la déposer sur la table, près de la porte. Et, refermant ses mains autour de son visage, il reprit ses lèvres pour l'embrasser à perdre haleine.

— Si tu veux que je reste, il faudra une armée pour me déloger, finit-il par dire, alors que tous deux étaient haletants.

— Reste, murmura-t-elle dans un souffle.

Avec un grondement pour toute réponse, il dégagea la chemise d'Isabel de son pantalon et posa ses mains sur sa peau. Puis, tout en la caressant, il releva l'étoffe jusqu'à la faire passer par-dessus sa tête.

Aussitôt embarrassée, elle croisa les bras sur sa poitrine.

— Non, chuchota-t-il, ne te cache pas. Pas ce soir. Ce soir, ils sont à moi, ajouta-t-il en posant ses lèvres sur l'un de ses seins. Pour faire ce qu'il me plaît.

La nervosité d'Isabel céda aussitôt la place au plaisir de sentir sa bouche refermée autour de son mamelon, qu'il lécha, suça, taquina, jusqu'au moment où, avec un gémissement, elle se plaqua contre lui.

Il referma alors ses mains sur ses cuisses pour la presser contre lui, sans cesser pour autant ses caresses affolantes sur ses seins.

Elle se tordit, écrasant son bas-ventre contre son sexe durci, un geste qui arracha un grognement de jouissance à Nick. Encouragée, elle imprima à ses hanches un mouvement de va-et-vient, mais, presque aussitôt, il releva la tête avec un son étouffé et, après avoir croisé son regard, prit doucement le lobe de son oreille entre ses dents en lui murmurant :

— Petite coquine...

Lorsqu'elle soupira son prénom, entre la plainte et la protestation, et qu'en guise de réponse il la souleva de nouveau, elle sut précisément où ils allaient.

Il ne la lâcha pas lorsqu'ils culbutèrent sur le lit. Sans cesser de l'embrasser, il caressa son torse, ses flancs, puis descendit sur son ventre. Sa main s'immobilisa alors, posée sur la ceinture de son pantalon.

Isabel rouvrit les yeux. Nick attendait, scrutant son visage, une étincelle malicieuse dans le regard.

— Je n'ai jamais eu le plaisir d'enlever son pantalon à une maîtresse.

Une maîtresse... L'écho du mot s'attarda entre eux, chargé d'une promesse troublante. Oui, après cette nuit, c'était ce qu'Isabel serait : sa maîtresse.

— Je crois que le moment est venu, dit-elle, avec un mélange d'audace et de timidité.

Mais, dès qu'il l'eut débarrassée de son pantalon, gênée par sa nudité, elle referma nerveusement les yeux.

— Isabel... regarde-moi.

Après avoir pris une profonde inspiration, elle souleva les paupières, mais, incapable de s'offrir ainsi à sa vue, elle plaqua sa main sur sa toison intime.

— Non, mon cœur, ne te cache pas de moi.

— Je... je ne peux pas m'en empêcher.

— Tu es si belle, déclara-t-il avec un léger sourire. Et tu ne le sais même pas.

Le sang lui monta aux joues.

— Ce n'est pas vrai.

— Mais si, dit-il en posant l'index sur ses lèvres pour la faire taire. Tu es belle ici, poursuivit-il, et là… et encore là…

Les mots ne parvenaient qu'assourdis à Isabel car, à mesure qu'il les prononçait, il faisait descendre sa bouche sur son cou, ses seins, son ventre, pour finir par la poser sur le dos de sa main, qui protégeait sa chair la plus secrète.

— Et là, Isabel… C'est là que tu m'appelles.

Une onde de plaisir courut dans ses veines. Personne ne lui avait jamais dit qu'elle était belle. Et, dans le cocon de la chambre où elle avait toujours dormi, non seulement Nick le lui disait, mais le lui montrait.

— J'aimerais te voir, chuchota-t-elle. Je pense que tu dois être toi-même très beau.

Le sourire de Nick s'élargit.

— Je ne suis pas sûr que « beau » soit le terme adéquat, mon cœur. Mais si tu as envie de voir… je me prête volontiers à ton caprice.

Elle ne put s'empêcher de rire à sa repartie, et il lui donna un rapide baiser.

— J'aime t'entendre rire. Cela n'arrive pas assez souvent.

Puis, roulant sur le dos, il croisa les mains sous sa tête.

— Très bien, ma beauté. Je suis tout à toi.

Sous l'effet de la surprise, Isabel écarquilla les yeux.

— Je… je ne pourrai pas.

— Mais si, je t'assure.

Elle roula sur le côté, leva la main, mais s'arrêta juste avant de le toucher.

— Je… je ne sais pas où…

Le rire de Nick se termina en grognement.

— Où tu veux, mon amour. N'importe où.

Elle posa la main sur son torse, aussitôt impressionnée par ses muscles durs. Comme s'il percevait son indécision, il referma sa main sur la sienne pour la faire glisser sur son ventre plat, jusqu'à la ceinture de son pantalon.

— Nous ne ferons que ce qui te plaît, déclara-t-il néanmoins.

D'une certaine manière, ces mots apaisèrent les craintes d'Isabel et lui donnèrent envie de poursuivre.

— Que veux-tu ? continua Nick.

— Tu me poses toujours cette question.

— Parce que j'ai envie de savoir, répondit-il simplement. Je ne veux te donner que ce que tu désires.

— J'aimerais te voir sans chemise.

En silence, il s'assit, passa sa chemise par-dessus sa tête et la lança au hasard.

Isabel déglutit. Nick était parfait. On eût dit l'une de ses statues de marbre.

— Je... je ne pense pas que... balbutia-t-elle, en s'asseyant aussi, de nouveau nerveuse.

— Peut-être que tu ne devrais pas penser, suggéra-t-il, avant de l'enlacer.

Ils roulèrent sur le lit en s'embrassant, puis, quand elle s'écarta pour reprendre haleine, il la souleva pour l'asseoir sur lui.

— Détache tes cheveux.

C'était plus une prière qu'un ordre.

Lorsqu'elle eut ôté les épingles qui retenaient sa chevelure, il poussa un léger grognement.

— Tu es une sirène.

— Vraiment ? dit-elle en souriant, ravie de le voir la dévorer des yeux.

Elle s'inclina vers lui jusqu'à ce qu'ils soient dissimulés par un rideau de boucles auburn. Elle l'embrassa alors, effleurant de sa langue sa lèvre inférieure avant de déposer de légers baisers le long de son cou et sur sa poitrine. Lorsqu'elle rencontra l'un de ses mamelons plats, elle s'arrêta et releva les yeux vers lui.

— Est-ce que c'est aussi troublant pour toi que pour moi ?

— Si on essayait de le découvrir ? suggéra-t-il, sans bouger.

Elle reproduisit ses gestes, refermant ses lèvres autour de son mamelon dur, le taquinant du bout des dents avant de le sucer. Nick émit un grognement étouffé en plongeant les doigts dans ses cheveux. Après un long moment, comme s'il ne pouvait en supporter davantage, il écarta Isabel.

— Ça ne te plaisait pas ?

— Au contraire, ça me plaisait trop, assura-t-il en riant, la voix entrecoupée.

Ils s'embrassèrent de nouveau jusqu'à ce que, posant les mains sur son torse, Isabel se soulève.

— J'aimerais que tu enlèves ton pantalon, maintenant.

Une fraction de seconde plus tard, nu des pieds à la tête, il la repoussait sur le lit et se glissait entre ses jambes. Lorsqu'elle fut près de perdre la tête à force de baisers, elle chuchota :

— Nick... non...

— Qu'y a-t-il, mon cœur ?

— Je veux te toucher.

Il resta si immobile qu'elle crut qu'il allait refuser.

— Je t'en prie, insista-t-elle.

Il appuya sa tête contre la poitrine d'Isabel, comme pour rassembler ses forces, puis il s'allongea, offrant son corps nu à ses caresses.

Elle fit courir ses doigts sur son torse, explorant ses muscles durs, savourant la chaleur de sa peau, découvrant la longue cicatrice qui s'enroulait sur son flanc droit. Elle la caressa, heureuse qu'il ait survécu à une attaque qui avait laissé une telle trace.

Puis, s'enhardissant, elle posa la main sur son membre tendu, dont elle suivit toute la longueur. Comme Nick émettait une sorte de hoquet étranglé, elle s'arrêta, incertaine.

— Montre-moi...

Ses yeux étincelèrent et, posant sa main sur celle d'Isabel, il s'exécuta. Tous deux regardèrent leurs mains unies tandis qu'il la guidait, lui montrant comment le toucher et le caresser, jusqu'au moment où leurs respirations se firent haletantes.

— Ça suffit, mon cœur, dit-il en portant sa main à sa bouche pour l'embrasser.

— Mais je veux...

Il eut un rire étranglé.

— Moi aussi. Mais rien ne nous presse, cette nuit. Or, si je te laisse poursuivre cette délicieuse torture, la nuit finira bien trop tôt.

De nouveau, il roula sur elle, se logeant entre ses jambes. Tout en l'embrassant, il se plaça contre son sexe et y engagea un doigt.

— Ah... murmura-t-il d'une voix sourde. Tu es toute mouillée. Tu le sens ?

Un second doigt, ayant rejoint le premier, intensifia les sensations qui irradiaient de cet endroit secret. Isabel se cambra, les mains crispées sur le couvre-lit, et se mordit la lèvre pour étouffer un cri.

— Est-ce cela que tu veux, mon cœur ?

— Oui... gémit-elle.

— Ici ? demanda-t-il en dessinant, avec son pouce, des cercles délicats autour du petit bouton dur, source de toutes les jouissances.

— Oui, s'il te plaît.

— Tu es si polie... si passionnée... Ma Volupté à moi... Mais tu ne veux pas que cela, n'est-ce pas ?

Elle rouvrit des yeux éperdus.

— Je...

— Dis-moi, Isabel... Que veux-tu vraiment ?

— Je... je te veux.

— Quelle partie de moi ?

Elle rougit, tout en se pressant plus durement contre lui, affolée parce qu'il ralentissait impitoyablement le rythme de ses caresses.

— Oh non, Nick...

— Oh si, Isabel, répliqua-t-il avec un sourire gourmand. Quelle partie de moi ?

Ses doigts, bien que profondément enfoncés en elle, s'immobilisèrent totalement, de même que son pouce.

— Nick ! cria-t-elle, entre la protestation et la supplication.

— Il te suffit de demander...

Comme elle écartait les jambes, toute pudeur envolée, il souffla doucement sur elle, et elle crut devenir folle sous cette exquise torture.

Puis, usant de ses lèvres et de sa langue, tour à tour la pénétrant ou titillant la sensible crête charnue, il la mena par degrés rapides vers l'inéluctable jouissance, qui la fit se cabrer contre sa bouche tandis que les vagues du plaisir la submergeaient.

Lorsqu'elle fut revenue sur terre, il fit remonter progressivement sa bouche le long de son corps, parsemant de baisers son ventre, ses seins, avant de s'emparer de nouveau de sa bouche.

— Tu ne dois jamais avoir peur de demander ce que tu veux, mon cœur, murmura-t-il contre ses lèvres. Pas avec moi.

Elle ouvrit les yeux et soutint son regard.

— Je veux le reste.

Le bleu des prunelles de Nick s'assombrit immédiatement.

— Tu en es sûre ?

— Tout à fait sûre. Et tu viens de dire que je n'avais qu'à demander.

Il se replaça contre elle. Quand elle sentit la pression de son sexe dur, Isabel se cambra pour venir à sa rencontre, avide de découvrir la suite de cette danse merveilleuse. Comme Nick étouffait un gémissement, elle comprit qu'il se contraignait à l'immobilité.

— Isabel... est-ce que quelqu'un t'a... t'a parlé de ça ?

Elle secoua la tête.

— J'ai vu les animaux.

— Ce n'est pas exactement pareil, fit-il remarquer avec une légère grimace.

— Nick... je t'en prie, murmura-t-elle en se pressant contre lui. Je n'ai pas peur. Je le veux. Je te veux, assura-t-elle après avoir caressé sa joue balafrée du bout des doigts, dans l'espoir de le rassurer.

— Ça va être douloureux. Juste la première fois. Mais après, je me ferai pardonner.

Le cœur d'Isabel se contracta. Il s'inquiétait pour elle !

À cet instant, elle comprit que cet homme, qui se préoccupait de son inconfort alors qu'elle-même ne pouvait guère penser qu'à la sensation de son corps contre le sien, ne lui avait jamais voulu aucun mal.

Elle sourit en l'attirant à elle, ses doigts passés dans ses cheveux, pour l'embrasser.

Puis elle chuchota :

— Je te fais confiance.

Comme s'il n'attendait que ces mots, il s'introduisit légèrement en elle, puis s'arrêta pour permettre à sa chair de s'habituer à cette nouvelle sensation.

— C'est curieux, murmura Isabel.

— Et ça le deviendra de plus en plus, mon cœur, répondit-il avec un rire étranglé.

Avec des va-et-vient contrôlés, il s'enfonça un peu plus, jusqu'au moment où elle soupira de plaisir.

— Ça ne semble plus curieux. Mais agréable.

— Simplement agréable ?

— Très plaisant.

— Bien.

D'un ultime coup de reins, il alla jusqu'au bout, et elle laissa alors échapper un cri étouffé. Il s'immobilisa, relevé au-dessus d'elle sur ses bras tendus.

— Isabel ? Est-ce que tu...

— Curieux, de nouveau, dit-elle d'une voix altérée, avec une grimace fugitive.

Il adorait cette femme ! Cette pensée incongrue venait au pire moment, mais Nick sut, sans l'ombre d'un doute, qu'elle était pertinente.

— Je vais arranger ça, promit-il après avoir effleuré ses lèvres d'un baiser.

Il se retira lentement, et elle s'agrippa à ses bras.

— Oh... Oh, c'est...

— Oui ? dit-il en l'emplissant de nouveau, tout aussi doucement.

— Nick... soupira-t-elle.

— J'aime la façon dont mon prénom sonne dans ta bouche.

Penché sur sa poitrine, il prit entre ses lèvres l'un de ses mamelons, qu'il suça jusqu'à ce qu'elle halète de plaisir. Il se mit alors à bouger pour de bon, plus vite, plus profondément et, quand elle releva les hanches pour épouser son rythme, il sut que le plaisir l'emportait sur la douleur.

— Dis-le encore, lui demanda-t-il, tandis que la tension croissante devenait insupportable

— Nick...

Il glissa alors sa main entre leurs deux corps et, plaçant son pouce sur le petit bouton rigide, il se remit à le caresser.

— Dis-le encore...

— Nick ! cria-t-elle.

— Je suis là, mon amour. Regarde-moi.

— Je ne peux pas... C'est trop, balbutia-t-elle. Je t'en prie ! Je ne sais pas...

Il abaissa sa bouche jusqu'à son oreille.

— Laisse-toi aller. Je te rattraperai lorsque tu tomberas.

Elle s'abandonna alors à la jouissance, et il sentit ses muscles intimes se contracter autour de lui à un rythme enivrant, tandis qu'elle criait de nouveau son nom. Lui-même ne prit son plaisir que lorsqu'elle fut allée au bout du sien, puis il retomba sur sa poitrine, et le silence de la chambre ne fut plus troublé que par leurs respirations saccadées.

Il fallut un long moment à Nick pour recouvrer la faculté de penser. Il finit par se retirer et rouler à côté d'Isabel, malgré son léger gémissement de protestation. Puis, se redressant sur un coude, il effleura de la main sa peau rosie. Avec un frisson, elle se blottit contre lui.

— Qu'y a-t-il ? demanda-t-il quand, la sentant sourire contre sa poitrine, il recula pour croiser son regard.

— Ce n'était plus curieux, à la fin.

À son tour, il sourit.

— Non ? C'était comment, alors ?

La tête inclinée, Isabel fit mine de réfléchir.

— Je pense que c'était assez remarquable.

Il l'embrassa avant d'acquiescer :

— Oui, exactement.

Elle ne tarda pas à s'endormir, et il observa longuement cette femme si forte, si douce et si belle. C'était une femme qui *vivait*. Fière et passionnée, elle ne prenait de l'existence que ce qu'elle jugeait juste et vrai.

En pensée, il revécut les événements de la journée. La manière véhémente dont elle avait accepté de l'épouser... Et celle, violente, dont elle l'avait repoussé lorsqu'il s'était révélé différent de ce qu'elle avait cru.

Avec un soupir, elle se blottit plus étroitement contre lui. Elle en était venue à croire en lui, à avoir foi en lui et en la vie qu'il lui promettait, et il l'avait dépouillée de toutes ses certitudes.

Mais, même si le corps d'Isabel s'était abandonné à lui, Nick avait conscience qu'il faudrait plus de temps à son cœur pour lui accorder de nouveau sa confiance. Il était cependant déterminé à la reconquérir.

Car il l'aimait.

À cet instant, alors que, pour la deuxième fois, il s'avouait ses sentiments, il prit conscience de l'extraordinaire force de ces mots. Et de la terreur qui les accompagnait.

— Isabel ! Isabel, réveille-toi !

En entendant le tambourinement contre sa porte, Isabel se redressa brusquement, désorientée.

Lorsque les événements de la nuit lui revinrent en mémoire, elle poussa un léger cri, qu'elle étouffa d'une main tout en cherchant Nick des yeux.

Il était parti, et rien n'indiquait qu'il avait jamais été là. Il avait même ramassé les vêtements éparpillés d'Isabel et les avait pliés sur le dossier d'une chaise, près de la cheminée. Un mélange de gratitude et de déception l'envahit. Elle lui était reconnaissante d'avoir ainsi veillé à protéger sa réputation, mais était déçue qu'il se soit éclipsé sans même un regard en arrière.

Comme s'il était coutumier du fait...

Elle se morigéna aussitôt. Que lui importait, si c'était le cas ? Cela ne la regardait pas. Et pourtant...

Heureusement, elle fut distraite de cette pensée quand les coups frappés à la porte reprirent de plus belle.

— Isabel !

— Entre, Lara !

Sa cousine fit irruption dans la chambre, essoufflée et les cheveux ébouriffés.

— Il faut que tu t'habilles !

Avec un soupir, Isabel rejeta les couvertures, sortit de son lit et se dirigea vers son placard.

Mais, surprise par le brusque silence de sa cousine, elle se retourna. Plantée au milieu de la chambre, Lara la regardait, les yeux écarquillés.

— Qu'y a-t-il ?

— Pourquoi n'as-tu rien sur toi ?

Prenant alors conscience de sa nudité, Isabel couvrit le bas de son ventre de ses mains tout en s'adjurant, en vain, de ne pas rougir.

— Je ne... C'est-à-dire... bafouilla-t-elle. J'avais trop chaud, finit-elle par prétendre en saisissant la première robe venue, puis en se précipitant derrière le paravent pour dissimuler son embarras.

— Tu avais trop chaud ? répéta sa cousine d'une voix incrédule.

— Exactement. Nous sommes presque en juillet, Lara.

— Dans le Yorkshire. La nuit...

— Eh bien, oui, assura Isabel en sommant mentalement Lara d'accepter ce mensonge.

Elle coula un regard par-dessus le paravent. Sa cousine parcourait la chambre des yeux. Soucieuse de distraire son attention, Isabel reprit :

— Tu voulais me dire quelque chose ? Tu avais une raison de venir tambouriner à ma porte en exigeant que je me réveille et que je m'habille ?

— Oui, bien sûr ! s'exclama Lara.

Isabel la rejoignit tout en nouant la ceinture de sa robe de deuil d'un bleu très sombre.

— De quoi s'agit-il ?

— Ça ne va pas te plaire.

Isabel se figea sur place. Était-il possible que Nick soit parti ? Il avait dit, le soir précédent, qu'il s'en irait, mais c'était avant que... que les choses changent.

— De quoi s'agit-il ? répéta-t-elle avec appréhension.

— Nous avons une visite.

L'appréhension d'Isabel céda la place à un sentiment de terreur qui lui mordit le ventre.

— Qui ?

Sans répondre, Lara se tordit les mains.

Densmore ! Le tuteur était ici. Le sort de la maison, des filles, de James était à présent entre ses mains.

Et Nick allait partir, puisqu'il n'y avait plus rien pour le retenir ici. Son aide n'était plus requise pour les statues ni pour quoi que ce soit.

La poitrine d'Isabel se contracta douloureusement quand l'évidence la frappa : elle, elle avait besoin de lui !

Mais elle allait se retrouver seule, une fois de plus.

— C'est Densmore... murmura-t-elle d'une voix blanche.

— Non. C'est le duc de Leighton, annonça Lara. Il est venu chercher sa sœur.

19

Quelques minutes plus tard, Isabel collait son oreille contre la lourde porte d'acajou du bureau.

Elle perçut un sourd bourdonnement de voix masculines, mais ne put discerner un seul mot et maudit celui de ses ancêtres qui avait jugé bon d'installer un panneau de bois aussi épais.

— Nick est là-dedans avec lui ? chuchota-t-elle.

— Oui, répondit Jane tout aussi bas. Il l'a rejoint presque immédiatement.

— Et comment se fait-il qu'il ait pu le voir avant moi ? s'enquit Isabel avec une pointe d'agacement.

Jane eut la bonne grâce de paraître contrite.

— À son arrivée, le duc a demandé à voir lord Nicholas, sa sœur et vous-même. Je savais que sa sœur, c'était inenvisageable. Alors, j'ai opté pour vous et lord Nicholas. Je ne voulais pas ajouter à son irritation.

— Il semblait irrité ?

— Il ne le semblait pas. Il l'était bel et bien.

— Je ne devrais pas être surprise, je suppose, commenta Isabel, avant de coller de nouveau son oreille sur la porte.

— Vous n'entendrez rien comme ça, murmura sa majordome.

— Merci, Jane. Je m'en aperçois.

De quoi parlaient donc les deux hommes ? Est-ce que Nick plaidait leur cause ? Ou trahissait-il sa confiance, une fois de plus ? Non, certainement pas. Pas après cette nuit...

— Si vous voulez, nous pourrions contourner la maison et voir si nous entendons quelque chose par l'une des fenêtres...

Isabel fut tentée d'accepter, l'espace d'un instant, avant de prendre conscience de la lâcheté du procédé. Avec un soupir de frustration, elle pivota face au grand escalier, sur lequel se tenaient Lara et Georgiana.

— Non, je vais entrer.

Elle posait la main sur la poignée lorsque Lara intervint :

— Tu ne frappes pas ?

— Non. Pour deux raisons. D'abord, l'effet de surprise n'est pas à négliger. Ensuite, il s'agit de ma maison. Autant que le duc s'habitue à cette idée.

Sans tenir compte des trois paires d'yeux incrédules posés sur elle, elle entra dans le bureau et referma la porte avec détermination.

— Bon sang, Leighton, tu n'écoutes pas...

La voix de Nick mourut à l'entrée d'Isabel. Il s'inclina brièvement pour la saluer, et elle remarqua l'inquiétude qui assombrissait son regard bleu. Ce ne fut qu'au prix d'un gros effort qu'elle dompta les battements effrénés de son cœur à sa vue.

Elle porta son attention sur son compagnon. Jamais elle n'avait rencontré d'homme comme le duc de Leighton – ce lord avait la beauté d'un ange. Il était grand, admirablement découplé, avec une profusion de boucles dorées, des pommettes hautes et saillantes, et des yeux semblables à ceux de sa sœur, couleur de miel liquide.

Cet homme parfait ne pouvait sûrement pas être l'aristocrate arrogant que tout le monde l'accusait d'être.

— Je suppose que vous êtes la fille qui la cache, dit-il alors, avec une froideur vaguement méprisante.

Apparemment, si, il était à la fois aristocrate, arrogant *et* grossier.

— Leighton... gronda Nick.

Cet avertissement déguisé procura à Isabel un plaisir qu'elle s'efforça d'ignorer. Elle carra les épaules. Elle n'avait pas besoin de lui, et elle le lui prouverait.

— Je suis *lady* Isabel.

Si le duc remarqua l'accent qu'elle mit sur « lady », il n'en laissa rien paraître.

— Heureux que vous ayez enfin pu trouver le temps de vous joindre à nous.

Elle ne put s'empêcher de hausser les sourcils face à son ton sarcastique. Quel homme détestable ! Rien d'étonnant à ce que Georgiana ait fui loin de lui.

— Que puis-je pour vous ?

— J'ai déjà discuté de cette affaire avec St. John.

— Parfait, dit-elle, exaspérée par son ton impérieux. Et qu'est-ce qui vous fait penser que lord Nicholas pourra vous aider, puisque c'est moi qui dirige Townsend Park ?

— Pour autant que je sache, *lady* Isabel, vous n'avez aucun pouvoir sur Townsend Park. Mieux vaut que je m'abstienne de discuter avec vous, car cela ne servirait qu'à nous exaspérer tous les deux. Ne m'obligez pas à recourir à lord Densmore pour obtenir ce que je veux.

Un frisson glacé parcourut le dos d'Isabel. Il la menaçait ! Au moment où elle ouvrait la bouche pour répliquer, Nick intervint :

— Je ne devrais pas avoir à te rappeler que nous sommes dans la maison de lady Isabel, Leighton. Et que tu dois la traiter avec le respect qui lui est dû.

— Elle a kidnappé ma sœur, répliqua le duc sans cesser de regarder Isabel. En quoi cela mérite-il du respect ?

— Je n'ai rien fait de tel !

— Eh bien, c'est pourtant ainsi, à mon avis, que le juge considérera la chose.

Cette menace arracha à Isabel un son étouffé. Sur la joue de Nick, la cicatrice devint livide.

— Leighton, ça suffit.

— Vous osez appeler « ami » ce crétin ? s'exclama-t-elle.

Crétin ? répéta Leighton d'une voix tonnante. Je suis pair du royaume et duc. Vous ferez allusion à moi avec respect.

— Non, je ne le crois pas.

— St. John, remets cette femme à sa place !

— Je ne te le dirai pas deux fois, Leighton, riposta Nick. Traite lady Isabel avec le respect qui lui est dû, ou je te casse de nouveau la figure. Et cette fois, il n'y aura personne pour me renvoyer.

La menace qui vibrait dans sa voix rendit Isabel muette. Après avoir attendu un moment qu'elle réagisse, le duc finit par dire :

— Bien. L'argument semble avoir porté.

Comme le silence se prolongeait, il le rompit de nouveau.

— Lady Isabel, j'aimerais voir ma sœur.

Après avoir pris une profonde inspiration, Isabel alla s'asseoir derrière le bureau. Il y avait quelque chose, dans cette position, qui lui donnait confiance en elle. D'un geste de la main, elle indiqua les deux fauteuils face à elle.

— Pourquoi ne pas nous asseoir et en discuter ? Voulez-vous du thé, Votre Grâce ? ajouta-t-elle lorsque les deux hommes eurent pris place.

Leighton cligna des yeux, surpris par son changement d'attitude.

— Non, je ne veux pas de thé. Ce que j'aimerais, c'est voir ma sœur.

— Et vous la verrez. Mais pas avant que nous ne nous soyons entretenus.

Leighton se tourna vers Nick.

— Est-elle toujours aussi obstinée ?

— Toujours, répondit Nick avec un sourire.

— Évidemment, tu trouves ça amusant... Lady Isabel, je suis au courant de vos activités ici, dans le Yorkshire.

— Je vous demande pardon, Votre Grâce ?

— Il n'y a pas trois minutes, vous m'avez traité de crétin. Je pense que nous pouvons nous dispenser de ces formalités. Je sais que vous dirigez une espèce de colonie de femmes.

Comme ni Isabel ni Nick ne confirmaient ses dires, il poursuivit :

— Je ne m'intéresse pas particulièrement à ce que vous faites, à partir du moment où vous n'entraînez pas ma sœur dans vos histoires infâmes. Me fais-je bien comprendre ?

Isabel se pencha en avant, les avant-bras sur le cuir froid du sous-main.

— Pas vraiment, non.

— Isabel... Ne le provoquez pas, intervint Nick.

Cette mise en garde décupla l'irritation d'Isabel.

— « Ne le provoquez pas » ? Et pourquoi pas ? Qu'est-ce qui l'autorise à penser qu'il peut faire irruption dans ma maison, me menacer et menacer la sécurité de celles qui résident ici, et s'attendre tout simplement que je lui remette cette malheureuse fille ?

— Il s'agit de ma sœur !

— Sœur ou pas, Votre Grâce, elle est arrivée ici de son plein gré, effrayée, perdue et prête à tout pour s'éloigner de vous ! Que vouliez-vous que je fasse ? Que je la jette dehors ?

— Vous avez hébergé la sœur disparue du duc de Leighton ! J'ai retourné tout Londres pour la retrouver !

— Avec tout le respect que je vous dois, pour moi, elle n'avait pas disparu.

L'impertinence à peine voilée de sa repartie sembla réduire le duc au silence. Isabel se tourna alors vers Nick, intriguée par la lueur qui brillait dans ses yeux.

— Allez-vous prendre son parti ?

Nick ne répondit qu'après avoir manifestement pesé ses mots.

— Je crois que je m'en tiendrai au rôle de Salomon dans cette querelle.

— Figurez-vous que je n'ai pas l'intention de couper la pauvre Georgiana en deux.

— Dommage. Ça aurait facilité les choses, dit-il en étendant ses longues jambes devant lui. Pensez-vous être en mesure d'accorder à Sa Grâce un instant d'entretien avec elle ?

Isabel reporta son attention sur le duc.

— Si votre sœur est d'accord, je ne vois pas pourquoi nous ne pourrions pas organiser une rencontre.

Le duc inclina la tête avec grâce.

— Une noble ouverture...

— Cependant, si vous touchez à un seul de ses cheveux, je vous fais expulser de cette maison, déclara alors Isabel, avec le détachement qu'elle aurait eu pour commenter le temps.

Leighton et Nick se raidirent tous les deux, manifestement choqués par cet affront à la dignité et à l'honneur du duc. Mais Isabel, stoïque, ignora leur regard surpris et se leva pour gagner la porte.

La main sur la poignée, elle se retourna et fit face aux deux hommes imposants, à présent debout côte à côte.

— Georgiana est sous la protection du comte de Reddich. Ce titre est le garant de sa sécurité.

Dès qu'elle eut refermé la porte d'un geste ferme, Leighton se tourna vers Nick.

— Reddich est *comte*, dit-il d'un ton glacial. Je suis duc. Pour autant que je sache, la hiérarchie dans la noblesse est toujours en usage dans le Yorkshire, non ?

— Tu devrais te préparer à oublier tout ce que tu as toujours cru à propos de tes pouvoirs de duc, répliqua Nick, qui éprouva une pointe de pitié pour son ami. Tous ceux qui résident dans cette maison prêteraient allégeance à cette femme plutôt qu'au roi George.

Il s'abstint de préciser qu'il se comptait parmi eux.

— Tu es épris de cette fille, lança Leighton d'un ton accusateur.

« Épris ? » s'interrogea Nick en se rasseyant dans son fauteuil. Le terme ne rendait pas justice à ce qu'il éprouvait pour Isabel. Pas après la nuit précédente, et pas après cet entretien durant lequel elle s'était tenue, digne et fière, derrière le grand bureau des comtes de Reddich, pour tenir tête à l'un des hommes les plus puissants d'Angleterre. Et gagner !

— Disons qu'elle a conquis mon respect et mon admiration. Et peut-être davantage.

Leighton l'observa en plissant les yeux.

— Tu serais fou de céder à cette inclination, tu le sais...

— Je le sais.

— Et pourtant ?

— Et pourtant, je le ferai.

Au moment où le duc hochait la tête, la porte du bureau se rouvrit sur Isabel. Nick se releva à son entrée, frappé par sa beauté. Même ses vêtements de deuil ne parvenaient pas à dissimuler la perfection longiligne de sa silhouette. Leurs yeux se croisèrent, mais trop brièvement pour qu'il puisse deviner ses pensées.

Était-elle aussi bouleversée que lui par les événements de la nuit précédente ?

Il était retourné dans sa propre chambre et essayait de concevoir un plan pour passer la journée avec elle loin de la maison lorsque Jane était venue lui annoncer l'arrivée de Leighton. Comme d'habitude, le duc tombait au pire moment !

L'apparition de Georgiana, derrière Isabel, ramena Nick à l'instant présent. La jeune fille serrait ses mains l'une contre l'autre et gardait les yeux baissés.

— Georgie... dit Leighton avec un bonheur non dissimulé, en s'avançant vers elle.

Georgiana releva alors la tête, et Nick fut surpris par la vivacité des émotions qui se peignirent sur son visage : de la joie mêlée de nervosité et de tristesse, mais aussi de l'amour. Lorsque Leighton la souleva de terre pour l'étreindre, ce fut avec bonheur qu'elle s'écria :

— Simon !

Devant l'adoration manifeste qu'ils avaient l'un pour l'autre, la crispation que Nick ressentait dans la poitrine depuis qu'il avait révélé à Georgiana sa relation avec son frère se dissipa. Il eut la certitude que Leighton n'était pas responsable, du moins directement, de la fuite de Georgiana dans le Yorkshire.

— Je me suis fait tellement de souci, Georgie, dit le duc à sa sœur en prenant ses mains dans les siennes. Tu dois me dire ce qui s'est passé. Je jure que je ferai tout ce qui est en mon pouvoir pour arranger les choses.

Aussitôt, les larmes montèrent aux yeux de Georgiana et elle recula, lui retirant ses mains. Isabel passa un bras autour des épaules de la jeune fille en un geste de réconfort et de soutien.

— Peut-être que je devrais demander du thé, dit-elle.

L'irritation de Leighton, frustré de ne pas comprendre ce qui minait sa sœur et de ne pouvoir y remédier, flamba de plus belle.

— Pour la dernière fois, je ne veux pas de thé ! Je veux ma sœur ! Qu'est-ce que cet endroit lui a donc fait ?

— Cet endroit n'a rien fait d'autre que m'accueillir, me donner un foyer et un but, déclara Georgiana, d'une voix qui devenait plus vibrante et plus assurée au fil de sa phrase. Cet endroit n'a rien fait d'autre que m'accepter.

Son frère passa ses mains dans ses cheveux avant de riposter :

— Moi aussi, je t'accepte ! Quoi qu'il se soit passé... je ferai en sorte de tout arranger.

Georgiana soutint son regard avec une fermeté qui fit l'admiration de Nick.

— Je ne crois pas que ce soit possible, Simon. Je suis très heureuse que tu sois venu, et très heureuse de t'avoir vu. Et je suis encore plus heureuse de savoir que lady Isabel et les autres résidentes de Townsend Park n'ont plus à vivre dans la crainte que tu viennes à ma recherche. Mais tu dois me laisser à Townsend Park. C'est là qu'est ma place.

— Ne dis pas de sottises. Tu es la sœur du duc de Leighton. Tu dois mener une existence digne d'une duchesse.

— Et qui te dit que ce n'est pas le cas, ici ? répliqua Georgiana avec un mince sourire.

— Pour l'amour du Ciel, regarde donc cet endroit !

Nick vit qu'Isabel ouvrait la bouche pour défendre Townsend Park. Mais elle la referma après avoir croisé son regard et, d'un signe de tête, il lui signifia son approbation. Ce n'était pas à elle qu'il appartenait de livrer cette bataille.

— Je me plais ici, répliqua Georgiana. Et lady Isabel a eu la générosité de m'offrir une place.

— Une place ? répéta Leighton avec incrédulité.

— Je suis la gouvernante du comte.

Le duc regarda Nick, puis Isabel, avant de revenir à sa sœur.

— Gouvernante ? tonna-t-il. Tu es *employée* ici ?

— Il ne s'agit pas précisément d'un emploi, Votre Grâce, intervint Isabel.

— Vraiment ? De quoi s'agit-il, dans ce cas, lady Isabel ?

— En fait, chacune des résidentes agit selon ses moyens pour le bien de la communauté tout entière.

Si la situation n'avait pas été aussi sérieuse, Nick aurait ri en entendant Isabel essayer d'expliquer les lois qui régissaient le curieux monde de Minerva House. Mais Leighton avait l'air prêt à étrangler Isabel ou sa sœur, voire les deux.

— En conséquence, si je payais une gouvernante à votre frère, ma sœur ne serait pas obligée de travailler ?

Isabel pinça les lèvres d'une manière que Nick trouva charmante.

— Non, ce n'est pas ainsi que les choses se passent…

— De toute façon, Simon, je ne serais pas d'accord, déclara Georgiana.

— C'est ridicule ! explosa le duc, à bout de patience. Tu rentres avec moi.

Georgiana regarda Isabel, qui inclina la tête en silence pour lui manifester son soutien. La jeune fille prit alors une profonde inspiration.

— Non, je ne rentre pas.

— J'ai bien peur que tu n'aies pas le choix. Je suis ton frère et ton tuteur.

— Simon… Je sais que tu te fais du souci pour moi, assura la jeune fille d'une voix radoucie qui laissait transparaître toute l'affection qu'elle éprouvait pour son frère. Je sais que tu veux que je rentre à la maison. Mais, je t'en prie, comprends que c'est impossible. Pas maintenant. Je me plais ici, je m'y sens protégée et à ma place.

Quand il vit Leighton baisser la tête, Nick ressentit une certaine compassion pour cet homme qui ne s'était jamais vu refuser quoi que ce soit. Il était désorienté, inquiet, soucieux de remédier à une situation qu'il ne comprenait pas. Au cours des derniers jours, Nick avait lui-même éprouvé ce sentiment d'impuissance. À croire que les femmes de Minerva House s'évertuaient à susciter cette sensation chez les hommes.

Ce dont la jeune fille n'avait pas conscience, c'était que son secret finirait par être connu. Isabel ne pourrait pas la cacher indéfiniment. Et la nouvelle que la sœur du duc de Leighton s'arrondissait dans le Yorkshire n'allait pas tarder à se répandre, provoquant un scandale qui éclabousserait non seulement Leighton, mais toute sa maison.

Le duc devait être averti du danger qui le menaçait. Mais ce n'était pas à Nick de le lui révéler.

C'est alors que Leighton releva la tête.

— Dis-moi ce qui s'est passé, Georgie...

Il y avait dans sa voix une note désespérée, une émotion à vif qui le rendait plus humain que Nick ne l'avait jamais vu. Quant à Georgiana, des larmes brillaient dans ses yeux, et sa lèvre inférieure se mit à trembler imperceptiblement.

Au regard que lui lança Isabel, Nick comprit que, comme lui, elle jugeait le moment venu de laisser le frère et la sœur en tête à tête.

— Il est temps que vous vous entreteniez sans témoin, dit-il tout en rejoignant Isabel près de la porte. Nous vous attendrons dehors.

Ni Georgiana ni Leighton ne répondirent.

Quand la porte se fut refermée, Isabel se tourna vers Nick, manifestement inquiète.

— Elle va le lui dire.

— Oui.

Elle commença à faire les cent pas dans le vestibule, perdue dans ses pensées. Quand Nick la vit se tordre les mains, une corde vibra au plus profond de lui. Cette femme était capable d'émotions intenses. Quel effet cela ferait-il d'être l'objet de son attention, de son amour ?

Elle finit par se tourner de nouveau vers lui.

— Que va-t-il faire ?

Adossé à la rampe du grand escalier de pierre, Nick prit son temps pour répondre.

Leighton avait toujours été outrageusement soucieux des convenances. Menant une vie rangée, réfractaire au changement et à tout ce qui pourrait souiller son nom, il était prompt à dénoncer et à mépriser tout manquement à l'étiquette chez les autres. Lorsqu'une demi-sœur italienne était arrivée chez les jumeaux St. John, un peu plus tôt dans l'année, il n'avait pas échappé à Nick, lors des manifestations mondaines, que Leighton avait pris ses distances avec eux.

Cet homme abhorrait le scandale. Or, il n'existait guère de scandale plus dévastateur que la grossesse d'une sœur célibataire.

Isabel fixait sur lui ses beaux yeux bruns inquiets, et son cœur se serra.

— Je ne sais pas ce qu'il fera, admit-il, avant de prendre ses mains dans les siennes. Mais, quoi qu'il arrive, Georgiana n'en pâtira pas. Je te le jure.

Elle scruta longuement son regard.

— Je veux te croire. Je veux tellement te croire...

Mais elle n'était pas encore prête à lui redonner sa confiance. Et peut-être ne le serait-elle jamais – une pensée bien plus douloureuse qu'il ne l'aurait imaginé.

— Isabel...

Il ne savait que dire pour lui prouver sa bonne foi. Mais il n'eut pas le temps d'aller plus loin, car la porte du bureau se rouvrit sur Leighton. Son visage de marbre n'augurait rien de bon.

Déjà, Isabel se précipitait vers le bureau, soucieuse de réconforter Georgiana. Mais les mots de Leighton l'arrêtèrent net.

— Je désire m'entretenir avec vous deux.

Isabel, brave et forte comme elle l'était, soutint le regard froid du duc.

— Votre Grâce, votre sœur a sûrement besoin de moi.

Si la chose était possible, le visage de Leighton se fit encore plus impassible.

— Je n'ai pas de sœur. Pas aujourd'hui. Quant à la femme qui se trouve dans cette pièce...

Il s'interrompit et, dans le bref silence qui suivit, Nick comprit la violence de la lutte qui se jouait dans l'esprit et dans le cœur de son ami.

— ... elle peut attendre. Si vous souhaitez rester maîtresse de ces lieux, lady Isabel, vous écouterez ce que j'ai à vous dire. Immédiatement.

Isabel choisit visiblement de ne pas ignorer la menace déplaisante qui transparaissait dans ses paroles. Elle carra les épaules et dit d'un ton ferme :

— Certainement, Votre Grâce.

Puis elle pivota en direction de la bibliothèque.

Une fois dans celle-ci, Leighton s'approcha de la cheminée et, les mains posées sur le manteau, contempla longuement l'âtre vide.

— J'imagine que ma famille ne serait pas la seule à être secouée par un scandale si l'on découvrait cet endroit, finit-il par dire.

— Non, Votre Grâce, répondit Isabel avec une sincérité que Nick ne put qu'admirer.

Leighton lui jeta un coup d'œil par-dessus son épaule.

— Je suis assez tenté de réduire cette maison en cendres.

Isabel fut manifestement ébranlée par son ton venimeux. Elle se tourna vers Nick, une prière silencieuse dans le regard. Désireux de désamorcer l'éclat qu'il redoutait, celui-ci s'approcha de Leighton.

— Il ne s'agit pas de la maison, Leighton. Et tu le sais très bien.

— Sans cette maison, elle aurait été…

— Sans cette maison, son état serait le même, souligna Nick, ce qui lui valut d'être foudroyé du regard par le duc. Simplement, elle n'aurait eu aucun endroit où se réfugier. Tu devrais remercier Isabel de l'avoir recueillie.

— Eh bien, je ne pense pas que ce soit pour tout de suite, rétorqua le duc, qui se retourna alors pour s'adresser à Isabel. Deux options s'offrent à moi, lady Isabel. La première est de m'adresser à la justice et d'affronter le scandale maintenant.

Isabel, stoïque, ne réagit pas à cette menace proférée d'une voix pleine de colère.

— La seconde est de la laisser ici. Elle donne naissance à cet enfant, et le scandale éclatera plus tard, à un moment que je ne peux pas prévoir. Car il est évident que vous ne pouvez pas protéger cette maison et ses résidentes et que, tôt ou tard, la vérité éclatera au grand jour. Si tu étais à ma place, St. John, quelle option choisirais-tu ?

Nick sentit peser le regard d'Isabel sur lui. Il savait qu'elle le sommait de choisir la seconde option. Mais ce qu'il savait aussi, c'était que toute famille raisonnable, quitte à être ébranlée par un scandale, aurait choisi la première, afin d'y être préparée et de s'être armée pour affronter le déchaînement des commentaires.

Mais, pour Nick, la raison n'entrait pas en ligne de compte aujourd'hui. Seule la sécurité d'Isabel et des filles lui importait.

— Je choisirais la seconde.

Leighton eut un rire sec.

— Ce n'est pas vrai.

— Dans ce cas précis, si. Parce qu'il y a un facteur que tu as négligé.

— Lequel ? demanda Isabel, incapable de se contenir plus longtemps.

Son visage trahissait son incertitude, sa surprise et, surtout, sa crainte.

— Nous allons nous marier. Ce qui implique que lady Georgiana – et sa situation difficile – sera sous ma protection.

Le duc croisa les bras et se tourna vers Isabel, qui avait pâli.

— Est-ce vrai ?

Elle secoua la tête.

— Non. Je n'ai jamais dit que j'épouserais lord Nicholas.

Nick fut piqué au vif. Il ne pouvait concevoir qu'elle refuse de l'épouser après ce qui s'était passé la nuit précédente. À sa peine et à son irritation se mêla une vague de colère. Mais des années d'entraînement lui avaient appris à ne rien laisser paraître.

— Votre mémoire vous trahit, Isabel, dit-il avec un amusement feint. Vous avez consenti à m'épouser hier matin... Dans la salle des statues, précisa-t-il quand elle évita son regard. Vous ne vous en souvenez pas ?

À ces mots, elle eut une espèce de hoquet étouffé.

— C'était avant que tout change !

— Effectivement. Avant que cela ne devienne impératif... insinua-t-il.

— Ce n'est pas ce que je voulais dire, protesta-t-elle en rougissant, et vous le savez !

— Je sais exactement ce que vous voulez dire. Et je sais aussi que je ne partirai pas d'ici sans m'être marié avec vous.

— Je n'ai pas besoin de vous. Je me débrouille très bien toute seule.

Elle n'avait pas besoin de lui ? Cette affirmation le rendit furieux.

— Oui, c'est ce que je constate. Vous avez une maison pleine de femmes en difficulté, et personne pour les protéger. Dieu seul sait combien d'hommes malintentionnés vont se présenter lorsque Leighton aura mis sa menace à exécution. J'ajouterai que la maison elle-même tombe en ruine, qu'il y a ici un enfant qui aurait davantage besoin d'être éduqué que de nombreux chiots que je connais, qu'il a hérité de l'un des comtés les plus pourris du pays, que vous abritez la sœur d'un duc sur le point de mettre au monde un bâtard et... que vous avez été compromise ! À part ça, vous vous débrouillez très bien toute seule.

» Vous croyez que demander de l'aide vous rend plus vulnérable. Ce qui vous rend vulnérable, c'est de persister naïvement à affirmer que vous pourrez vous en sortir sans l'aide de personne ! Vous avez besoin de moi, c'est évident ! Il vous faudrait même un bataillon pour régler tous les problèmes de cet endroit ! Comment pouvez-vous donc penser un instant que je ne vais pas vous épouser, espèce de folle ? conclut-il d'une voix à présent tonnante.

Ses paroles résonnèrent un long moment dans la pièce. Quand il vit les yeux d'Isabel s'emplir de larmes, il regretta aussitôt son emportement.

— Isabel... dit-il d'une voix radoucie en esquissant un geste pour se rapprocher d'elle.

Mais elle leva la main pour l'en empêcher.

— Non. Votre Grâce, poursuivit-elle en se tournant vers Leighton, si ce sont là les options qui s'offrent à moi, je choisis évidemment celle qui causera le moins de tort à Townsend Park.

Le duc s'éclaircit la gorge.

— Si ce qu'a dit St. John est vrai, je me dois, en tant que gentleman, d'insister pour que vous vous mariiez, lady Isabel.

Comme elle opinait en silence, il ajouta :

— Je vais envoyer chercher un pasteur.

Elle inclina de nouveau la tête, les lèvres serrées, comme si elle retenait ses larmes. Puis elle quitta la bibliothèque en courant, laissant à Nick l'impression de s'être conduit comme un parfait idiot.

— C'est *moi* qui irai chercher le pasteur, bon sang ! s'écria-t-il avec ressentiment.

Pressé de s'expliquer, de s'excuser, il voulut emboîter le pas à Isabel.

— À ta place, je m'abstiendrais, intervint Leighton.

— Oh, parce que tu t'en tires si bien que ça avec les femmes, aujourd'hui ?

— Elle va se faire à l'idée.

— Je n'en suis pas si sûr. Elle n'est pas comme les autres.

— Vraiment ? Je n'avais pas remarqué.

Nick se laissa tomber dans le fauteuil le plus proche et enfouit sa tête dans ses mains.

— Je suis un imbécile.

Après s'être assis en face de lui, Leighton tira un cigarillo d'un étui en argent et l'alluma.

— Ne compte pas sur moi pour te contredire.

— Toi aussi, tu es un imbécile, tu sais, riposta Nick en relevant la tête.

— Je le suppose. Sacrebleu, enceinte à dix-sept ans… Elle n'a même pas fait son entrée dans le monde.

— Tu ne pourras pas la bannir à jamais de ta vie.

— Non… mais je peux essayer.

— C'est une gentille fille. Elle ne mérite pas ta colère.

— Je ne veux pas penser à elle, déclara Leighton, d'un ton qui ne souffrait pas de réplique.

Un long silence s'abattit avant qu'il ne reprenne :
— Ainsi, tu es amoureux de cette dame.
— Je le suis, admit Nick. Que Dieu me vienne en aide.
— Selon mon expérience, ce n'est pas en annonçant, dans une pièce pleine de monde, qu'elle a été compromise qu'on gagne le cœur d'une femme.
— La pièce n'était pas pleine de monde, rétorqua Nick, qui ferma les yeux. Je suis un idiot.
— Oui. Mais elle va t'épouser.
— Parce que tu lui as forcé la main.
— Ne dis pas de bêtises.
— Le duc de Leighton a insisté pour qu'elle se marie, ou il détruira ce qui lui est le plus cher… Que ferais-tu à sa place ?
— Tu n'as pas tort, reconnut Leighton, qui tira ensuite plusieurs bouffées de son petit cigare. Encore que… ta belle dame ne semble pas être du genre à fuir devant l'adversité.
Nick revit Isabel sur le toit, et dans la cuisine avec son armée d'amazones.
— Tu as tout à fait raison.
Leighton observa longuement l'extrémité de son cigarillo avant de demander :
— Est-il envisageable qu'elle tienne à toi ?
— Pas ce matin.
— Tu devrais lui dire que tu l'aimes.
Nick secoua la tête.
— C'est une idée abominable.
— Tu as peur que ce ne soit pas réciproque ? s'enquit le duc, le visage sérieux.
— Peur ? Je suis terrifié.
— Le *bulan*, terrifié ? Comme c'est intéressant…
Alors que Nick réprimait une forte envie de lui envoyer son poing dans la figure, Leighton tira une montre de sa poche.

— J'aimerais bien répondre à ton envie manifeste de te bagarrer, mais ta belle dame est en deuil. Il te faut une licence de mariage spéciale.

— Ce qui signifie que je dois aller jusqu'à York.

— Eh bien, il se trouve que je connais l'archevêque d'York. Une chance, non ?

— Certes, Leighton, on peut dire que ton arrivée a été une grande chance, grommela Nick.

20

Ce ne fut pas le genre de mariage dont une jeune femme pouvait rêver.

Nick était revenu tôt dans la matinée, après avoir fait le voyage jusqu'à York dans la nuit et s'être arrêté à Dunscroft, au retour, pour tirer le pasteur de son lit et le traîner jusqu'à Townsend Park. C'était à peine s'il avait pris le temps de se changer et, à en juger par ses cernes, sa mine chiffonnée et sa voix éraillée, il n'avait pas dormi depuis la dernière fois qu'elle l'avait vu.

Ils s'étaient mariés dans le bureau de son père, avec Lara et Rock comme témoins. La cérémonie avait été rapide et sommaire – pour ne pas insulter la mémoire de feu le comte, avaient-ils argué auprès du pasteur.

Celui-ci n'avait pas protesté, impressionné qu'il était de voir que la licence spéciale avait été rédigée de la main de l'archevêque d'York en personne.

Isabel n'avait pas protesté non plus.

Après tout, c'était la seule solution.

Aussi s'étaient-ils juré amour et fidélité, puis ils avaient échangé leurs serments. Mais quand Nick s'était penché pour l'embrasser, elle avait détourné la tête, si bien que sa bouche avait rencontré le vide. Car elle doutait de supporter le contact de ses lèvres, à cet instant où ils s'unissaient pour les pires raisons.

Elle avait quitté la maison aussitôt après le départ du pasteur, en direction de l'ouest. Elle avait marché dans les champs pendant longtemps, des heures peut-être, perdue dans ses pensées.

Durant son existence, elle avait été témoin de plusieurs sortes de mariages : le mariage d'amour qui conduisait à la solitude, celui qu'on concluait pour fuir une situation et qui se révélait désespérant, ou encore le mariage de raison qui ne s'épanouissait jamais en un sentiment plus fort.

Dans les rares moments où Isabel s'était autorisée à rêver de mariage, il s'agissait d'autre chose que de solitude, de désespoir et de raison. N'était-il pas ironique que le sien fût né des trois conjugués ?

Néanmoins, si elle voulait se montrer honnête, elle avait cru, deux jours auparavant, que son mariage avec lord Nicholas pourrait s'épanouir en un véritable amour.

Il s'appelait Nicholas, Raphaël, Dorian St. John... et c'était à peu près la seule chose qu'elle tenait pour certaine au sujet de son mari.

Le vent s'était levé sur la lande, et les longues herbes lui fouettaient les jambes tandis qu'elle se dirigeait à grandes enjambées vers la limite des terres des Townsend. Des terres qui appartenaient à sa famille depuis des générations et qui seraient sauvées pour les suivantes grâce à ce qu'elle avait fait ce matin.

Finalement, elle n'était peut-être pas aussi égoïste que cela ?

Elle ferma les yeux pour chasser cette pensée. Lorsqu'elle les rouvrit, la clôture endommagée qui marquait la limite ouest du domaine apparut dans son champ de vision. Encore une chose à laquelle il serait bientôt remédié.

Elle n'avait pas voulu épouser Nick par intérêt. Ni pour bénéficier de sa protection. Ni parce que le duc de Leighton le lui avait ordonné.

Pourtant, n'était-ce pas ce qu'elle avait fait, du moins en partie ?

— Non, dit-elle dans un murmure que le vent emporta aussitôt.

Lorsqu'elle avait accepté de se marier avec lui, c'était parce qu'elle tenait à lui. Et parce que lui tenait à elle.

Mais c'était trop tard, à présent.

Elle revit brusquement la scène de la veille – qui paraissait maintenant appartenir à un passé lointain. Alors qu'elle refusait de l'épouser, il avait réussi à la convaincre qu'elle avait désespérément besoin de lui. Que Minerva House ne survivrait pas s'il n'intervenait pas pour la sauver… Que la maison vivait ses dernières heures.

Et il avait eu raison, songea Isabel, qui dut essuyer une larme sur sa joue. Elle n'était plus capable d'assurer seule sa survie.

Mais qu'allait-elle devenir, à présent ? Qui serait-elle si elle n'était plus la maîtresse de Townsend Park, la directrice de Minerva House, celle qui possédait les réponses, celle vers laquelle tous les autres se tournaient ?

— Isabel !

Ce cri, accompagné d'un martèlement de sabots, la tira de ses sombres réflexions. Elle pivota et aperçut Nick, monté sur son grand cheval gris. Elle se figea sur place tandis que lui, tirant sur les rênes, sautait à terre avant même que sa monture se soit immobilisée.

— Je t'ai cherchée partout ! cria-t-il tout en s'avançant à sa rencontre, les yeux rivés aux siens.

— Je me promenais, dit-elle avec un haussement d'épaules.

— Une longue promenade, pour une jeune épouse le jour de son mariage, commenta-t-il. Tu tentais de te sauver ?

— Non, répondit-elle, sans sourire à sa plaisanterie.

Dans le silence qui suivit, il scruta son visage.

— Tu es malheureuse…

Elle secoua la tête, les yeux brûlants de larmes.

— Non.

— J'ai entendu parler de femmes qui pleuraient le jour de leur mariage, Isabel, mais j'ai toujours considéré qu'il s'agissait de larmes de joie.

Il se tut. Puis, après l'avoir observée de nouveau intensément, il l'enlaça et l'attira à lui.

— Isabel, je suis désolé pour les choses que j'ai dites, et pour la manière dont je les ai dites, murmura-t-il dans ses cheveux. Pardonne-moi.

Elle ne répondit pas, mais elle referma étroitement ses bras autour de lui. C'était tout ce qu'elle était capable de lui donner à cet instant. Elle s'abandonna à son étreinte pendant un long moment, jouissant de la force de ses bras, de la chaleur de son torse sous sa joue. Elle s'autorisa même à imaginer que ce mariage était différent, qu'ils s'étaient mariés pour une tout autre raison... qu'ils s'étaient mariés par amour.

À cette pensée, elle s'écarta. Comme elle faisait mine de lisser sa jupe, le regard détourné, il murmura :

— Isabel...

La douceur et l'émotion avec lesquelles il prononça son prénom l'obligèrent à relever les yeux.

— Je suis désolé que tu n'aies pas eu le genre de mariage dont tu avais rêvé, poursuivit Nick. J'aurais voulu qu'il se déroule autrement, avec une église... une belle robe... et tes protégées.

Elle secoua la tête, trop émue pour parler. Il prit alors sa main.

— Nous avons laissé de côté une part importante de la cérémonie, ce matin. Le pasteur a dû supposer que nous n'avions rien prévu pour cela, aussi l'a-t-il passée sous silence.

— Je ne comprends pas, avoua-t-elle, déconcertée.

Il lui présenta son poing fermé. Quand il l'ouvrit, elle aperçut sur sa paume un simple anneau d'or.

— Tu mérites beaucoup mieux... J'ai réveillé le premier bijoutier que j'ai trouvé à York, cette nuit, et il n'avait pas un grand choix. Dès que l'occasion s'en présentera, je t'achèterai une bague fabuleuse. Avec des rubis. J'aime que tu portes du rouge.

Les mots se bousculaient presque dans sa bouche, comme s'il craignait un refus d'Isabel s'il lui laissait la chance de parler. Mais elle n'avait aucune envie de l'interrompre.

Il lui passa alors l'alliance au doigt tout en esquissant un sourire en coin.

— Je ne me rappelle pas les mots exacts...

— Moi non plus, chuchota-t-elle.

— Bien, dit-il avant de prendre une profonde inspiration. Je ne suis pas parfait, et j'ai bien conscience qu'il me faudra travailler dur avant de regagner ta confiance. Mais je veux que tu saches que je suis extraordinairement heureux de t'avoir pour femme. Et je ferai tout ce qui est en mon pouvoir pour être un excellent mari. Que cette alliance soit la preuve de ce serment.

Il referma ses mains en coupe autour du visage d'Isabel et, avec ses pouces, essuya les larmes qu'elle n'avait pu retenir à ces mots.

— Ne pleure pas, mon cœur.

Il effleura ses lèvres de baisers si tendres, si doux que, l'espace d'un instant, elle oublia qu'ils s'étaient mariés pour un tas de mauvaises raisons.

Après avoir relevé la tête, il plongea de nouveau son regard dans le sien.

— Cet après-midi... jusqu'à ce soir... pouvons-nous oublier tout le reste ? Pouvons-nous simplement avoir une journée pour célébrer nos noces ?

Qui sait si, avant que ne leur reviennent toutes les mauvaises raisons qui les avaient poussés à se marier, cela ne leur permettrait pas d'en découvrir une bonne ? Si seulement...

— C'est une excellente idée, je crois, dit-elle.

Avec un sourire éclatant, il lui présenta son bras.

— La journée vous appartient, lady Nicholas. Que voulez-vous en faire ?

Lady Nicholas... Comme il était étrange d'être cette personne nouvelle, différente... Mais jouer avec ce nom en pensée suffit à faire resurgir l'anxiété d'Isabel. Qui était lady Nicholas ? Qu'était devenue lady Isabel ?

— Isabel ?

Demain. Elle s'inquiéterait de lady Isabel demain.

— J'aimerais te montrer le domaine, lui répondit-elle en souriant.

Quelques minutes plus tard, calée entre les bras de Nick, Isabel lui désignait les lieux importants de son enfance tandis que le cheval les ramenait vers la maison. Elle lui montra le bosquet où elle se cachait lorsqu'elle voulait s'échapper, l'étang où elle avait appris à nager, les ruines du vieux donjon où elle jouait à être une princesse.

— Une princesse ?

— Oui, répondit-elle, les yeux fixés sur la tour à demi écroulée, érigée au point le plus haut de la propriété. Prétendre être une reine me paraissait exagéré. Il faut savoir rester modeste.

Tout en riant, il immobilisa son cheval. Quand elle tourna la tête vers lui, Isabel vit briller dans ses yeux un intérêt malicieux.

— Pouvons-nous visiter votre château, Votre Altesse ?

— Certainement.

Dès qu'elle eut mis pied à terre, il la prit par la main, et ils gravirent le monticule en direction de l'amas de pierres.

— Il y a des années que je ne suis pas venue ici, déclara Isabel en s'aventurant entre les piliers effondrés.

Nick s'adossa à un mur bas, vestige d'une salle détruite.

— Raconte-moi ce que tu imaginais.

— La même chose que les autres petites filles, je suppose, répondit-elle avec un sourire pensif.

— Je n'ai pas eu le privilège de rencontrer beaucoup de petites filles. Je t'écoute, si tu veux bien.

Elle s'arrêta sous une arche de pierre qui avait peut-être, longtemps auparavant, encadré une fenêtre.

— Eh bien, j'étais une princesse dans une tour, commença-t-elle, le regard tourné vers le paysage verdoyant. J'attendais mon chevalier... Selon les jours, j'étais prisonnière d'un sort, ou gardée par un méchant dragon, ou quelque chose d'aussi fantastique. Mais ce n'était pas toujours aussi recherché. Quelquefois, je venais ici simplement pour...

Elle se retourna et constata que Nick avait disparu.

— Simplement pour ?

Il se tenait de l'autre côté de l'arche, les avant-bras posés sur le large mur de pierre. Elle rit du tableau qu'il offrait, avec ses cheveux ébouriffés et son sourire espiègle, alors qu'il portait encore son habit de cérémonie.

À son tour, elle posa les bras sur l'appui de fenêtre, tout contre les siens.

— Pour tenter d'imaginer mon avenir.

— Que voyais-tu, dans ton avenir ?

Isabel détourna les yeux.

— Les choses habituelles... Le mariage, les enfants... Je n'avais certainement pas prévu Minerva House.

Elle resta songeuse un long moment avant de reprendre :

— C'est drôle comme ces choses s'insinuent dans les rêves des petites filles. Je n'avais pas sous les yeux l'exemple d'un couple heureux, et je ne possédais aucune preuve que le mariage était un sort enviable. Et pourtant...

— Et pourtant, fut un temps où lady Isabel rêvait de devenir une épouse, dit-il d'une voix légère, taquine.

C'était exactement le ton dont Isabel avait besoin.

— Je suppose, acquiesça-t-elle en souriant. Évidemment, lady Isabel n'avait jamais envisagé de se marier avec l'un des plus beaux partis de Londres. Elle a eu de la chance, vraiment, de conquérir un lord aussi éminemment désirable.

Nick resta bouche bée, les yeux écarquillés par la surprise, et Isabel ne put s'empêcher de glousser.

— Tu étais au courant !

Elle plaça sa main sur sa poitrine d'un geste théâtral.

— Monsieur, comment pouvez-vous imaginer qu'il existe une seule femme, dans cette contrée, à ne pas être au courant ? Figurez-vous qu'il n'est pas nécessaire d'être abonné à *Pearls and Pelisses* pour reconnaître, au premier coup d'œil, une telle « incarnation de la virilité... ».

— Vous vous trouvez sans doute très drôle, lady Nicholas.

— Je *sais* que je suis *excessivement* drôle, lord Nicholas, riposta-t-elle avec un sourire éclatant.

Tout en riant, il tendit la main pour repousser une boucle de cheveux que le vent rabattait sur sa joue. Le rire mourut simultanément sur leurs lèvres quand, après un arrêt imperceptible, il prolongea sa caresse en refermant sa main sur la nuque d'Isabel pour l'attirer à lui. Son baiser, à la fois tendre et profond, fit courir en elle un frisson de plaisir. Alors qu'elle laissait échapper un soupir, il fit pleuvoir de doux et légers baisers sur sa joue, son front et le bout de son nez avant de s'écarter.

— Ainsi, tu pensais pouvoir me conquérir ? demanda-t-il, narquois.

— Non. Les filles pensaient que je pouvais te conquérir. Elles me pressaient de mettre à profit les leçons de la gazette pour y parvenir.

Quand il poussa un grognement incrédule, elle ajouta :

— Inutile de préciser que je n'ai jamais été très bonne pour suivre des instructions.

— Et alors ? Quel était ton plan ?

— Ce que je pensais conquérir, c'était ton expertise en matière d'antiquités.

— Eh bien... Tu sembles avoir reçu plus que tu ne demandais.

Elle feignit de le considérer d'un œil critique.

— Oui, j'en ai bien l'impression.

— Espèce de friponne ! lança-t-il en éclatant de rire.

Au moment où elle joignait son rire au sien, il s'éloigna de la fenêtre. En se penchant, elle le vit qui se dirigeait vers une ouverture et, à la pensée qu'il allait se rapprocher d'elle, elle sentit les battements de son cœur s'accélérer.

Ne voulant pas trahir sa nervosité, elle se hissa sur l'appui de fenêtre et attendit que Nick vienne vers elle. L'excitation continua de grandir au creux de son ventre à mesure qu'il avançait, enjambant les gravats avec précaution.

La gazette disait la vérité : quel homme remarquable c'était !

Et cet homme remarquable était son mari...

Loin de s'arrêter à une distance convenable, il s'approcha d'elle autant qu'il le put. Ses jambes frôlaient la jupe d'Isabel quand il leva la main pour lui caresser doucement la joue, y laissant un sillage de feu.

Il y avait, dans le regard qu'il posait sur son visage, quelque chose qu'elle ne put déchiffrer.

— À quoi penses-tu ? murmura-t-elle.

À un tout autre moment, elle n'aurait pas posé la question. Mais ils se trouvaient dans cet endroit magique, loin du reste du monde et de leur vie. Aujourd'hui, ils étaient simplement mari et femme.

Le pouls d'Isabel s'accéléra encore quand elle reconnut le désir dans le bleu ardent de ses yeux. Elle retint son souffle dans l'attente de sa réponse.

— Je pense que tu es la femme la plus magnifique que j'aie jamais connue.

C'était si inattendu qu'elle en resta sans voix. Il ajouta, les mains refermées sur son visage :

— Tu es forte, belle, brillante, et si passionnée... J'ai tellement envie d'être près de toi que c'en est douloureux. Je ne sais pas comment c'est arrivé, continua-t-il, le front contre le sien, mais il semblerait que je sois tombé fou amoureux de toi.

Ses mots résonnèrent dans l'esprit d'Isabel, l'empêchant de penser à quoi que ce soit d'autre.

Était-ce possible ? Nick l'aimait ?

C'est alors qu'il l'embrassa et qu'elle renonça à réfléchir.

Avouer son amour à Isabel avait libéré quelque chose de sauvage et de puissant en Nick. Sans ôter ses lèvres des siennes, il la souleva pour l'emmener jusqu'à un petit carré d'herbe, au pied du donjon. Durant le long moment qu'ils passèrent à jouer de leur bouche et de leurs mains pour se caresser, Nick fut intensément conscient de ce qui différenciait cet instant de tous les autres. Quel trouble violent, quelle ivresse il y avait à faire l'amour à sa femme ! À la femme qu'il aimait !

Quand Isabel commença à s'attaquer aux boutons de son habit, puis de son gilet, Nick arracha sa bouche à la sienne, le temps de se débarrasser de l'un et de l'autre. Ils s'embrassèrent de nouveau fébrilement, puis Isabel tira sur sa chemise pour glisser ses mains sur son torse. Le contact de ses doigts contre sa peau était une torture, et il rompit une fois encore leur baiser pour passer sa chemise par-dessus sa tête et la lancer négligemment derrière lui.

Mais, quand il tenta de reprendre Isabel entre ses bras, elle se déroba d'un geste souple.

— Non, dit-elle d'une voix où perçait la conscience de son pouvoir féminin. Je veux te regarder.

Elle s'approcha et, tout en empêchant Nick de la toucher, plaqua ses paumes sur son torse. Puis elle fit glisser ses doigts le long de ses bras.

— Tu es si musclé... si hâlé... Comment cela se fait-il ?

Rendu à moitié fou par ses caresses, Nick peina à trouver ses mots.

— Je possède un domaine à l'extérieur de Londres... J'aime travailler dans les champs.

Sous le regard brûlant d'Isabel, il dut serrer les poings pour contenir son envie de l'attirer à lui.

— Tu ne portes pas de chemise quand tu travailles dehors ?

— Pas toujours.

— Quelle inconvenance... chuchota-t-elle d'un ton suggestif, avant de faire courir ses lèvres sur son torse, dessinant de lents cercles humides sur sa peau.

Incapable de résister plus longtemps, Nick s'empara de sa bouche. Puis, ayant fait pivoter Isabel, il déboutonna avec une hâte fébrile le dos de sa robe. Quand le corsage s'entrebâilla, elle le retint sur ses seins. Puis elle se retourna avec, dans ses yeux bruns, une promesse de sirène et lâcha sa robe, qui s'épanouit à ses pieds comme une flaque bleu nuit.

Nick prit une profonde inspiration et la fit pivoter de nouveau.

— Je déteste la femme qui a inventé le corset, gronda-t-il en s'attaquant aux lacets de celui-ci.

Isabel s'esclaffa et lui jeta un regard par-dessus son épaule.

— Qu'est-ce qui te fait penser que c'est une femme qui l'a inventé ?

— Parce qu'un homme n'aurait jamais eu l'idée de te rendre aussi difficile d'accès.

Dès qu'elle se fut débarrassée du sous-vêtement incriminé, Nick repoussa les bretelles de sa chemise, laquelle tomba à son tour. Isabel se retrouva nue devant lui, avec pour témoins le ciel et les vieilles pierres. Il dévora des yeux son corps ravissant, que rougissait un mélange d'excitation et d'embarras.

— Te voilà, dit-il d'une voix que le désir rendait presque méconnaissable, même à ses propres oreilles. Viens ici.

Il l'attira à lui. Sa poitrine nue se pressa contre son torse quand il s'empara de sa bouche avec avidité. Puis il prit ses seins en coupe dans ses mains et en taquina les pointes déjà durcies. Comme elle gémissait contre ses lèvres, il baissa la tête et referma sa bouche sur l'un de ses mamelons, dont il titilla la chair tendue de ses dents, de sa langue, avant de le sucer doucement en une caresse qui poussa Isabel à se tordre contre lui.

Il glissa alors une main entre ses cuisses, écarta d'un doigt les boucles douces qui protégeaient son sexe, trouva l'endroit où se concentrait son désir et l'exaspéra en dessinant autour des cercles légers. Puis, rendu fou par ses halètements affolés, il l'étendit sur l'herbe moelleuse comme pour un sacrifice et écarta ses jambes, offrant sa chair la plus intime au soleil, au vent et au ciel. Il joignit un second doigt au premier et regarda ses yeux s'embuer de passion alors qu'il la menait au bord du plaisir.

Il voulait la voir jouir entre ses bras.

Le dos cambré contre le sol, elle tendit les hanches, lui indiquant dans l'expression innocente de son désir où et comment la caresser, et il s'inclina pour saisir le lobe de son oreille entre ses dents.

— Oui, mon amour, chuchota-t-il, prends ton plaisir.

Il lui donna ce qu'elle ne savait comment demander, plus vite, plus fort, plus profondément… L'orgasme la terrassa, lui arrachant des cris inarticulés qui résonnèrent entre les vieilles pierres.

Ensuite, elle resta inerte pendant de longues minutes, durant lesquelles Nick se gorgea du spectacle qu'elle offrait, nue, abandonnée, et *à lui*. Quand elle finit par rouvrir les yeux, la lueur licencieuse qu'il vit dans son regard lui coupa le souffle. Elle fit descendre sa main le long de son torse, avant de glisser un doigt sous la ceinture de son pantalon, dont son membre durci tendait l'étoffe.

— C'est mon tour, murmura-t-elle.

Et elle entreprit de défaire les boutons… bien trop lentement au goût de Nick qui, en un clin d'œil, se débarrassa de ses bottes et de son pantalon. Il se retrouva aussi nu qu'elle, et animé d'un désir désespéré. Il l'embrassa passionnément avant de répliquer :

— Bien sûr. Ce n'est que justice.

Avec un rire plein de promesses, elle prit dans sa main le sexe de Nick, qui se durcit encore sous les caresses qu'elle lui prodiguait. Elle compensait son manque d'expérience par l'audace et la curiosité. Entre ses paupières mi-closes, il la vit observer, fascinée, son membre qui grandissait entre ses mains, devenant plus dur et plus long qu'il ne l'avait jamais été.

Elle s'inclina alors pour déposer un baiser léger, humide, à son extrémité, et il crut mourir sur place.

Au râle qu'il poussa, elle releva la tête, l'air inquiet.

— Je t'ai fait mal ?

Cette question innocente lui fit refermer les yeux, alors que ses hanches bougeaient malgré lui pour appeler ses caresses.

— Non, mon amour. Non...

— Je dois arrêter ?

— Au contraire, recommence, supplia-t-il d'une voix tremblante.

L'effleurement de ses lèvres douces fut une délicieuse torture. Nick retint son souffle. Que ferait-elle ensuite ? Quand il sentit sa langue le lécher avec hésitation, il ne put retenir un gémissement.

— Oui... comme ça... Oh, Isabel !

Quelques instants plus tard, enhardie par ses encouragements, elle lui prodiguait des soins si empressés qu'il craignit de ne plus pouvoir se contenir.

Il l'écarta doucement, puis, la soulevant, la déposa sur lui à califourchon. Comme il l'attirait à lui pour s'emparer de sa bouche, elle résista, une ombre d'incertitude dans le regard.

— Ça ne te plaisait pas ?

Il ne put réprimer un rire rauque.

— Mon amour, je n'ai jamais rien connu d'aussi incroyable. Cela me plaisait trop.

Elle fronça les sourcils, et il s'aperçut qu'elle ne comprenait pas. De nouveau, il s'empara de sa bouche, et leur baiser ardent, prolongé les laissa tous les deux pantelants. Il referma alors ses lèvres sur l'un de ses seins, qu'il suça jusqu'au moment où elle laissa échapper un cri étranglé.

— Je... je ne veux pas avoir du plaisir sans toi, balbutia-t-elle. Pas aujourd'hui.

La prenant par la taille, il la guida de manière à l'empaler doucement sur lui. La sensation nouvelle lui fit écarquiller les yeux.

— On peut le faire comme ça ?

— Nous allons bien voir… Est-ce confortable ?

— Oui, murmura-t-elle. Oui… c'est délicieux.

Elle imprima à son bassin un mouvement d'ondulation qui ne tarda pas à menacer la raison de Nick. De ses mains sur ses hanches, il lui montra comment bouger, l'encourageant à prendre le contrôle de leur union, à devenir la maîtresse de leur plaisir. Comme il s'en doutait, elle s'y employa aussitôt et, tout en caressant ses cuisses élancées, ses seins ronds, il la laissa rechercher et adopter le rythme qui la conduirait à l'orgasme.

Au moment où le supplice devenait insupportable, ses mouvements de va-et-vient s'accélérèrent, devinrent frénétiques, et il vit sur son visage une expression de surprise. Il glissa alors la main à l'endroit où leurs corps étaient unis et, du pouce, titilla délicatement le petit bouton dur de son intimité. Autour de son membre, il sentit se contracter sa chair en spasmes de plus en plus violents.

— Regarde-moi, Isabel. Regarde-moi dans les yeux au moment de jouir.

— Je ne… je ne peux plus… haleta-t-elle, les ongles enfoncés dans ses épaules. Nick !

— Je sais…

Il l'empoigna par les hanches et l'extase les submergea, les entraînant dans un maelström de sensations qui leur arracha des cris inarticulés.

Isabel s'effondra sur lui, et il la garda enlacée le temps que leur souffle saccadé retrouve une cadence normale. Quand on n'entendit plus que le murmure de la brise entre les pierres, il posa ses lèvres sur sa tempe et lui répéta qu'il l'aimait. À ces mots, elle frissonna en se pressant de toutes ses forces contre lui.

Peut-être avaient-ils une chance, finalement.

Enveloppée dans une grande serviette, Isabel se préparait devant sa coiffeuse pour sa nuit de noces. La chose paraissait cependant un peu saugrenue, étant donné que son mari et elle avaient passé une grande partie de la journée à l'extérieur, nus, à célébrer leur après-midi de noces.

Mais, bien sûr, personne dans la maison ne pouvait le savoir. Aussi, quand Lara avait insisté pour lui préparer un bain, Isabel n'avait-elle pas protesté. D'autant qu'il ne lui déplaisait pas de passer un peu de temps seule avec ses pensées avant de retrouver son mari.

Son mari… Son mari qui l'aimait…

Ou, en tout cas, qui le lui avait dit.

Comme ces mots étaient puissants ! Elle comprenait à présent à quel point ils pouvaient rendre une femme faible, et de quelle manière quelques simples syllabes suffisaient à susciter chez elle l'excitation et l'impatience.

Un coup frappé à la porte fit bondir son cœur dans sa poitrine. Puis elle se rendit compte que ce ne pouvait être Nick car, un peu plus tôt dans la journée, il avait emménagé dans la chambre adjacente, qui communiquait avec la sienne par une porte intérieure. Or, c'était à la porte du couloir qu'on frappait.

— Entrez !

La porte s'ouvrit, livrant passage à Gwen et à Jane. Isabel pivota immédiatement.

— Tout va bien ?

— On dirait que vous êtes un peu nerveuse ce soir, observa Jane en souriant. Quelque chose vous tracasse ?

— Non, répondit Isabel, les sourcils froncés. À quoi fais-tu allusion ?

Gwen s'assit en riant sur un petit tabouret, près du lit.

— Oh, Isabel, c'est enfin arrivé !

— Quoi donc ?

— Vous vous êtes trouvé un mari, expliqua Jane, après s'être perchée sur le rebord de la baignoire en cuivre.

— Ce n'est pas comme si je l'avais cherché. C'est arrivé sans que je fasse grand-chose.

— Mais vous ne regrettez rien, n'est-ce pas ? s'enquit Gwen.

— Pas exactement, répondit Isabel après avoir réfléchi un long moment. Lord Nicholas semble être une bonne personne.

— Malgré les événements d'hier ?

— Oui. Il a manifesté plus que clairement son intention d'aider à protéger Minerva House. Cela dit, il n'aura guère le choix s'il m'épouse, ajouta-t-elle, ironique, quand les deux femmes hochèrent la tête.

— Il vous a déjà épousée, corrigea Gwen en souriant.

— Oui, c'est vrai, acquiesça Isabel qui, encore incrédule, secoua la tête. Je suis une femme mariée, à présent…

— Effectivement. Et nous vous souhaitons beaucoup de bonheur, dit Jane.

Isabel tenta de dissimuler la nervosité qui s'empara d'elle lorsqu'elle entendit ces mots. Pour elle, mariage avait jusque-là si peu rimé avec bonheur ! En revanche, être aimée était une sensation extraordinaire… et terrifiante pour quelqu'un qui, comme elle, avait si peur de se perdre.

Quand elle prit une profonde inspiration, Gwen et Jane échangèrent un regard entendu.

— Qu'y a-t-il ?

— Eh bien, nous avons été envoyées ici… pour vous parler…

— Oh non ! s'écria Isabel, alarmée. À quel sujet ?

— À propos de votre nuit de noces.

— Ah bon, mais pourquoi ? répliqua Isabel, abasourdie.

Jane vint se placer face à elle, lui prit la main et, baissant la voix, déclara :

— Nous pensons que vous devez être préparée. C'est-à-dire... savoir à quoi vous attendre.

— Et comme votre mère n'est plus là... ajouta Gwen.

Isabel comprit brusquement. Et la raison de leur visite était si différente de toutes celles qu'elle avait pu imaginer qu'elle partit d'un grand rire, qui ne tarda pas à devenir incontrôlable.

Ses deux amies se regardèrent, l'air si interloqué qu'Isabel rit de plus belle. Elle finit par reposer son peigne sur la coiffeuse pour tenter de reprendre son souffle.

— Je... je suis désolée ! balbutia-t-elle en agitant frénétiquement la main. Vraiment désolée. C'est juste que...

Peut-être aurait-elle dû leur dire qu'elle n'avait pas besoin d'éclaircissements sur le déroulement de la nuit à venir... Mais leur embarras était si divertissant qu'elle ne résista pas à l'envie de prolonger un peu la plaisanterie, ne fût-ce que pour la distraction bienvenue qu'elle lui offrait.

— Je suis désolée, dit-elle une nouvelle fois. Je vous en prie, continuez. Que dois-je savoir ?

— Eh bien, commença Gwen, vous avez déjà laissé entendre que lord Nicholas embrassait bien...

— Plus que bien, même.

— Parfait, murmura la cuisinière, dont les joues se teintèrent de rose. Dans ce cas, nous pouvons espérer qu'il se montrera également bon...

Comme elle se tournait vers Jane, celle-ci acheva abruptement :

— Bon amant.

Isabel pivota face à son miroir et saisit de nouveau son peigne.

— Oui, je l'espère, effectivement.

— C'est-à-dire que... reprit Gwen, vous pourriez être surprise par la manière dont... dont les choses... se passent.

Isabel ne put réprimer un sourire, mais elle s'efforça de ne pas laisser transparaître son amusement dans sa voix.

— Les choses ?

Il y eut un silence, que Jane finit par rompre.

— Isabel, comme vous avez pu le constater avec vos statues, il existe des... différences physiques entre vous et votre mari.

— Oui...

— Nous n'allons pas vraiment entrer dans les détails, continua Jane avec une pointe d'agacement.

— Mais comment saurai-je ce qu'il faut faire ? demanda Isabel en se mordant les joues pour ne pas sourire.

— Ne vous inquiétez pas. Nous sommes à peu près sûres que lord Nicholas le saura.

C'en fut trop. Isabel pouffa de rire.

— Oui... J'en suis même sûre et certaine !

Les deux femmes écarquillèrent les yeux.

— Vous savez déjà tout ! s'exclama Gwen.

Avec un sourire jusqu'aux oreilles, Isabel se releva pour se diriger vers son paravent, derrière lequel l'attendait la chemise de nuit qu'elle avait choisie pour l'occasion – une chemise en soie d'un rose cramoisi dont elle espérait qu'elle plairait à son mari.

— C'est vrai. Mais je vous remercie beaucoup de votre sollicitude.

— Quelle femme insupportable vous faites ! s'exclama Jane d'une voix rieuse. Il ne vous mérite pas.

— Elle n'est pas mariée depuis douze heures et elle a déjà eu sa nuit de noces, soupira Gwen. Alors, avons-nous raison ?

— Raison ? répéta Isabel, qui coula un regard par-dessus le paravent. À quel propos ?

— C'est un bon amant ?

— Gwen ! s'écria Isabel en rougissant.

— Ah, il semblerait qu'il le soit, conclut Gwen d'un ton taquin.

Quand les deux filles cessèrent de rire, Jane reprit, plus sérieuse :

— Vous l'aimez ?

Isabel garda le silence. Cette question la hantait depuis l'après-midi. Depuis plus longtemps, même, si elle voulait se montrer honnête.

En tournant la tête, elle surprit, dans le grand miroir, le reflet de sa silhouette soulignée par la soie rose sombre de sa chemise de nuit.

Elle l'avait choisie pour lui, pour le rendre heureux, pour qu'il la désire, pour qu'il l'aime plus encore.

Oui, la vérité, c'était qu'elle l'aimait.

Rien n'aurait pu la terrifier davantage. Car, si elle admettait son amour pour lui, ne deviendrait-elle pas comme sa mère ? Son mariage avec Nick ne ressemblerait-il pas à celui de ses parents ?

Elle se rappelait sa mère soupirant indéfiniment après son père et guettant par la fenêtre, pendant des heures, l'apparition de son attelage ; elle se souvenait de l'adoration qu'elle lui manifestait quand il était là... et des illusions dont elle se berçait lorsqu'il était absent. Et, pire que tout, de la haine qu'elle avait vouée à ses enfants lorsqu'il avait abandonné sa famille.

Comment Isabel pouvait-elle prendre le risque de reproduire une existence aussi vide et désespérante ?

Non. L'amour n'avait apporté rien d'autre que du chagrin à Townsend House et dans sa propre vie. Elle ne se laisserait pas détruire comme sa mère.

Aussi, tout en s'avouant les sentiments qu'elle éprouvait pour Nick, elle se refusa à les exprimer à voix haute.

— Isabel ? reprit Jane depuis l'autre côté de la pièce.

Tirée de ses pensées, elle prit une profonde inspiration et, sans tenir compte de la douleur que ce mensonge lui causait, elle s'adressa à son reflet, dans la psyché.

— Je ne l'aime pas, déclara-t-elle d'une voix qu'elle s'efforça de rendre légère, pour convaincre ses amies qu'elle était toujours la même Isabel, pleine de force et de certitude.

Pour s'en convaincre elle-même, en vérité.

— Je l'ai épousé par devoir, poursuivit-elle. Pour James, pour Minerva House et pour Townsend Park. Je ne vois pas la nécessité d'invoquer l'amour dans tout cela.

Plaquant un sourire éclatant sur son visage, elle contourna le paravent. Elle s'aperçut alors que Gwen et Jane, figées sur place, n'étaient pas tournées vers elle.

Quand elle suivit la direction de leur regard, elle sentit son cœur se décrocher dans sa poitrine.

Nick se tenait sur le seuil de la chambre contiguë. Et il avait tout entendu.

Elle sentit son sourire vaciller quand il s'inclina avec raideur.

— Je vous présente mes excuses. J'ignorais que vous n'étiez pas seule.

— Je...

Isabel s'interrompit. Que pouvait-elle dire ?

— Justement, nous partions, dit Jane.

Et les deux femmes s'esquivèrent avec une célérité qu'Isabel ne leur avait jamais connue.

Elle se retrouva seule avec l'homme qui l'aimait. Et dont elle avait rabaissé l'amour avec ses paroles stupides.

Il tourna les talons et disparut dans l'autre pièce. Sans réfléchir, elle le suivit. Quand elle franchit le seuil, il versait deux doigts de cognac dans le verre qui avait été préparé pour lui. Il considéra longuement le liquide mordoré avant d'en avaler une grande gorgée, puis il alla s'asseoir dans un large fauteuil bas et reporta son attention sur Isabel. Son regard était froid, dénué de toute émotion.

— Nick... commença-t-elle en s'avançant vers lui.

— Tu portes du rouge.

Isabel s'immobilisa, décontenancée. Puis elle baissa les yeux sur sa chemise de nuit.

— Je... j'ai pensé qu'elle te plairait.

— Elle me plaît, se contenta-t-il de dire après l'avoir observée en silence.

— Je...

Elle aurait voulu lui dire qu'elle avait menti. Qu'elle l'aimait. Mais la peur empêcha les mots de franchir ses lèvres. Elle voulut croire qu'il les entendrait néanmoins.

— Viens ici.

Cet ordre fut prononcé d'une voix sombre, impérieuse, qu'elle ne lui connaissait pas. Elle eut envie de fuir, de refermer et de verrouiller la porte entre leurs deux chambres, et de se cacher jusqu'à ce qu'il soit redevenu lui-même. Mais, en même temps, elle avait envie d'obtempérer.

Il but une nouvelle gorgée, sans la quitter un instant des yeux, comme s'il la défiait.

Isabel s'avança. Une fois à côté de lui, elle dut se retenir de le secouer, tant elle aspirait à retrouver l'homme vibrant d'énergie et d'amour de l'après-midi.

Il resta immobile si longtemps qu'elle se demanda si, finalement, il n'allait pas la renvoyer et refuser de la toucher de nouveau. Le silence s'éternisa, horrible.

Juste au moment où elle s'apprêtait à tourner les talons, il se pencha en avant pour l'attraper par la main et l'attirer entre ses genoux. Il posa sa tête contre son ventre puis, respirant fortement, il pressa sa bouche entrouverte sur le tissu soyeux. Ses mains remontèrent le long des cuisses d'Isabel avant de se refermer sur ses fesses, et tout en la maintenant contre son visage, il posa ses lèvres à l'endroit où palpitait sa chair la plus intime.

Embrasée par la sensation de son souffle chaud, elle plongea les doigts dans ses boucles épaisses et se pencha sur lui. Il releva alors la tête. Ses mains se posèrent en coupe sur ses seins, dont il se mit à caresser les pointes sous la mince étoffe, jusqu'à ce qu'elles soient douloureuses de désir. Alors seulement, quand le souffle d'Isabel se réduisit à des halètements tremblants, il lui donna ce qu'elle réclamait : il referma ses lèvres sur l'un des mamelons érigés, qu'il suça à travers le tissu, jouant alternativement des dents et de la langue. Lorsque la soie mouillée colla à son sein, il prodigua les mêmes caresses à son jumeau, jusqu'au moment où Isabel ne put plus retenir un gémissement de plaisir.

D'un même geste, il se mit debout, releva le bord de la chemise de nuit d'Isabel et la lui ôta. Puis il la souleva pour la ramener dans sa propre chambre. Sans la lâcher, il l'allongea et la recouvrit de son corps. Elle tira sur sa chemise, avide de sentir sa peau contre la sienne, tandis qu'il la couvrait de baisers brûlants, depuis le creux de son cou jusqu'à son ventre.

À peine l'eut-elle débarrassé de sa chemise qu'il lui écarta les jambes pour insinuer entre elles ses larges épaules, sans qu'elle proteste. Quand il posa sa bouche sur son sexe moite, ce fut pour jouer de sa langue et de ses lèvres à un rythme diabolique. Il fallut à peine quelques secondes pour qu'Isabel, arquée au-dessus du lit, crie de plaisir.

Une nouvelle vague la submergea lorsqu'il introduisit un doigt, puis un autre, au plus profond d'elle. Alors qu'elle gémissait son prénom, il la pénétra d'un seul coup de reins, avec une intensité et une force qu'elle n'avait encore jamais éprouvées. Transportée presque immédiatement au seuil de la jouissance, elle implora l'orgasme que lui seul pouvait lui offrir.

Il s'empara de sa bouche pour lui donner un baiser plus profond, plus dévorant que tous ceux qu'ils avaient partagés, tout en glissant sa main entre eux pour poser son pouce à l'endroit où tout semblait commencer et finir. D'une ultime poussée, il se répandit en elle. Éperdue, submergée par l'émotion, elle jouit entre ses bras en murmurant son prénom.

Après un long moment, il s'écarta d'elle. Elle tendit la main vers lui, mais, avant qu'elle ait pu le toucher, il descendit du lit, ramassa sa chemise et son pantalon, et quitta la pièce.

Isabel se redressa et l'appela. Sans répondre, il referma d'un geste ferme la porte entre leurs deux chambres.

Assaillie par un douloureux regret, elle prit alors conscience qu'il n'avait pas prononcé un seul mot pendant qu'ils faisaient l'amour.

21

Leçon numéro neuf

Cultivez le mystère.

Une fois que vous avez éveillé l'intérêt de votre lord, n'hésitez pas à vous éloigner de lui pour l'encourager à vous poursuivre. Il suffit de penser aux chasses au renard annuelles qui se déroulent dans notre belle contrée pour comprendre que, même chez les plus gentlemen de nos gentlemen, l'instinct du chasseur est irrépressible.

Soyez le renard, chère lectrice, et n'ayez aucune crainte. Ces chasseurs avertis sauront retrouver votre piste !

Pearls and Pelisses, *juin 1823*

Isabel dormit à peine. Elle finit par renoncer à trouver le sommeil et se rendit dans la cuisine. Elle surveillait la bouilloire, debout devant le fourneau, lorsque Kate entra. Le jour venait de se lever.

Absorbée dans ses pensées, Isabel ne se retourna pas. Comment allait-elle pouvoir réparer les dégâts qu'elle avait causés la nuit précédente ? Quel genre de femme réussissait à détruire son mariage dès le premier jour ?

Une femme comme elle, lui souffla une petite voix, qu'elle se refusa cependant à écouter. Peut-être pourrait-elle convaincre Nick de retourner avec elle sur la lande… Peut-être parviendraient-ils à se donner une nouvelle chance…

Et peut-être… peut-être trouverait-elle le courage de lui dire qu'elle l'aimait.

— Vous savez ce qu'on dit… L'eau qu'on regarde ne bout jamais, fit remarquer Kate, tout en ouvrant un placard pour en tirer une boîte de biscuits.

— Oui, je sais… Je mets cette théorie à l'épreuve.

La responsable des écuries resta silencieuse un moment avant d'annoncer :

— L'un des chevaux est sorti.

— Sorti ? répéta Isabel, soudain alertée. Lequel ?

— Celui de votre mari.

— Mon mari est parti ?

— On le dirait.

— Non, répondit Isabel en secouant la tête. Il était là la nuit dernière.

— Peut-être qu'il est simplement allé chercher quelque chose en ville, avança Kate d'un ton peu convaincu.

Isabel se précipita hors de la cuisine, gravit l'escalier en courant et alla frapper à la porte de Nick, qu'elle poussa sans attendre.

Elle s'immobilisa alors sur le seuil.

Ses affaires avaient disparu. Le lit n'était même pas défait.

Il était donc parti aussitôt après…

Elle referma les bras autour de son buste, soudain glacée et abominablement fatiguée.

— Isabel… Je peux faire quelque chose ? demanda Kate, qui l'avait suivie.

Isabel secoua la tête, à peine consciente du sens des mots.

Il était parti. Et c'était elle qui l'avait chassé. Exactement comme sa mère avait chassé son père.

— Je… j'ai besoin… balbutia-t-elle, accablée de tristesse. J'ai besoin… de rester seule.

Sans insister, Kate s'éloigna. Après avoir refermé la porte, Isabel grimpa dans le lit. Ce lit où son mari aurait dû dormir – où ils auraient dû dormir ensemble.

Elle se tourna sur le côté, les genoux ramenés contre sa poitrine, et autorisa ses larmes à couler. Avec des sanglots douloureux, elle pleura sur son mariage et sur ce qui aurait pu être, si seulement elle avait eu assez confiance en elle pour l'aimer.

Et quand ses larmes se furent taries, elle s'endormit.

Il était tard lorsqu'elle se réveilla. Les rayons du soleil éclaboussaient la pièce, qu'elle ne reconnut pas immédiatement. Lorsqu'elle se fut assise, les souvenirs affluèrent. Elle se leva avec peine, engourdie par le regret et la tristesse.

Quand elle ouvrit la porte, Lara se tenait dans le couloir, l'air inquiet.

— Depuis combien de temps es-tu ici ? demanda Isabel.

— Peu importe. Oh, Isabel… dit sa cousine en la serrant dans ses bras, brièvement mais avec force. Que s'est-il passé ?

Isabel secoua la tête.

— Je ne sais pas… Nous étions heureux. Je croyais que tout irait bien, et puis… j'ai tout gâché. Et il est parti.

— Je suis certaine que tu n'as rien gâché, déclara Lara, avec une conviction née de l'amitié.

— Hélas, si. Je l'aime, Lara.

— Ce n'est pas ce que j'appelle du gâchis ! s'écria Lara avec un léger rire. C'est plutôt merveilleux, non ?

— Non, répondit Isabel, dont les yeux s'emplirent de larmes. Parce que je lui ai dit que je ne l'aimais pas. Que je ne pouvais pas l'aimer.

Le visage de Lara exprima sa perplexité.

— Mais pourquoi ?

— Je ne sais pas, avoua Isabel, submergée par la tristesse.

Lara s'approcha de nouveau et passa son bras autour de ses épaules. Isabel s'accrocha à elle, sans plus chercher à retenir ses larmes.

— Je ne le lui ai pas dit parce que j'avais peur. Je croyais que si je l'aimais, je deviendrais comme ma mère, et que je m'exposerais à souffrir. Et maintenant... maintenant, il est trop tard. Je l'ai blessé, et il est parti.

— Peut-être qu'il reviendra, dit Lara d'un ton encourageant.

— Peut-être, murmura Isabel, sans y croire un instant.

Combien de fois Nick s'était-il efforcé de regagner sa confiance, de prouver qu'il en était digne ? Et combien de fois Isabel l'avait-elle rejeté ? Jusqu'à cette dernière fois, lorsque la flamme s'était retirée de ses yeux bleus. C'est alors qu'elle l'avait perdu.

Isabel pleura longuement dans les bras de sa cousine, entre lesquels elle trouvait du réconfort. Au moment où ses larmes se calmaient et qu'elle prenait une inspiration tremblante, elle aperçut James qui arrivait en courant.

— Isabel ! cria-t-il.

Mais il s'arrêta net lorsqu'il vit son visage baigné de larmes.

— Qu'est-ce qu'il y a ? Pourquoi tu pleures ?

Puis il s'approcha à pas lents, le visage sérieux. Isabel remarqua qu'il portait un gilet, ainsi qu'une cravate nouée à la perfection. C'était un petit homme. L'influence de Nick sur lui était si manifeste que de nouvelles larmes lui montèrent aux yeux. Mais, pour ne pas montrer sa tristesse à son frère, elle battit des paupières pour les chasser et se força à sourire.

— Ce n'est rien, James, ne t'inquiète pas. Que se passe-t-il ?

Après l'avoir observée un long moment, l'air soucieux, il finit par dire :

— Jane m'a demandé de venir te chercher. Je crois que tu te sentiras mieux quand tu verras pourquoi.

— De quoi s'agit-il ?

— Je dois pas te le dire. Il faut que tu le voies toi-même.

Isabel soupira. Elle restait la maîtresse de Townsend Park, qu'elle ait le cœur brisé ou pas.

— Très bien. Nous te suivons.

Alors que le trio se dirigeait vers le grand escalier, Isabel perçut un brouhaha de voix, qui alla s'intensifiant tandis qu'ils avançaient. Elle accéléra le pas jusqu'au palier, et là, elle resta figée sur place devant le spectacle qu'offrait le grand vestibule.

Il grouillait de monde. Toutes sortes d'hommes s'y pressaient, chargés de seaux, de caisses et de sacs, et tous s'efforçaient d'attirer l'attention de Jane qui, montée sur les premières marches de l'escalier, faisait de son mieux pour jouer le rôle de majordome imperturbable. À sa décharge, peu de majordomes avaient dû se retrouver un jour face à la moitié de la population de Dunscroft rassemblée dans son vestibule.

Au moment où Isabel la rejoignait, Jane déclarait :

— Mes braves, pourrions-nous disposer d'un moment de silence afin que nous prenions nos dispositions ?

Puis, entre ses dents, elle marmonna :

— Et, surtout, que je puisse aligner deux idées !

— Au nom du Ciel, que se passe-t-il ? demanda Isabel.

— Il était temps que vous arriviez !

— Qui sont ces hommes ?

— Dans la mesure où j'ai compris quelque chose, répondit Jane en désignant au fur et à mesure ceux dont elle parlait, ce garçon a trois caisses de bougies à nous livrer, et d'autres en commande ; ces deux hommes-là ont été envoyés pour réparer la clôture ouest ; celui-là est venu pour accorder le pianoforte – au passage, vous saviez qu'il avait besoin d'être accordé ? L'homme en redingote attend que vous le receviez pour choisir la voiture qui sera tirée par vos nouveaux chevaux, lesquels sont déjà dans l'écurie. Inutile de vous dire que Kate est aux anges. L'homme là-bas a plusieurs tonneaux de vin à ranger dans la cave ; les deux femmes réfugiées dans le coin, les pauvres, sont censées nous rhabiller des pieds à la tête ; et l'homme avec les lunettes est un banquier qui demande à s'entretenir avec « la maîtresse du manoir ». Quant aux costauds qui font cercle autour de M. Durukhan – Dieu sait d'où ils viennent –, il paraît qu'ils doivent veiller à la sécurité du domaine. Ah oui, j'oubliais... Il y a aussi une demi-douzaine de couvreurs qui demandent à accéder au grenier.

Abasourdie, Isabel cligna des yeux.

— Mais que font-ils tous ici ?

— Monsieur l'accordeur ! appela Jane, pour attirer l'attention d'un petit homme discret. La salle de bal se trouve au-delà de cette porte...

Puis elle revint à Isabel.

— Ils disent que c'est lord Nicholas qui les envoie.

Il fallut quelques secondes à Isabel pour saisir le sens de ces mots.

— Tous ?

— D'après mon expérience, il est rare que des commerçants pratiquent la charité, Isabel. Oui. Tous.

Muette de stupeur, Isabel observa la foule disparate qui emplissait son vestibule. Quand elle finit par reporter son attention sur Jane et sur Lara, elle ne trouva qu'une chose à dire :

— Il m'a envoyé des couvreurs !

Jane, après avoir donné ses instructions au marchand de vin, se tourna une fois de plus vers elle.

— Apparemment, vous avez épousé un fou.

— Il m'a envoyé des couvreurs ! répéta Isabel, qui ne put s'empêcher de rire.

C'était le plus beau cadeau qu'on lui eût jamais fait !

— À n'en pas douter, il connaît le chemin de ton cœur, dit Lara avec un large sourire.

De nouvelles larmes picotèrent les yeux d'Isabel. Si seulement elle avait été assez courageuse pour l'y laisser entrer !

Mais elle inspira profondément, en s'ordonnant de se montrer forte. Tout en lissant du plat de la main sa jupe chiffonnée, elle demanda :

— Que puis-je faire ?

— Je pense que vous devriez mettre ces couvreurs au travail.

Au crépuscule, Isabel se tenait sur le perron du manoir, suivant des yeux les ouvriers qui s'éloignaient. Après avoir travaillé plusieurs heures sur le toit, ils avaient promis de revenir le lendemain, avec les matériaux indispensables pour réparer les dégâts les plus importants.

Lorsqu'ils eurent disparu dans l'obscurité, elle s'assit sur les grandes marches de pierre, les bras serrés autour de son buste pour se protéger de la fraîcheur de la brise nocturne.

Comme elle regrettait de n'avoir pas été plus courageuse !

Elle avait eu si peur de s'autoriser à aimer Nick et de finir comme sa mère qu'elle se retrouvait dans la situation même qu'elle redoutait.

Mais Nick n'était pas son père.

En une journée, il avait fait plus pour Townsend Park que le comte dans toute son existence. Et il ne s'agissait pas seulement du toit, de la clôture ou de l'équipage, mais, surtout, de son intérêt évident pour le domaine et pour Minerva House. Lui qui connaissait l'endroit et les filles depuis moins d'une semaine avait pris leur survie à cœur.

Parce qu'il voulait le bonheur d'Isabel. Ce qu'elle comprenait trop tard, hélas.

— La journée a été plutôt incroyable, non ?

Isabel se tourna en direction de la voix, et la silhouette de Rock se détacha dans la pénombre, au pied de l'escalier.

— On peut dire ça, répondit-elle avec un sourire forcé.

— L'équipe de surveillants est en place. Ce sont de braves gens, apparemment. Je vous les présenterai demain. Ils se sont installés comme ils pouvaient dans la vieille cabane de bûcheron. Il faudra faire quelques réparations, mais j'en parlerai avec Nick la prochaine fois que je le verrai.

Le cœur d'Isabel se serra. Si elle avait pu être aussi certaine que Rock de revoir Nick !

— Tout est arrivé si soudainement… murmura-t-elle.

Rock garda le silence un long moment.

— Il a commencé à tout organiser quand la pluie a cessé, finit-il par dire. Lorsque je suis retourné en ville chercher nos affaires, il m'a demandé de me rendre au bureau de police, afin qu'on m'indique quelques hommes sérieux susceptibles d'être intéressés par ce genre de travail.

Ainsi, Nick s'en était préoccupé avant l'enlèvement de Georgiana, avant qu'ils soient obligés de se marier, et avant que tout ait changé.

Tous deux restèrent assis sans rien dire, perdus dans leurs pensées. Isabel brûlait d'interroger Rock – le seul lien avec l'homme qu'elle aimait. Mais, submergée par le chaos de ses sentiments, elle se sentait empruntée et hésitante.

Finalement, elle posa la question qui lui paraissait la moins dangereuse.

— Pourquoi n'êtes-vous pas parti avec lui ?

— Parce que, à la différence de Nick, répondit Rock en choisissant ses mots avec soin, je sais que quitter ce qui m'est le plus cher au monde n'est pas le meilleur moyen de l'obtenir.

— Lara ?

Il resta silencieux si longtemps qu'Isabel commença à douter qu'il réponde. Finalement, il tourna vers elle ses yeux d'un noir intense.

— Oui.

— Je suis heureuse pour vous deux que vous ayez trouvé...

Elle s'interrompit pour ravaler la boule qui lui nouait la gorge.

— ... que vous vous soyez trouvés.

Rock soupira profondément. Quand il reprit la parole, son débit était heurté, comme s'il regrettait d'avoir à prononcer ces mots.

— Je sais qu'elle est la fille d'un gentleman. Et je sais qu'elle mérite quelqu'un d'infiniment mieux que moi – un Turc qui ne sera jamais vraiment accepté dans son monde. Je ne suis pas gentleman, ni même chrétien. Mais je l'aime profondément. Et je ferai tout ce qui est en mon pouvoir pour la rendre heureuse... Je suis très riche, ajouta-t-il après un instant.

Isabel sourit.

— Je ne sais pas pourquoi vous pensez qu'être turc pourrait être rédhibitoire à nos yeux. Ni pourquoi nous vous demanderions d'être bien né. N'avez-vous rien appris, durant la semaine que vous venez de passer au sein de notre communauté ?

À son tour, il sourit.

— Je soulignais simplement mes défauts.

— Mon Dieu, ne commençons pas avec ça. Si je faisais la liste des miens, nous y passerions la nuit.

— Je n'en crois rien, protesta-t-il avec une politesse gracieuse.

Il resta songeur un instant, avant de reprendre lentement :

— J'aimerais épouser Lara. Et, puisque vous êtes sa famille la plus proche, je suppose que je dois vous demander votre…

Isabel le regarda, les larmes aux yeux.

— Vous avez ma bénédiction, bien sûr. Si Lara accepte votre demande, vous serez le bienvenu à Townsend Park.

Rock laissa échapper un tel soupir de soulagement qu'Isabel rit à travers ses larmes.

— Vous pensiez vraiment que je refuserais ?

— Je n'en savais rien. C'est une chose de m'accepter chez vous en tant qu'invité, c'en est une autre de m'accepter en tant que…

— Membre de la famille, dit Isabel, qui posa la main sur son bras. Cousin.

Il inclina profondément la tête.

— Je vous remercie.

— Eh bien, disons que votre richesse est un atout.

Rock éclata de rire.

— Nick m'avait bien dit que vous aviez la langue acérée.

L'allusion à Nick rendit son sérieux à Isabel.

— Trop acérée, je pense, murmura-t-elle, avant de soupirer profondément. J'ai tout gâché. La dernière fois que je l'ai vu… il était tellement différent. Froid… Insensible.

— Il a besoin de temps, Isabel.

— Je l'aime, déclara-t-elle, et il y avait quelque chose de libérateur à avouer ses sentiments à cet homme – l'ami de son mari.

— Le lui avez-vous dit ?

Isabel ferma les yeux.

— Non.

— Pourquoi ?

Parce que j'avais peur.

— Peur de quoi ?

— Peur qu'il ne m'abandonne ici, répondit-elle avec un petit rire pathétique. Peur de me retrouver toute seule, et amoureuse.

Rock ne rit pas. Il ne souligna même pas l'ironie de sa situation.

— Je crois qu'il est temps qu'on vous parle de la Turquie, se contenta-t-il de dire.

— De la Turquie ?

— Je suppose que Nick vous a dit que nous étions là-bas ensemble...

— Oui. Et que vous l'avez tiré de prison.

— Vous a-t-il raconté comment il avait atterri dans cette prison ?

— Non.

— Il y avait une femme... Nick pensait être amoureux d'elle.

Une image douloureuse traversa l'esprit d'Isabel : celle de Nick dans les bras d'une femme voilée, exotique, qui avait trouvé le chemin de son cœur.

Rock s'adossa à la rampe de pierre avant de reprendre, le regard perdu au loin :

— Il y avait plusieurs semaines que nous avions établi notre camp, juste au bord d'Ankara. La Couronne était nerveuse, car des rumeurs faisaient état de la levée d'une armée dans l'Empire. On avait demandé à Nick de rechercher un informateur disparu sans laisser de traces.

» En Orient, continua Rock d'une voix admirative, Nick était une légende. Il était surnommé le *bulan* – le pisteur. On disait qu'il pouvait retrouver la trace de n'importe qui.

Isabel hocha la tête. Découvrir le secret de Minerva House avait dû être un jeu d'enfant pour lui.

— Une nuit, Alana est apparue devant sa tente, meurtrie et ensanglantée après avoir été battue par son mari. Elle implorait de l'aide. Il l'a recueillie, l'a nourrie, a pansé ses blessures. Mais elle l'a quitté avant l'aube, terrifiée à l'idée que son mari la retrouve et la batte de plus belle.

À ces mots, le cœur d'Isabel se serra. Elle comprit immédiatement qu'il aurait été impossible à Nick d'abandonner cette colombe blessée à son triste sort.

— Elle est revenue la nuit suivante, la lèvre fendue. Et la nuit d'après, avec une autre blessure. Puis elle a disparu. Nick est alors devenu fou d'inquiétude. Il avait suivi sa trace jusqu'à une maison, en ville, et il n'avait plus qu'une idée en tête : la retrouver et s'assurer qu'elle allait bien. Après plusieurs jours de guet, il a été récompensé de son attente. Alana est sortie pour se rendre au marché, en compagnie de plusieurs autres femmes de la maison. Il a réussi à s'entretenir avec elle, et elle l'a supplié de la laisser tranquille en lui assurant que tout allait bien.

Isabel resserra ses bras autour d'elle. Quoi d'étonnant à ce qu'il n'ait pas supporté qu'elle prétende ne pas avoir besoin de lui ?

— Cette nuit-là, continua Rock, elle est revenue le voir. Indemne.

Rock n'en dit pas plus, mais Isabel ne fut pas dupe. À la pensée de Nick avec cette femme, elle eut la nausée.

— Était-elle très belle ? s'entendit-elle demander malgré elle.

— Oui. Très belle. Mais, sous sa beauté, c'était le diable incarné. Nick l'a suppliée de rester avec lui, lui assurant qu'elle serait en sécurité et lui promettant de l'emmener en Angleterre. Elle a accepté, tout en refusant de partir sur-le-champ sous un prétexte fallacieux... des effets qu'elle souhaitait emporter. Il l'a crue, et ils sont convenus d'un rendez-vous, à la suite duquel ils prendraient la fuite.

Le cœur d'Isabel se serra d'appréhension. Elle savait ce qui allait venir, mais elle ne pouvait pas s'empêcher d'écouter.

— C'était un piège, bien sûr. L'Empire savait que le *bulan* était là, à la recherche de l'informateur. Et ils avaient découvert, d'une manière ou d'une autre, que Nick était cet homme. J'étais à proximité lorsqu'ils l'ont pris. Je n'oublierai jamais qu'il a fallu six énormes Turcs, plus costauds que moi, pour le maîtriser. Ensuite, Alana s'est approchée, a enlevé son voile et lui a craché au visage.

— Il m'a dit qu'il méritait sa balafre, fit remarquer Isabel, horrifiée par le récit de cette trahison.

— C'est ce qu'il pense. Il considère que c'est une punition pour avoir succombé aux charmes de cette femme, pour avoir cru qu'elle l'aimait.

Ils restèrent silencieux un long moment. Isabel songeait à la douleur qu'il avait dû ressentir à être ainsi bafoué par celle qu'il aimait.

Devait-elle s'étonner qu'il ait quitté Townsend Park ? Elle avait agi de la même manière.

Rock poursuivit, inconscient des émotions dont elle était la proie.

— Il a alors juré de tenir les femmes à distance. À ma connaissance, il ne s'est plus lié à une seule. Jusqu'à ce que nous arrivions ici et qu'il vous rencontre.

Ce fut comme si Isabel recevait un coup. Devant elle, Nick avait laissé tomber ses défenses et s'était autorisé à aimer de nouveau. Il avait voulu croire qu'elle accepterait cet amour, mais elle avait rejeté à la fois l'homme et ses sentiments.

La tête lui tournait. S'apercevant de sa détresse, Rock s'inclina vers elle.

— Isabel... il vous aime.

— J'ai agi comme cette femme.
— Non ! protesta-t-il aussitôt. Ce n'est pas vrai.
— Il m'aime, et je l'ai rejeté.
— Alana l'a trahi. Elle l'a envoyé en prison. À cause d'elle, il a été torturé, et il serait mort si je ne l'avais pas trouvé. Isabel... vous êtes le contraire d'Alana.
— Il ne le sait pas, répliqua-t-elle en secouant la tête.
— Si. Il a simplement besoin de temps.
— De combien de temps ?
— Je l'ignore. Mais il ne pourra pas rester loin de vous très longtemps. Cela, j'en suis certain.

De nouveau, le silence retomba entre eux, troublé uniquement par le chant lointain des grillons.

À la lueur du récit de Rock, Isabel s'efforça de considérer différemment ce qu'elle avait vécu avec Nick.

Depuis toujours, elle s'abstenait de faire ce qu'elle désirait vraiment, par crainte de l'échec. Elle avait eu peur de quitter Townsend Park et d'affronter les commérages que son père suscitait ; elle redoutait qu'en envoyant James à l'école il ne devienne aussi dévoyé que lui ; et elle s'était interdit d'aimer Nick pour ne pas risquer de se perdre.

Mais, sans lui, elle se retrouvait au moins aussi perdue.

N'avait-elle pas, toutefois, la possibilité de remédier à la situation ? D'avoir la vie à laquelle elle avait commencé à rêver ?

Pour cela, il lui suffisait de tendre la main et de saisir cette vie.

De tendre la main à Nick...

Comme galvanisée par cette pensée, elle se releva d'un bond.

— Je veux le rattraper.
— Maintenant ? s'exclama Rock.
— Maintenant. Où est-il ?

— Entre ici et Londres, je présume.
— Dans ce cas, je vais à Londres.
— Je vais vous y conduire, dit Rock en se levant à son tour.
Mais Isabel secoua la tête.
— Non. C'est quelque chose que je dois faire seule.
— Isabel, Nick me fera la peau si je vous laisse voyager jusqu'à Londres toute seule.
— Tout ira bien. Je prendrai la malle-poste.
— La malle-poste ? répéta Rock en éclatant de rire. Il me tuerait.
— Pourquoi ? Plein de filles sont arrivées ici par la malle-poste.
— Certes. Mais vous êtes lady Nicholas St. John, à présent, et la belle-sœur du marquis de Ralston. Il est hors de question que vous, vous voyagiez en malle-poste.
Comprenant qu'elle perdait un temps précieux à discuter, Isabel hocha la tête.
— Très bien. Comment suggérez-vous que je me rende à Londres ?
— *Nous* allons louer une voiture et six chevaux demain matin.
— Mais le voyage va nous prendre une éternité !
— Si nous ne nous arrêtons que pour changer de chevaux, dit-il après avoir soupiré, nous pourrons être à Londres dans deux jours et demi. Par la malle-poste, il vous en faudrait au moins quatre.
— Dans ce cas, mon cher monsieur, je serais ravie que vous m'escortiez.
Rock leva les yeux au ciel.
— Nick va m'écorcher vif.
— Pas si je réussis à le reconquérir, répliqua Isabel, qui lui sourit. Dans ce cas, il vous sera éternellement reconnaissant.

Elle pivota et remonta les marches, impatiente de commencer ses préparatifs. Mais, parvenue sur le perron, elle se retourna.

— Attendez... Où irons-nous, une fois arrivés à Londres ?

Rock n'hésita pas un instant.

— À Ralston House. Vous aurez besoin de l'aide de la marquise.

22

— Je devrais te tuer pour m'imposer une telle corvée.

— Probablement. Mais tu n'en feras rien. Tu n'avais qu'à t'abstenir de revenir à Londres. À ta place, je serais resté au loin tout l'été.

— Comment aurais-je pu deviner que Callie donnait un bal d'été ?

Après avoir bu une longue gorgée de scotch, Nick foudroya son frère du regard par-dessus le bord du verre. Les jumeaux se tenaient dans le bureau de Ralston, où leur parvenaient les accords des musiciens, qui préparaient leurs instruments dans le jardin en contrebas. Dans moins d'une heure, la moitié de la haute société de Londres – la moitié qui passait le mois de juillet en ville – envahirait le jardin.

— Qui a jamais entendu parler d'un bal d'été ? protesta Nick.

— Callie a pensé que ce serait un bon moyen de prolonger les débuts dans le monde de Juliana, expliqua Ralston, refusant délibérément de mordre à l'hameçon. Faut-il que je te rappelle que notre sœur subit les conséquences d'une réputation malheureuse ?

— Et ce, simplement parce que notre mère était…

— Oui. La bonne société ne semble pas se soucier des pourquoi et des comment, répliqua Ralston, qui se pencha pour remplir le verre de son frère. Callie est heureuse que tu sois là, Nick. Et Juliana le sera aussi. Essaie de t'amuser, ce soir.

S'amuser ? Comme si c'était possible !

Il y avait cinq jours qu'il avait quitté Isabel, et il n'avait pas connu une seule minute de plaisir. Il doutait fortement que le fait de rester la nuit dans un jardin plus ou moins éclairé, en compagnie de demoiselles gloussantes chaperonnées par leurs redoutables mères puisse y changer quoi que ce soit.

Au contraire, même. Passer du temps dans le jardin lui rappellerait Isabel, et danser avec des femmes qui n'étaient pas elle allait le rendre fou.

— Il y a quelque chose que tu dois savoir, reprit son frère.

— Quoi donc ?

— Tu es toujours considéré comme un excellent parti. Je suppose que la plupart des femmes qui viendront ce soir seront là pour toi.

— Je suis marié.

— Cette information n'a pas été rendue publique, comme tu le sais. Au passage, on aurait pu penser que tu préviendrais ton frère de ton changement d'état avant d'arriver à Londres et de lui imposer ta face de carême.

Le geste qu'esquissa Nick indiqua au frère en question ce qu'il pensait de sa remarque.

Ralston se renversa dans son fauteuil.

— Tous ceux qui te tenaient pour le plus gracieux de nous deux vont être surpris, ce soir.

Nick se leva, en proie à une colère irrationnelle.

— Dans ce cas, je devrais peut-être partir et t'épargner la corvée d'avoir à me supporter !

— Rassieds-toi, espèce de crétin.

— Si tu me traites encore une fois de...

— Je ne vais pas me battre avec toi dans mon bureau, en tenue de soirée, coupa Ralston en faisant tourner son scotch dans son verre avec un calme ostentatoire. Callie m'écorcherait vif.

La placidité de son frère ramena Nick à la raison. Il se rassit et, prenant sa tête entre ses mains, se frotta le visage comme pour effacer sa frustration. Lorsqu'il releva les yeux, Ralston l'observait d'un air compatissant.

— Elle t'a bien accroché, mon frère...

C'était la première allusion qu'il faisait à Isabel, en dehors de la brève conversation au cours de laquelle Nick lui avait annoncé son mariage.

— Elle est... incroyable, répliqua-t-il, saisi de l'envie irrépressible de parler d'elle, comme si le fait de l'évoquer pouvait la lui ramener.

Ralston ne dit rien, se contentant d'écouter. Nick poursuivit, plus pour lui-même que pour son frère :

— Elle possède une telle force... Lorsqu'elle croit en quelque chose ou quand elle défend son bien, c'est une reine. Elle ne ressemble à aucune des femmes que nous connaissons. La première fois que je l'ai embrassée, dit-il en relevant les yeux, elle portait un pantalon.

Ralston eut un sourire en coin.

— Difficile de leur résister, lorsqu'elles sont en pantalon...

— Mais il y a aussi de la fragilité en elle. Une incertitude qui me donne envie de la protéger. Et elle est tellement belle... ajouta-t-il en se grattant la joue, songeur. Avec de grands yeux bruns dans lesquels il est si facile de se perdre...

— Tu l'aimes.

Nick soutint le regard perspicace de son frère.

— Plus que je ne l'aurais jamais cru possible.

— Dans ce cas, pourquoi es-tu ici, à boire du scotch dans mon bureau ?

— Parce qu'elle ne m'aime pas.

— Impossible !

— J'apprécie ta réaction à sa juste valeur, Gabriel, mais je t'assure qu'Isabel ne m'aime pas.

— Bien sûr que si, rétorqua son frère, impérieux. Elles nous aiment toujours.

Cette affirmation arracha un léger rire à Nick.

— Eh bien, peut-être qu'elles t'aiment, toi. Toujours est-il que celle-ci ne m'aime pas.

— Dans ce cas, tu dois te faire aimer d'elle.

— Non, répondit Nick. J'en ai assez d'essayer de me faire aimer de femmes qui, elles, ne m'aiment pas. La leçon a porté.

— Il ne s'agit pas de n'importe quelle femme, mais de *ta* femme. Qu'en l'occurrence, tu aimes bel et bien.

Oui, Dieu savait qu'il l'aimait !

Nick n'avait jamais ressenti de douleur plus violente que lorsqu'il l'avait entendue dire qu'elle l'avait épousé par devoir, et non par amour. Mais cette douleur ne semblait pas diminuer l'intensité de ce qu'il éprouvait pour elle.

— Elle n'a pas besoin de moi...

— Tu sembles convaincu, à tort, qu'il leur incombe d'avoir besoin de nous. Selon mon expérience, ça marche quasiment toujours dans l'autre sens. Un homme plus sage que moi, poursuivit Ralston après avoir consulté sa montre, m'a dit un jour que, s'il avait agi en crétin fini et perdu la seule femme à laquelle il tenait, il la conduirait chez le pasteur le plus proche puis lui ferait un enfant.

— Je l'ai déjà épousée, dit Nick en tressaillant aux souvenirs que ces mots éveillaient en lui.

— Tu as donc fait la moitié du chemin.

Une image jaillit dans son esprit : Isabel dans le donjon éclaboussé de soleil de Townsend Park, entourée d'enfants. De leurs enfants.

Un désir brutal l'envahit, et il fronça les sourcils.

— Je déteste que tu aies raison.

— Comme je me trompe rarement, répliqua Ralston avec un large sourire, je comprends que cela te pose un problème.

Nick s'abîma dans ses réflexions. Quels choix s'offraient à lui ? Isabel et lui étaient mariés, que diable ! Il ne pouvait pas rester loin d'elle pour toujours.

D'ailleurs, il n'avait qu'une envie : sauter sur le dos de son cheval, retourner dans le Yorkshire à bride abattue, prendre Isabel par les épaules et la secouer. Ensuite, il l'enlèverait et l'emmènerait dans le vieux donjon pour lui faire l'amour jusqu'à ce qu'elle l'accepte de nouveau dans sa vie. Et, enfin, il passerait le reste de son existence à la rendre heureuse.

Qui sait ? Si elle ne pouvait pas l'aimer maintenant, peut-être y viendrait-elle avec le temps.

Mais cela n'arriverait pas s'il restait à Londres.

— Je retourne dans le Yorkshire, annonça-t-il.

Ralston se frappa la cuisse de la main.

— Excellent ! Mais tu dois rester pour ce maudit bal, poursuivit-il en se levant, sinon ma femme ne me le pardonnera jamais.

Nick l'imita, revigoré par sa décision.

Il assisterait au bal. Et ensuite, il irait rejoindre sa femme.

— Nick !

Nick se détourna de la table des rafraîchissements, où il était en train de se verser une limonade en regrettant que ce ne soit pas du scotch. Sa belle-sœur fondait sur lui.

— Bonsoir, lady Ralston, dit-il après s'être incliné. Quelle foule ! Quel succès ! Vous êtes décidément l'hôtesse la plus accomplie du beau monde.

Callie se mit à rire, puis elle baissa la voix.

— Faites en sorte que lady Jersey ne vous entende pas. Sinon, elle ne nous invitera jamais à l'Almack's.

— Ce serait vraiment dommage, répliqua-t-il, ironique.

— Je suis heureuse de vous voir. Ralston m'avait dit que vous étiez en ville, mais pas grand-chose d'autre.

La mine plus grave, Callie ajouta :

— Comment allez-vous, Nick ?

— Quoi que vous prétendiez, mon frère vous en a dit beaucoup... répondit-il après un instant.

La rougeur révélatrice de Callie le fit sourire.

— En vérité, je me sens bien mieux qu'il y a quelques heures, avoua-t-il.

Callie haussa les sourcils.

— Ce n'est pas le bal, la cause de ce revirement ?

— Non, madame, assura Nick en riant.

Elle joignit son rire au sien alors que Juliana les rejoignait, tout sourire.

— Je trouve incroyable de n'avoir pas été avertie que tu étais revenu, Nick ! dit-elle quand il s'inclina pour lui baiser la main. Quel genre de frère ne vient pas voir sa sœur *immediatamente* ?

— Un très vilain frère, admit Nick, amusé, comme toujours, par le saupoudrage de mots italiens dans la conversation de sa sœur.

— Tu vas venir nous voir demain, n'est-ce pas ?

— Je crains que ce ne soit pas possible. Je dois repartir aux premières lueurs du jour.

— Pourquoi ? demanda Juliana avec une moue adorable. Tu as juste eu le temps de dire bonjour !

Ne souhaitant pas faire part de son mariage à sa sœur, toujours démonstrative, en public, Nick biaisa.

— Je dois m'occuper d'une affaire de la plus haute importance. Mais je t'assure que tu seras très, très heureuse du résultat de mon voyage.

— Bien. J'espère qu'il sera accompagné d'un magnifique présent, le taquina Juliana, qui riva alors les yeux sur un point, derrière l'épaule de Nick. Callie, qui est-ce ?

— Qui donc ? demanda Callie en se hissant sur la pointe des pieds.

— Chut ! Je veux entendre son nom lorsqu'on l'annoncera.

Après avoir levé les yeux au ciel, Nick tendit la main vers une quiche – non sans se demander vaguement pourquoi, soudain, les deux femmes arboraient des sourires niais.

— Lady Nicholas St. John !

Un brusque silence se fit dans la foule. Nick resta figé sur place. Il avait dû mal entendre ! Lentement, il se tourna vers l'escalier qu'empruntaient les invités pour descendre dans le jardin.

En haut des marches, resplendissante dans une robe écarlate, se tenait Isabel.

Il ne put détacher ses yeux d'elle. L'espace d'un instant, il crut que son imagination lui jouait des tours, qu'elle n'était pas vraiment là, dans le jardin de son frère, à Londres.

Juliana lui enfonça un coude pointu dans les côtes.

— Nick... Ne sois pas *un idiota*. Tu ne vois pas qu'elle est terrifiée ? Va la rejoindre.

Ces mots le tirèrent de sa torpeur, et il se dirigea vers sa femme, d'abord en marchant, puis en courant, parce que marcher prenait trop de temps. Il allait certainement causer un scandale, mais peu lui importait. Il s'excuserait auprès de Callie plus tard.

D'abord, il voulait atteindre Isabel, la toucher, et avoir la confirmation que non, il n'était pas fou : elle était bien là, venue pour lui.

Courir dans un bal présentait au moins cet avantage que la foule, interloquée, s'écartait sur son passage. Aussi ne lui fallut-il que quelques secondes pour atteindre l'escalier et en gravir les marches. Isabel le regardait venir vers elle, les yeux écarquillés par un mélange de nervosité, de surprise, d'excitation, et de quelque chose qu'il n'osa pas nommer.

Il ne s'arrêta qu'à un pas d'elle, la dévorant du regard. Elle prit une profonde inspiration, et ses seins se gonflèrent sous le décolleté de sa magnifique robe de soie.

— Bonsoir, monsieur, dit-elle en le saluant d'une révérence, avant de chuchoter : Tu m'as manqué.

— Toi aussi, tu m'as manqué.

Au moment où Nick tendait la main vers elle, quelqu'un toussota avec fermeté à côté d'eux.

— Nicholas, tu pourrais peut-être accompagner ta femme à l'intérieur, suggéra Gabriel.

Isabel, rougissante, baissa les yeux face à la foule qui les observait avec une curiosité non dissimulée. Nick serra les poings pour contenir son envie de la toucher.

— Oui, bien sûr. Madame, si vous voulez bien...

Pour entrer dans la maison, ils durent passer devant la file des invités qui attendaient d'être annoncés et seraient nécessairement déçus d'avoir manqué le moment le plus excitant de la soirée.

Après avoir entraîné Isabel dans la première pièce qui se présentait, Nick en referma la porte, dont il repoussa le verrou pour plus de sûreté. Ils se trouvaient dans la bibliothèque, éclairée par un candélabre unique placé sur le manteau de la cheminée.

Après l'avoir amenée dans le halo de lumière, il embrassa Isabel, avide de la goûter, de la sentir de nouveau. Il dévora sa bouche, lui coupant le souffle. Elle lui rendit caresse pour caresse et, quand elle soupira de plaisir, le sien se manifesta par un grognement. Après de longs moments intenses, les lèvres de Nick se firent plus souples, son baiser s'adoucit, et il finit par suivre la lèvre inférieure d'Isabel de la pointe de la langue, concluant cet instant de manière infiniment plus tendre qu'il ne l'avait commencé.

— Bonjour, dit-il en posant son front contre le sien.

— Bonjour, répondit-elle avec un sourire timide.

— Dieu, que tu m'as manqué ! Te tenir dans mes bras, te sentir... Et ce parfum de fleur d'oranger, comme il m'a manqué...

Il se tut lorsqu'elle effleura ses lèvres des siennes avant de murmurer :

— Nick...

Et, dans ce mot unique, il y avait toute la réconciliation du monde.

— Depuis combien de temps es-tu à Londres ?

— Trois jours.

— Trois jours, et Gabriel ne m'en a rien dit ?

— Je l'ai supplié de garder le secret. Je n'étais pas prête. Je voulais être belle pour toi.

— Tu es toujours belle pour moi.

Comme elle baissait la tête, il posa l'index sous son menton pour qu'elle la relève.

— Toujours, Isabel. En tenue de deuil, en pantalon, en robe de soie... en rien du tout. Tu es toujours belle.

— Je dois te dire quelque chose.

Comme elle ne poursuivait pas, il attendit. Elle finit par inspirer profondément.

— Je t'aime.

À ces mots, qu'il avait désespéré d'entendre, il ferma les yeux. Quand il les rouvrit, elle l'observait, nerveuse.

— Tu n'es pas obligée de dire ça.

— Si, protesta-t-elle.

Nick secoua la tête.

— Non, mon amour. Tu n'y es pas obligée.

— Nicholas St. John, écoute-moi, lui ordonna-t-elle après avoir reculé d'un pas. Je t'aime. Jamais je n'aurais cru possible d'aimer quelqu'un comme je t'aime. Je t'aimais le jour de notre mariage, et la veille, et l'avant-veille aussi. Ces mots affreux que j'ai dits, c'est la peur qui me les a fait prononcer. J'avais peur, si je t'avouais la vérité, que tu me quittes un jour et que je me retrouve triste, seule, et le cœur brisé...

Des larmes lui montèrent aux yeux, et elle les essuya du revers de la main avant de poursuivre :

— Mais ne pas te l'avoir dit ne m'a pas fait t'aimer moins. Et tu es parti. Je me suis retrouvée triste, seule, et le cœur brisé. Alors, je suis venue ici. Parce que je ne pouvais pas continuer à vivre sans t'avoir déclaré mon amour. Et parce que je ne voulais pas que tu te déconsidères alors que tu es un homme qui mérite beaucoup, beaucoup mieux que moi.

Elle s'interrompit, haletante, submergée par l'émotion. Au plus profond de ses yeux bleus, elle retrouva le Nick qu'elle croyait avoir perdu avec ses paroles stupides. Ne sachant que dire pour le reconquérir, elle laissa parler son cœur.

— Je suis venue à Londres pour te dire que je t'aime. Je t'en prie... Crois-moi.

Il se rapprocha d'elle et referma ses mains en coupe autour de son visage.

— Je ne te quitterai jamais plus. Je suis vraiment désolé de m'être conduit ainsi. Je m'apprêtais à revenir vers toi. Je te le jure.

Le doux baiser qu'il posa sur ses lèvres fit écho à la promesse contenue dans ses paroles.

— Tu es parti avant que je puisse te parler, dit-elle, les yeux de nouveau pleins de larmes.

— Je le sais, répondit-il en l'attirant dans ses bras. Je suis désolé.

— Je pensais que, peut-être, tu avais décidé que tu ne m'aimais plus.

Il l'écarta légèrement pour plonger son regard dans le sien.

— Non, Isabel. Je jure devant Dieu que je t'aime encore plus qu'avant.

— Bien, murmura-t-elle avec un sourire mouillé. J'ai envisagé de t'envoyer Volupté en guise d'offrande de paix, mais elle est trop lourde.

— Je préfère, et de loin, celle en chair et en os.

Il l'embrassa de nouveau avec emportement. Quand ils furent tous deux hors d'haleine, Isabel noua ses bras autour de son cou, et il l'enveloppa tout entière d'un regard gourmand.

— Cette robe est incroyable.

— Elle te plaît ? demanda-t-elle en se frottant contre lui comme une chatte.

Il poussa un léger grognement, le visage dans son cou.

— D'où vient-elle ?

— Callie a fait venir sa couturière. Je n'avais qu'une exigence.

— Mmm ? fit-il, les lèvres sur le haut de ses seins.

Elle laissa échapper un soupir quand il passa ses pouces sur leurs pointes, à travers l'étoffe.

— Qu'elle soit rouge.

— Elle est magnifique, dit-il en relevant la tête, les yeux brûlants de passion. J'aimerais bien te l'enlever pour mieux l'admirer.

— Non, Nick, protesta-t-elle avec un gloussement amusé. Nous devons retourner au bal. Nous avons déjà provoqué un scandale incroyable. Mon Dieu, s'exclama-t-elle en s'écartant brusquement, crois-tu que Callie nous pardonnera ? Nous avons gâché son bal !

Nick balaya son inquiétude d'un éclat de rire.

— Si je connais un tant soit peu ma belle-sœur, je peux t'assurer qu'elle nous sera éternellement reconnaissante d'avoir provoqué une telle scène lors de son bal. Elle exigera que les futures soirées données à Ralston House soient à la hauteur. Que Dieu ait pitié de mon frère !

Il repoussa une boucle de la joue d'Isabel avant d'ajouter :

— Mais si tu veux retourner au bal, retournons au bal.

— Je l'avoue, j'aimerais bien retourner au bal, mon amour. Pour deux raisons, dont la moindre n'est pas que je voudrais danser avec mon mari.

— En voilà une excellente idée ! J'aimerais beaucoup que tout le monde me voie danser avec ma femme.

Après un dernier baiser, ils quittèrent la bibliothèque. Quand ils apparurent sur la terrasse, des dizaines d'yeux se tournèrent aussitôt vers eux. Isabel pressa la main de Nick.

— Tout le monde nous regarde.

Il porta la main gantée d'Isabel à ses lèvres, avant de s'incliner pour chuchoter :

— Ils essaient tous de calculer combien de temps nous avons passé à l'intérieur.

— Pourquoi donc ? demanda-t-elle, perplexe.

Puis, comme il haussait les sourcils, elle poussa un son étouffé avant de dissimuler son rire derrière sa main.

— Non !

Il rit à son tour, et le souffle lui manqua tant elle le trouva beau.

Il était à elle… tout comme elle était à lui.

Ils descendaient l'escalier, main dans la main, lorsque quelqu'un les interpella.

— St. John !

Nick s'arrêta, attirant Isabel à son côté, tandis qu'un homme approchait. Il était grand, mince, très élégant avec son habit parfaitement coupé et ses bottes étincelantes. Il marchait d'une allure désinvolte en jouant avec sa canne au pommeau d'argent.

— Densmore, annonça Nick lorsque l'homme s'arrêta devant eux.

Isabel écarquilla les yeux. Densmore ? Cet homme séduisant mais au sourire niais, c'était le Densmore qu'elles avaient tant redouté ?

Il s'inclina légèrement devant vers elle.

— Lady Isabel...
— Nicholas, corrigea-t-elle.
— Je vous demande pardon ?
— Si c'est à moi que vous vous adressez, monsieur, je pense que « lady Nicholas » serait plus pertinent.
Densmore les regarda tour à tour, le visage fendu d'un large sourire.
— J'étais sûr qu'ils se payaient ma tête. Mais vous êtes donc mariés...
Isabel, qui reconnut bien là un ami de son père, lui adressa son sourire le plus éclatant.
— Je vous assure que je ne me paie pas votre tête.
Nick secoua la sienne avec un sérieux affecté.
— Ma femme ne se paie jamais la tête de quiconque, Densmore.
— En tout cas, pas celle d'inconnus, précisa-t-elle, enchantée de voir la fossette qui creusait la joue de son mari.
L'air un instant déconcerté, Densmore finit par s'écrier :
— Parfait ! Cela ne pouvait pas mieux tomber !
— C'est tout à fait mon avis, acquiesça Nick, qui pressa les doigts d'Isabel entre les siens.
— Non, St. John. Ce que je veux dire... Vous allez pouvoir vous occuper des affaires de Townsend, à présent ! À vrai dire, je n'ai jamais voulu de cette fichue responsabilité.
Il réduisit ensuite sa voix à un chuchotement de conspirateur.
— Ça me fait suer.
— Nous ne l'aurions pas deviné, assura Isabel d'un ton pince-sans-rire.
— C'est parfait ! répéta Densmore en donnant une claque sur l'épaule de Nick. Je vous envoie mon avoué demain pour discuter des détails ? Ça vous va ? Merveilleux ! Dommage pour votre père, lady

Nicholas, ajouta-t-il après un instant. Euh... mes condoléances.

Et, sans attendre de réponse, Densmore tourna les talons et se perdit dans la foule, laissant Isabel interloquée. Dire que ce mystérieux tuteur, qu'elle avait tant craint, s'était simplement évanoui !

— Apparemment, j'ai hérité de Townsend Park et de ses problèmes, dit Nick d'un ton faussement chagrin.

— Comment vas-tu survivre ? ironisa Isabel.

— J'ai du mal à l'imaginer, répondit-il en portant une nouvelle fois sa main à ses lèvres.

— Balivernes ! Tu nous adores.

Le regard de Nick s'adoucit, et l'émotion qu'elle lut dans ses prunelles bleues lui coupa le souffle.

— C'est tout à fait vrai.

Il était si près... Il lui aurait suffi de tendre son visage vers lui pour l'embrasser...

Non, ç'aurait été tout à fait inconvenant. Dans combien de temps pourraient-ils quitter ce maudit bal ?

Une étincelle complice brilla dans les yeux de Nick. Il s'inclina vers son oreille.

— Bientôt, promit-il. En attendant, aimerais-tu danser, ma beauté ?

Isabel ne put s'empêcher de rougir de plaisir.

— Oui, s'il te plaît.

Il l'entraîna parmi la foule des danseurs qui valsaient. Alors qu'ils tournoyaient au son de la musique depuis déjà un long moment, il remarqua son sourire discret.

— À quoi penses-tu ?

— À la seconde raison pour laquelle je voulais retourner au bal.

— Et qui est ? s'enquit-il en haussant les sourcils.

— De montrer à toutes ces dames qui lisent *Pearls and Pelisses* que ce lord-là a été bel et bien conquis.

Son bruyant éclat de rire, de même que la manière dont il l'enlaça plus étroitement, attira l'attention des couples autour d'eux.

Ils allaient alimenter les commérages pendant des mois. Et ceux-ci s'intensifieraient encore lorsqu'on découvrirait qu'Isabel était la fille de feu le scandaleux comte de Townsend… et qu'elle était censée être en deuil.

Mais, tandis qu'elle riait et dansait, blottie entre les bras de l'homme qui l'aimait, Isabel renonça à s'en soucier. Et quand il se pencha pour chuchoter à son oreille…

Il y avait de pires choses au monde qu'un scandale causé par l'amour, n'est-ce pas ?

Épilogue

Leçon numéro dix

Cette dernière leçon, chère lectrice, est la plus importante de toutes.

Une fois que votre lord aura été bel et bien conquis, il vous appartiendra de veiller à ce que son nid soit garni de plumes propres et confortables. Le célibat n'est pas un état enviable pour les hommes sérieux et respectables. Ce sont le mariage, les enfants et les plaisirs que l'un et les autres apportent qui témoignent d'une vie bien vécue.

Et nos lords – ces hommes éminents soigneusement choisis pour vous et présentés dans ces pages – attendront de leurs épouses qu'elles les aiment, qu'elles les honorent et les chérissent autant qu'ils le méritent.

Pearls and Pelisses, *juin 1823*

— Ce fut un beau mariage.

— Effectivement, acquiesça Nick.

Il embrassa Isabel dans le cou, tout en défaisant la longue rangée de boutons qui fermaient sa robe. Celle-ci tomba aux pieds de son épouse, qu'il enlaça pour l'attirer contre lui.

— Mais il n'y a rien de plus beau que toi, ajouta-t-il en posant la main sur son sein.

Avec un léger rire, elle s'abandonna contre lui.

— Ne dis pas de bêtises. Lara était resplendissante. Et Rock… Je ne l'avais jamais vu aussi radieux.

Nick releva la tête un instant, l'air songeur. Puis, prenant le lobe de l'oreille de sa femme entre ses dents, il le mordilla jusqu'à ce qu'Isabel, frissonnante de plaisir, tente de s'écarter. Mais il la rattrapa pour l'embrasser avec fougue, avant d'interrompre son baiser et de l'observer, une lueur inquiète dans le regard.

— Regrettes-tu que nous n'ayons pas eu un mariage en bonne et due forme ?

Deux mois s'étaient écoulés depuis qu'Isabel l'avait rejoint à Londres et qu'ils avaient tenté de réparer leur union. Leur félicité était totale. Ils vivaient à Townsend Park mais Nick lui avait proposé de se rendre, à l'automne, dans sa propriété à la campagne. Celle-ci se trouvait non loin d'Eton, et Isabel pourrait donc être plus près de James durant son premier semestre au collège.

Avant de quitter Londres, Nick avait endossé la responsabilité légale de Townsend Park, au grand soulagement du vicomte Densmore. Ainsi, il avait toute latitude de s'occuper de Minerva House et de ses occupantes, lesquelles s'épanouissaient à vue d'œil depuis qu'elles se savaient sous la protection de Nick, de Rock et de l'équipe de surveillants, devenus des membres appréciés de la maisonnée. Même Georgiana avait recouvré une relative sérénité après la visite éprouvante de son frère. Le duc n'avait pas divulgué leurs secrets, du moins pour le moment.

Isabel n'était plus hantée par l'avenir de Minerva House. Elle savait que, quoi qu'il arrive, Nick était aussi attaché qu'elle à son succès.

— Je ne le regrette pas du tout, assura-t-elle après l'avoir embrassé. À partir du moment où tu me promets que nous aurons une vraie vie de couple.

— C'est déjà le cas, dit-il en la soulevant pour l'emmener jusqu'à leur lit.

Après l'avoir allongée sur le matelas, il fit glisser sa main le long de sa jambe tout en relevant sa chemise de soie.

— Quelle note attribuerais-tu à notre mariage, jusqu'à présent ?

Comme elle faisait mine de réfléchir, il lui mordilla l'épaule pour la punir. Elle rit, jusqu'au moment où les caresses plus précises de Nick lui arrachèrent un soupir. Il parcourut son corps, que voilait à peine la fine chemise, d'un regard brûlant.

— Pour ma part, je trouve que tout va pour le mieux, dit-il. Je suis particulièrement heureux que tu aies fini par adopter mon point de vue et par renoncer au corset.

— Ce n'est pas entièrement à cause de ton point de vue, répondit-elle avec un léger sourire. Il va falloir que je m'en passe pendant quelque temps. Plusieurs mois, au moins.

— Tu veux dire... murmura-t-il après un instant.

Quand elle eut acquiescé, il fit remonter sa main pour la poser sur son ventre à peine arrondi.

— Un enfant, susurra-t-il d'une voix pleine de révérence.

Elle posa la main sur la sienne, et leurs doigts s'enlacèrent.

— J'ai moi-même été surprise, avoua-t-elle. Il a fallu Jane, Kate et Gwen pour me convaincre que c'était vrai.

— Comme d'habitude, dit-il en riant, les femmes de Minerva House sont au courant de tout avant moi.

— Cela te surprend ? demanda-t-elle après avoir joint son rire au sien.

— Pas le moins du monde.

Le baiser qu'il lui donna mit un terme à la conversation. Elle fit courir ses doigts sur le torse de Nick, sur ses épaules, puis les enfonça dans ses boucles souples avec un soupir de plaisir lorsqu'il fit descendre ses mains plus bas.

— Nick... chuchota-t-elle. Je t'aime.

Elle le sentit sourire contre sa bouche.

— Je sais.

La certitude arrogante de ses mots la fit rire. Mais son rire mourut lorsqu'il captura de nouveau ses lèvres pour lui montrer à quel point il l'aimait lui aussi.

XII. Personen- und Sachregister

XI. Bildnachweise

Museum Wiesbaden (S. 16); Fratelli Alinari, Florenz (S. 50); Staatliche Sammlung Ägyptischer Kunst, München (S. 55); Museo Nazionale Romano, Rom (S. 72); aus: Karl Kerényi, Die Mysterien von Eleusis, Zürich 1962 (S. 29); nach: K. Tsantsanoglou und G. M. Parassoglou, Hellenika 38 (1937), S. 7 (S. 30); aus: F. Coarelli (Hrsg.), Pompeji, Archäologischer Führer, Berg. Gladbach 1990 (S. 35); nach: E. Maaß, Orpheus (1895), Taf. zu S. 218 (S. 39); nach: E. A. Wallis Budge, Osiris II, S. 45 (S. 42); aus: M. J. Vermaseren, Cybele and Attis, London 1977, S. 59 (S. 58) und S. 50 (S. 62); aus: R. Merkelbach, Mithras. Ein persisch-römischer Mysterienkult, Weinheim 1994², © Beltz Athenäum Verlag (S. 77); aus: B. Brenk (Hrsg.), Spätantike und frühes Christentum, Berlin 1985, Abb. 65 (S. 119).

J'AI LU POUR elle

Si vous souhaitez être informée en avant-première
de nos parutions et tout savoir sur vos autrices préférées,
retrouvez-nous ici :

www.jailu.com

Abonnez-vous à notre newsletter
et rejoignez-nous sur Facebook !

11543

Composition
FACOMPO

Achevé d'imprimer en Italie
par GRAFICA VENETA
le 3 août 2025

Dépôt légal : septembre 2025
EAN 9782290413807
OTP L21EPSN002681-642668

ÉDITIONS J'AI LU
82, rue Saint-Lazare, 75009 Paris

Diffusion France et étranger : Flammarion